长篇小说

追你到天涯

ZHUI NI DAO TIANYA

吴新财 / 著

九州出版社 全国百佳图书出版单位
JIUZHOUPRESS

图书在版编目（CIP）数据

追你到天涯 / 吴新财著. -- 北京：九州出版社，

2025. 3. -- ISBN 978-7-5225-3826-6

Ⅰ. I247.5

中国国家版本馆CIP数据核字第20258L9B94号

追你到天涯

作　　者	吴新财　著	
责任编辑	郝军启	
出版发行	九州出版社	
地　　址	北京市西城区阜外大街甲 35 号（100037）	
发行电话	（010）68992190/3/5/6	
网　　址	www.jiuzhoupress.com	
印　　刷	鑫艺佳利（天津）印刷有限公司	
开　　本	720 毫米 ×1020 毫米　16 开	
印　　张	22.5	
字　　数	366 千字	
版　　次	2025 年 5 月第 1 版	
印　　次	2025 年 5 月第 1 次印刷	
书　　号	ISBN 978-7-5225-3826-6	
定　　价	66.00 元	

天涯是一种心境，也是一种无法抵达的风景。即使在生命抵达终点之时，人们也看不到天涯秀丽的风景，但渴望抵达天涯的心情依然一代接一代留存在心中。

　　天涯是人们心中对美好人生的追求、向往、期待以及努力时的一种渴望。

作者题记

片刻的心动

　　记得导演李安说过，没有哪一位观众是被一部电影整个故事感动的，只是被某个细节画面感动的。我认为李安说的这句话是有道理的。

　　文学作品和人生也是这样。

　　一部文学作品能打动读者的、能被读者记住的只是某个细节，而不是整部作品。读者能记住某部文学作品，只是被作品中某部分片段感动了，而不是被整部作品感动。

　　人一生会经历许多这样或那样的事，有着这种或那种经历，有着这种或那种梦想、追求、目标。然而，人生路上，生命在风雨兼程，一刻不停，在抵达终点时，被记忆大浪淘沙之后，还能记住的事少之又少。我们能回忆起的事，一定是在片刻出现过而引起心动的画面。

　　我创作长篇小说《追你到天涯》的动机是在瞬间产生的。

　　书中的主要人物李小漫，是在我生活中片刻出现过的画面。她曾经在片刻时间里触动过我的心灵，让我心动，让我产生了一种想象……

　　李小漫人物的原型似乎跟李小漫没有关联性，但又有着必然性。因为原型的思想、对生活的打算，跟李小漫对人生的追求有着相似之处。正是原型对生活的打算触动了我的心灵，让我的心里产生了片刻波动，让我在数十年之后创作这部作品。

数十年之前，我还青春年少。

那时，我在北大荒某个小城认识了一位方姓姑娘，她比我大几岁。

当时，她大约是在二十五六岁的年龄，近一米六的个子，身材匀称，相貌一般，是高中毕业还是职业高中毕业，我记不清楚了。她这个年龄应该是找男朋友的时候了。可她不但没有男朋友，也没有找男朋友的打算。她的打算是调到机械厂工作，在机械厂学会车工技术后，调回山东老家工作。

她调到机械厂工作时，先在传达室工作了一两个月，适应了新单位环境，然后到机械厂机械加工车间学了车工技术。她的车工师傅姓霍，是位三十七八岁的男性车工。

霍师傅一米六的个子，可能还不到一米六，身材偏瘦，相貌平平，老家是山东济宁的。他正准备调回山东工作。当时他的爱人已经回山东工作了。他在卖房子，也在等山东接收单位主管劳动部门发的调令。

当时国营单位工人调动工作单位时，接收单位的劳动主管部门必须往原单位主管劳动部门发工作调令，然后才能正式办理工作调动手续。

方姑娘好像学习了三个多月的车工技术就调到山东工作了。

霍师傅在方姑娘调回山东工作不久，卖了房子，也调回山东工作了。

我在北大荒国营农场生活的日子里，没有遇到过一位土生土长的东北当地人，因为那里是国营农场属地，早期叫北大荒生产建设兵团。我生活的地方，几乎都是来自山东、河南、安徽、四川、广西等地的人，以及后来的北京、天津、上海、浙江等地的下乡知识青年。

方姑娘应该属于第二代北大荒人。她回山东老家工作是回父母亲的故里。第二代北大荒人回父母亲故里工作的非常多，在当时，这成了一种潮流。

近年北大荒人口严重流失，也许是跟第二代、第三代北大荒人离开有关。

方姑娘、霍师傅跟我没有私交，只是认识，见面礼节性打招呼而已。但他们对生活、对工作的打算触动了我的心灵，让我产生了片刻思想波动。

那时，我虽然开始从事文学创作了，但还没有创作有关人生追求方面长篇小说的打算。

方姑娘和霍师傅对生活、对工作的计划一直存留在我心里。我在多年以后，忽然想用文字把那种心情、感触表达出来。

每个人都向往美好的生活，想得到自己愿意从事的工作。然而，幸福生活并不是人们想得到就能得到的那么容易。如意的生活和工作很少。

人生中困难、挫折、失败的事，随时都在发生。

回想起来，现在方姑娘、霍师傅应该是六十多岁了。如果身体健康的话，应该早已离开了工作岗位，年轻时的追求、梦想，应该画上了句号。如果身体不健康，是否还在人间，不好预测。因为我的几位年少伙伴，有人得了癌症，有人出了车祸，有人被歹徒杀死了……早已离世多年了。

人生的风景虽好，也有凋谢时。

这部《追你到天涯》的长篇小说，是描写年轻人向往美好生活、追求理想、实现追求目标过程的作品。作品也体现了父母亲关心儿女生活、爱护儿女的心情及无奈……

谁没有年轻时的人生经历呢？但在人生岁月中谁又能不老去呢？人老了，谁又能没有对往日生活的追忆呢？

作品中的李小漫、周守法、王来齐、崔春阳、张国忠等一群年轻人，在工作中的追求精神，对生活、爱情的向往是那么动情、感人。作品中的曹英力是关心儿女生活的父母亲代表，她在坚持工作原则的情况下，为年轻人争取了适合的工作机会。

追求理想的生活，想得到自己喜欢的工作，这是人之常情。父母亲关心儿女生活是人的本性。

人们在追求理想的路上，必然要付出努力和代价。

创作这部作品的初衷，只是对生活片刻的回忆，完全是在生活的基础上展开的。

一部作品就是一段人生。

追求幸福、实现理想心愿，永远是人类奋进的目标。希望这部作品能给读者留下片刻美好的记忆、触动、回味……

吴新财

二○二五年一月十六日于青岛

目　录

Contents

第一章

萌动的情思

1

李小漫骑着小摩托刚进机械厂大门，就看到在传达室值班的门卫胡树青拿着一封信，从传达室向自己走来。李小漫把摩托车停放在车棚里，转过身迎着胡树青边走边笑着说："我的信？"

"从红涯市寄来的。"胡树青说。他把信递向李小漫。

李小漫伸手接过信爽朗地说："谢谢！"

"又发表诗了？"胡树青说。

李小漫说："都是些小报，不值得高兴。如果能在《人民日报》《工人日报》上发表，那还行。"

"有小才能有大，名气是一点一点积累起来的。你不能着急，别想一口吃个胖子，慢慢来。"胡树青说。

李小漫说："我这辈子也不可能在《人民日报》上发表作品。如果我能在《人民日报》上发表作品，太阳就得从西边出来了。"

"可别这么说，不能小瞧自己，只要你坚持写，持之以恒，就有可能在国家级报刊上发表作品。"胡树青说。

李小漫说："您对我这么有信心吗？"

"绥县有位姓郑的知青，就在《当代》杂志上发表过小说。他写的那篇小说还被拍成了电影呢。"胡树青说。

李小漫听说过这件事。但她没想到胡树青知道那个写小说的人。她问："你认识他吗？"

"知道他，但没见过。"胡树青说。

李小漫也知道这名写小说的知青。这个人是从浙江省到绥县下乡的知青。他在绥县农村生活了几年，早已返城回浙江老家了。李小漫听说那位写小说的浙江知青返城后当上了专业作家。她非常羡慕作家，也崇敬作家，心想如果自己能以写作为职业那该多好啊！

李小漫虽然嘴上说不可能在《人民日报》《工人日报》等国家级报纸上发表作品，心中的梦想却大着呢！她不只是想在国家级报纸、杂志上发表作品，还想出版诗集，更想当专业诗人呢。

她拿着信朝车间走去。

胡树青五十多岁，瘦瘦的，从前是机修车间工人。一年前，他在厂里为工人例行身体健康检查时查出了肝炎。厂里照顾他，安排他在传达室当门卫。他看了一眼手腕上的表——已经到上班时间了，走到传达室对面的大铁钟前，摘下挂着的大铁锤，用足力气，有节奏地朝铁钟一下一下砸去。

钟声被敲响，嗡嗡的声音朝远处传开，在敖来小城的天空回响。钟声响起时，要么是到工人开始工作的时间了，要么是到了下班时间。机械厂是以钟声响起确定上下班时间的。

敖来县机械厂从开始建厂就是用钟声来做上下班时间界限的。上班敲响一次，下班敲响一次，上下班以钟声响起为准。

敲钟这一方式在敖来县机械厂从没改变过。

这种方式在敖来县城各单位中是唯一的，也是独特的。除了机械厂用敲钟确定上下班时间，全县再没有哪个单位这么做。

近年曾经有年轻的厂领导认为敲钟太原始了，不符合时代发展，应该改变方式，紧跟时代步伐，建议不用敲钟的方式做上下班提示，建议改用电铃。老厂长卢贵明不同意这个建议。他认为传统的不一定不好，有些事情跟着潮流改变就失去了传统的价值和意义，好的传统应该保持下去。

现在卢贵明考虑的不是把铁钟改成电铃，而是在考虑机械厂未来的发展与机制，怎么才能适应新时期的发展，怎么才能适应市场经济。县委县政府准备对县管国营企业进行改制，在研究制定把国营企业改成股份承包制的可行性方案。在敖来县首批改制的企业中就有机械厂。卢贵明在关注上级对机械厂改制的新政策。

机械厂进行改制的消息已经传开很长时间了，但还没有实施。因为改制涉及每一位工人的切身利益，关注度极高，这件事弄得工人们心神不安，如同钟声响起时，划破了宁静的天空。

李小漫拿着信走进了机加车间（机械加工车间）。机加车间临近工厂大院门口。这是一栋大厂房，南北宽二十几米，东西长六十多米，南北朝向，中间是过道，两边摆放着机器。车间工作由车、钳、铣、刨等工种组成，主要分车工班和钳工班两个班组。李小漫是车工。她走到自己操作的车床旁边，脱下风衣，穿上工作服，启动了机器，让机器慢慢运转进行预热。她撕开了信封。

这是王来齐给李小漫寄的《沿海纺织报》第4版《天涯风景》文学副刊。报上刊登了李小漫写的两首短诗。李小漫在这个副刊上已经发表过好几次诗歌作品了，不觉得有新奇感了。她对报纸上刊登的其他新闻要比诗歌更感兴趣。她的目光在副刊版面上一扫而过，没有停留，便去浏览报纸上的消息了。

虽然《沿海纺织报》是一份内刊小报，但是足能吸引李小漫的注意力。因为敖来县小城地处偏远地区的北大荒，交通不便，消息过于闭塞，来自外省市的信息非常少，这份外来的小报，如同春风似的传来了外省的信息。李小漫从报上刊登的新闻作品中能了解到外界的变化。

报纸上刊登有筹备第二届红涯市国际啤酒节的消息。

李小漫知道红涯啤酒节。

红涯市举办第一届国际啤酒节时，在国家级报纸、电视台做了大量广告宣传。开幕式还上了中央电视台的全国新闻联播节目。但是敖来县城没有卖红涯啤酒的，只有绥县产的北国啤酒。李小漫是在去省城学习时喝到的红涯啤酒。她突然心中一动，想喝红涯啤酒了。在这瞬间，她萌生了去红涯市找工作的想法。但她又否定了这个想法。这个想法出现得太突然，如同晴天霹雳……她正想着心事，质检员刘兵走了过来。

刘兵的老家在大庆市肇源县农村。一年前，他从泉岭农机技术学校毕业后被分配到机械厂机加车间当质检员。

他一米七二的个子，身材匀称，面容天生显得有些严肃，不怎么会笑。他刚参加工作，初入社会，年轻气盛，对待工作认真到了似乎有些苛刻的程度。他拿着卡尺和百分表，走到李小漫车床旁边，仔细检查着放在车床旁边完成了加工的机械部件。虽然他对待质检工作严格，但在检查李小漫加工完成的机械部件时还是降低了检查标准。如果他不降低检查标准，李小漫加工出来的机械部件的废品就更多了。那么一来，李小漫就不能在车工的岗位上继续工作了。他跟李小漫的矛盾也会更加尖锐。

李小漫斜视了刘兵一眼，收起信，走到车床前，开始工作了。这样，她就可以不跟刘兵搭话。她对自己加工的机械部件心中有数。她不只是讨厌刘兵，也不愿意干车工这个工作，有换工作的想法。

刘兵一件一件地检查着机械部件。他把检查过的机械部件分出三个类别，放在不同地方。他检查完后，停了片刻，好像是在思量着什么，然后朝李小漫身前走了一步，带着不满意的情绪说："你这么干能行吗？"

李小漫眼睛看着车刀，手在转动推进器，车刀往前缓缓进入，把铁棍剖下一层皮，铁削卷成卷延伸着长度。她语气缓慢、不软不硬地说："怎么不行了？"

刘兵对李小漫这种态度非常不满意。当然，李小漫不是第一次用这种态度应付他的检查了。他没想出更好的办法应对李小漫这种不屑一顾的态度。他为了避免发生激烈矛盾冲突，有意停了片刻，才语气平静地说："你先停下。"

李小漫说："我不像你这么清闲。我干的是计件工时，干不出工时，是没有工资的。"

刘兵知道李小漫是故意不理他，他生气地说："如果你加工出来的机械部件全是废品，出了力气，浪费了原材料，还不如不干了。"

李小漫关了机器，身边的机器噪声小了，转过脸，不高兴地说："我加工出来的机械部件全是废品吗？"

刘兵用手指着面前的三处分开的机械部件，从右往左开始说。他说："这些是合格的，这些是不合格的，这些是勉强合格的。如果我再稍微严格一点，这些勉强合格的也就成为不合格的了。这么一来不合格的机械部件就占三分之二了，你自己说这么干下去能行不？"

李小漫说："已经合格了，就是合格了。你是质检员，质检是你的工作，也是你的权利，你按照标准检查好了。你为什么想超过检查标准呢，为什么想让这些机械部件不合格呢？"

刘兵说："李小漫同志，我对你不但没超过检查要求标准，还降低了检查要求标准。"

李小漫说："那么，你刚才说的话是在向我要人情吗？"

刘兵说："没这个必要。咱们是只对工作，不对个人感情。"

李小漫冷笑一下说："你这人还有感情？"

刘兵没明白李小漫话中的意思，质问："你什么意思？"

李小漫哼了一声，然后说："从你来到机加车间当质检员，就没看见你对我有个笑模样。你好像跟我有仇似的。"

刘兵说："你想得太多了。咱们是在工作，不存在个人恩怨的事。我跟你没有什么过节，哪来的仇恨？"

李小漫车工操作技术不怎么好，加工出的机械部件合格率不高，刘兵检查她加工的机械部件时，她就紧张，日子久了，她就对刘兵认真的工作态度产生了抵触情绪。她不愿意跟刘兵谈论工作上的事。

刘兵说："这些机械部件是安装到四轮车上的，必须保证质量。如果机械部件质量出了问题，万一四轮车在大街上失控了，是能引起很大交通事故的。"

李小漫不耐烦地说："你别总拿质量说事。图纸上写着呢，我眼睛又没瞎，我还不知道这机械部件是安装到四轮车上去的吗？基本上是达到了图纸生产要求标准的，要么你拿着图纸再仔细看一看。"

刘兵说："你也不能勉强达到图纸要求标准吧？勉强跟达到是有区别的。"

李小漫说："你怎么这么较真？如果你这么较真我的工作还能干了吗？如果你存心不想让我干，故意找我的麻烦，我就不干了。"

刘兵不想把气氛弄得这么严肃，有意缓和李小漫的情绪，用调侃性的语气说："李小漫同志，你有点进取心好不好？你看丁师傅加工出来的机械部件就不像你加工的。她的活不用我一件件检查，只是抽查。我省事，她也高兴。如果你能像丁师傅那样，你开心，我也省事多好。"

李小漫认为刘兵这么比较没有道理，不符合实际，反驳说："你这不是说废话吗！丁师傅工作多少年了，我才工作多少年。她技术不好能是我师傅吗？我怎么不是她师傅呢？再说了，如果都不用你质检了，车间安排质检员的工作岗位干什么？看来你是不想当车间质检员了，有选择其他工作的想法了。"

刘兵说："照你这么说，加工出来的机械部件质量不合格还有理了。厂里还应该感谢你是不是？"

李小漫说："我没说有理，更不敢有让你感谢我的想法。我只是觉得你这位专职质检员的工作方法有些不妥当，做事欠考虑。你让我跟丁师傅比技术是不对的，甚至有点可笑。"

刘兵说："你在强词夺理。虽然工人操作车床加工的机械零部件的质量优劣跟工作年限有关，但是关系不是很大，而是在于工作态度和掌握操作车床技术的能力。"

李小漫说："工作年限长的老工人技术当然好了。工作年限短的年轻工人怎么能跟工作年限长的老工人比技术呢。"

刘兵说："虽然技术好与不好跟操作车床年限长短有关，但不是绝对的。有的工人三四个月就能熟练操作车床，完成一般性技术要求标准的机械部件加工。有的工人一两年、三五年也加工不出一般技术要求标准的机械部件。"

李小漫认为刘兵这些话说得有道理。在机械加工车间成一波就是刘兵说的三五年加工不出一般标准要求的工人。当然刘兵此时说的不是成一波而是她。

成一波三十二三岁的年龄，一米七三左右的个子，人憨厚、本分，高中毕业到敖来县机械厂机械加工车间学车工技术。他在车工的岗位上工作了两年多也不能独自完成一般性技术标准要求的机械部件加工，就让他离开了车工的岗位。他在车间打扫卫生、干零活。他到敖来县机械厂工作跟他爸成应瑞有关。

成应瑞是敖来县机械厂电工组组长。他技术好，工作中任劳任怨，跟领导、同事关系融洽，是厂劳动模范。当他跟厂领导说想让成一波进厂工作时，厂领导从照顾本厂老职工子弟方面考虑爽快同意了。

成一波的师傅是车工班班长高宗南。

高宗南初中毕业，一米七左右的个子，身材略胖，显得敦实。虽然他跟成应瑞属于两代人，但私交很好，有时他把成应瑞叫到家里喝酒，有时成应瑞把他叫过去喝酒。成一波读高中一年级时就跟高宗南熟悉了。

成一波到敖来县机械厂机械加工车间工作时，高宗南不用成应瑞叮嘱，在工作中尽量照顾成一波。高宗南操作车床技术非常熟练，干活麻利，速度快。车工班近一年多时间实行了计件工作制，工人的工资跟干活多少、工时多少、使用原材料成本大小等方面挂钩。高宗南是车工班工资最多的。当然，他干出的工时也是最多的。

高宗南把自己懂的操作车床技术、看图纸的技巧全部交给了成一波。成一波在出徒后，能看懂图纸，操作车床技术也熟练，但是在操作车床加工机械部件时废品率特别高。高宗南再怎么技术指导成一波，成一波也没有再提升技术水平，始终保持在那个技术水平位置。高宗南无可奈何地说："你是高中毕业，我是初中毕业，当年我学徒时只用了三个月时间，你已经一年多了，怎么还这样呢……"

成一波也不知道自己为什么操作车床加工机械部件时废品率那么高。他成了机械加工车间的特殊工人。

李小漫出徒后不怎么会磨车刀。磨车刀是车工工作中很重要的环节。车刀磨得好，加工出来的机械部件质量高，干活快。车刀磨得不好，干活慢不说，加工成的机械部件也不达标。成一波帮李小漫磨过车刀。虽然成一波热心，但离开了车工岗位，车间同事不怎么尊敬他。李小漫有时面对刘兵的批评感觉自己好像跟成一波有相似之处。她对刘兵说："你的意思是我跟成一波一样呗？"

刘兵否认地说："我没这么说。"

李小漫说："那么，你的意思是我的工作态度不好呗？"

刘兵说："这话是你自己说的，不是我说的。"

李小漫说："其实，我的工作态度很好。"

刘兵用否定的语气说："你自己感觉工作认真吗？"

李小漫说："我工作时挺认真的。"

刘兵说："不接受批评，不思进取，这是工作中最让人头疼的事。"

李小漫说："你想让我对你低三下四吗？"

刘兵说："用不着。你只要把活干好，废品率少些就行。"

李小漫说："你是质检员，你有权力把不好的挑出来。"

刘兵说："挑出来不还是废品吗？"

李小漫说："你说不合格，我能有什么办法。"

刘兵说："干活时多用点心，仔细点，严格要求自己，就能提高合格率。"

李小漫觉得刘兵一直在说她工作不认真，有婉转批评她的意思。她有点生气地说："你好像是在存心找事。你不就是个质检员吗，有什么了不起的，别那么较真，工厂又不是你家开的，差不多行了。"

刘兵说："这不是较真，工作时应该认真。这是在工作，工作就得认真，不能马马虎虎，三心二意的。"

李小漫嘲讽地说："你好像脑子进水了，应该去医院做检查了。"

刘兵警告性地说："李小漫！你别不识好歹，说话客气点儿。如果你不改变工作态度，不听劝，不提高产品合格率，我让主任跟你说。"

"你别左一句主任，右一句主任的，总把主任挂在嘴上，好像主任是你亲叔二大爷似的。就算主任是你亲叔二大爷，还能把我怎么样？最多我不干了。"李小漫反驳着说。她最烦刘兵说这句话了。她跟刘兵一旦发生争执，刘兵就去找主任。刘兵一找主任，主任就批评李小漫。

刘兵气愤地转身离开了。

李小漫原本就被王来齐寄来的《沿海纺织报》搅乱了心绪，干活有些心不在焉，也不情愿。刘兵这么一说，她更没心情工作了。她关了机器，转身朝丁美花走过去。

丁美花的车床在李小漫的后面。两台车床相隔几米远的距离。丁美花是李小漫刚进机械加工车间工作时的车工师傅。她了解李小漫的性格和秉性。车床在响，车间里还有机器在响，她在机器的杂音中隐约听见了李小漫跟刘兵的对话。虽然她没听清李小漫跟刘兵具体说了什么，但知道又是因为李小漫加工出来的机械部件产生了分歧。她笑着劝慰说："你别生气，干活时仔细点，别那么快，工作年限长了，熟练就好了。"

李小漫说："我承认加工的零件质量不是太好。可是刘兵一句一个主任的，拿主任吓唬谁呀！我又不是被吓大的。不就是车工吗，让干就干，不让干就算了。"

丁美花说："刘兵刚参加工作，学生气浓，工作经验不足，有点死板，你别跟他计较了。他人还是不错的，没有故意刁难你的意思，都是为了工作，没必要生气。我找时间跟他说一说。"

李小漫说："之前，李师傅当质检员时就没有这么多事。那时，我也没让主任批评过。自从刘兵来了后，主任批评我已经成为家常便饭了。刘兵让我跟你的技术比……这活我还能干下去了吗？"

丁美花说："李师傅不是大学毕业生，检查质量没刘兵这么认真。刘兵让你达到我这个技术标准确实有难度。我工作多少年了，你才工作多长时间。车工技术不是立竿见影的活，是需要一点点磨炼出来的。熟才能生巧。等你到了我这个年龄，可能技术比我还强呢。"

李小漫说："肯定不如你。"

丁美花说："没有绝对的事。"

李小漫说："别的事可能不是绝对的，但是在操作车床技术方面，我这辈子绝对追不上你。"

丁美花笑着迅速看了一眼李小漫，又快速把目光转回车床上。她在加工机动四轮车用的轴承。轴承光洁度要求高，车床卡盘必须转速快，如果车床卡盘转速慢了，加工出来的零件光洁度达不到要求。她笑着说："别生气了，快去干活吧。"

李小漫叹息着说："我哪有心情干活呀。我在等主任来批评我呢。"

2

吴东峰三十八九岁的年龄，一米八二的个头，身材魁梧，东北大汉的相貌。他祖籍是山东省临沂市乡下的。他父亲是从部队转业来到北大荒敖来县城工作的。他高中毕业时正赶上敖来县机械厂建厂，是第一批到厂工作的工人。他从学徒工到当上机械加工车间主任，对机械加工车间的车、钳、铣、刨等工种，每个工作环节都熟悉、了解。他是高宗南的师傅。

吴东峰在机械加工车间外的调度室工作。调度室和传达室在同一间屋里，处在厂院大门口，方便来厂加工机械部件、维修机械方面的客户洽谈业务。他正在调度室里画图纸，刘兵匆匆走了进来。

刘兵看吴东峰正在画图纸，不想分散吴东峰的注意力，把到嘴边的话咽了回去，没有马上说话，站在旁边静静看着吴东峰画图纸。

机械厂调度室在安排外来临时性机械加工部件时，复杂的图纸交给厂技术室设计，简易的图纸由调度室直接画，快速安排加工。

生产车间根据调度室的图纸要求安排生产。

吴东峰放下手中笔，抬头看了一眼刘兵，感觉刘兵不高兴，猜测刘兵在工作中遇到了不开心的问题，便问："怎么了？脸色这么难看。"

刘兵叹息了一声，有点无可奈何地说："这个李小漫呀，我真是拿她没有办法了，你去跟她说吧。"

吴东峰说："发生什么事了，还非得让我去说。"

刘兵说："她干活不怎么样，脾气还挺大。我应付不了她。"

吴东峰说："这么简单的事还把你难住了？合格就转下一道工序、入库验收，不合格就让她返工，不能返工的就当废品。你是质检员，处理产品质量问题是你的工作职责。"

刘兵说："李小漫也太会干了。她干出来的活，如果说不合格吧，还卡个边，也算是合格。如果说合格吧，稍微严格一点，就不合格了。你说这不愁人吗。"

吴东峰说："你是什么意思呢？"

刘兵说："你去说一说她，让她工作认真点或许废品能少些。"

吴东峰说："你直接跟她说就行。检查产品质量是你的工作职责，你跟她沟通是必要的。如果我经常去说她，她对你会产生抵触情绪。再说了，我也没少说她。"

刘兵无奈地说:"我的主任呀,我好言相劝她多次了,她不但不听,还同我争执。她对我好像产生了抵触情绪。我给她提出工作建议,她觉得我是在刁难她,这不麻烦吗?"

吴东峰说:"你们两个都还太年轻了,工作时间短,如果工作时间久了,工作经验多一些,能沉住气,这些都不是问题。"

刘兵没明白吴东峰话中的意思。他一直认为自己是正确的,吴东峰应该站在他的立场上说话,没想到吴东峰会把他和李小漫放在同一条线上相提并论。

吴东峰说:"你觉得李小漫在工作中有点棘手、难办,是吗?"

刘兵强调性地说:"不是难办,是非常难办。李小漫这么工作,让其他工人怎么看?如果工人干的活都跟李小漫似的,产品质量还能得到保证吗?咱们是生产农用机械的工厂,不合格的机械出厂后会给用户带来许多不便,也会埋下许多事故隐患。我上中学时,我家曾经买过一台机动四轮车,在田间耕地时车轴突然断了,田间距离村庄十多里路,往返一趟就是二十多里。当时天还下着雨,就别提有多麻烦了。"

吴东峰认为刘兵工作认真是好事情,这种工作态度是难得的。但是他认为刘兵学生气太重了,工作经验少,性子急,不善于跟工人沟通。当然,他也了解李小漫。李小漫在工作中不思进取,工作态度散漫,粗心。这次他没有像往次那样去批评李小漫。他认为批评李小漫是没有意义而且是多余的事情了。但他得支持刘兵的工作,不然会打消刘兵的工作积极性。他思量一下后问:"李小漫在干什么活呢?"

刘兵说:"我去车间时,机器开着,她却在看报纸。"

吴东峰问:"她又发表诗了?"

刘兵说:"可能是吧。不过,咱们这儿是机械厂,不是文学创作室,也不是文化辅导中心,工厂跟写诗没有任何关系。就算李小漫会写诗,写出来的诗在《人民日报》《工人日报》《人民文学》上发表了,又能给咱们厂带来什么经济效益?只要她还在工厂,在生产一线工作,写诗就是不务正业,只能当业余爱好。"

吴东峰笑着说:"如果咱们厂能走出一位著名诗人也是好事,不能说没有关系。"

刘兵用嘲笑的语气说："我的主任，可算了吧，你也太高看李小漫了，就她那样，还当著名诗人呢……"

吴东峰说："你说话带有酸味，是不是对她产生了嫉妒？"

刘兵说："我又不是文学爱好者，嫉妒她干什么。我是说人应该干一行，爱一行，干什么工作，就得把它干好。她本职工作干不好，其他事也未必能做好。"

吴东峰说："她不喜欢这份工作。"

刘兵说："工作不能以个人喜好决定的。我还不想当车间质检员呢。我想当县长，那我就不认真工作了呗！整天做梦当县长呗！那能行吗？"

吴东峰笑着说："你小子挺敢想的，还想当县长……我连厂长都不敢想。"

刘兵说："你虽然是调度、车间主任，但是跟副厂长是平级的。如果你想当厂长还是有可能的，因为副厂长跟厂长之间只差半级。如果我想当县长，就是做梦，不切实际。"

吴东峰说："可别小看这半级，这半级之差，有时候一辈子也赶不上去。"

刘兵说："李小漫离诗人还远着呢，又何况是著名诗人呢。"

吴东峰说："她不一定能成为著名诗人，但成为诗人的可能性是有的。"

刘兵调侃地说："哪天我也写诗，我也当诗人。"

吴东峰说："你如果像李小漫这样，质检员的工作就别干了。"

刘兵说："李小漫能干我怎么不能干？主任你护着李小漫。"

吴东峰说："李小漫跟其他人说你找我，我就批评她。她说我护着你。"

刘兵说："咱们是在工作，主要是想把工作干好，不存在个人恩怨的事。现在市场经济发展这么快，对之前的计划经济冲击特别大。如果厂子经济效益不好，咱们每个人的收入都会受到影响。"

吴东峰自言自语地说："李小漫，一个爱好写诗的车工姑娘……"

刘兵说："李小漫写的诗只是发表在内刊、小报上。她在省报上还没有发表过呢，更别说是在《人民日报》《工人日报》这种大报上发表了。如果她能在《人民日报》《工人日报》这种国家级大报上发表诗，文化局、宣传部早就把她调走了。"

吴东峰说："她在哪里发表诗咱管不着，那是她自己的事。可她在厂里上班就得把本职工作干好。工厂是生产单位，工厂要生存下去，想发展，工人必须技术好，生产出的产品必须是高质量的。"

刘兵说："像李小漫这样的工人肯定不行。"

吴东峰说："不能这么轻易否定一个年轻人。她在这个岗位上不行，或许从事其他工作就行了。"

刘兵说出的是自己的观点。吴东峰这么说让他有点尴尬。今天他感觉吴东峰和往次不同，往次吴东峰会表现出支持他的态度，而今天吴东峰好像是在做老好人，不帮他说话，也没有批评李小漫的意思。

吴东峰把图纸递给刘兵说："你把这活交给丁美花，让她抓紧时间干出来，客户急着用。我得去开会了。"

刘兵看吴东峰站起身，往外面走，着急地问："李小漫的废品怎么办？"

吴东峰说："准备让她专心去写诗。"

刘兵没明白吴东峰话中的意思。吴东峰已经走出了调度室，大步流星地朝厂长办公室走去。

卢贵明和其他厂领导都已经到会议室了。他们在等吴东峰。吴东峰不但是机械加工车间主任，还是机械厂的调度。厂调度虽然跟副厂长是同一级别，享受同等待遇，但是名头没有副厂长大，虽然调度主管的工作范围比某个副厂长还多。在厂里暗中流传着吴东峰是厂长接班人的事。卢贵明笑着对吴东峰说："就等你吴大调度了。"

吴东峰捞过一把椅子坐下，解释说："来了个急活，把图纸画完，就赶紧跑来了，一点时间也没敢耽误。"

卢贵明对机械厂党支部书记孙明仁说："开始吧。"

孙明仁以前是县政策研究室副科长，半年前从省委党校学习回来后，调到了机械厂任党支部书记。机械厂是正科级单位。他主持会议。

这次会议比较简短，主要是各车间上报下岗工人的名单，然后进行讨论。机械厂在做改成股份制前的准备工作。这次改制中的最大难题之一就是把部分工人进行分流，怎么安置下岗人员。

卢贵明看吴东峰报上的名单中有李小漫，皱了一下眉头，感兴趣地说："听说这丫头发表了不少诗，有点才气。"

吴东峰说："她是发表了一些诗，也写了很多诗。但她在机械厂工作不对口。咱们这儿是生产机械的工厂，不是文化局、宣传部，也不是文化馆……如果她是在政府事业文化单位从事专业创作就好了。她在咱们这儿就是另类了，起了负面影响。"

卢贵明同意吴东峰的意见，但他认为让李小漫下岗有点可惜了，便说："咱们可以向政府机关、文化事业单位推荐李小漫，看文化单位能不能把她调走。"

3

刘兵拿着图纸从调度室出来，边往车间走边琢磨吴东峰刚才说话的意思和态度。他弄不明白吴东峰怎么会是这种态度。这完全在他意料之外。他走进了机械加工车间也没有明白吴东峰话中的意思。他朝丁美花的车床走过去。

丁美花正操作着车床，车床卡盘在飞速转动。车刀切成的铁末落到车床下面。她停了车床，接过图纸看了看，然后把图纸放到车床旁边，笑着，小声说："小漫今天心情不好，你别招惹她。"

刘兵说："她跟小辣椒似的，我哪敢招惹她。"

丁美花说："你刚才跟她说完，她就没心情干活了。"

刘兵说："丁姐，我发现了产品质量问题，跟她说，她还跟我吵架，你说她讲理吗？"

丁美花笑着说："她心情不好，你心情却挺好的，你让着她点，有什么问题慢慢说。"

刘兵说："我的心情也不好。我都快被她弄郁闷了，工作时总不能把郁闷挂在脸上吧。"

丁美花说："你们各自让一步，心情就都好了。"

刘兵说："丁姐，不是我影响了她的心情，是她影响了我的心情。"

丁美花说："你是男人，应该大度些，让着女人。"

刘兵纠正说："这是工作，跟是男人和女人没关系。不能因为她是女的，就可以加工的零件不合格吧。你还是女的呢，比很多男师傅干的活还好、还快、还多呢。"

丁美花笑着说："你读的书多，口才又好，我说不过你。我不跟你争理。既然小漫不愿意理你，你就少跟她说话。"

刘兵压低了声音，反驳说："我的丁姐、我的丁师傅，这是在工作，工作中出现了问题，总是要解决吧？如果是因为工作影响了她的心情，她就太不懂道理了。也只能怨她想不开。"

丁美花说："好了，你别较真了。"

刘兵说："丁姐，你是不是在护着你这位徒弟？"

丁美花笑着说："我护着你，行了吧！"

刘兵做出开心的表情，笑着说："虽然这话是假的，但我愿意听。"

丁美花说："如果你和小漫继续这样闹别扭，对你、对小漫都不好，也不利于解决问题。你听我的劝就听，不听就当我没说。"

"我非常想听，但是接受确实有难度。"刘兵说。他朝车间里面走去。他不想看见李小漫，在经过李小漫车床边时，故意把脸转向了相反的方向。不过，他眼睛的余光还是看见了李小漫。李小漫在目不转睛地看着他。他感觉李小漫的目光里带着愤怒，如同两束火焰向他照射着。他尽可能回避跟李小漫的对视，表现出若无其事的样子往前走。

李小漫加工了几件活，因为注意力不集中，不但活成了废品，还险些伤到手，索性关了机器，不干了。

她感觉在机械厂工作不下去了，得离开机械厂另找工作。她的危机感主要来自两个原因：其一是她不喜欢这份工作，讨厌穿工作服。其二是吴东峰和刘兵认为她技术不过关，加工出的机械零件废品率太多。她认为就算她不辞职，没准哪天也会被机械厂辞退了。她产生了焦虑情绪。

她看了一眼放在板凳上的《沿海纺织报》第4版《天涯风景》文学副刊，思量着是不是去红涯市找工作。她也有换单位的想法。这两种想法，她能做成哪个都行。但她选择其中哪一个去实现改变生活的目标，感觉希望都很渺茫。她感觉心中的目标是那么遥远，成功的可能性是那么缥缈、虚幻。她在梳理着纷乱的思绪，努力判断可行性，想在二者中选择一个作为以后生活的努力方向。

渐渐地，她去红涯市的念头占了上风。

虽然红涯市距离敖来县城遥遥数千里，隔山隔水，路漫漫，但在红涯市有一个叫王来齐的诗人吸引着李小漫。如果不是王来齐从红涯市寄《沿海纺织报》给李小漫，李小漫也不会萌生去红涯市找工作的想法，红涯市更不可能对李小漫有那么大的吸引力。

王来齐和《沿海纺织报》，如同红涯市向李小漫发的两张邀请函，让李小漫产生了强烈离开敖来县城的想法。

从前，她虽然对现在的工作不怎么满意，有些厌倦，但是没有辞职外出打工的想法，想在当地寻找新的工作单位。她曾想托关系、走后门，换个待遇好的工作单位。她努力了几次也没找到新的接收单位。她在跟王来齐交往后想法发生了改变，认为外出打工自主性大，比换工作单位容易。

她在写给王来齐的信中询问过在红涯市找工作的情况。王来齐在回信中告诉她在红涯市找工作的外地人非常多，工作不算难找，也不算好找，看想找什么工作，自己有哪方面技能。从此，她想去红涯市找工作的想法越来越强烈。

想归想，但她一直没下定决心，没付出实际行动。虽然她在敖来县机械厂的工作不理想，不愿意干，但是不管怎么说是正式工作。机械厂是国营企业，她属于国企职工。如果她放弃正式工作，离开国营企业外出打工，还真有些不舍得，难下决心。

这些天，她犹豫不决，心情乱糟糟的。

她刚才跟刘兵发生的争执，再次让她感觉到了在机械厂工作的不适应。她胜任不了这份工作，也不想赖在这里了。她必须寻找自己喜欢的工作，适合自己的工作。

她想摆脱因工作产生的困扰，想过开心的生活，也想证明自己是有能力的人，更想证明在离开敖来县机械厂后能找到更好的工作。她想让刘兵和吴东峰看到她的发展潜质和能力。她再次萌生了去红洼市找工作的想法，而这次辞职的意念是从没有过的强烈。

她想离开北大荒敖来县城去山东省红洼市找工作，这是个破天荒的想法。这种外出打工的念头无论对她来说，还是对敖来县城里其他人来讲都是突破性的。敖来县城里还没有哪个人辞去国营单位的正式工作外出打工呢。

敖来县城地处祖国北部边疆北大荒。人们思想相对传统，观念不怎么开放，还停留在计划经济中，对新兴的市场经济意识兴趣不浓，把正式工作看得非常重，看不惯自由职业者、个体工商户。人们认为自由职业者是社会的混子，生活不稳定，没有发展前景。

虽然李小漫也这么认为，但她的思想观念在转变，如同冬季的冰雪在春天到来时渐渐消融。她感觉在改革开放大潮兴起时，社会在变，人的思想在变，国营企业的经营模式也会随之变化。在今后改革迅猛的时代，在国营企业里工作不一定是铁饭碗。国营企业的这个饭碗未必能端一辈子。半年前她去省城参加写作学习班时，发现省城的年轻人有许多已经放弃舒适的工作自己创业了。她从省城回来就在思考自己以后的工作问题。

她想：这是一种思潮吗？

这种思潮如同春风般搅动着人们的思想观念。

她还在胡乱地想着什么，米仲声朝她走了过来。

米仲声曾经当过一段时间车工班长。他三十七八岁的年龄，初中毕业进敖来县机械厂工作，一直在车工的岗位上工作。他操作车床技术精湛，厂里曾经有传言说提拔他当机械加工车间主任，不知道是什么原因一直没有提拔。有人私下说他太虚伪，处事过于圆滑，不厚道，厂领导不认可他的人品、处事方式。也有人说他工作中个人想法太多，喜欢打小算盘，特别计较个人得失，卢贵明不喜欢工作中个人想法多的人。不管是什么原因，反正没有任命他当机械加工车间主任。他后来自己提出不当车工班长了。车工班长每月有十几块钱的管理工资补贴。关键是他跟吴东峰关系发生了微妙变化。因为传言中说提他当车间主任，厂里没提拔他好像是跟吴东峰不同意有关，为了缓和跟吴东峰的紧张关系他才不当车工班长的。他操作车床技术应该比高宗南好，但是他在高宗南当车工班长后，每月完成计件活比高宗南略少。他好像有意让着高宗南，如果他超过了高宗南会让高宗南没面子，毕竟高宗南现在是车工班长。

曾经有一段时间米仲声和丁美花，还有吴东峰，被称为机械加工车间车工中的三把刀。吴东峰在两年前从机械加工车间主任岗位被提拔为了机械厂调度兼车间主任，理应把机加车间主任的职位让出来，但是他还兼着机械加工车间主任。是厂里这么安排的，还是吴东峰不愿意放手机械加工车间主任位置系传言，没有明确答案。

当然，高宗南及另外两名车工的技术也挺好，只是没有吴东峰、丁美花和米仲声精湛。也有人认为高宗南操作车床的技术跟吴东峰、丁美花和米仲声差不多，但是高宗南的车工技术跟吴东峰、丁美花和米仲声的技术能差多少是没有人知道的。

丁美花是女的，没有一点当官的想法，也没有当官的能力，只是一心一意钻研技术，用精湛的技术多干活，多挣点钱。

但是米仲声就不同了。他是男人，有着男人的野心，也有着对权力的渴盼。他有当官的想法，也有当官的能力。但是他没当上，愿望无法实现，这就影响了他的心情。虽然他在工作中有着和李小漫相同的不满意，但是他跟李小漫处理的方式不同。他有忍耐力，想法从现实考虑，既然当不上官，就争取多干活，多挣些钱。

而李小漫有着破罐破摔的做法。或许是李小漫年轻，不需要考虑挣钱养家，只要自己工作舒心，生活得自由些就行了。

米仲声笑着说："你今天上午没怎么干活。"

"没法干了。"李小漫叹息了一声。

米仲声说："活还是得干，不干活一天就白白浪费掉了。"

李小漫没再说话。她好像没话说了，笑着，笑容里带着无奈，或是苦涩，看着米仲声走过去。

高宗南虽然是车工班长，但从不主动过问其他人的事，如果不主动找他，他就当看不见。他看米仲声跟李小漫搭话了，认为自己应该走过去跟李小漫说点缓和情绪的话。

高宗南知道李小漫的想法，这事他没办法管，也不想管。

两个月前厂里施行了计件工时制度。车间工人就算是上班了，有出勤，如果干不出活，也不给发工资。车间工人挣钱多少，跟干活多少紧密相关，工作时基本不用领导监督，工作任务由车间、调度室派发，班、组长在工作中只是协调安排，工人各自干自己的活。

高宗南有点累了，也到下班时间了，作为班长，他认为应该去安慰一下李小漫。他朝李小漫走过去，但没跟李小漫说话，而是侧脸冲着丁美花问："你徒弟怎么了？"

丁美花说："她心情不好。"

高宗南笑着对李小漫说："不干活就是不想挣钱了呗。"

李小漫说："这钱没法挣。"

高宗南说："遇到技术问题找你师傅，你师傅厉害着呢。"

李小漫说："身体不舒服。我师傅不是医生。"

高宗南说："去医院看一看。有病就得治，不治小病会发展成大病。小病好治，大病难愈。"

李小漫说："我下午请假，去医院。"

高宗南说："明天早晨能照常上班吗？"

李小漫知道高宗南只有批准半天假的权力，整天假得找吴东峰批。她不想看见吴东峰，也不想找吴东峰请假，随意地说："如果不出意外，能上班。"

钟声敲响了，下班时间到了。车间的工人停下工作，开始洗手，换下工作服。住宿舍的去食堂吃饭。回家吃饭的人到停车棚骑自行车、摩托车，人群往工厂大院外涌动。

丁美花推着自行车故意靠近李小漫说："你别跟刘兵计较，他是认真了点，但没有其他用意。你不能闹情绪，该上班还得上班。"

李小漫说："我没闹情绪，只是有些郁闷。"

丁美花说："我刚参加工作时，还不如你的技术呢，工作时间久了，熟练就好了。"

李小漫说："我真不想干车工这活了。"

丁美花说："那就找厂长换个车间，换个工种。"

李小漫说："我哪有这个面子。再说，我觉得在咱们厂我干其他活也干不好。"

丁美花说:"试一试,不试怎么能知道不行呢。"

中午休息一个半小时,来回路上的时间、回家做饭、吃饭、收拾家务,时间紧张。工人下班就急匆匆往家赶。

李小漫骑上摩托车,丁美花骑上自行车,一个往东,一个往西,各自回家了。

4

杨海燕正在收拾旅行箱,李小漫走进了屋。她觉得意外,没想到李小漫能在这个时间来。这是上班时间。李小漫是第一次在上班时间来找她。她不解地问:"你没上班?"

"心情不好,就没去。"李小漫说。她把手中的头盔放在桌上。

杨海燕用嘲讽的语气说:"你也太随意了,心情不好就不去上班了?存心想让厂里把你开除了。"

"我请假了,又不是旷工,凭什么开除我?"李小漫说。她来找杨海燕没有事,是临时决定的。她吃过中午饭,在家休息了一会,就到上班时间了。每天她是到点上班,到点下班。如果她不去上班得跟爸、妈说明什么原因。如果她不说,爸、妈会主动问她为什么不上班。她今天没有不上班的理由。她不想把糟糕的心情告诉爸、妈,也不愿意用谎话骗爸、妈。她从家里出来后,在街上转了转,想找个消磨时间的地方。这是上班时间,街上人少,熟悉的人中没有闲着的。她就来找杨海燕了。

杨海燕说:"如果工人都心情不好,都不去上班,工厂不就倒闭了。"

李小漫说:"别人心情不错,干劲很大,只是我心情不好。"

杨海燕说:"你是在机械厂干够了,不想干了。"

李小漫仰着头说:"真就让你说对了,我是干够了,也不想干了,但是不想被开除。"

杨海燕说:"机械厂多好的单位,当时我想去工作都去不了,你还不珍惜。"

李小漫凝视着杨海燕说："外面的人想进去，里面的人想出来。"

杨海燕说："不愧是诗人，读的书多，说话也一套一套的。可能只是你想出来，其他人不想出来。"

李小漫和杨海燕是初中同班同学。杨海燕学习成绩不好，初中毕业没有继续上学，回到乡下了。在同学中没在县城工作的只有几个人，杨海燕是其中之一。

杨海燕问："来有事吗？"

李小漫轻轻摇了一下头说："没事，只想找你聊天。"

杨海燕不相信地说："有事就说，跟我不用客气。"

李小漫说："真没有。我也没跟你客气过。"

杨海燕说："不上班，专门来找我聊天？"

李小漫说："不行吗？"

杨海燕用批评的语气说："当然不行了。聊天能聊出钱吗？你不上班哪来的工资。你可别故作潇洒了，没钱什么事也办不成。我想上班还没班可上呢。如果你没事，请假来找我，我就不理你了。"

李小漫说："我心情郁闷，如果不找人说一说话，可能精神就崩溃了。没准哪天你看见我时，我已经成了精神病患者、成了疯子。"

杨海燕说："为什么心情这么糟糕？"

李小漫说："跟工作中发生的事有关，但不完全是工作的问题。"

杨海燕说："除了工作还能有什么事。你们家里的事也不用你操心。再说，你们家里一切正常，也没发生不好的大事。你失恋了？"

李小漫说："如果失恋能让我这么郁闷，我就不是李小漫了。你尽管放一百二十个心，失恋对我产生不了太大打击。"

杨海燕分析说："家里正常，又没失恋，只是工作中发生那么一点不开心的事，你就如此郁闷了？"

李小漫说："可能是我想得太多了。"

杨海燕说："既然知道自己想得太多了，那就不去想没必要的事，或是少想。再说，想太多也没用，日子得一天天过，事得一件件办，问题得一点点解决，何必把自己弄得如此精神疲惫，又解决不了问题呢。"

李小漫说："我也这么劝慰自己，但是没有效果。"

杨海燕毫不客气地说："这是缺点。你得克服这种缺点。我可不想看见好朋友、好同学得精神病，变成疯子。"

李小漫羡慕地说："你的心态挺好。"

杨海燕叹息地说："自己调解呗。当初看见你们都有了正式工作，每天上班，我待在家里……那些日子都不想活了。"

李小漫说："我得向你学习。"

杨海燕了解一些李小漫工作中的事，知道李小漫跟刘兵有矛盾。她说："是不是刘兵又找你麻烦了？"

李小漫说："你怎么猜得这么准，好像是诸葛亮的徒弟。"

杨海燕笑着说："诸葛亮有没有徒弟我不知道，但是诸葛亮肯定没有女徒弟。我是诸葛亮的师傅。"

李小漫说："我来的路上没遇见牛，牛是不是全让你吹跑了。"

杨海燕说："可算了吧。现在种地都不用牛了，全是机器种地。我在乡下已经好多年没看见牛了。你在县城就更看不见牛了。再说，如果我有那么大能量，就不用在乡下生活了。"

李小漫说："你想去联合国生活。"

杨海燕说："太远，去不了。如果能去鹤城、佳木斯或哈尔滨等地工作，这辈子也算是没白活。"

李小漫说："你说的这几个地方跟咱们这里差不多，我都不喜欢。如果去这几个地方生活，还不如老老实实待在敖来县呢。"

杨海燕说："敖来县城怎么能跟哈尔滨、佳木斯、鹤城相比呢。"

李小漫说："这些地方在地理环境上没有太大区别。如果想离开家到外地工作，就去差距大的地方，就去远的地方。"

杨海燕说："你想去哪儿？"

李小漫说："还没想好。"

杨海燕说："你就别胡思乱想了，想着怎么把工作干好才是正经事。如果你把工作弄没了，后悔都找不到地方。"

李小漫说："车工真不好干。我也干不好了。我确实也不喜欢干。我每次走进车间时，头就隐隐地疼，看见车床精神就紧张，心如同被石头压住了。我看见刘兵就产生反感情绪……车工的活，让我度日如年。"

杨海燕说："你领我去找刘兵。我去跟他讲理。他一个外来小青年，还敢欺负咱们本地人！反了他呢！"

李小漫说："你怎么像金庸小说中的女侠呢？"

杨海燕说："人活着就应该有点大侠精神。朋友落难了就应该拔刀相助。"

李小漫笑着说："就你……可算了吧。"

杨海燕说："怎么，你还让刘兵给欺负住了？"

李小漫说："刘兵在工作中是认真了点，但没有过分之处。我在工作中确实存在问题，不能把责任全推到刘兵身上。"

杨海燕说："你怎么替刘兵说话了？"

李小漫说："我没说过他不好，只是说他工作中死脑筋，不灵活，过于认真、过于坚持原则了。"

杨海燕说："照你的意思，是我理解错了？我把刘兵想得过于坏了呗？"

李小漫说："你拔刀相助的情我领了。我在工作中发生的问题任何人都帮不上忙，只能由我自己解决。"

杨海燕说："你逃避问题、回避问题，请假不去上班，这不是解决问题的办法。这种做法只能适得其反。"

李小漫说："我在考虑离开机械厂。"

杨海燕说："你不愿意在机械厂工作可以，但是得能找到新的接收单位才行。"

李小漫说："接收单位特别不好找。如果能找到接收单位，换个新工作环境，我的心情能好很多。"

杨海燕说："那就找周守法，让他家帮你换个工作单位。他妈不是在县政府机关当科长吗？政府机关里全是当官的。他妈认识县领导，帮助你换个工作单位不是问题。"

李小漫白了杨海燕一眼说："他妈一直看不上我，反对我跟他的事，让他妈帮我换工作单位，我脸皮也太厚了。"

杨海燕说："死要面子活受罪。人活着有时候不能太要面子。你不要在意他妈的态度，只要周守法愿意跟你好，想娶你当老婆就行。"

李小漫说："听你说'老婆'两个字，觉得太刺耳了。"

杨海燕说："叫'媳妇'好听呀？"

李小漫说："不好听。"

杨海燕说："叫'对象'好听？"

李小漫说："也不怎么好听。但是比老婆、媳妇好听。"

杨海燕说："你可别假装正经了。女人天生是要嫁给男人的，也是要生孩子的。不管是叫媳妇，还是老婆和对象，都是一个结果，就是嫁给男人，就是给男人生孩子，跟男人在一起过日子。"

李小漫说："你还没谈恋爱呢，怎么就想到了生孩子的事，不害臊吗？"

杨海燕说："这种事还用想吗？你爸你妈，我爸我妈，不都是过来人吗？不都是这样过日子吗？你就别假正经了，是不是已经跟周守法睡过觉了？"

李小漫无所谓地说："睡觉了！违法吗？不违法吧。你羡慕了！你嫉妒了！还是心里痒痒了？"

杨海燕说："这不得了。你已经跟周守法睡过觉了，他家帮你换工作单位是理所当然的事。虽然他家现在看是为了你，其实也是为了周守法。你将来嫁给了周守法，不就是周家的儿媳妇了吗？"

李小漫说："将来是将来的事，现在是现在的事。人家只看现在，不看将来。到哪一步说哪一步的事。再说，我也不能肯定就是嫁给周守法，没准还嫁给其他人了呢？"

杨海燕说："你跟周守法睡过觉了，还能有哪个男人娶你。"

李小漫笑着说："你怎么能证明我跟他睡过觉了？你看见我跟他睡觉了？"

杨海燕说："如果我看见你跟他睡觉了，你成为什么人了？我成为什么角色了？这种事还能让第三个人看见……你刚才说跟他睡过觉了，又不是我说的。"

李小漫有点得意地说："我还说我杀人了呢，你去报警让警察来抓我吧。我说的你就相信？"

杨海燕说："李小漫，你怎么变得没正经话了。"

李小漫说："你看我什么地方不正经了？"

杨海燕说："你住在县城，我住在乡下，我怎么能知道你正经不正经。"

李小漫说："不能说我是世界上最正经的女人之一，但我肯定是敖来县最正经的女人之一。"

杨海燕说："听你说这话，好像咱们县除了你之外，就没有正经女人似的。"

李小漫纠正说："我是说我是正经女人之一，没有说我是唯一。唯一跟之一是不同的意思，明白不？"

杨海燕故意说："我不是诗人，读书少，理解不了那么深，不明白。"

李小漫说："如果咱们县十万个女人全是正经的，我就是十万分之一。如果咱们县一万个女人全是正经的，我就是一万分之一。"

杨海燕说："咱们县的女人全是正经女人，你跟其他女人没有什么区别。你根本不用强调自己是正经女人。或许，咱们全县的女人中只有你不正经。"

李小漫说："我想不正经，但骨子里全是正经的基因，风流不起来，也不知道怎么风骚才能让男人喜欢。"

杨海燕说："这还不简单，你把衣服脱光了，男人就喜欢了。男人喜欢一丝不挂的女人。"

李小漫说："好像你是男人似的。在哪儿脱衣服？我在大街上脱衣服男人以为我是精神病患者呢，不但男人不喜欢，还能把男人全吓跑了。"

杨海燕说："你写诗写得感情丰富了，接话也快了。"

李小漫说："你比我改变大。你以前接话很慢。正因为你接话慢，在学校读书时才有调皮男生叫你'海燕慢慢飞'的绰号。"

杨海燕说："在学校读书时无忧无虑地生活真好。如果生活能回到从前，我一定努力读书。走上社会后为挣钱发愁，为找工作发愁，为找对象发愁……想法跟学生时完全不一样了。"

李小漫说："时光不可能倒流，岁月不停往前走。以后还得给男人当老婆，给孩子当妈……黑发变成白发。"

杨海燕说："真不愿意变老，想到以后变成老太婆了，有点恐惧，头皮发麻。"

李小漫说："人不能总年轻，由年轻到老是正常的生理变化。不过咱们离老还远着呢。"

杨海燕说："我感觉现在日子过得特别快，转眼在生产连队好几年了。还没做成什么事呢，一年年就过去了。"

李小漫说："你比我早工作了三年。我比你多读了三年高中。现在咱们两个的生活在同一平行线上，没什么区别。"

杨海燕说："还是多读书好。现在没有区别不等于以后没有区别。不读书没有后劲。人读书就跟地里的庄稼似的，地里种的庄稼不上肥料也长，但没有上肥料的庄稼长得速度快。人不读书、读书少，也能生活，但遇到事情看不透，把握不住发展机会。"

李小漫说："人能不能看清楚事情跟读书多少、见过的世面有关，但也跟基因有关。有的人天生对事情就敏感，有的人天生反应就迟钝。"

杨海燕说："我就属于天生迟钝的人。"

李小漫说："我跟你一样。"

杨海燕说："你跟我可不一样。"

李小漫说："物以类聚，人以群分。"

杨海燕说："咱不说那些跟自己生活没有关系的事了。咱能把自己的事管好就行了。"

李小漫说："我的事，你的事，都是生活中的事……生活让心情纠结。"

杨海燕说："我非常认真地提醒你，周守法这人不错，家境在咱们县也算是好的。你千万别脚踏两只船，挑花眼了，弄得竹篮打水一场空。你如果错过了周守法会后悔的。"

李小漫微笑着说："周守法没有你说得那么好。听你这话除了周守法之外，我好像嫁不出去了似的。"

杨海燕说："你能嫁出去，但嫁的人不一定能有周守法好。你现在是不识庐山真面目，只缘身在此山中。我是局外人，看周守法对你的感情比你感觉到的清楚。"

李小漫看了一眼行李箱，转移了话题，说："你收拾行李干什么？"

杨海燕说："准备去佳木斯。"

李小漫说："去佳木斯还用带这么大的箱子吗？"

杨海燕叹息说："我在家里待着，我爸妈什么也不让我干。我总在家里待着就成废人了。我去佳木斯裁缝学校学习做衣服。"

李小漫笑着说："你想当裁缝！这可是我没想到的。如果你能在县城开家裁缝店挺好的。"

杨海燕说："能不能当裁缝，能不能开裁缝店，得根据我学到的技术情况决定。我得学一种技术，找个谋生手段，不能让我爸妈养我一辈子。"

李小漫说："自己做生意挺好的。"

杨海燕说："做衣服属于个体户，谈不上是生意人。并且我现在连个体户也不是，只是有成为个体户的想法。"

李小漫笑着说："你长本领了，说话越来越有深度了，跟之前如同换了个人似的。"

杨海燕说："你笑话我能得到什么好处？"

李小漫说："你确实比从前成熟多了。"

杨海燕说："在家待了这么多年，不可能不思考问题。考虑事情多了，就没有冲动的心情了。我有时候连说话的心情都没有。"

李小漫说："你学会做衣服的手艺了，当了裁缝就愿意说话了。你每天跟找你做衣服的人打交道，不愿意说话也得说。"

杨海燕说："我是想做事，自己挣钱养活自己。这么大的人了，如果没有一技之长，总在家待着都不愿意见人。"

李小漫点着头说："长期待着，不做事肯定不行。不管是谁，如果想得到其他人尊重，得做事，得在社会上有自己的位置，得挣钱才行。"

杨海燕初中毕业后，在县城没找到接收单位，回到了乡下家里。在县城工作的同学跟她保持交往的不多。在县城工作的女同学几乎都有男朋友了，但她还没有。有媒人到她家提亲的，彼此没有看好。她认为没有好的工作很难找到满意的对象，就算是找到了对象，建立了家庭，在家庭中也不一定能有地位。她想自食其力，也想进县城工作、生活。她说："你不上班有工资吗？"

李小漫说："不上班哪来的工资。"

杨海燕说："机械厂是国营单位，就算你不要工资，三天打鱼，两天晒网，也不行。这么下去厂里会开除你。"

李小漫说："不用厂里开除，我准备辞职。"

杨海燕吃惊地说："辞职？"

李小漫说："我不想在机械厂上班了。"

杨海燕说："不想上班就辞职，你脑子没出问题吧？"

李小漫说："我很正常。现在的工作我实在是不想干了。"

杨海燕说："像你这样不务正业的人，厂里巴不得你走呢。你辞职非常容易，但是辞职之后呢？"

李小漫说："我想外出打工。"

杨海燕说："你想去哪儿打工？"

李小漫说："去红涯市。"

杨海燕用质疑的语气说："正式工作不要了到没去过的城市打工？你觉得可行吗？"

李小漫说："我拿不定主意才纠结呢，如果能拿定主意就不纠结了。"

杨海燕听李小漫想去红涯市找工作，脑子里瞬间闪出了王来齐的名字。她听李小漫多次提起过王来齐，还有王来齐写的诗及那份《沿海纺织报》。虽然她和李小漫读过王来齐写的诗，但没见过王来齐。她们除了知道王来齐在红涯市一家纺织厂工作，爱好写诗、编辑报纸外，对其他方面不了解。她说："小漫，你跟王来齐一面都没见过，他是高，还是矮，是胖，还是瘦，你都不知道，你去找他能行吗？"

李小漫否认："我不是去找他。"

杨海燕说："那你去红涯市找谁？"

李小漫说："我喜欢海。我长这么大还没看见过海呢。我去看海，顺便找工作。"

杨海燕说："如果你想看海，可以去大连，大连比红涯市离家近，交通也比去红涯市便利。"

李小漫虽然不承认去红涯市找工作跟王来齐有关，其实就是跟王来齐有关。如果王来齐不在红涯市，她不会产生去红涯市找工作的想法。如果王来齐不写诗，不主编《沿海纺织报》副刊，她不会认识王来齐。如果王来齐不编发她的诗，她对王来齐的印象就不会那么深刻。其实，她外出打工的想法是跟写诗有关、跟文学有关、跟逃避在机械厂工作有关；跟王来齐有着直接关系。

虽然她不是作家，也算不上诗人，但是属于文学青年，是业余作者，这是毋庸置疑的。她跟王来齐是没有见过面的文友、诗友。

杨海燕看李小漫被她说中了，又接着说："小漫，你投奔王来齐不行，风险太大。"

李小漫说："能有什么风险？还能被他骗了？"

杨海燕说："在那么远的城市，你一个熟悉人也没有，投奔一个没有见过面的男人不安全。"

李小漫说："我去红涯市找工作怎么能是投奔他呢？"

杨海燕说："你别不承认，我也不跟你争论，假如王来齐是骗子呢？"

李小漫说："不会吧？"

杨海燕说："怎么不会？为什么不会？当然，我是说假如？"

李小漫从来没有把王来齐跟骗子联系在一起。虽然她跟王来齐没见过面，没通过电话，只是有着几次书信往来，但是她一直相信王来齐是诗人，是《沿海纺织报》副刊编辑。她认为诗人和编辑是有一定可信度的。她说："王来齐会写诗，还编辑报纸，怎么能是骗子呢？"

杨海燕说："骗子就不会写诗了，骗子就不能编辑报纸了？骗子不但会写诗，不但能编辑报纸，骗子还有冒充当官的呢。"

李小漫笑着说："诗人，骗子，官员……这种想象很丰富，可以写成小说，拍成电影和电视剧。"

杨海燕说："写诗的人中有好人，也有坏人；有正常人，也有不正常人。如果写诗的人坏起来，思维不正常，那就太可怕了。你知道顾城吧？他跟英儿的事你知道吧？顾城做的事多风流，多残忍。他用斧头杀死了妻子，又自杀了，这种举动太疯狂了。"

李小漫没想到杨海燕能知道顾城杀人事件。她说："这是最近刚发生的事，你也知道了。"

杨海燕为了能及时了解到外界的信息，经常收听收音机里的新闻节目，还看电视新闻。这样她才觉得生活不空虚。她说："你以为我在乡下家里孤陋寡闻，对外界发生的事一无所知呗？"

李小漫说："我没想到你能关心文学方面的事。"

杨海燕说："因为我的同学李小漫是诗人，所以我才关心文学方面的事。好像有一次我在佳木斯广播电台的节目里听到主持人朗诵你的诗了。当时我兴奋得想去县城告诉你了。"

李小漫说："我们厂有位老师傅也听到了，他告诉我了。"

杨海燕说："广播电台朗诵你的诗给你稿费吗？"

李小漫说："我收到过报纸寄来的稿费，没有收到过广播电台的稿费。"

杨海燕说："广播电台不给稿费，你这诗不是白写了吗？"

李小漫轻轻叹息了一声说："不给稿费能采用就已经很好了。"

杨海燕说："不给钱你还写诗？"

李小漫说："写诗不是为了挣钱，如果写诗是为了挣钱还不如到市场上当小商贩了。市场上的小商贩挣钱比写诗容易。"

杨海燕说："你想成名人？"

李小漫说："在咱们这么偏僻的地方能成为什么名人。"

杨海燕不解地说："你写诗不是为了挣钱，不是为了出名，那你为了什么？是为了消磨时间？"

李小漫说："我写诗就跟你想学做衣服似的。"

杨海燕没明白李小漫话中的意思，想了想说："我学做衣服跟你写诗不沾边。你比喻得不恰当。"

李小漫说："你不去学做衣服心里空虚，我不写诗也觉得心里空虚。我写诗是想让自己的生活充实些。当然，如果能挣到钱，能出名更好了。"

杨海燕说："我说了你也别生气。我个人觉得有些诗人像精神病。比如顾城杀人……这种诗人的品德，还不如不写诗的普通老百姓好呢。"

李小漫知道顾城杀妻后自杀的事情。她认为顾城杀妻自杀是极其特别的事件。诗人不可能都像顾城那样。她说："诗人不全像你想的那样。你把诗人想象成了疯子和恶魔，这是错误的。"

杨海燕说："如果你像顾城那样精神不正常，思想偏激，即使咱们是同学，我也不跟你交往。"

李小漫说："这不结了。我结识的诗友中，还没有像顾城那样思想偏激的人。"

杨海燕说："你这么相信自己的判断力？"

李小漫说："如果连自己都不相信，还会相信其他人吗？如果谁都不相信，人与人之间怎么沟通？怎么交流？"

杨海燕听李小漫说起高谈阔论的话，笑着说："你不愧是名为李小漫，想法真够浪漫的，对生活想得这么简单和天真。"

李小漫说："我在上学时不喜欢写诗。"

杨海燕说："那时你爱看小说和电影。"

李小漫叹息说："现在连看电影和小说的心情都没有了。"

杨海燕把要带的东西整理好了，直了直腰，想了想，自言自语地说："应该没什么需要带的了。"

李小漫说："怎么带这么多东西。"

杨海燕说："带全了，到那儿不用临时买了。听说佳木斯骗人的事挺多。"

李小漫说："县委宣传部新闻干事的照相机在那儿丢了。宣传部姚部长在街上走着时遇到了两个骗子，两个骗子跟着他不离开，他走进邮局，从邮局后门离开的。"

杨海燕说："佳木斯都这样呢，何况是红洇市呢？"

李小漫说："这是几年前发生的事，近年来没听说发生过这种事。"

杨海燕说："你没听说不等于没有。肯定还会有。红洇市比佳木斯还大呢，城市大，流动性人口多，发生这种那种事更多。"

李小漫说："越是经济发达的城市坏人越少。经济不发达的地方通过正常渠道挣不到钱，人为了挣钱什么事都做。人如果通过正常渠道能挣到钱就不做坏事了。"

杨海燕反驳地说:"这只是你李小漫的想法,我都不这么认为,更不用说其他人了。"

李小漫笑着说:"我看出来了,今天我在你面前说的好像没有正确的观点。"

杨海燕说:"我只是建议你不要去红洭市找工作。这是你人生中的大事,得由你自己做决定。咱们去敖来河边转一转。我很久没去河边了。"

李小漫说:"不想去。"

杨海燕说:"春天来了,万物复苏,地是绿的,树是绿的,河水清澈,河边的风景不错,去河边看一看,或许能激发出你写诗歌的灵感和激情。"

李小漫说:"你比诗更有内涵。"

杨海燕说:"你可别贬低我了。如果我有这两下子就写诗了。我在学校读书时最怕写作文。"

李小漫说:"你现在说话挺有深度。"

杨海燕说:"在家待了好几年,如果还像在学校时那么天真,这几年不是白活了?"

李小漫说:"活着和生活,这两个字的意思,看似简单、轻飘飘的,其实分量挺重的,有时压得心里缓不过劲来。"

杨海燕说:"听说没有灵感写不出诗。"

李小漫说:"没那么夸张。虽然写诗需要灵感,但不用刻意寻找灵感,刻意找未必能找到。只要用心留意生活,灵感随时都有可能在脑子里出现。"

杨海燕说:"别说大道理了,还是去河边走一走,散散心吧。"

李小漫伸手拿起桌子上的头盔,跟着杨海燕出了屋。她们各自骑着摩托车朝敖来河而去。

敖来河在县城南郊,离杨海燕家住的村庄不远。河面不是很宽,河水不算深,没有受到工业污染,河水清澈。河水从西向东缓缓流淌着。

这是松花江支流,是活水,河水从没干涸过。河两岸长满了青草。

在这风和日丽的春天里,旷野的空气是那么清新,空气中夹杂着泥土和野草的气息。阳光是那么温柔，即使心情焦虑时走到大自然的怀中也会得到缓解。

大自然的美景是医治心情焦虑的天然良药。

李小漫和杨海燕在河边缓缓走着。虽然她们即将离开敖来县城，离开黑土地，但是为了梦想而离开，为了寻找人生希望而离开。虽然她们离开的原因各不相同，但人生目标是相同的，去追寻生活的希望。

杨海燕去佳木斯学习裁缝技术是暂时离开。她在学习结束后会重返敖来县，想用学到的裁缝技术创业，体现自己的人生价值。

李小漫去红涯市是到异乡寻找实现梦想的机会。她没考虑何时归来，或永远离开敖来县城，因为她不了解红涯市的情况，能不能在那里扎下生活的根基。

她们诉说着梦想、家事、爱情与希望，倾诉着生活、工作中快乐与不快乐的事。

夕阳西下的时候，从敖来城里传来了钟声的阵阵余波。李小漫知道这是机械厂下班的钟声。她朝着钟声响起的方向望去。

她目视的远方是隐约的敖来县城轮廓。那根高耸入云的大烟囱是敖来县机械厂的锅炉房，大烟囱如同定位坐标，看见了那根大烟囱，就知道了机械厂在县城的位置。不过，那根大烟囱从明年冬季开始，就不会在冬天供暖的季节里冒烟了。敖来县城的几家较大国营企业开始由县供热公司集中供热了。

敖来县供热公司是一年前新成立的国营单位。

杨海燕说："你们厂的钟声传得可真够远的，在这儿也能听到。"

李小漫感触地说："也许，过些日子就听不到了。"

杨海燕说："什么意思？"

李小漫说："以前就有年轻的厂领导提议不敲钟了，把大铁钟换成电铃。但是这个提议被卢厂长否定了。机械厂要改为承包制，卢厂长年龄大了，可能提前退休，或调走。大铁钟也许要退休了，有可能会被当成废铁卖掉。"

杨海燕说："钟声挺有特色的，电铃太普遍了。"

李小漫说："我去监狱看我表哥时，监狱里都用上电铃了。电铃一响，犯人全出来集合，或回到屋里。"

杨海燕说："你表哥犯了什么罪？"

李小漫说："我表哥没犯罪。"

杨海燕说："没犯罪，他怎么会在监狱里？"

李小漫说："他是狱警，专门看管犯人的。"

杨海燕说："这话让你说的……我听得有点晕。"

李小漫说："我说的话有问题吗？"

杨海燕说："没有问题，就是弯绕得太大，从咱们这儿绕到了西伯利亚。"

李小漫说："不是我绕弯，是你问的话有毛病。"

杨海燕说："我问的话哪儿有毛病？"

李小漫说："我说去监狱看我表哥，你问他犯了什么罪。你这么问，我得解释吧？"

杨海燕说："你是诗人，读书多，也善于思考问题，我说不过你。"

李小漫说："你说得也没错，只是咱们的出发点不同，反应的方式不一样。"

杨海燕说："你还算谦虚。"

李小漫说："我骄傲过吗？"

杨海燕说："你想骄傲，但是没有骄傲的资本。"

李小漫说："照你这么说，我得骄傲一次，也必须骄傲一次。不然，我就白活了一回。"

杨海燕说："你在学校读书时少言寡语的，不愿意跟同学交往，现在这么能说是跟写诗有关吧？"

李小漫说："这几年我没少读书，社会经验也多了，如果想法还停留在学生时代，处事方式就是倒退了。工作跟在学校读书时完全不一样。学生可以谁也不理会谁，自己学自己的。工作中跟同事得交往，不交往工作就没办法干了。"

杨海燕说："人的想法不进就退。"

李小漫说："你变化也不小。"

杨海燕说："我在家看电视，听广播，我是从广播和电视里学来的。"

李小漫说："社会在发展，咱们得跟上时代发展需要，要么就被淘汰了。"

杨海燕说："所以我去佳木斯学习做衣服技术。"

李小漫说："你学做衣服，我学什么？"

杨海燕说："你学写诗呗。"

李小漫说："做衣服能挣钱，能养活自己，写诗能挣钱吗？靠写诗挣钱还不得饿死。"

杨海燕说："你不能当专业诗人，当专业诗人挣不到钱。"

李小漫说："我从来没想过靠写诗挣钱。"

杨海燕说："你可以通过写诗调到文化局，或文化馆当创作员。你还记得不，咱们学校有位语文老师就是通过写作调到文化局工作的。"

李小漫说："虽然那位语文老师喜欢写作，但是水平不高。他不是靠写作本事调到文化局的，他姐夫在组织部工作。"

杨海燕说："虽然你现在没有社会关系，如果你努力寻找、建立社会关系，给自己创造机会，自己成绩特别突出，没准也能行。"

李小漫说："关系不是马上能建立起来的，成绩也不是马上就能很大的，都得一点点积累。我以后也许行，但现在肯定不行。我得考虑解决眼前工作中的麻烦事。"

杨海燕说："你应该有明确目标，朝着目标努力。"

李小漫说："那是理想，理想跟现实是两码事。"

杨海燕说："让我看你应该好好上班，好好钻研技术，把全部心思用在工作中。最起码不能让刘兵说你加工的机械部件不合格。"

李小漫说："车工的工作我真干不下去了。"

杨海燕说："你真下决心辞职了？"

李小漫说："只能这么选择了。"

杨海燕说："周守法同意吗？"

李小漫低下头，看见脚下有一个拳头般大的土块，使劲用脚踢了一下，抬起头说："我还没跟他商量呢。"

杨海燕说："辞职是大事。你得跟周守法商量。这是你对他的尊重。

不然，你们之间会产生分歧、发生矛盾的。"

李小漫说："我以前跟他说过，他没说反对的话。"

杨海燕说："他没反对是以为你只是说说，发发牢骚，如果你真辞职了，可能他就不同意了。"

李小漫说："他不同意是肯定的。"

杨海燕说："你爸妈是什么态度？"

李小漫说："我爸妈强烈反对。他们希望我能在机械厂工作到退休。"

杨海燕说："你如果能在机械厂工作到退休是挺好的。"

李小漫说："哪儿好？"

杨海燕说："在车间里工作，到点上班，到点下班，生活有规律，风吹不着，雨淋不着，太阳晒不着……这不挺好吗？"

李小漫说："可算了吧。没到我退休呢，机械厂可能就解散、消失了。"

杨海燕说："那么大的工厂，那么多工人，那么多机器，怎么可能解散、消失呢？"

李小漫说："之前是计划经济时代，以后是市场经济时代，任何产品都得适合市场经济。机械厂在咱们这地方是大厂，跟大城市工厂相比是小厂，根本没有竞争力。远的不说，就说眼前这片农田吧。农田是你们村的吧？几年前还是由村里集体种植呢，现在包产到户了，农田分给个人种植了，村里不怎么管了，收入多少由个人负责。机械厂的工作以后肯定不是铁饭碗。咱们这个年龄的人，不可能在机械厂工作到退休。"

杨海燕说："目前没人支持你辞职，更没人支持你外出打工。其他人的意见你可以不听，但是你爸妈和周守法的意见得参考。"

李小漫说："我爸妈的也不能听。听他们的什么事都做不成。我不能为其他人活着，得为自己活着。我哪怕是破釜沉舟，也得在年轻时做自己想做的事，要不老了我得后悔。"

杨海燕开玩笑地说："你说这话如同上战场前的宣誓，事情没有这么严重。"

李小漫说："不跟你聊了，我该回去了。"

杨海燕说:"吃过饭再走吧。"

李小漫:"不用了。你明天就去佳木斯学习,还得做些准备。我有事,咱们先各忙各的,以后有时间再说。"

杨海燕说:"等我从佳木斯回来咱们再好好聊。"

李小漫说:"我找你做衣服,检查你学的技术怎么样。"

杨海燕:"没问题。"

李小漫说:"你还挺自信的。"

杨海燕说:"我已经跟村里的大姨们学会做衣服了,去佳木斯是进行系统学习,主要是想提高对服装的审美视觉和样式。"

她们各自骑上车,一南一北,朝着相反的方向而去。

5

李小漫写诗的爱好是在参加工作后开始的。她在学校读书时不喜欢诗歌,而是喜欢读琼瑶写的小说,喜欢看《追捕》《流浪者》这种电影。琼瑶小说中的爱情故事扣动着她少女的心弦。她痴迷,神往。参加工作后,她觉着生活单调,工作无味,才产生了写作的念头。她想写出如同琼瑶写的那种纯情小说,但她模仿着写了一段时间,写了几本书厚的稿件,发现写出的小说不伦不类,语句不通顺,情节不紧凑,无法读下去,放弃了写小说的想法,写起了诗。

她感觉写诗要比写小说容易得多。开始时,她没有当诗人的想法,只是在用写诗的方式排解寂寞,消磨闲余时间,让生活充实些。她写诗的时间长了,写得多了,发表了几首诗后,渐渐入迷了,想法也就多了,就有当诗人的想法了。

敖来县城小,人口少,没有报社,更没有杂志社,只有电视台和广播站。电视台跟诗无关,发表不了诗。广播站只是偶尔朗读过李小漫写的几首诗,给了几元钱稿费,寥寥无几的稿费在生活花销中如同树叶一扫而过,没有留下什么可供记忆的痕迹。但她还是经常给广播站投稿。因为她写的诗在敖来县城只能通过广播站这一途径让人们了解,让人们知道。

她写的诗在县广播站被播音员带有磁性的声音朗读后，能被一些听众留意到，能提高她在敖来县的知名度。毕竟在敖来县喜欢文学的人少，几乎没有人从事文学创作，能在内刊、小报上发表文学作品的人屈指可数，可能只有她一个人。她在敖来县有了一定知名度，人们知道她爱好写诗。人们知道在敖来县城里有一位叫李小漫的姑娘喜欢写诗，发表过诗。

她确实想成为诗人，渴望发表作品。

写诗容易，发表难，想成为诗人是难上加难。

她想把写出来的诗在杂志和报纸上刊登出来，想得到社会承认；想扩大知名度；想让写的诗成为生活经历的永久性记载。如果她想通过写诗的方式体现人生价值、社会地位，只是在县内刊、小报、县广播站发表是不行的，必须在更高层次的广播电台、报纸、杂志上发表才行。她尽可能往省、市级的广播电台、报社、杂志社投稿。她也尝试着往北京国家级的广播电台、报社、杂志社投过几次稿，但是稿子都是石沉大海，杳无音信，她便很少再往国家级别的广播电台、报社、杂志社投了。

她知道近水楼台先得月的道理。她认为往附近城市的广播电台、杂志社、报社投稿被刊发、采用的机会能多一些。她经常往佳木斯、鹤城、双鸭山、哈尔滨等城市的广播电台、报社、杂志社投稿。虽然她寄出的稿件如同希望的鸟儿飞出了窝，飞向了远方，但在相当长一段时间是有去无回、没有消息的。她想可能是自己写作水平有问题。于是她开始参加省、市杂志社举办的各种写作函授学习班，寻找发表诗歌作品的机会和条件。

虽然这些杂志社、报社举办的写作函授学习班是以经济创收为目的，但是为了吸引学员，扩大学习班的影响力，有的学习班编辑了临时性的内刊、小报，专门用来发表学员作品，为学员提供交流平台。

她参加函授写作学习期间在内刊、小报上发表了几首小诗，结识了一些来自全国各地的文学爱好者和文友，也是通过参加函授写作学习班认识的王来齐。

王来齐是红涯市的业余诗人。他也参加了函授写作学习班。他在内刊上看到李小漫写的诗后，感觉不错，产生了交流意愿，按照作者简介上面留的通信地址，给李小漫寄去了《沿海纺织报》的第4版《天涯风景》文学副刊。这是他参与编辑的内刊厂报。报上的《天涯风景》文学副刊版，是刊登小小说、散文、诗歌及文学评论等文学作品的版面。

李小漫收到这份内刊小报时，惊喜无比，兴奋了许多天。她没想到能有报社编辑主动跟她联系。那一夜，她久久不能入睡，失眠了。那几天，她兴奋的心情难以平静。她给王来齐寄去了写的诗歌作品，在信中写是请教写作经验，真实用意是想在《沿海纺织报》的第4版《天涯风景》文学副刊发表。王来齐明白李小漫的想法，很快在《沿海纺织报》的第4版《天涯风景》文学副刊上发表了李小漫的几首诗。李小漫看诗发表得这么顺利，接着又寄去了些诗歌作品。她把诗歌作品寄出去后，就盼着王来齐回信，盼着发表。但是在后来相当长的一段日子里，王来齐迟迟没给她回信。她在焦急中等到了王来齐的信后，才知道王来齐不能总给她发表诗。王来齐在信中解释说，《沿海纺织报》的第4版《天涯风景》文学副刊是内刊，又是厂报，是以发表本厂、本市作者的作品为主，只能兼顾刊登少量外地作者的作品。不过，王来齐时而把李小漫的诗歌作品推荐给红涯市诗歌协会主办的《海风》内刊杂志上刊发。李小漫没想到王来齐能这么帮助她，她非常感动。这时，她才知道发表作品是需要地域优势的，更需要人脉关系。从前，她寄出去的稿件没有发表的原因，不一定完全是稿子质量不好，是跟不占地理优势和没有人脉关系有关。她每次看发表在《沿海纺织报》的第4版《天涯风景》文学副刊及《海风》内刊杂志上的诗歌作品时，就对红涯市产生了浓厚的兴致，心所向往。

其实，李小漫早就知道红涯市这座海滨城市了。推算起来，她应该是在读中学时，开始了解红涯市的。

她读中学时对地理课特别感兴趣，想象着有一天能走遍全中国，到世界各地旅游，像台湾作家三毛那样感受世界各地的风土人情。

那时，她就关注全国及世界各地的风俗人情。

虽然她没去过红涯市，甚至没有走出过黑龙江省的北大荒生产建设兵团地域，但她知道红涯市是座美丽的海滨城市。她知道红涯市有沿海第一高峰——红涯峰，还有德国人、俄国人、法国人建造的许多欧洲风格的古老建筑物群——红涯建筑风景区。她心想红涯市太美了，如果有一天能在红涯市生活、工作，这辈子就知足了。

但是她生活在遥远的北大荒敖来县城，敖来县城很小，远离大海，远离红涯市。如果她想走出北大荒，想离开敖来县城，到异地生活，只能通过考大学这条途径实现。

那时大学毕业后国家包分配工作，再说大学毕业到红涯市也好找工作。但是，当时全国高等院校少，报考的人数多，高考淘汰率高，能考上大学的概率非常小。她在激烈的高考竞争中名落孙山了，想通过读大学途径走出北大荒敖来县城的梦想落空了，从梦想回到了现实生活中。

敖来县城虽然人口稀少，求职者不多，但是企业相对也少，为求职者提供的就业机会和选择工作单位的空间相对也少，找工作接收单位时竞争非常激烈。

李小漫的父母是敖来县公路站的修路工人，憨厚，老实，没有很好的社会地位，更没有帮助她找接收工作单位的社会关系。她被分配到敖来县机械厂工作是劳动局统一安排的。不然，她是得不到这个工作岗位的。

她进县政府机关、事业单位工作是渺茫的，能被分配到机械厂当车工已经是非常幸运了。

她刚进机械厂工作时有着新鲜感，对这份工作也有兴致，但是没过多久就厌烦了。她是充满青春朝气的年轻姑娘，正处在人生中梦幻斑斓时期，整天跟铁、机器打交道，感觉委屈了自己，也觉得在浪费青春时光。

上班时，她面对各种机器，在车间里听着机器的噪声，呼吸着带着油味的空气，感觉如同是被困在了生产车间里。她有着从黎明往黑暗里走时看不到光明的心情。

她每天工作时心绪都被机器的声音搅乱了。

她心烦，想换工作，但是怎么才能换呢？她一没大学文凭，二没送礼本钱，三没社会关系，再说了，敖来县城里好工作、好单位不多。她这个"三无"人员想换更好的工作单位，或好的工作岗位，实在是太难了，不是简单事。

她心情郁闷，想找到去远方看风景的路。她想看一看远方的生活风景。她从王来齐的来信中了解到了红涯市的信息，似乎是呼吸到了来自远方的新鲜气息。她的心潮被这种信息触动了，思绪在幻想的空间飞扬。她心中的湖水在涌动，不肯平静，荡起了一阵又一阵波澜。

她想离开敖来县城，想飞离北大荒敖来县城的天空，想飞向远方。她不清楚远方在哪里。其实远方在她心里想抵达的地方，在她看不见的天涯那边。

虽然她有这种想法，但没有坚定的决心。

今天刘兵再次说她加工出来的机械零部件不合格时，她脑子里想离开机械厂的思潮再次涌动，冲击着心灵的堤岸。

这是她第一次因为工作中闹情绪不上班。

6

一天前，李小漫跟周守法约好了晚上一起看电影。

周守法是李小漫刚交往不久的男朋友。他从八一农垦大学毕业后，原本可以留校工作，因为父母对他偏爱，不愿意让他在离家远的地方工作，他回到了敖来县。他是敖来县近年仅有的几名本科毕业生。县畜牧局没有本科毕业生。他可以直接到畜牧局工作。但他要求到畜牧公司当了兽医。他在学校读书时学到的是理论知识，缺少实际操作技能，想在工作中积累些技术经验。

虽然周守法工作职务是县畜牧公司兽医，因为是本科毕业生，属于干部编制，档案材料归组织部管理。他的父亲是县农业局技术员，母亲是县政府办公室主任。他的家境很好。

周守法喜欢李小漫的浪漫性格，也喜欢李小漫率真的处事方式。李小漫身上好像有着吸引力在吸引他。他感觉到了李小漫为工作中的事不开心，约李小漫去看电影，想开导李小漫，安慰李小漫。

他们每次看电影都是在电影院门前广场见面。

敖来县城只有一家电影院。电影院是座三层楼，在政府机关办公室对面。敖来县城人口少，看电影多数是年轻人，观众不算多。电影院为了节约放映资源，不是每天营业，一般情况下是二、四、六及周日放映电影，一、三、五休息。当然节假日期间除外。

电影院的工作人员属于县总工会正式职工，工资由县总工会发，工作悠闲，属于事业编制。电影院没有经济创收任务，县财政对票价有补贴，票价相对较低，以服务于广大群众为宗旨。

在电影院工作是很好的。

王尔达在电影院工作。他是周守法高中时的同学。每次电影院接收到新片，放映好看的电影，他提前告诉周守法，如果周守法想看，给周守法预留位置好的座位。

当晚放映的是香港电影《双龙会》。香港电影深受敖来县年轻观众喜欢。

有几家单位为了方便职工观看，单位包了电影《双龙会》的专场。周守法看过了，李小漫没看过。周守法是陪李小漫看电影。

周守法在电影院门前的广场上等了一会，看李小漫没来，有些着急了。他以为李小漫临时加班，不来看电影了，骑着摩托车去机械厂找李小漫。

机械厂大门关着，侧面的小铁门开着。

周守法把摩托车停在厂门外，走进传达室。

胡树青在值班。他认识周守法，知道周守法是李小漫的男朋友。他说李小漫下午没来上班。周守法问李小漫为什么没上班，胡树青说她请假了。

周守法回到电影院门前继续等李小漫。他觉得无聊，走到卖瓜子的小摊贩前买了两元钱瓜子，嗑瓜子打发时间。

李小漫骑着摩托车来到周守法面前闹情绪地说："不想看电影了。"

周守法问："怎么不想看了？"

李小漫说："没心情。"

周守法问："你今天没上班？"

李小漫不开心地说："车工的活越干越没意思。再干下去我就得精神病了。"

周守法问："领导又批评你了？"

李小漫说："今天领导没批评我。但是我不想干车工了。一天都不想干。我工作时经常分神，精力不集中，车床卡盘转速那么快，这样下去容易发生事故。"

周守法说："我妈在想办法帮你换工作单位。"

李小漫叹息着说："我是高中毕业，学历不高，想调到机关、事业单位的可能性非常渺茫。"

周守法说："在县政府机关、事业单位里工作的人，不全是大学毕业，也有高中毕业的。其实，你不适合在县政府机关工作，比较适合在文化局、文化馆、电视台，这种文化单位工作。"

李小漫说："你替我想得挺周到，但是实现不了。"

周守法说："不要泄气，只要努力，就有希望实现。"

李小漫说："我想趁着年轻，有离开家的勇气，想出去闯一闯。如果年龄大了，就没有到外地寻找工作的勇气了。"

周守法说："你还想外出打工？"

李小漫说："年轻有失败的理由和资本，也能经得起失败。如果失败了可以从头再来。如果年龄大了，就经不起失败了。"

周守法说："你还想去红涯市找工作？"

李小漫说："目前我没有别的地方可以选择，想去红涯市看一看，行就在那找工作，如果不行再想别的办法。"

周守法知道在红涯市有位叫王来齐的诗人帮助李小漫发表过诗歌作品。李小漫每次提到王来齐时神色中夹杂着兴奋。周守法不愿意提到王来齐，但是李小漫愿意提起。

李小漫收到王来齐寄的《沿海纺织报》第4版《天涯风景》文学副刊时，看见自己发表的诗歌作品，喜悦的表情自然流露出来。她的心不安分了，情绪也波动了。她发着感慨，更觉得工作不如意了。

周守法认为李小漫的思想受到了王来齐的影响，也影响到了他跟李小漫的感情。他感觉这是对自己不利的因素。他想阻断王来齐跟李小漫的交往，但没有适当理由和办法。他了解李小漫的性格，不能强行阻止李小漫去红涯市找工作的想法。如果他强行阻止，李小漫不但不接受，还能产生更加强烈的冲动。他顺着话题说："我去过红涯市，红涯市是美丽的城市。但是，我在红涯市时觉得孤独、寂寞，不如在咱们这儿随心。"

李小漫说："这么说，你同意我去红涯市找工作了？"

周守法心里非常矛盾，沉默了。

李小漫说："怎么不说话了？"

周守法问："让我说什么？"

李小漫说："想说什么就说什么呗。"

周守法说："我什么也不想说。"

李小漫说："生气了？"

周守法说："没有。"

李小漫说："还没有呢，你以为我看不出来……你不希望我去红涯市找工作，对吧？"

周守法说："只要是你喜欢做的事，我都支持你。"

李小漫说："这话我喜欢听，但愿不是假话。"

周守法说："出自口，发自心，绝对是真心话。"

李小漫说："你喜欢我吗？"

周守法说："这还用问。"

李小漫说："我总觉得你对我少了点什么。"

周守法不明白李小漫的意思，定神地看了李小漫一眼说："怀疑我对你的感情？"

李小漫说："怎么不强行挽留我呢？"

周守法说："你的性格我还不了解吗？我不让你去红涯市找工作你根本不能接受。如果我强烈反对，你万一不辞而别，远走他乡，就更麻烦了。"

李小漫得意地笑着说："这么想就对了。"

周守法说："不过，红涯市确实有点远，没有直达车。咱们这儿到红涯市要好几天。如果你在红涯市遇到了什么事，需要帮助，我去可能来不及。"

李小漫说："要么，你辞职跟我一起去。"

周守法说："这不行。"

李小漫说："还说爱我呢，让你做出点奉献精神都不愿意。"

周守法说："不是不愿意，是不切实际。我的性格不适合外出打工，何况我还是国家干部，我爸妈绝对不同意我辞职。"

李小漫说："你爸妈还不同意咱们交往呢，你这不也跟我在一起吗？"

周守法说："这跟辞职是两码事。咱们的事，我绝对不听任何人的。"

李小漫说："放心吧，我去红涯市不会发生坏事，只能遇到好事。"

周守法虽然不想让李小漫去红涯市找工作，但没办法阻止。李小漫是他女朋友，不是媳妇。如果是媳妇可以干涉，是女朋友不能干涉，只能劝说。他劝说过没起作用。他们的恋爱关系还不牢固，感情处在风雨飘摇之中。他只能把阻止的想法寄托在李小漫的父母身上。他相信李小漫的父母能反对李小漫辞职去红涯市找工作。但他不能确定李小漫的父母是否能阻止得了，是否能让李小漫改变辞职的想法。

李小漫做事向来是我行我素，只要她认定做的事，就非做不可，没人能改变。

李小漫了解周守法的处事方式，心里清楚周守法不愿意让她辞职，更反对她去红涯市找工作。虽然她不太喜欢周守法这种性格，又认为周守法是可以信赖的男人。她对周守法的心情是矛盾的。

周守法说："咱们这儿很少有人辞掉正式工作外出打工的。"

李小漫说："你不用说得这么婉转，除了我好像还没有第二个人。"

周守法说："应该能有，只是咱们不认识，不知道。"

李小漫说："这地方偏僻，信息不灵通，人的思想守旧，随着时间推移，国家政策进一步放宽，改革发展的深入，肯定会有人外出打工。劳动力自由流动是社会发展的大方向。"

周守法说："你这么关心国家政策。"

李小漫说："从报纸和广播中了解到的。"

周守法说："你爸你妈同意你去红涯市找工作吗？"

李小漫说："我还没跟他们说。"

周守法说："你应该早点跟他们说，让他们有思想准备。人上了岁数，接受新事物慢。"

李小漫说："我回家就跟他们说。你陪我一起去跟我爸我妈说。"

周守法迟疑地说："我去不好。"

李小漫说："怎么不好？"

周守法说："万一你爸你妈反对，生气了，发起脾气，我在场他们会觉得没面子。"

李小漫认为周守法考虑得有道理。毕竟他们的关系还没有发展到成熟的地步。现在两家老人对她和周守法的恋爱关系持不同观点和意见。两家老人都持反对意见，只是周守法家反对态度强烈，而李小漫家反对的态度轻微。她父母认为周守法家条件好，门不当户不对，交往有障碍，想让她找条件相当的男朋友。她父母一直把周守法当外人，有着敬而远之的意思。她说："如果我爸我妈问我，你对这件事的态度呢？"

周守法说："他们不能这么问。"

李小漫说："如果问呢？"

周守法说："你说我不反对。"

李小漫不高兴地说："不反对就是处在中立。我爸我妈肯定反对我辞职，更反对外出打工。你处在中立地位，不支持我，就是反对。"

周守法说："如果你这么想，就说我同意。"

李小漫笑着说："这就对了。"

周守法约李小漫原本是看电影，想让李小漫高兴，没想到李小漫说起辞职的事和外出打工的想法，让他没了看电影的心情。虽然他心里不愉快，但没流露出来，脸上的表情是轻松的。

李小漫心里乱乱的，没心情看电影，更没心情去饭店吃饭，而是想回家把想法讲给父母，争取让父母同意她的想法。她说："我今天没心情，不看电影了。"

周守法说："这部电影我看过了，是来陪你看的。如果你回家，我就回单位加班了。"

李小漫说："加班？"

周守法说："原本晚上加班解剖死猪。"

李小漫说："我回家了，你去加班吧。"

周守法看李小漫心情如此糟糕，担心李小漫回家发生吵架的事，叮嘱说："你心情好点，跟你爸妈好好说。"

李小漫说："你别干得太晚，早点回家休息，明天还得上班呢。"

周守法说："咱们交往这么久了，你是第一次说关心我的话。"

李小漫说："以前没说过吗？"

周守法说："没有。"

李小漫说："你记得这么清楚。"

周守法说："当然了。"

李小漫说："这是第一次，也是最后一次。"

周守法说："有第一次，就能有第二次，第三次……"

李小漫仰头看了一眼天空，转过脸看了一眼周守法，笑着骑车离开了。

周守法看了一眼手里的电影票，转过脸看着旁边几个不想买票，还想看电影的小青年，招了下手。这几个小青年为了省钱，经常不买票，混在人群中逃票看电影。有时能混进去，有时混不进去。他们有时在电影放映前临时性退票，退票便宜，花钱少。他们以为周守法想退票，快步走过去。周守法说："这两张票你们拿去看吧。"

小青年问："多少钱？"

周守法说："送给你们了。"

小青年说："这不好吧？"

周守法说："图个心情。"

小青年高兴地说："大哥，祝您天天开心，每天都是好心情。"

电影院大楼上的四只大喇叭响了，通知开始检票了，观众往电影院门口挤去。

周守法在路边小吃店买了几个包子拎在手里，骑着车往畜牧公司而去。他回单位加班了。

7

李小漫走进屋里时，李平静正拿着一瓶北大荒白酒往酒杯里倒酒，王克芳从厨房里往客厅的饭桌上端菜。李小漫看见饭桌上的菜比平时种类多，如同过节似的丰盛，不解地问："妈，今天是什么日子，做了这么多菜？"

"今天是你爸的生日。"王克芳说。

虽然北大荒是一片无际的黑土地，农田面积广阔，因地理位置原因，农作物生长受到了天气影响。在冬、春季节时天气寒冷，当地不生长新鲜蔬菜。敖来县城的新鲜蔬菜是从鹤城、佳木斯、哈尔滨等城市采购来的。这几座城市冬季也不大面积生长新鲜蔬菜，少量蔬菜是暖气大棚种植的，大量新鲜蔬菜是从山东运来的。敖来县城在春、冬季节，缺少新鲜蔬菜，新鲜蔬菜价格比较高。

李小漫说："我爸很少过生日。今天怎么突然过生日了？"

王克芳说："你爸原本也没有过生日的想法，今天分到房子了。你爸手气不错，抓号时抓到了二楼，又是朝阳面的。为了庆祝，你爸是临时决定过生日的。"

李小漫说："应该早点告诉我，我好给老爸准备生日礼物。"

王克芳说："你爸过生日，自己家人，没那么多说法。"

李平静家住在敖来县城郊区的平房里。政府为了节约土地面积，提高人们的生活质量，呈现新城镇风貌，根据实际情况，综合考量，把县城部分平房拆掉建楼房，让居民集中搬进楼房居住，以提高人们生活幸福指数。

这些天李平静和王克芳在家里时常说起分房子的事。他们想改善家里的居住条件，渴望住进楼房里。如果政府不投入财力物力进行旧房改造，他们家以现有的经济条件不可能住进楼房。能住上楼房是他们家的大喜事。

李小漫说："我爸的手气不错。妈，如果你抓号，就不一定能抓到二楼。"

王克芳说："我有自知之明，所以没抓号。"

李小漫说："如果让你抓号，你能抓到几楼？"

王克芳说："这可没准。说不定抓到五楼六楼了。五楼六楼太高，上下楼不方便。年龄大了，体力跟不上，不愿意爬楼。"

李小漫说："我爸立了一大功。今天得多喝几杯。"

李平静正如他的名字一样，遇到事不慌不忙四平八稳的。这么大的好事也看不出来他有激动之情，如同什么事没发生似的。他听着王克芳和李小漫说话没插言，只是在静静地喝着酒。他酒量不大，喝酒时神情专注。他有滋有味地喝着酒，如同在品尝五味生活，也好似回忆过去的岁月往事。

李小漫原打算吃过饭再说辞职的事，看见父母心情很好，气氛融洽，改变了想法，想趁着父母高兴时把事情说出来，这样利于父母接受。她试探性地说："妈、爸，我想跟你们商量件事。"

王克芳说："什么事就说呗，怎么还吞吞吐吐的。"

李小漫说："我想辞职。"

王克芳一听就着急地说："机械厂这么好的单位，车工也不错，你还不想干。你不在机械厂干想去哪儿干？"

李小漫说："好什么呀，一个女的，年纪轻轻的，整天围着车床转，除了铁，就是油，机器嗡嗡响，这种工作能有什么出息。"

王克芳说："车工是技术活，有技术一辈子都不会失业，有工作干生活才能有保障。"

李小漫说："那么多人不在机械厂工作，不干车工，没有技术，不是都生活得挺好吗？"

王克芳说："你是这山望着那山高。人家过得好与不好能跟你说吗？扫大街的环卫工人你能看出他家生活过得怎么样吗？但是环卫工人的工作在那儿摆着呢，工资收入就那么多，生活能好到哪儿去？"

李小漫说："我的工资也是固定的，跟环卫工人没有什么区别。"

王克芳说："环卫工人一年四季受到风吹日晒，冬天在寒风大雪中工作。你在车间里工作，是风能吹到你，还是雨能淋到你？冬天，车间里还有暖气。这么好的工作环境，你还不满意，还不想干，可别不知足了。"

李小漫说："反正我不想干这个工作了。"

王克芳说："在厂里调换个新的工作岗位不行吗？"

李小漫说："换不了。"

王克芳说："你辞职后想干什么？辞职是你的大事，不能一时冲动就辞职，你得考虑自己能干什么？"

李小漫说："我想去红涯市找工作。"

王克芳听李小漫这么说，如同晴天霹雳似的被惊住了。她蒙了，大脑好像没了思维，如同电脑死机了似的一时没了反应。过了片刻，她猛地把手中的筷子往饭桌上一扔，瞪着眼睛，发怒地说："不行！你鬼迷心窍了！放着好好的国家正式工作不干，到外地找哪门子工作！"

李小漫没想到一向温和的母亲能发这么大火，有点被吓着了，不敢看母亲，扭过脸看向别处。

李平静虽然文化不高，性子慢，遇事反应不紧不慢的，当听见李小漫说出辞职的打算时，也着急了。虽然他脸上的表情是平静的，没有变化，心里却是着急的。他没有动怒，喝了一口酒，皱了皱眉，脸皮似乎也收紧了，拿起筷子夹起菜放进嘴里，边嚼着嘴里的食物边斜视着李小漫说："你怎么能产生这种想法呢？是不是工作中出了错，领导批评你了？你不开心，在闹情绪？"

李小漫加重了语气说着想法："爸，车工这种活我没法干下去了，也干够了。你说我一个女的，二十刚出头，整天围着车床转……我现在看见车床心情就烦。"

李平静看了一眼李小漫，然后目光转向酒杯上，端起酒杯喝了口酒说："你知道梁军吗？"

李小漫没听说过这个人的名字，一点印象没有。她说："梁军是谁？她是干什么的？"

李平静说："梁军也是女的。她是党员，是新中国成立后第一位女拖拉机手，是新中国成立的第一支女子拖拉机队队长。她是全国人大代表……她也是女的，但她在工作中比有些男人还兢兢业业、吃苦耐劳。"

李小漫没想到父亲会把她跟梁军做比较。那是什么年代？现在是什么年代？年代不同，社会大环境更不同，那个年代人的想法跟现在人的想法根本不一样。她跟梁军之间没有任何可比性。她笑着说："爸，你怎么能这么比呢。我们不是一代人，生活在不同的社会环境中，不同年代人对生活的追求差别大着呢。"

李平静说："你不是说车工的工作不好吗？你不是说女人围着机器转没出息吗？开拖拉机在农田里工作时，尘土飞扬，风吹日晒……你操作车床是在车间里，太阳晒不到，风吹不到，雨淋不到……你的工作环境比梁军好多了……咱们是普通百姓人家，不是当官人家，也不是经商人家，你能在国营单位的车间里工作，还有什么不知足的呢？"

李小漫说："爸，你现在去看一看，还有女人开拖拉机的吗？现在女人只有开轿车的，肯定没有开拖拉机在荒原上垦荒的。你说的那个梁军是特殊年代出现的人物，也是个别特例、典范。我是普通人，没有她那么高尚的思想境界、情操，你不要把我跟典范、特例人物相提并论。我不想当典范、特例。我也当不了特例、典范。我只想生活得开心，随意，工作环境舒心，每天能有好的心情。"

李平静说："我没有让你跟梁军比，也不想让你跟她比。我是说哪个行业都能干出成绩，只看用不用心干。"

李小漫说："我妈让我跟环卫工作比较，你让我跟梁军比，你看看你们想的……我跟梁军、环卫工比不了，他们比我敬业、比我吃苦耐劳……我不想跟任何人比，车工我肯定干不好。"

李平静说："什么工作你能干好？"

李小漫调侃地说："我想当诗人，你说我能当上好诗人吗？"

李平静没想到李小漫把话题转到了诗人方面。他认为写诗作为业余爱好是好事，但不能当主业，如果写诗入迷了，想把写诗当成工作，当成主要事做，就成为坏事了。他认为是写诗影响到了李小漫在机械厂的工作心情、想法及生活目标方向。他说："虽然我不懂诗，不喜欢诗，但不反对写诗、喜欢诗。不过，我认为不能把写诗当成正式工作看待，也不能把主要精力用在写诗、喜欢诗上，写诗、喜欢诗只能当成业余爱好。"

李小漫说："你比我妈说话有水平。"

王克芳说："你爸在当老好人，不说你不愿意听的话。我说话直来直去，你当然不愿意听了。"

李小漫说："你说话跟开炮似的，把人的心情要摧毁了，放在谁身上都受不了，不愿意听。"

王克芳说："不开炮能打败敌人吗？"

李小漫说："敌人？谁是敌人？"

王克芳说："你辞职的想法就是敌人。如果你辞职离开了机械厂，万一没有正式单位接收你，你以后怎么办？你的生活不就是被想法的敌人给摧毁了吗？"

李小漫没想到王克芳能说出这番话，笑着说："老妈，你比喻得虽然不恰当，但还真有那么点意思。你快去写小说吧。如果你写小说，或许能比琼瑶阿姨写得好看。如果你一举成名了，成为畅销书作家了，咱家有钱了，我就不用为工作的事发愁了。"

王克芳说："如果咱家很富裕当然是好事，能随意买喜欢的东西，但不能完全代替你的工作。你的工作是你能力的体现。工作是生活中最重要的事。我不知道琼瑶是干什么的，只知道李小漫是我女儿。我不想让我女儿辞职。"

李小漫说："老妈，老爸，辞职没那么可怕，你们不要把辞职想得跟地狱似的。"

李平静猜测李小漫辞职是工作中不开心造成的，劝慰说："工作中被领导批评了是正常事，不能因为受到领导批评了，就想辞职，就想逃避。逃避、辞职，不能解决根本问题。没有哪个人在工作中不受到领导批评的。我和你妈都被领导批评过多次。领导批评是因为工作没干好，总结经验把工作干好就行了。你就算是换了新单位，能保证领导不批评你吗？没准新单位的领导更严厉，对工作要求更严格，你犯了错，批评你更狠呢。"

李小漫说："我是对这份工作不满意，又不是对领导不满意。虽然领导批评过我，但是我辞职的主要原因不是受到了领导批评，也不是一时冲动，主要是我觉得不适应机械厂的工作环境，感觉车工这个岗位干不下去了。"

李平静说："你觉得什么工作适合你？"

李小漫说："没想好呢。"

李平静说："辞职后到哪儿工作呢？还是想到市场上当小商贩？"

李小漫说："刚才我不是说过了吗？想去红涯市找工作。"

李平静认为李小漫是想当专业诗人，李小漫是被写诗的想法左右了，但他认为李小漫这种想法是错误的。他说："用写诗的方式谋生根本不行。你除了写诗，还想干什么工作？"

李小漫说："只要不跟铁、油打交道，干什么都可以。"

王克芳接过话说："你可以想办法换个工作单位，没必要辞职，更不能外出到陌生地方找工作。如果你辞职了，到外地找不到工作，在敖来县就没有单位愿意接收你了。你这么年轻，工作阶段才开始，以后没有工作单位生活怎么办？"

李小漫说："在咱们这儿换单位太难了。老妈，要么你给我换吧。"

王克芳没能力帮助李小漫换工作单位，知道李小漫是在给她出难题。

李小漫说："老爸，老妈，你们以为换工作单位那么容易呢？没有一定的社会关系，是没有好工作单位接收的。"

李平静跟王克芳相互看了一眼，显得无可奈何，沉默着。他们当然知道换工作单位是难办的事情。

李小漫意识到这句话伤到了父母的心，不应该这么说，急忙改口说："你们不用为我担心，我出去看一看，闯荡闯荡，如果找不到适合的工作，生活不下去了就回来。"

王克芳说："刚才你爸说得对。工作中受到了领导批评，不能用辞职、逃避的方式解决。工作中领导让怎么干活就怎么干，听从领导的安排。不能一时想不开，为了面子，一生气就想辞职不干了。辞职只能影响到自己，影响不到其他人，对单位一点影响没有，可能领导还希望你辞职呢。"

李小漫知道父母说的话有些道理，但不愿意接受父母的意见，坚持按照自己的想法做选择。她如果按照父母的想法做了，就没有实现自己想法的可能性了。她知道自己的想法有风险性，并且风险很大，但是不冒险不可能有突破。她宁可冒着在红涯市找不到工作、生活不下去的风险，也想去红涯市找工作。她觉得跟父母沟通不了，不想说下去了。

王克芳说："别说是单位里那么多人了，就是生活中两口子，还时常发生口角呢。我跟你爸吵架的次数还少了？何况同事之间呢。"

李小漫说："这是两回事。"

王克芳说："大同小异，区别不大。"

李小漫无奈地说："我怎么说你们才能明白呢？"

王克芳说："你什么都不用说，我很清楚，我不同意你辞职，只想让你安心工作，不要胡思乱想，把工作干好。"

李小漫有点发火地说："你们想让我整天守着机器，摆弄机械部件，听着机器的噪声，这种工作不是在浪费青春年华吗！"

王克芳说："让你安心工作，怎么是让你浪费青春年华呢？"

李小漫说："我不喜欢在机械厂干车工，也胜任不了这种工作。我想去大城市闯一闯，看能不能找到喜欢的工作，有错吗？"

王克芳说："你错大了。你是异想天开。天底下哪有那么好的事。你在家找不到满意的工作，去人地两生的地方就能找到满意的工作了？这不是做梦吗！"

李小漫反驳说："敢做梦才有希望。如果连想都不敢想能有什么希望？"

王克芳看说服不了李小漫，也生气了，加重了语气说："我看你是写诗写入魔了，不食烟火了。你以后不要再写诗了。如果你继续写诗就会写出毛病了。"

李小漫笑着说："你的意思是我写诗写成了精神病呗？"

王克芳说："还笑呢，你觉得你这种想法正常吗？"

李小漫说："挺正常的。即使不正常跟写诗也没关系。"

李平静把一杯白酒喝完了，拿起酒瓶往杯里倒酒。

王克芳一把抢过酒瓶，发火说："活够了？还喝！"

李平静慢条斯理地说："刚喝一杯。"

王克芳说："你有高血压不知道吗？少喝酒，多吃菜。"

李平静求饶："再喝一杯，就不喝了。"

王克芳说："只能再喝一杯。"

李小漫笑着说："老妈，也就我爸能受得了你这种脾气，换个人跟你在一起生活，得跟你吵翻了天。很好的关心话，让你说得跟机关枪发射似的。"

王克芳说："自己有病，还贪杯，还怨我发脾气吗？"

李平静说："不怨你，怨我惹你生气了。"

李小漫笑着说："老爸，你性格也太温柔了。"

王克芳说："你这孩子，怎么在中间调火呢？想让你爸跟我打架是不是？"

李小漫说："老妈，我长这么大还没看见我爸主动跟你吵过架呢，全是你跟他吵。"

李平静拿过酒瓶，往杯里倒着酒，语重心长地说："小漫，辞职不是小事，这事关系到你以后的生活。你得想好了，不能冲动。"

李小漫说："我已经想好了，不用再想了。你们同意也好，不同意也罢，我都会辞职，我一定去外地找工作。"

王克芳说："如果你找不到满意的工作，在外地生活不下去了怎么办？"

李小漫说："待不下去我就回来。"

王克芳说："你回来简单，工作怎么办？咱们家没社会关系，想找工作单位难着呢。当初如果不是劳动局统一分配，你连进机械厂工作的机会都没有。"

李小漫赌气地说："我回来去扫大街，当环卫工。"

王克芳："你可别小看了扫大街，扫大街还真不一定能用你。"

李小漫不相信地说："扫大街还不用我，你把我看成什么人了？我这不成为你们眼中的废人了吗？"

王克芳说："扫大街一是嫌你太年轻，担心干不长，跳槽；二是扫大街归环卫局管，进人比较严。你说这两个条件，你符合哪一条？"

李小漫听母亲这么说，认为这话是有道理的，没有贬低她的用意。她忽然意识到扫大街的工作也不是随便可以干的，自己去干扫大街的工作也有难度，还可能干不上。她觉得在敖来县城的工作前景更没有希望了。

王克芳语重心长地说："小漫呀，上嘴唇跟下嘴唇一碰，辞职的话就说出来了，说得轻松，但事情不能这么做。如果你辞职了，到外地找不到满意的工作回来了，你怎么面对熟人呢？你以后的工作单位怎么找呢？"

李小漫听母亲这么一说，没了底气，语气缓和地说："你和我爸想得太多了，照你们这种想法社会还能发展了吗？路是往前走的，日子是往前过的。生活不能按部就班，也不能循规蹈矩，有突破性才有意义。"

王克芳说："我没你文化高，读书看报没你多，你不用给我讲大道理。你给我讲大道理我也听不懂。我只管把自己家的日子过好，家里人平平安安就行了。其他的事我不想知道，知道了对我也没用。"

李小漫说："因为你是这种思维方式，所以咱们家的生活也只能过成这样。你是挺满足的，但是你想过其他人怎么看吗？"

王克芳生气地说："你嫌弃家不好，嫌弃我和你爸没能力，你就应该好好工作，混出个样子来给我们争个脸面，让我们借点光。"

李小漫说："我去红涯市找工作就是想混出个样子来，让你和我爸过上好日子、脸上有光。可是你们还阻止我，不让我去。"

王克芳说："敖来县城这么大还装不下你吗？你在土生土长的地方都发展不好，到陌生的大城市更发展不好了。"

李小漫看母亲真生气了，立刻转变了态度，笑着说："我的亲妈，敖来县城人口还不到一万呢，这么小的县城适合发展的机会太少了。"

王克芳说："一万人的县城还装不下你吗？这些人都能在这里生活，你怎么就生活不下去呢？"

李小漫说："我在咱这儿能有多大的发展空间呢？"

王克芳说："敖来县城虽然不是大城市，但开轿车的、住楼房的、有钱的人也不少。那些有钱人，不也在这里生活吗？他们也没觉得这里不好，也没想去什么红涯市。如果他们有像你一样的想法得去北京生活，得住在天安门下面才行。"

李小漫不想多说了，认为这么说下去实在是没有意义，还让父母生气。

王克芳责备说："幸亏你能想得出来，还去红涯市找工作，你怎么不去北京、广东、上海找工作呢。如果你想去哈尔滨找工作也行。哈尔滨是省城，红涯市还不是省城呢。哈尔滨比红涯市好，离家也近。"

李小漫说："虽然哈尔滨是省城，但不如红涯市好。红涯市有海，哈尔滨有吗？红涯市有红涯山，哈尔滨有吗？红涯市有红涯风景区，哈尔滨也没有吧？"

王克芳白了李小漫一眼说："你是能住在海里，还是能住在红涯山顶上？山也好，海也罢，也只是去看一眼就算了。那些都跟生活无关，都跟过日子无关。哈尔滨是没有红涯山，哈尔滨是没有海，哈尔滨是没有红涯风景区，但是哈尔滨有太阳岛，哈尔滨有松花江，哈尔滨有防洪纪念塔，这些红涯市同样也没有。任何地方都有自己的特色风景，特色风景不属于生活，不能当日子过。过日子得现实点。"

李小漫说："我非常现实。"

王克芳说："你异想天开，很不现实。如果到外地找工作容易，像你想的这么好找，年轻人全到外地工作了。你可以去北京、上海、天津等城市找工作。在天津、上海、北京等城市，当年有来敖来县插队的返城知青。我和你爸还认识几个返城知青，如果你遇到了困难事，还可以找返城知青帮忙。如果你去红涯市了，我们一个人也不认识。你如果有事找不到帮助你的人。"

李小漫说："你们怎么总往坏处想，就不能往好处想一想吗？现在社会治安这么好，国家政策这么开放，我能遇到什么困难事？"

王克芳说："我说万一，没说一定能遇到。"

李小漫说："照你这么说，吃饭还能噎死人呢，那就不吃饭了呗。"

李平静看李小漫和王克芳争吵起来，想缓和一下气氛，转移了话题，慢悠悠地说："小周知道你辞职的打算吗？"

李小漫说："他同意我辞职。"

王克芳说："我看你们都神经质了。"

李平静不相信地说："小周同意你去红涯市找工作了？"

李小漫说："同意了。"

王克芳不相信周守法能同意李小漫去红涯市找工作。周守法跟李小漫确立恋爱关系不久，感情还不怎么牢固，两个人分开久了有可能发生不稳定因素。她说："我不相信小周同意你去红涯市找工作。"

李小漫说："如果你不信，明天让他来当面对你说。"

王克芳说："前些日子你不是说小周的母亲在托关系把你往文化馆调吗？如果你辞职了，没了工作关系，还怎么调？"

李小漫说："他妈又不是县长，怎么可能说调就调呢。文化馆进人难着呢。再说，他妈对我还有不好的看法，说的是真话，还是假话谁知道。"

王克芳说："小周家对你本来就有意见，你辞职了，没了工作，意见就更大了。你不能辞职，不能到外地工作。"

李小漫说："我又不是他们家的人，他们家管不着我。"

王克芳说："周家管不着你，我能管着你。你是我女儿，我不同意你辞职，更反对你到外地找工作。你死了这条心吧。"

李小漫没想到话说了半天，绕来绕去又回到了原点，没任何改变。她说："妈！你怎么这么固执呢！"

王克芳不理李小漫了。

李平静说："小周人品不错，家里条件也好。你要珍惜，千万别错过了他。如果错过了，就没有机会了。"

王克芳痛心地接过话说："咱们这么个傻姑娘，如果能知道珍惜，也就不用咱们在这儿费口舌了。"

李小漫看跟父母说不通，不想说下去了。她在屋里坐了一会，骑着摩托车离开家，到街上想散一散心情。她在街上转了几圈，觉得没意思，就去畜牧公司找周守法了。

8

周守法戴着口罩，身穿工作服，在灯光下全神贯注地解剖着死猪。他没想到这么晚了李小漫还来找他。李小漫走进来时他愣了一下，有点吃惊。灯光明亮，他从李小漫的表情中猜测到李小漫在家遇到了强大阻力，没跟父母沟通好。如果李小漫跟父母沟通好了，不会在这个时间来找他。他把手中的解剖刀放下，摘下塑胶手套，取下口罩，笑着说："遇到阻力了吧？"

李小漫说："你幸灾乐祸是不是？"

周守法否认说："没这个意思。"

李小漫说："我想辞职，我想到外地找工作，这么大的事，爸、妈一时想不通是很正常的，如果他们立刻答应了反而是不正常。"

周守法说："你这么理解就对了。父母都希望儿女平平安安地生活，不愿意让儿女冒风险。"

李小漫说："虽然我理解他们的心意，但我不能听从他们的。"

周守法说："你是来搬救兵吗？"

李小漫说："你认为你能说服得了我爸、妈吗？"

周守法没有直接回答，而是反问："你感觉呢？"

李小漫说："就我爸、妈那个态度，谁都说服不了他们。"

周守法说："那怎么办？"

李小漫说："办法肯定会有的。"

周守法说："你来找我想说什么事？想让我做什么？"

李小漫说："没事就不能来找你了。"

周守法说："希望你常来，可是你很少来，所以我才感觉意外。如果你经常来，我就不觉得意外了。"

李小漫说："不知道是怎么了，突然对你产生了牵挂。说实话，这种感觉从前没有过。你一个人加班，我有点不放心，想来陪你。"

周守法说："这说明以前我在你心中没有位置。"

李小漫说："不能说以前你没有位置，应该说位置没现在重要。"

周守法说："今晚想我了，这可是大好事。"

李小漫说："你可别想歪了。"

周守法说："你进来时传达室值班大叔没拦你吗？"

李小漫不以为意地说："你这是畜牧公司，是跟牲畜打交道的地方，又不是研究原子弹、导弹的地方。有必要那么严吗？如果不是为了陪你，请我来我都不来。"

周守法说："为什么不愿意来？"

李小漫说："离城区这么远，进了大院空气中都有牲畜味。"

周守法说："我刚来单位报到时，也感觉到空气中有牲畜味，在这儿工作时间久了，现在感觉不到了。"

李小漫说："这种味对身体没害吧？"

周守法说："气味对身体没有害。如果气味对人的身体有害农村就没有养猪、养牛、养鸡的了。"

李小漫说："我接受不了这种味。"

周守法说："你先到传达室待一会儿，我马上收工了。"

李小漫看见死猪心里恶心，害怕，反胃，想呕吐，转身快步走出周守法的工作间，到了屋外面。

屋外的空气中虽然有牲畜的气味，但空气流通、清爽。夜很静，星星在空中闪烁，云彩在游动。

李小漫没去传达室。传达室值班大叔认识她。值班大叔话多，喜欢问这问那的，爱打听其他人私生活的事。李小漫心情不好，有些烦躁，焦急，不喜欢跟看门大叔聊天，更不想跟外人说自己生活中的琐事。

看门大叔看见李小漫一个人站在那里，从传达室出来，缓缓走到李小漫身前说："小周还没忙完呢？"

李小漫说："快了。"

看门大叔夸奖说："小周这个小伙子挺好的。他工作兢兢业业，还要求上进，为人处世本分、厚道，跟同事关系好。领导和同事都愿意跟他交往。"

李小漫笑着说："他没您说得那么好，您在夸奖他。"

看门大叔说："我没夸奖他。小周人品真是不错，单位里的同事有想给他介绍对象的，但他不同意。我们单位好像只有我知道你跟小周在处对象。"

李小漫说："他防止我给他丢失脸面不跟同事说。"

看门大叔说："你们刚谈不长时间吧？可能他还没来得及跟同事说。说这事得有方便机会。他也不能平白无故就跟同事说跟你处对象吧？"

李小漫笑着没说话。

看门大叔说："我帮助你们宣传宣传，单位里很快就会知道你跟他处对象的事。"

李小漫说:"大叔,你可别宣传。"

看门大叔说:"怕什么?"

李小漫说:"不怕,只是不想麻烦你。"

看门大叔说:"这麻烦什么,聊天时就说了。我们单位人不多,片刻工夫就传开了。你就不用担心其他人给小周介绍对象了。"

李小漫笑着说:"我希望他跟其他姑娘处对象。"

看门大叔说:"你这可不是真心话。小周这么好,你才不舍得把他让给其他姑娘呢。"

李小漫说:"我没觉得他有什么好的。"

看门大叔说:"小周在单位不怎么说工作之外的事。工作中不多言不多语的,这种处事方式好,能防止跟同事发生不必要的矛盾。"

李小漫说:"没准其他人还把他当成书呆子呢。"

看门大叔否认说:"这可不会。小周有眼力见,手勤眼勤,做事非常灵活。我没有姑娘,如果我有姑娘找对象,就让找像小周这样的小伙子。"

李小漫笑着说:"就算你同意,你女儿还不一定同意呢。"

看门大叔说:"你说得有道理。现在年轻人的想法跟我们老年人想的不一样。弄不清楚是老年人不接受年轻人的思想观念,还是年轻人不理解老年人关心的想法呢。"

李小漫说:"有代沟。"

看门大叔说:"主要是两代人对事情的看法不同,处事方式不一样。"

周守法从工作间走出来,跟看门大叔打过招呼,跟李小漫各自骑着车离开了畜牧公司,朝县城而去。

畜牧公司在城郊,离县城中心有三里多路。城区与畜牧公司之间是一条双车道水泥路。在路两边是几排防风、保护泥土的白杨树。虽然路面平坦,但是没有路灯,深夜一个人走在这条路上有点害怕。如果是年轻恋人行走在这里,说着情话,能增添浪漫色彩。

周守法和李小漫一前一后朝城区行驶着。到了城区就有路灯了。李小漫骑的是新车,车的声音小,车速略微快些在前面。周守法骑的是旧车，车的声音大，车速相对慢点跟在后面。他们在县城中心的十字街口停住。李小漫摘下头盔，扭过头，看着周守法。周守法跟上来说："咱们去哪儿？"

李小漫说："你说呢？"

周守法说："去我家吧。"

李小漫说："这么晚了，我去你家不好。"

周守法说："要么去你家。"

李小漫说："这个时间了，你到我家也不好。"

周守法开玩笑地说："去你家不行，去我家也不行，那么咱们去旅馆开房吧？只要给旅馆老板钱，没人问想干什么。"

李小漫说："你尽想美事。"

周守法说："男人见到自己心爱的女人都会这么想。这是人的本能，也是本性，更何况是在这么安静的夜晚呢！"

李小漫说："我是你心爱的女人吗？"

周守法说："当然了。"

李小漫笑着说："刚才看门大叔还说你老实呢，让我看你一点也不老实，只是没得到机会。如果你有机会，也是花心、放荡的男人。"

周守法说："我是男人。如果男人不这么想，就是生理有毛病，身体有缺陷。"

李小漫把头转向一边，看着远处的夜色，心里有着男欢女爱的想法。但她认为他们之间的感情还没有发展到相守一生的程度。

周守法说："咱们就在这儿过夜吗？"

李小漫说："你是在讲故事吧？不过，你讲的故事有点意思，我愿意听。希望有一天，我能和你从故事中走出来，走到现实生活中。但是现在不行，咱们还是各回各的家吧。"

周守法说："夜里我会做梦的。"

李小漫不解地问："做什么梦？"

周守法说："做春梦。"

李小漫打岔说："现在是春天，你也年轻，做春梦很符合常规。"

周守法说："我春心荡漾。"

李小漫说："你别被春水淹没了浮不到水面上。"

周守法说："我被灌迷糊了。"

李小漫说："今晚你的话有点不着边际，还特别多。看门大叔还说你少言寡语呢？看来你是谁都欺骗。"

周守法说："说话得看在什么场合，在跟谁说话。"

李小漫说："你在我面前什么话都想说吗？什么话都敢说吗？"

周守法说："再不说就没机会了。我总不能追着你去红洼市说吧。"

李小漫说："你太不自信了。"

周守法说："今天晚上你找我，只是想陪我走这一段路吗？"

李小漫说："此时你有什么感觉？"

周守法说："心花怒放，沉醉其中。"

李小漫说："星星在看你呢。"

周守法做出失望的表情，把头转到一边，如同在观看遥远的夜色。夜色中除了他们两个人之外，再无他人。这时有一辆机动四轮车开过来。四轮车行驶的声音很大，从他们身旁经过时扰乱了夜的安宁。随着四轮车开远后，夜渐渐恢复了宁静。

李小漫感叹地说："在心情不好的时候能跟其他人默默待一会儿，看一看风景，也是一种享受。"

周守法说："此时，如果你不是跟我在一起，你是跟其他人在一起，你会是什么样的心情？"

李小漫说："这个时间我如果跟其他人在一起，咱俩就成为陌路人了。"

周守法说："你心情好了吧？"

李小漫说："我心情一直挺好。"

周守法说："说谎，你刚才的脸色要多难看有多难看，如同遭受到了沉重打击似的无精打采。"

李小漫说："你还挺会察言观色呢。"

周守法说："你以为四年大学白上了吗？"

李小漫说："你往脸上擦粉也不能这么擦吧？察言观色跟读大学没任何关系。"

周守法说："看是学什么专业的了。"

李小漫说："你是学兽医的，跟人没一点关系。"

周守法笑着说："有关系，太有关系了。"

李小漫疑惑地说："察言观色跟你学兽医能有什么关系？"

周守法说："比如刚才我解剖死猪时，我得仔细观察猪的各种器官变化才能发现跟正常猪的器官区别在什么地方。我只有发现了不同地方，才能考虑解决问题的方法。我平时仔细观察牲畜，养成了观察习惯，炼成了火眼金睛，观察人时就成了小菜一碟。"

李小漫说："平时没发现你这么能扯，没想到你居然能把人跟牲畜扯到一起。你真是大学没有白上，长知识了。你在学校也解剖牲畜吗？"

周守法说："有实验课。"

李小漫说："实验课解剖真牲畜？"

周守法说："当然了。这能是假的吗？如果是假的就不叫实验课了。就跟画家找裸体模特画人体画肖像似的。没有画家找死人当模特的。"

李小漫说："周守法，你是想违法了。"

周守法说："我违什么法了吗？"

李小漫说："你在用不良语言诱骗年轻姑娘。"

周守法说："看你刚才不开心，说这些话的目的是想让你开心。"

李小漫说："听了你说的这些话我反而更不开心了。"

周守法说："为什么？"

李小漫反问："你说呢？"

周守法说："我是挺开心的。你也一定开心。"

李小漫说："夜黑，没光，你怎么能看见我开心呢？"

周守法说："我是用心看见的。"

李小漫说："从前，没发现你这么幽默、能说。如果发现你这么幽默，对你的看法可能早改变了。"

周守法转过脸说："你现在能改变对我的看法，我也非常开心。从前我也是这样，只是在你面前不敢，把感情隐藏起来了。我认为写诗的人想法、观念与众不同。因为我敬畏诗人，在诗人面前举止特别谨慎。"

李小漫说："包括我吗？"

周守法说："当然了。"

李小漫说："我不是诗人，只是喜欢诗，爱好写诗。"

周守法说："在咱们县你就是诗人。除了你，我没接触过任何诗人。你是我的唯一。"

李小漫说："我是你的唯二、唯三。"

周守法说："你是我生命中唯一的诗人，也是唯一喜欢的人。"

李小漫说："你既挖苦我，又是在说假话。"

周守法说："我既没说假话，更不可能挖苦你。我太喜欢你了，愿意一辈子跟你在一起。"

李小漫说："你没喝酒就醉了。"

周守法说："春夜醉我心，星光动我情。"

李小漫说："写诗需要有感情，没感情是写不出好诗的。"

周守法叹息了一声说："我也得去写诗了，不然理解不了你的想法。"

李小漫说："别没正经了。你加了这么长时间班，也累了，早点回家休息吧。"

周守法说："你呢？"

李小漫说："我回家。"

周守法说："我送你。"

李小漫说："不用。"

周守法目送李小漫骑车消失在茫茫夜色中自己才回家。

9

曹英力坐在客厅的长条沙发上眼睛似睁非睁地看着电视，时而打着哈欠，满脸困意。电视机虽然开着，电视节目继续播放着，但她不知道电视节目在播放什么内容，看得心不在焉。或许她只是想让电视节目的声音陪伴她打发时间。她在等周守法回来。如果她不是在等周守法，早就回卧室睡觉了。她没想到周守法回来得这么晚。以前周守法下班后如果有事办，不回家吃晚饭，回家晚了，会提前告诉她有什么事办，大约在几点回家，今天没告诉她。她是在按照平时周守法跟同事晚上喝酒后回家的时间等他。周守法比以往晚上跟同事喝酒的时间回家还晚。当她听到开门声时，抬起低着的头，扭过脸朝门口看。

周守法没想到这么晚了曹英力还没睡。他走进屋，随手关上房门说："妈，你怎么还没睡？"

曹英力说："看电视呢。"

周守法说："是什么好看的电视节目这么吸引你了。"

曹英力站起身，倒了杯水，提了提神说："现在哪有什么好看的电视节目，除了情，就是爱的，要么就是武侠片打打杀杀的，都是你们年轻人看的节目，没有我们老年人看的。如果不是等你，我早就睡了。"

周守法没想到母亲没睡觉是在等他。等他，就一定有事想跟他说。并且是有点着急的事想跟他说。如果是不着急的事，不一定非得在今晚说，可以在第二天说。他问："我这么大了，你还有什么不放心的，以后不用等我。"

曹英力用带着生气的语气说："如果你不是我儿子，我不可能困得要命了不睡觉，坐在这儿呆呆地等你。"

周守法说："正因为我是你儿子，我才想让老妈早睡觉，早休息，身体健康，少为我操心。"

曹英力说："你近来说话比从前暖心了，也入耳了，改变挺大，这挺好的。"

周守法说："参加工作了，跟在学校读书时的生活环境不一样了。单位的人际关系比读大学时的同学关系复杂多了。在单位人际关系非常重要。如果人际关系处理不好，工作中会非常不开心，阻力也大。跟领导、同事之间的关系，无非是说话和做事这两点。"

曹英力有点欣慰地说："我儿子可以，不愧是本科毕业的优秀大学生，在这么短的工作时间里，对工作有了这么深的思考。你好好努力，争取上进，快速出业绩，不要像我似的到了这个年龄才当上了小科长。你到我这个年龄时，怎么也得当处长、局长。"

周守法笑着说："你期望我当局长、处长的目标小了。你儿子我本事大着呢。你应该希望我当省长、市长。"

曹英力说："你顶撞我有瘾吗？我期望你在工作中进步，职务升职还有错了吗？"

周守法说："期望没错，但得现实点，期望值不要过高了。期望的目标过高了，如果实现不了，就产生失落了，就适得其反了。你觉得你儿子我有当处长、局长的能力和潜力吗？"

曹英力说："我觉得我儿子有当省长、市长的潜力和能力了，只是你的工作单位起点低了。如果你不是在咱们县工作，而是在市政府、省政府工作，就有可能成为省长、市长。职位升迁，工作环境及平台高度非常重要。工人在生产车间里，很少有到政府机关、事业单位当官的。别说让工人在政府机关、事业单位当官了，就是让工人适应政府机关、事业单位的工作环境都非常难。虽然咱们县政府机关跟市政府机关、省政府机关工作方式区别不大，但接触到的同事、领导区别大着呢。工厂里的工人在工厂里干活，即使有能力，没有发挥能力的工作环境也不行。你要想当处长、局长，得在市政府机关、事业单位工作。"

周守法说："如果我在国务院工作呢？"

曹英力说："你是怎么回事？总跟我抬杠，不跟老妈抬杠你难受是不是？"

周守法说："亲爱的老妈，你别把你儿子我想得过于优秀了。你儿子我很普通，只是你教育得好、培养得好而已。"

曹英力说："这话我愿意听。因为我尽心尽责培养你，你才能在那届高考中考出全县第一的好成绩。你是咱们县的高考状元。其实，你大学毕业我不让你回县里工作，或许对你以后的发展能好些。我让你回县里工作不只是想让你离家近，在我和你爸身边生活这一个原因，也是为了咱们这儿的发展建设考虑。咱们这儿地方偏僻，大学生不愿意来，好几年了也没有一个外地本科生来工作。你是本县考出去的本科生，应该回来工作。如果本县考出去的大学生都不愿意回来工作，优秀的年轻人全离开这里了，以后这里的发展就更缓慢了。发展离不开优秀人才。"

周守法说："我可没有埋怨过你，也没有因为回来工作跟你发过牢骚。"

曹英力说："我在县政府机关工作快一辈子了，想得比你多，考虑得比你周到。我希望你在工作方面出成绩，生活开心。"

周守法说："我能像你似的就行了，或许我连你也赶不上呢。"

曹英力说："如果你到了我这个年龄只当上了科长，你就是失败的。你不能以我为发展目标。"

周守法说："亲爱的老妈，你可别不甘心了，当上科长已经非常成功了。在咱们县有几个当上科长的。你这科长跟局长一样。农业局局长、计划局局长、工商局局长……这都是科长级的局长，咱们县长、县委书记才是处级干部。"

曹英力说："我参加工作时是什么环境，你参加工作是什么环境，我是高中毕业参加工作，自学考了大专，又去省委党校进修的，身份从工人到干部，职务从科员到科长，像老牛一样努力了一辈子。你是本科毕业生，毕业就是国家干部身份，咱们县现在仅有几个人有本科学历，有的还是通过成人自学考试得到的学历。你的起点比我高太多了。如果你到了我这个年龄只当上了科长，你觉得不失败吗？"

周守法说："我不想当官，想在自己的专业领域发展。"

曹英力说："可以呀，在自己的专业领域发展是好事。我支持你这个想法，如果你发展好了，可以当省畜牧厅厅长，也可以自己开畜牧公司当董事长，这都是很好的发展目标。"

周守法笑着说："我亲爱的老妈，行，行，你没有高估你儿子的能力，但是你儿子可能实现不了你的心愿。"

曹英力说："我不会逼你朝某个目标发展，更不会强迫你做你不喜欢的事。我只是告诉你，年轻人应该有奋斗目标，有了奋斗目标才能有拼劲。"

周守法说："行，我按照老妈指引的方向努力奋斗。"

曹英力话锋一转说："你这么晚回来是不是跟李小漫约会去了？"

周守法说："加班了，解剖了一头死猪。"

曹英力说："跟牲畜接触得做好防护，注意卫生，防止感染到细菌、病毒。"

周守法说："工作完进行消毒处理。"

曹英力说："李小漫没去找你？"

周守法说："她去了。"

曹英力说："少让她去你们单位。她去对你影响不好。"

周守法说："上班时间她没去过。"

曹英力说："你被李小漫迷住了。她哪儿好？我一直没想通，不明白你是看上她什么了？"

周守法说："老妈，这都是什么年代了，你还干涉儿子谈恋爱。你少操点心，别管了行不行？"

曹英力说："我可以不管。我原本也不愿意管。她调动工作的事你也别跟我说。你跟我说我也办不了，你去找别人办。"

周守法往曹英力身边靠了靠，套近乎地说："亲爱的老妈，别的事你可以不管，但是小漫调动工作的事你得管。"

曹英力说："你不是不让我管，不让我操心吗？"

周守法说："分什么事。调动工作的事你得管，你得操心。"

曹英力说："这不得了，你这不还是让我管吗？你跟老妈还说好听的话，说不让我操心，让我注意身体健康……让我管就得听我的。"

周守法笑着说："行，听你的。你是我妈不听你的听谁的。"

曹英力说："结婚后就听你媳妇和你老丈母娘的了。"

周守法说："如果你担心这个，你就不让我结婚。"

曹英力说："李小漫她妈通情达理不？"

周守法说："我接触得不多，不是很了解。"

曹英力说："她家找到了你这个优秀女婿应该非常高兴，对你很好吧？"

周守法说："你觉得你猜测得对吗？"

曹英力说："根据她们家的条件跟咱们家的条件对比，再根据她的自身条件跟你的自身条件对比，正常情况她们家对你应该很满意，对你应该很好。"

周守法说："还好呢……她爸妈不同意我们的事，只是柔和地反对，你是强力阻拦，你们反差很大。"

曹英力说："为什么不同意？是咱们家的条件没她们家好，还是你没李小漫优秀？"

周守法说："人家觉得门不当户不对，担心跟咱们家交往有障碍。"

曹英力不解地说："还有这种观念的人。"

周守法说："你以为每个人的想法都跟你一样呢？"

曹英力说："你别跟李小漫交往了，让她找农民对象，她们家跟农民门当户对，工人和农民交往应该没有障碍。"

周守法说："老妈，你又说不讲理的话了。"

曹英力说："不是我不讲理。她们家的这种观念是错误的。俗话说：水往低处流，人往高处走，如果按照她们家的这种观念，科长想当科员，工人想当农民，技术人员想去扫大街……不跟好的比，只跟不如自己的比，只考虑个人的自尊心，不要求上进，像这种观念社会还能发展、进步了吗？"

周守法说："老妈，你说得没错，是应该跟比自己优秀的人比，向优秀人学习，但是你不能用你的思想高度、观念，看待其他人，约束其他人。"

曹英力说："你跟她别交往了，断了，算了。你这是图什么。不管是男的还是女的，找对象总得图对方什么吧？她的优点在哪儿？你图她什么呢？"

周守法笑着说："图看见她有感觉。"

曹英力说："什么感觉？你跟李小漫断了交往，跟其他姑娘交往，也会有感觉，感觉不就是感情吗？日久生情。"

周守法说："不是你想的这样。如果像你想的这样，还好了呢。"

曹英力说："当初你还不如在读大学时处个对象呢。如果你在读大学时处对象，随便找一个也比李小漫的条件好。"

周守法说："当时只顾学习了，没有往这方面想。因为我学习成绩好，学校才准备让我留校工作呢。再说了，我如果在学校处对象了，姑娘不一定愿意来咱们这儿工作，我就不能回来工作了。"

曹英力说："如果你在大学处对象了，我可能就不让你回来工作了。我不可能让你跟对象断绝交往回来工作。"

周守法说："咱不说过去的事了，说也是过去了。我也不可能再回大学读书了，更不可能到大学里找对象。你努力把小漫的工作问题解决了，就立下了汗马功劳。"

曹英力说："即使我不给李小漫找接收单位，我对你也有功。"

周守法说："你是我妈。你辛辛苦苦把我养大，功劳就非常大。以后你不但是我妈，将来还是小漫的婆婆，还是你孙子的奶奶，你的功劳更大。所以，你当婆婆的帮助儿媳妇办理调动工作的事是理所当然的。"

曹英力说："你是我儿子，我是你妈，你不用拿好话讨好我。我还不知道你是怎么想的吗？咱们县经济发展得不怎么好，经营好的企业就那么几个。如果不进政府机关、事业单位，比机械厂规模大的企业几乎没有。找接收单位是大事，太难办了。"

周守法说："正因为难办才让你办呢。"

曹英力说："今天我跟李副县长说了李小漫想调动工作的事。李副县长没拒绝。李副县长说他知道李小漫，对李小漫有印象。李副县长问李小漫发表过哪些作品，在什么报纸、杂志上发表的。我不清楚李小漫发表作品的情况。你问一问李小漫是在什么级别报纸、杂志上发表的作品，让她把发表的作品整理好，如果李副县长要看，我就送给他。如果李小漫发表的作品多，报纸、杂志级别高，影响力大，调动工作的事能好办些。"

周守法说："能调进哪个单位？"

曹英力说："差不多能调到文化馆。"

周守法说："什么时间能办理调动手续？"

曹英力说："这只是我个人的想法。你现在还不能跟李小漫说。如果你跟她说了，我要是办不成，她还以为我骗她呢。我可不想让她觉得我骗她。"

周守法说："妈，你快点办。"

曹英力说："你以为你妈我是县长、是县委书记呢。现在往政府机关、事业单位调人，必须经过县长、县委书记批准才行。你以为我有权力支配县委书记、县长呢？我得找领导私下做工作才行。即使县领导批准同意了，还得上县委常委会投票表决，过程必须走。如果会上反对票多了，通不过，也办不成。"

周守法说:"我回来工作直接到组织部就办手续了,没这么麻烦。"

曹英力说:"你是本科毕业生,属于国家干部管理,县政府有文件规定,本科是什么待遇,专科是什么待遇,中专是什么待遇,你的工作也是在县常委会上研究通过的。李小漫属于工人,工人是通过劳动局转人事局,麻烦着呢。"

周守法知道工人跟干部在档案管理、人员调动手续等方面不一样。他说:"最快得多长时间?"

曹英力叹息地说:"半年,一年,或者两年,还有可能想尽了办法,结果是前功尽弃,办不成。"

周守法说:"我的亲妈,我是认真的,你别开玩笑。"

曹英力说:"我也是认真的,没开玩笑。工人身份,又没有学历,想跨行业进政府机关、事业单位工作,太难办了。如果好进不都进去了。调动工作的事不能着急,得找机会,也要等机会,还得学会创造机会才行。我去找县领导了,领导怎么想的我能知道吗?即使县领导当时答应了,以后改变了想法,不同意了,我又能怎么办?"

周守法认为母亲说的是实际情况。近两年,如果没有大学文凭,在敖来县城进政府机关、事业单位工作是非常难办的事,几乎是不可能的。他说:"如果需要很长时间,先不办了,把这件事先放一放吧。"

曹英力没想到周守法这么说。她还没有泄气呢,儿子倒是先泄气了,生气地说:"你这是什么意思?是嫌我办得慢了?我跟你说,我只能尽量办,关于能不能办成,真不知道。"

周守法说:"没嫌你办得慢。"

曹英力说:"没嫌办得慢,怎么不想办了?"

周守法不想跟曹英力说李小漫辞职的事,更不想让曹英力知道李小漫准备去红涯市找工作的想法。他知道曹英力看重在政府机关、事业单位、国营企业的工作,对没有正式工作,做小生意的小商小贩看法不算好,但不是瞧不起,只是认为年轻人干这些活没有发展前景,在混日子,虚度年华。曹英力对李小漫印象不算好,开始时强烈反对周守法跟李小漫交往。周守法的坚持才让曹英力不情愿地接受了李小漫。她勉强同意周守法跟李小漫交往。如果曹英力知道李小漫辞职,去红涯市找工作了，会增加对李小漫的不满和反感。可是他如果不把李小漫辞职和去红涯市找工作的事告诉曹英力，假如把李小漫调动工作的事办成了，而李小漫又辞职了，没在敖来县，外出工作了，就成了麻烦事。

曹英力感觉周守法有心事，便问："你们感情出问题了？也不对，你刚进屋时还催促我办呢？"

周守法说："没有出问题。"

曹英力说："那为什么要放一放？"

周守法说："我只是随口说的。"

曹英力再次强调说："往政府机关、事业单位调动工作是大事。不但需要县主要领导同意，还得有机会，没机会县领导同意也没法安排。"

周守法认为母亲说得有道理。

曹英力说："年龄也非常重要。李小漫现在是工人身份，又在企业里，想调到政府机关、事业单位工作本来就难。如果年龄大了，更不好办。她现在年轻，有培养价值，也是领导安排的理由。"

周守法说："办好了就得立刻上班吗？"

曹英力说："当然了。空出一个位置许多人盯着呢。谁知道谁的门路广，谁的关系硬。如果办好了不办理入职手续，不到单位报到，其他人会继续争取，万一被其他人顶替了呢。"

周守法看曹英力想继续为李小漫办理调动工作的事，认为隐瞒李小漫辞职、去红涯市找工作的事，可能会产生负面麻烦，有必要把实情说出来。他说："小漫想去红涯市找工作，如果你给她办成了，她在外地怎么办？"

曹英力惊异地说："她到红涯市找工作，她现在的工作不干了？"

周守法默认地点下头。

曹英力问："她在红涯市有亲戚？"

周守法摇下头。

曹英力说："她准备辞职，到红涯市找工作？"

周守法说："她说机械厂的活一天也不想干了。"

曹英力说："这么大的人了，怎么能这么任性呢？别说是她了，就是我在工作中遇到不开心的事，也不能说不干就不干。工作中怎么可能事事顺心呢。这么任性的人，你干脆别跟她交往了。"

曹英力没想到李小漫打算辞掉国企正式工作到红涯市那么远的地方打工。她认为李小漫这是不务正业，是在瞎折腾。她接受不了李小漫这种做法。她原本对李小漫的印象就不怎么好，现在对李小漫的印象更差了。

她一直觉得李小漫配不上周守法。她为了照顾儿子的面子和自尊心才没有强烈反对，过分阻止。此时，她有点愤怒地说："这不是胡闹吗？年轻姑娘，国营单位正式工作不干了，去那么远的地方打工……她脑子出问题了吗？"

周守法说："也不能这么看。国家政策提倡人员流动，外出找工作也很正常。假如在外地能遇到好的发展机会，也是好事。"

曹英力说："你想得过于简单了，你以为在外地工作那么好干呢？如果在外地好干，都辞职到外地工作了。你看见咱们整座县城有谁辞职外出打工了。"

周守法没听说谁主动辞职外出打工。他知道有几个人因为在单位旷工、迟到、早退，工作中表现不好，不服从管理是被单位开除的，被逼无奈才到外地找活干。

曹英力不满意地看了周守法一眼，语气强硬地说："我的儿子，你的心被鬼迷住了？李小漫到那么远的地方打工，你还跟她交往。她在外地做什么事你能知道吗？她以后就成为无业游民了。你一个本科优秀毕业生、国家干部，娶无业游民女人当媳妇？你让亲朋好友怎么看？"

周守法说："她出去工作，还能做什么？"

曹英力加重了语气说："现在的姑娘思想开放着呢，见到利益就没有道德底线了。大城市人思想开放，做事行为放得开，物质诱惑那么多……你没看昨天的省报吗？一个女大学生，被一个比大她三十多岁的男人包养了不说，还生了孩子。这个男人比女孩子的父亲还大好几岁呢。你说这种事正常吗？"

周守法说："这毕竟是少数，是个别现象，不然，就不叫新闻了。你不要把小漫跟这种新闻事件联系在一起。"

曹英力说："你不要护着李小漫。当初，你跟她交往时我就反对。你不听我的建议，我尊重了你的意愿。现在她辞职外出打工，你应该冷静想一想了。如果她在外地跟其他男人好上了呢？话又说回来，即使她非常本分，她在外地，你在这里，你们会是什么样的结果呢？你还能为了她不要工作了吗？"

周守法说："她去一段时间就回来了。"

曹英力说："对，你说得对。她到外地转一阵子还得回来。因为她只是高中毕业，没有学历，不可能找到好的工作。我们机关有调到山东、河南、安徽工作的，但他们是国家干部身份，干部通过组织部办理调动手续，到山东、河南、安徽等地后，他们依然是干部身份。这些人工作调动都是提前联系好了接收单位。工人也有通过劳动局调往山东、河南、安徽等地的，他们也都是提前联系好了接收单位，才办理了正式工作调动手续。没有一个像李小漫这样两眼抹黑，谁也不认识，独自闯荡江湖去找工作的。"

周守法知道李小漫去红涯市跟王来齐有关。李小漫是去找王来齐。但是周守法没听李小漫说过王来齐让李小漫去红涯市工作。他对李小漫跟王来齐的交往心存芥蒂，不高兴。如果曹英力知道了李小漫跟王来齐交往的事，曹英力必然会恼怒，绝对不会帮助李小漫找工作接收单位。

曹英力说："她父母是退休工人。她是车工，家境一般，人不是特别出色。你跟她处对象总得图点什么吧？你是本科毕业生，是国家干部……你随便找个就能比她的条件好。当然，这是次要的，主要的还是你们两个人的思想不同。你守旧，她开放，两种不同思想的人组成了家庭，在一起生活能有共同语言吗？没有共同语言，同床异梦，就算结了婚，也不一定能在一起生活长久。"

周守法说："你把小漫想得太坏了，她不是那种人。再说了，人的思想会随着年龄和生活环境改变。我说不定什么时间也外出打工了。"

曹英力说："你敢！你要是敢辞职，我就跟你断绝母子关系。你没我这个妈，我也没你这个儿子。"

周守法说："下这么大决心。"

曹英力说："关键时候不下决心不行。"

周守法说："不跟你说了，说也说不通。我困了，睡觉去了。"

曹英力说："李副县长那儿我还去说不？"

周守法说："明天我问一下小漫，看她什么意见。"

曹英力不满意地说："我为李小漫求人调动工作，还得由李小漫做主，这太说不过去了吧。"

周守法回过头笑着说："谁让你是我妈呢。你不是为李小漫办事，你是在为你儿子操心。这情，你儿子我领了。"

曹英力无法理解周守法的想法，无可奈何地摇了一下头，打了个呵欠，朝卧室走去。她实在是困了。

第二章

抉 择

1

　　李小漫刚骑着摩托车进了敖来县机械厂大院，早晨上班的钟声就敲响了。她把摩托车放在停车棚里，拎着随身带的小包快步朝车间走去。她来到车床旁边正准备换工作服，吴东峰快步走进车间。李小漫把目光投向吴东峰。

　　吴东峰一边往车间里面走一边大声通知全车间人到会议室开全厂职工大会。

　　丁美花已经换上了工作服，启动了机器。她关了机器，扭过头看着吴东峰。她在吴东峰从车间里面返回、向车间门口走时间："开会是制定个人生产任务吗？"

　　吴东峰看了一眼丁美花没直接回答，而是一笑，边走边说："过一会儿就知道了。"

　　丁美花跟吴东峰是一起进厂工作的老同事。虽然两个人工作职位上有了差距，平时没有私交，但在一起工作多年，是老同事，感情很好，说话相对比较随意。丁美花笑着说："先透露点内部消息。"

　　吴东峰没有多说什么，急速走出车间。

李小漫一边穿着工作服，一边走向丁美花说："如果把生产任务落实到个人身上，你们老师傅能完成工作量，我们年轻的完不成工作量，基本工资也保证不了，这工作就没法干了。"

丁美花说："也不只是你一个人，那么多人呢，你不用担心。"

李小漫和丁美花、张荣珍几个人一起走出车间，朝会议室走去。

会议室在厂区中心位置，全厂各车间工人都在往会议室聚集。

厂长、书记，还有工会主席及几位副厂长已经坐在了主席台上。会议室里经过短时间的嘈杂，安静下来。厂长做了生产任务分析和部署。书记传达了上级主管部门关于精神文明建设的要求及改革政策方针。工会主席动员全厂广大职工支持厂领导的工作安排，认清改革发展大趋势，做好自主择业、寻找生活出路的思想准备。

这次会议不仅是安排生产任务和对前一段工作的总结，主要是动员职工主动下岗，接受自主择业、分流，做好服从厂里的工作安排的思想准备。

敖来县城人口少，工业化程度相对比较低，经济效益好的企业几乎没有。从前机械厂和粮油加工厂是敖来县城两家效益最好、规模最大的国营企业。但是随着改革开放政策实施及进一步深入，从计划经济转向市场经济，人们思想观念开始转变，机械厂的经济效益开始明显下滑，生产辉煌时期已经过去了。

机械厂出现了负债月份现象。全厂二百多名职工中需要有一部分人员下岗，自谋生活出路。上级主管部门已经下发了对机械厂改制的文件。这次全厂职工大会是改革前兆，也是预热。

工人在会议结束后议论纷纷，几乎没有工人愿意离职，害怕自己下岗，感觉到保留住工作岗位压力很大。

李小漫预感到在下岗人员名单中有她。但她不像其他人那么悲观、无助、失望，反而觉得是好事，有点兴奋。她认为给辞职找到了借口，为去红涯市找到了理由。

张荣珍是和李小漫同一批进机械厂工作的年轻车工。她跟李小漫关系很好。她和李小漫一样在技术上不如老师傅娴熟、精湛，工作效率不高。但她加工的机械部件废品不多，合格率高。她珍惜这份工作。她觉得离开机械厂找不到工作单位。她感觉在下岗人员中有自己，担忧地对李小漫说："你说下岗了，咱们能干什么？这不愁死人了。"

李小漫无所谓地说："天地这么大，不在机械厂工作也饿不死。"

丁美花叹息地说："工厂就是不如政府机关、事业单位好，政府机关、事业单位不会有下岗、分流、自主择业这种事。咱们厂去年经济效益还那么好呢，转眼过去还不到一年，就这么不好了。"

张荣珍说："丁姐，像你们老师傅技术好，肯定不会下岗。"

丁美花说："那也不一定。如果没有订单了，厂里接不到活干，技术好也是没活干，工厂也得倒闭。"

张荣珍说："这么大的工厂不可能倒闭。"

李小漫说："你没看省报吗？在省城有好几家比咱们机械厂还大的工厂都因为没活干，发不出工资，关门了。"

张荣珍说："你对象家不是有社会关系吗？可以让他家帮你调到政府机关、事业单位工作。"

李小漫说："我只懂点车工技术，还干得不怎么样，到那些单位能干什么？"

张荣珍说："哪怕是去打扫卫生，只要给发工资就行呗。"

李小漫说："那种伺候人的活我干不了。"

张荣珍说："为了挣钱吃饭，有时候伺候人的活也得干。"

李小漫说："求人找那种工作没有必要。"

张荣珍说："也可以让你对象家帮你找新工作。"

李小漫说："求人不如求自己。"

张荣珍说："自己不行就得求别人。"

李小漫说："我不喜欢求外人。"

张荣珍说："你对象家人又不是外人。过了这个村，可没这个店了。你现在不找关系调进政府机关、事业单位，今后就得四处找工作。"

李小漫说："我不是大学毕业，没学历，调进政府机关、事业单位能干什么？"

张荣珍说："你会写诗嘛，写诗也是特长。陆小曼不就因为会写诗才出的名吗？还有徐志摩。现在的北岛、舒婷……话到嘴边了，却想不起名字了。反正通过写诗出名的人挺多。"

李小漫说："荣珍，你在嘲笑我吧？"

张荣珍笑着说："我可没有嘲笑你的意思。我的意思是会写诗，也是一技之长，也是调往政府机关、事业单位工作的理由。你可以去电视台、广播站、文化馆、文化局，或宣传部等单位工作嘛。"

李小漫说："这怎么可能呢？你可真敢替我想。调进这些单位工作一般社会关系不行，社会关系得特别厉害才行。凭借我现在的关系想都不用想。"

张荣珍说："你对象的妈不是在县政府机关办公室当主任吗，县政府机关办公室主任还办不成这事？"

李小漫说："在县政府机关主任同级别的干部得有二三十个，主任不是县长、县委书记，主任权力不大。"

张荣珍说："那么多干部呢！"

李小漫说："你以为呢？再说是他妈，又不是我妈。我可不求他妈。"

张荣珍笑着说："你跟他结婚了，他妈就成为你妈了。"

李小漫说："能不能结婚还不知道呢。"

张荣珍说："他看不上你？不是，如果他看不上你，他就不跟你交往了。是他们家人看不上你？"

李小漫说："我还看不上他们呢。"

张荣珍说："你到县政府机关工作不怎么适合，但到文化局、文化馆、图书馆等单位工作比较适合。听说在这些单位工作的人当中有很多也不是大学毕业生。"

李小漫说："之前文化局、文化馆、图书馆这些单位缺少工作人员，进去的不是大学生。那时也没有这么多大学生。现在这些单位人满为患，不缺人，调到这种单位工作起码得是中专毕业才行。并且还得是调出去一个，才能调进一个，一个岗位一个人。"

李小漫确实产生过想调到文化馆工作的念头，这种念头曾经还十分强烈。但是没有人帮她办理这件事。虽然她通过写诗认识了敖来县的主要领导，在公共场所见过几次面，但是县主要领导从没问过她工作情况。虽然县主要领导有几次参加活动时跟她近在咫尺，但她感觉县主要领导离她是那么遥远、陌生。她认为县主要领导不能为她调动工作的事出力、费神，甚至不愿意理会她。

张荣珍叹息地说："你会写诗，还找了本科生对象，不管怎么说都比我的优势多。我什么也不会，对象家还是做豆腐的，原本想好好学习车床操作技术，如果下岗了，操作车床的技术也白学了。"

李小漫说："咱们县连份报纸、杂志都没有，全县只有这么点人口，谁会看诗？又有几个人懂诗？很多人认为我是不务正业。因为我写诗对我产生了不好印象。我还不如你呢。最起码，你在很多人眼里做事踏实、务实，工作兢兢业业。"

张荣珍说："你在咱们这儿已经是家喻户晓了，都知道你会写诗。有的人知道我在机械厂工作，见面问你们厂是不是有个姑娘在写诗、发表了诗。"

李小漫说："知道没用，不能当工作，不能顶饭吃。"

张荣珍说："也不能说写诗没用，说不定什么时间就用上了。你现在写的诗少，名气不够大，如果写多了，名气大了，就有用了。"

李小漫说："在咱们这儿写诗写不出什么名堂来。"

张荣珍说："你如果想成为真正的诗人，想写出更好的诗，就不能待在这里。只待在这里，不到外地看一看思想就僵化了，也跟不上时代发展需要了。固守田园的生活思想不开阔，视野窄，写不出好诗。如果想出大名，想写出好诗，得到外地看一看。思想得跟上时代发展，与时俱进才行。"

李小漫打算走出敖来县，打算走出北大荒，想离开这片黑土地。不然，她会终生遗憾。她回到车间，坐在车床旁边的椅子上，看着车间的同事，想着心事。

车间里的工人三个一堆，五个一群，聚在一起议论着下岗、分流、自主择业的事，在自己心里猜测谁能留在单位，谁能下岗、分流。

敖来县机械厂改制这件事关联到厂里每位职工的生活。他们情绪产生了波动，考虑着以后个人的生活和工厂的发展方向、趋势。

吴东峰走进车间叮嘱工人安心工作，把现有的活干好。他说关于人员下岗、分流、自主择业等事，这是厂领导考虑的工作，职工个人的想法对厂里的决定及工作安排起不到作用。

工人们陆续开始工作了。一台台机器陆续响起。

李小漫没有启动车床，也没有工作的心情。她走到丁美花身旁，把辞职的想法说出来。

丁美花怎么也没想到李小漫能主动提出辞职。不过，她清楚下岗的人员中会有李小漫。李小漫进厂工作时间短，技术一般，工作还散漫，给领导的印象不怎么好，这都是让李小漫下岗的原因。但是，她不希望李小漫主动辞职，劝慰李小漫不要主动提出辞职，干一天是一天，厂里不让干时再说。

李小漫说："我一天都干不下去了。"

丁美花问："辞职后准备干什么？"

李小漫没有把真实的想法说出来。她说："还没想好呢。"

丁美花说："你应该想好了再辞职。"

李小漫说："我一走进车间脑子就大了。"

丁美花笑着说："是不是厂里刚开完会产生恐惧症了？"

李小漫说："也许是吧。"

丁美花说："开会是开会，开会只是动员职工离职，动员离职政策实施还有一段时间呢。你不用紧张，就算下岗人员中有你，也不会是你自己。你怕什么呢？"

李小漫说："我不是怕，我是想主动点。不然，太没面子了。"

丁美花说："面子能当饭吃吗？你只要来上一天班，多少就能挣点工资。如果你不来上班，一分钱工资没有不说，领导还认为你不安心工作。你别胡思乱想了，去干活吧。"

李小漫回到自己的车床旁又静静想了一会儿，启动了车床。车床卡盘飞速转动着。车刀切割着铁柱卷起铁末。铁末飞起，一块铁片打在了她的脸上，烫破了皮肤。她停下车床，用手摸了一下烫伤的皮肤，恼火了，大步流星地去找厂长申请辞职了。

厂长卢贵明五十八岁，一米七六左右的个子，身材偏瘦，离退休不到两年时间了。他是四川人，说话时四川方言较浓，在县工业局当过多年副局长，在机械厂当厂长五六年了。前几年机械厂经济效益达到了建厂以来最好，这两年又降到了建厂以来最低，他见证了机械厂的兴衰。他不想让机械厂在自己任厂长期间倒闭，也不想让任何一位工人下岗，但是他无法使机械厂的经济效益重振从前的辉煌。他感觉到工厂倒闭是早晚的事，只是倒闭的大门关得快与慢。他尽可能让机械厂倒闭的大门慢点合拢。他不想让任何一位工人没活干。但是厂里的经济效益确实不好，生产收入在逐年下滑，养不了这么多工人。召开全厂职工大会是想让工人提前做好思想准备，计划好下岗后的生活出路，或主动离职，而不是强迫工人下岗。他不想让下岗工人记恨他。他万万没有想到第一个主动提出辞职的竟然是李小漫。

他夸奖了李小漫一番后，语重心长地说："你先别办理辞职手续，先办理停薪留职手续，这样既能保留工作关系，还可以去做自己想做的事。如果找到了更好的工作，有接收单位了，还可以办理调动手续。"

李小漫听卢贵明说着带有四川方言的普通话有点感动。她没考虑到这些。其实，她不懂停薪留职跟辞职的区别。她听卢贵明这么一说，知道停薪留职比辞职好太多了。她认为卢贵明为她考虑得周全，也正确，接受地说："谢谢厂长，我办理停薪留职手续。"

卢贵明没想到平时看上去工作不求上进、行为散漫的李小漫能在机械厂为下岗、分流、自主择业工作起到了模范带头作用，解决了这项工作开展的燃眉之急，开了好头。他通知办公室给李小漫办理了停薪留职手续。并给李小漫多发了三个月工资作为鼓励工人主动离岗、自主择业的奖励。

李小漫成为敖来县机械厂第一个办理停薪留职的人。

2

周守法约李小漫到野鸭烤肉馆吃晚饭。

野鸭烤肉馆是以野鸭河命名的。敖来县城是以敖来河命名的。在敖来县境内有松花江、嘟噜河、野鸭河、敖来河等多条江河水系。野鸭河两岸野草茂盛，有成群结队的野鸭。野鸭烤肉馆是以烤鸭为主，因烤鸭味道独特而扬名。当然，不是烤野鸭，而是烤饲养的鸭子。野鸭肉少，口感不如饲养的鸭子好，口味不如饲养的鸭子香。政府不允许捕杀野鸭。野鸭烤肉馆在县城里名气大。

周守法来到野鸭烤肉馆时李小漫已经到了。李小漫坐在烤肉馆靠窗户的位置，隔着玻璃看着外面。周守法在屋外面看到了屋里的李小漫。

李小漫看着周守法心里有着别样的情感。她说不上来是喜欢周守法，还是不喜欢。如果说她喜欢周守法，按照常理她不应该辞职，不应该有去红涯市找工作的想法。她去红涯市除了对红涯市这座城市有着向往外，或多或少也跟王来齐有关。假如王来齐不在红涯市，她也许不会去红涯市，就算是想去红涯市，态度也不会这么坚定。她隐隐地感觉到王来齐在遥远的地方吸引她。她有暗恋王来齐的感情。如果说她不喜欢周守法，可她对周守法还有着依恋的情感。她愿意把心里的想法告诉周守法，跟周守法商量，还跟周守法明确了恋人关系。她认为对周守法的感情有点摇摆不定，不牢固，心里是矛盾的。她对走过来的周守法说："你迟到了。"

周守法笑着说："你没到下班时间就来了？"

李小漫说："你怎么知道？"

周守法说："我没到下班时间就从单位往这儿走。按照正常时间推算，你不应该比我先到。"

李小漫说："机械厂离这儿近，畜牧公司离这儿远。"

周守法说："我是坐县政府办公室车来的。"

李小漫说："你说对了，我今天没上班。"

周守法说："你已经辞职了？"

李小漫点了下头。

周守法说："你的速度可真够快的。这叫什么速度？这叫李小漫的辞职速度吗？"

李小漫纠正性地说："不是辞职，是停薪留职。"

周守法说："怎么改变想法了？"

李小漫说："卢厂长给我提的建议。"

周守法说："停薪留职要比辞职好。"

李小漫把今天机械厂里发生的事说了一遍。周守法认为李小漫确实不适合在机械厂工作。他认为李小漫在机械厂不但没有发展，还是在荒废青春，如果荒废青春，还不如自寻生活出路了。此刻，他改变了态度，完全站在了李小漫的立场上。但他不愿意让李小漫去红涯市找工作。他担心李小漫去红涯市后会跟王来齐发生什么事情。他的想法被李小漫看在眼里。李小漫虽然有离职的心理准备，一心想离开机械厂，在真的离职了，离开了机械厂，心里却有着漂浮不定的感觉，心里有点不是滋味。她说："卢厂长真是好人，我没想到的事，他为我想了。"

周守法说："人老了，其言也善，总想留点善良在人间。"

李小漫说："听你说这话觉得有点悲凉，好像卢厂长要离世了似的。"

服务员端上菜，送上北国啤酒。

周守法给李小漫倒上酒，也给自己倒满杯，端起杯说："为你庆祝一下。"

李小漫说："庆祝什么？"

周守法说："庆祝你获得自由了。"

李小漫说："我没工作了，就是没有生活来源了，这也值得庆祝？"

周守法说："结束了一段生活，开始了新的生活，你是行走在寻找希望的路上。"

李小漫举起杯说："我是不是很傻？"

周守法喝了一小口酒，看着李小漫说："如果我同一位傻瓜在一起，那我也有问题了。既然这么选择了，事情已经走到了这一步，就往开了想，不能回头看，要抬起头，挺起胸，大步往前走。前方的路是光明的，远方的风景是美丽的。"

李小漫放下酒杯，娇声地说："你这么乐观？"

周守法说："当然了。"

李小漫说："我的前途是光明的吗？"

周守法说："这不用怀疑，肯定前景一片大好。黑夜过去就是黎明。奋斗者的结局都是耀眼的。"

李小漫微笑着说:"如果你写诗,应该比我写得好。"

周守法说:"我和诗人谈恋爱,受到感染了。如果让我写,肯定不行。我是受到了你的感染,才对诗有这么点悟性。"

李小漫说:"你太谦虚了。谦虚会埋葬你的优点和才华。"

周守法给李小漫夹菜,然后又端起酒杯说:"人的一生没有多少好时光,想好了就去做。这样到了暮年,在回首往事时不遗憾。"

李小漫说:"我也这么想。"

周守法说:"为了你勇敢的选择,喝下这杯酒。"

李小漫没端酒杯,而是伸出手,握了一下周守法没有端杯的手,动情地说:"谢谢你,这么支持我。"

周守法说:"这话我不愿意听。我是谁呀?我是你男朋友,是你未来的丈夫,我不支持你,谁支持你。我支持你是应该的,义不容辞,责无旁贷。"

李小漫说:"我没说一定嫁给你。"

周守法说:"端杯,咱们碰一杯,就算是嫁给我了。"

李小漫端起酒杯说:"今天你是怎么了?"

周守法说:"我好好的,有什么反常的地方吗?"

李小漫说:"你怎么能想得这么开,跟换了个人似的。我都有点不相信是你说的话了。"

周守法说:"这就对了。你从红涯市回来时会发现我更不一样了。为了你,我要改变我自己。不然,我怎么能登上你人生中的客船呢。"

李小漫把酒杯往前一伸,跟周守法碰了一下,感动地说:"谢谢。"

周守法喝下杯中酒说:"你这么选择是在考验我的承受力。"

李小漫说:"你不怕我不回来吗?"

周守法说:"不回来你去哪里?"

李小漫说:"如果我跑到其他地方去了呢?"

周守法说:"你跑到哪里我都能找到你。即使你走到了天涯海角,我也能把你找回来。"

李小漫说:"天涯何处无芳草,你可以找其他姑娘。"

周守法说:"我不愿意到天涯割草,只想摘取李小漫这朵花。"

李小漫说："假如我在红涯市爱上了其他人呢？"

周守法说："如果是同性恋也没关系。"

李小漫没想到周守法能说到同性恋方面。她笑着说："你怎么扯到这方面了？"

周守法说："假如你喜欢上其他男人了，只能证明我不够优秀。但是，我相信我是优秀的，也相信你不会喜欢上其他男人。"

李小漫承认周守法是非常优秀的。但她不能确定周守法就是她要厮守一生的男人。她感觉周守法身上缺少了点什么，但是到底缺少什么，她说不清楚。

屋里的录音机正在低音播放着《追你到天涯》歌曲。这首歌刚开始流行，年轻人走路时也哼唱。敖来县城的广播站《每周一歌》节目，在每天早晨、晚上，播放两次。

周守法随着乐曲哼唱着：

你的身影在天涯之处
我的心穿风穿雨
在岁月中追你而去

我的记忆无法抹去
你离开时的表情
你转身而去的倩影
搅乱了情的规律

一天天的思念
一年年的等待
却不见你
从遥远地方归来

我的心啊
碎了一次又一次

我那根感情线啊

断了再断

可是你的倩影

依然在我的眼前

你在遥远的地方

却是我最近距离牵挂

你是我心中

那位美丽的天涯女子

你是我天涯中的风景

我是否

也是你天涯的风景

李小漫说："你有点伤情。"

周守法说："你觉得这歌词写得怎么样？"

李小漫说："歌曲是表达心情的。同样的歌曲不同人听，可能会有不同感受。我听这首歌曲跟你听的感受不一样。"

周守法说："诗可以改成歌曲。如果你能把你写的诗谱成曲，改成歌曲演唱，或许反响能更好。"

李小漫说："你比我还敢想。"

周守法说："这个目标是可以实现的。"

李小漫笑着说："你谱曲吧。"

周守法说："文化馆应该有会谱曲的老师。"

李小漫说："我很少去文化馆，去的次数多了，其他人会笑话我做梦都想到文化馆工作。"

周守法说："我争取把你这个梦实现。"

李小漫说："你能有这个想法我就非常感动了。"

周守法说："能让你感动不容易。"

李小漫说："你真不在意我去红涯市找工作吗？"

周守法说："在意你也去，不在意你也去，还是不在意好。"

李小漫说："这么想就对了。"

周守法说："准备什么时间走？"

李小漫说："我已经办理了停薪留职手续，没工作了，在家闲着天数多了，我爸妈会有思想压力。早走也是走，晚走也是走，还是早点走吧。"

周守法喝了一口啤酒说："你还继续写诗吗？"

李小漫看了一眼窗外，收回目光，若有所思地说："不能确定，到那里根据情况定吧。"

周守法说："怎么动摇了写诗的想法呢？"

李小漫说："我写诗的初衷是因为生活寂寞，心灵空虚。去红涯市找工作，如果忙碌起来，就不一定能有时间写诗了，也不一定能有写诗的心情。"

周守法说："你还得坚持写诗。你写的诗还行，有点水平。我虽然不会写诗，但是鉴赏诗的水平还是有点的。如果你放弃了写诗就可惜了。就算你当不上职业诗人，不能用写诗养活自己，但是可以陶冶情操，也是一种人生精神追求。"

李小漫平时没发现周守法对她写诗有见解，听到这番话有点吃惊地说："你从来没有这么表扬过我。今天怎么了，太阳从西边出来了吗？"

周守法说："天黑了，月亮出来了，哪来的太阳？这是黑夜里的思绪。不过，黑夜过去就是黎明，是太阳带来的黎明。"

李小漫说："这是你说的话，还是借用别人的话？"

周守法说："当然是我说的。你不相信是我说的？"

李小漫说："信。优秀本科毕业生，敖来县的高考状元，这种思想是有的。"

周守法说："你这么喜欢写诗，就应该坚持写下去，不能半途而废。人应该有爱好，有追求，不能只为了吃饭活着。"

李小漫说："本来我对诗歌创作只是玩一玩，消磨时间，没有坚持写下去的想法。既然你这么支持我，我就坚持写下去。"

周守法说："我妈找李副县长想把你调到文化馆工作，就是因为你会写诗，如果你不会写诗，我妈也没有理由跟李副县长说。调动工作得有理由。"

李小漫吃惊地说："你妈找李副县长了？"

周守法说："找了。李副县长没说行，也没说不行。他说知道你发表过诗，对你有印象。"

李小漫说："调动工作不是简单的事，太难了。"

周守法说："往政府机关、事业单位调，李副县长说的也不算，他得找县长和县委书记。最终是要县长和县委书记同意才行。还得上县委常委会表决。"

李小漫说："你妈跟李副县长说我跟你的事了？"

周守法说："当然了。如果我妈不说你是她的儿媳妇，李副县长以为只是普通关系呢，他能重视吗？"

李小漫不相信地一笑说："你妈对我的印象不好，才不会跟李副县长这么说呢。"

周守法说："印象是可以改变的。其实，我妈对你的印象已经改变很大了。不然，她不会为你的事去找李副县长办这事。李副县长是我妈的上级领导，就像你跟你们厂的副厂长工作关系。你不能轻易去找副厂长办工作之外的事吧？"

李小漫说："不管能不能办成，我都非常感谢你妈。你替我谢谢你妈。"

周守法说："你如果想谢，你当面对她说，我说了她不相信。"

李小漫说："我看见你妈有点害怕。如果让我当面谢，就算了吧。"

周守法说："你调动工作的事办还是不办？"

李小漫喝了口啤酒，拿不定主意地说："能办成吗？"

周守法说："确实挺难办。不过，我妈人缘好，又是机关劳动模范，县领导对她印象好，或许能给她面子，希望还是有的。"

李小漫说："我虽然写了不少诗，在咱们这儿是发表诗最多的人，但只是在市级报纸上发表过，还没在省报发表过呢。我又不是大学毕业生，没有学历，现在把我调到文化馆工作，我有点心虚。"

周守法说："如果你发表的作品再多些，成绩再突出些，就不心虚了，事情能更好办了。"

李小漫说："你跟你妈说先别找县领导了，找了也不一定行。"

周守法不说话了，专注地吃着烤鸭肉。表面看他把注意力用在吃肉上，流露着吃肉的幸福感，其实心情是复杂的，像是在用吃肉的方式缓解复杂心情。

3

沈殿霞穿着白色工作服，戴着白帽子，穿着白色靴子，右手拎着一个大铁桶刚走出车间，猛然看见了走过来的李小漫。李小漫看见沈殿霞这种着装，觉得沈殿霞像电视剧中的防化部队战士，忍不住笑了。沈殿霞知道李小漫从不在工作时间来找她。李小漫是第一次在工作时间来找她。她心想李小漫来可能有事。她放下手里拎着的铁桶，站在那儿等李小漫一步步走近。

李小漫和沈殿霞不但是高中时的同学，还是同桌，两人无话不说，无事不谈，关系非常好。虽然她们两个人关系好，但是性格和相貌反差特别大。李小漫身材苗条，皮肤白净，是急性子。沈殿霞肥胖不说，皮肤还粗糙，性格慢。从她们两个人的性格和外貌判断，不应该成为好朋友，但她们是最要好的同学、朋友。她们一起走出校门，步入社会，在同一年参加工作。沈殿霞进奶粉厂当上了制奶工。李小漫进机械厂当上了车工。机械厂当时比奶粉厂好。如果按照工种划分，李小漫属于技术工人，沈殿霞的工作没有技术含量，属于出力气的工作。从职业方面来说李小漫应该是满足的，沈殿霞应该是失望的。但现实情况却反转过来了，沈殿霞对工作不但没有失望，还非常满意，工作时兢兢业业，一丝不苟，而李小漫对工作却是非常失望，怨声载道，在操作车床技术方面不思进取。

李小漫走到沈殿霞身前，看了一眼大铁桶说："你一个人拎这么大的铁桶，还装满了东西，不沉吗？"

沈殿霞无所谓地说："能提动，习惯了。"

李小漫说："找个人跟你抬。"

沈殿霞说："一个人能干的活不能用两个人。"

李小漫说:"你们厂规定的?"

沈殿霞说:"厂里不可能这么规定,我自己这么认为。"

李小漫说:"你真是干活的命。"

沈殿霞说:"你看我这体形,膀大腰圆的,就是为干活生的。"

李小漫说:"你又不是演员,谁说体形跟工作有关。"

沈殿霞说:"谁让咱爸咱妈不当官呢。老百姓家的孩子不干活谁干活。"

李小漫说:"不能这么说。老百姓家的孩子也有干不出力气工作的。如果抱怨,只能怨自己当初没好好学习。如果考上了大学,也可以从事在办公室里的工作,也可以当工程师、教授……就不用从事这种体力工作了。"

沈殿霞说:"没上大学在机关工作的人也不少,你说许成元会什么?不就因为他老爸是税务局的局长吗?要么他不可能到物资局工作。再看陈雅君,她学习成绩还不如咱们好呢。如果她妈不是财政局的副局长,她不可能到街道办工作。不是流行说学好数理化,不如有个好爸妈。"

李小漫笑着说:"你像是把这句话改了,原话不是这么说的。"

沈殿霞说:"大致是这个意思吧。我记不住原话了。"

李小漫看了一眼沈殿霞然后目光移到了别处。她跟沈殿霞有着同样观点,但她在努力改变自己现在的工作环境。她认为既然父母不能给自己提供更好的工作单位、生活环境,父母帮助不了自己,只能靠自己改变,不然青春年华就虚度了。

沈殿霞说:"如果你爸是县长,别说你发表那么多诗了,就算你不发表诗,不写诗,也能到文化局、文化馆、广播站工作。"

李小漫对陈雅君和许成元比较了解。他们两个人在学校时,学习成绩不如李小漫和沈殿霞好。因为家庭社会背景不同,步入社会后,他们四个人找到的工作单位也不一样。李小漫认为沈殿霞只说对了一部分,不能代表全部。她调侃地说:"没想到你这么想。照你这么说,如果你爸是县长,你就可以到电视台当播音员了?"

沈殿霞说:"如果我爸是县长,就算我不能到电视台当播音员,最少不会在奶粉厂拎这个大铁桶,干这么累的活。"

李小漫点了下头说："有道理。"

沈殿霞自嘲地说："我穿的工作服像防化部队似的。"

李小漫说："这就对了。你们是生产食品的单位，应该注意食品卫生安全。"

沈殿霞说："你来有事吧？"

李小漫说："没事就不能来找你了？是你当官了，还是张国忠当官了？"

沈殿霞知道李小漫性格散漫，做事任性，随意，提醒地说："大小姐，这是工作时间，你不去上班跑到这儿找我聊天正常吗？"

李小漫仰头看了一眼天空——白云浮动，天呈淡色——然后斜视着沈殿霞说："我不上班了。从此，我再也不穿机械厂的工作服了，再也不操作车床了。"

沈殿霞听李小漫说这没头没尾的话觉得奇怪，不解地说："你什么意思？"

李小漫说："我离职了。"

沈殿霞非常吃惊，把眼睛睁得很大说："你辞职了？"

李小漫点着头，纠正性地说："准确地说不是辞职，而是停薪留职。不过，二者性质相同，都是不上班，也没工资。"

沈殿霞说："小漫，你太疯狂了。可能咱们同学中你是最有魄力的。你以前跟我说过有辞职的想法，我还以为你只是说一说呢，没想到会动真的。"

李小漫笑着说："没必要用辞职的话题开玩笑。"

沈殿霞说："你爸妈同意你辞职？"

李小漫说："暂时不想告诉他们。"

沈殿霞说："纸包不住火，你不告诉他们，他们也会知道。"

李小漫说："等他们知道了，我已经到红涯市了。"

沈殿霞疑惑地问："你是不是对那个叫王来齐的诗人动心了，有了想法？"

李小漫说："平时看你老实巴交的，没想到脑子里有那么多不着边际的邪念头。你把我当成什么人了？我一没见过王来齐，二对他不了解，对不了解的男人能有什么想法，能动什么心。除非我疯了，要么是想男人想疯了。"

沈殿霞说："我不明白你为什么非得去红涯市找工作。你可以去哈尔滨、北京、上海、大连等城市找工作。这些城市比红涯市还好呢。再说，这些城市还有在咱们这里下过乡、插过队的返城知青，去这些地方比在红涯市更利于你找工作。"

李小漫笑着说："你怎么跟我爸、妈想的一样呢？我爸、妈老了，莫非你也老了，思想不开窍了。返城知青在这儿下过乡，插过队，他们就能帮助我了？未必。现在人多世俗，咱们同学中因为工作不同，有的还不交往呢。更别说那些返城的知青大叔、大姨们了。"

沈殿霞说："世态炎凉。我被你说的话打击得对生活立刻失去了热情。"

李小漫说："你对奶粉厂的工作挺有信心，干得挺起劲，想干一辈子吗？"

沈殿霞说："就算不干一辈子，也得好好干，不干怎么办。我没你那么多想法，更没你这种魄力。我可没有办理停薪留职手续到外地找工作的胆量。"

李小漫说："我怎么从来没有你这种顾虑呢？"

沈殿霞调侃说："你是谁呀？你是李小漫。李小漫是谁呀？李小漫是敫来县出了名的年轻女诗人。诗人的想法另类、与众不同，不然，能叫诗人吗。"

李小漫用手推了一下沈殿霞，调侃说："行了，你别笑话我了。你笑话我还得多长肉。你不怕胖，就继续这么说。"

沈殿霞毫不介意李小漫笑话她胖，有点自豪地说："幸亏肉多，要么哪有力气干活。如果我像你这么瘦，这活能干动吗？不然，你拎一下试一试。"

李小漫说："我肯定拎不动。我不喜欢机械厂的工作，更不会喜欢奶粉厂的工作。"

沈殿霞说："你喜欢什么工作？"

李小漫说："走遍祖国大好河山，游山玩水。"

沈殿霞说："那是做梦，到哪里找这种工作。"

李小漫说："没有归没有，想一想还是可以的。"

沈殿霞说："其实，你可以找周守法他妈帮你调动工作。他妈在县政府机关当主任，跟县主要领导熟悉，工作时有联系，县领导给你安排工作是轻松的事。"

李小漫说："不像你想的这么简单。我得知道自己几斤几两。他妈本来就对我们的事持反对意见，怎么能找她呢？再说，我也不想欠他家的人情。如果欠了人情，我在他们家人面前就抬不起头了。"

沈殿霞说："你这么想多余。你早晚不得嫁给周守法当媳妇吗？你嫁给周守法就是周家的人了。周家帮助你调动工作是给自己家人办事，不是给外人办事，帮助你办事是合情合理的。"

李小漫说："我还没想过结婚的事，更没想过嫁给谁当媳妇，所以不能心安理得地去找他家帮助我做任何事。"

沈殿霞说："谈恋爱的目的不就是结婚吗？不然，找对象干什么？"

李小漫说："看来你有结婚打算了。"

沈殿霞说："当然了。结婚生孩子是女人一生中不可缺少的事。"

李小漫说："你脸皮可真厚，居然想到了生孩子。听你这话，你和张国忠的关系已经发展到了不一般程度，是不是上床睡觉了？"

沈殿霞说："床是上了，但没脱衣服。"

李小漫说："谁能证明你没脱衣服。"

沈殿霞说："看样子你跟周守法已经脱过衣服了，不然，你不能对这种事这么有兴致。说一说你脱掉衣服的感觉吧。"

李小漫说："脱掉了上衣，下身没脱。"

沈殿霞不相信地说："上衣脱了，裤子没脱？你觉得符合情理吗？"

李小漫说："不能再说了，再说真受不了了，真要找地方脱衣服去了。"

沈殿霞说："这话太假。脱衣服得找对人。你在周守法面前脱衣服可以，在我面前脱衣服没用。我不但没有感觉，还觉得你是在耍流氓。"

李小漫和沈殿霞都笑了。

她们正处在精力最旺盛的青年时期，对生活、对爱情、对工作、对人生都有着无限遐想、憧憬，也有着渴望与期待。

沈殿霞说："你去红涯市能看见大海了，可以在海边散步。啊，我的诗人李小漫！你的生活改变了，太浪漫了。"

李小漫说："你神经没出毛病吧？说好听点我是去找工作，说不好听的我是去打工，不是去旅游。红涯市是人间，不是天堂。你能预测到我在红涯市会遇到什么样的困难和挫折吗？"

沈殿霞感叹地说："红涯市距离咱们这里有些远了，如果你在那儿遇到困难事，家里一点忙也帮不上。"

李小漫说："人生的路得靠自己走，其他人扶着走不远。"

沈殿霞说："我佩服你的勇气，也为你担心、祝福。"

李小漫说："别佩服我了，没准我混得一败涂地、落魄而归呢。"

沈殿霞认为李小漫的忧虑是有道理的。她知道李小漫在红涯市只认识王来齐。李小漫跟王来齐没见过面。虽然两个人有书信来往，但是毕竟没见过面，相互不了解。社会复杂，人心叵测，一个年轻姑娘到陌生的城市能遇到什么事呢？谁能说清楚？谁能预测到？她说："你放心，到什么时候，咱们都是好姐妹，需要我帮助时绝不推辞。"

李小漫说："这句话够分量。"

沈殿霞说："周守法同意你去红涯市找工作了？"

李小漫点了下头。

沈殿霞说："你走了，不怕别的姑娘抢了你的位置？"

李小漫说："你以为周守法是皇帝呢，女人都想嫁给他。他不就是兽医吗？兽医是跟牲畜打交道的工作……我哪点配不上他。"

沈殿霞说："你别这山望着那山高。周守法在咱们这儿算是优秀的小伙子了。兽医也是技术人员。他是本科毕业，是国家干部。父母也是国家干部，你可别挑花眼了。"

李小漫知道周守法自身条件和家境都不错。但她总觉得跟周守法之间隔着一层隐形的东西。这层东西是什么，她说不清楚。

沈殿霞看厂长走过来了，急忙问李小漫还有没有其他事了，如果没其他事了，下班后说。她得去干活了，上班时间不能长时间聊天。

李小漫知道沈殿霞找到这份工作不容易，工作积极，要求上进，不能影响沈殿霞的工作。她是来约沈殿霞晚上吃饭的。沈殿霞爽快地答应了。李小漫叮嘱沈殿霞叫上张国忠。

沈殿霞拎起大铁桶说："不叫他，他知道了也会去。"

李小漫骑上摩托车从奶粉厂大院出来直接去县文化馆了。

县文化馆在敖来县城西边，奶粉厂在县城东边。她骑着摩托车得穿过整个城区。她行驶在敖来县城不是很宽，却空荡的街道上，想着心事。她的红色摩托车在缓缓向前行进，似乎是在对小城做离别前的欣赏。

她是想把敖来县城留在记忆里吗？

第三章

思　潮

1

　　王月红一个人坐在办公室里看书。李小漫拉开门走了进来。王月红比李小漫大几岁，中专毕业，是文化馆文化辅导员。李小漫写诗，王月红写小说。虽然两个人在文学创作方面从事着不同题材的作品创作，但是经常在一起交流写作体会，探讨对工作和生活的想法、感受。王月红放下手里的书，站起身，活动着身体问："从哪儿来？"

　　李小漫说："刚才去奶粉厂了。"

　　王月红说："奶粉厂这两年经济效益挺好。"

　　李小漫说："刚才看见沈殿霞拎着个大铁桶，从心里就感觉累。"

　　王月红认识沈殿霞。她知道李小漫跟沈殿霞是同学，是好朋友。她说："前两天我去奶粉厂办事，也遇见她了。她真能干。那份工作太累，一般姑娘干不了。"

　　李小漫说："她像个假小子。"

　　王月红笑着说："她太胖了。"

　　李小漫说："浑身都是肉，胖人有力气。她拎一大铁桶东西走路还轻松自如。"

王月红说："最近又发表诗了？"

李小漫说："心情乱糟糟的，没怎么写。"

王月红说："还得写。"

李小漫说："看什么书呢？"

王月红说："《红与黑》。"

李小漫说："法国作家司汤达写的。"

王月红说："他的创作角度别具一格。"

李小漫伸手拿起放在办公桌上的书，随意翻动着，思索着说："你说作家写出的代表作是不是跟作者的经历有关？比如卢梭写的《忏悔录》、小仲马写的《茶花女》、曲波写的《林海雪原》、刘知侠写的《铁道游击队》，这些作品中的故事作者本人好像经历过，或间接经历过。"

王月红说："熟悉的故事在创作时感情能更深，能更有写作激情。前些日子，我写的那篇小小说，就是我在牡丹江时遇到的真事。我写完了没修改，寄到报社就在头条刊登了。真实的故事要比杜撰的故事好写得多。"

姚崎锋走进来了。他是文化馆馆长。他一米八几的个子，身材偏瘦，戴着眼镜，文质彬彬的面容。他跟李小漫熟悉，问李小漫："今天没上班？"

李小漫开玩笑地说："以后我天天不上班。"

姚崎锋没明白李小漫话中的意思，不解地看着李小漫。他了解机械厂的规章制度，上班时间工人不能随意请假离厂。文化馆有时举办活动让李小漫参加还得需要由文化馆跟机械厂协调呢。他说："你休长假了？"

李小漫说："休很长的假期。"

姚崎锋说："假期工资正常发吗？"

李小漫说："工厂休假没工资。"

姚崎锋说："没工资你还休长假？"

李小漫说："我办理了停薪留职手续。"

姚崎锋说："准备干什么？"

李小漫不想把去红涯市找工作的想法告诉姚崎锋。她说："还没想好呢。"

姚崎锋说："不会是准备当专业诗人吧？"

李小漫说："我有点找不到写诗的感觉了，不想写诗了，怎么可能当专业诗人呢。"

姚崎锋说："诗还得坚持写。昨天我到县城政府办事遇到李副县长时，他还问我你创作方面的情况呢。我说小姑娘写作有闯劲、有潜力、有发展，就是'处事年轻'了点。"

李小漫猜测可能是周守法的母亲对李副县长说了她调动工作的事后，李副县长向姚崎锋了解她的情况。姚崎锋肯定了她在创作方面的成绩，也向李副县长传递了她为人处世不成熟、不行的缺点。她认为姚崎锋说她"处事年轻了点"影响到了她给李副县长的印象。她有些生姚崎锋的气。但她左右不了其他人对她的看法。她知道姚崎锋向李副县长说的话是对她的真实看法。她给很多人留下的就是这种印象。她已经不在意其他人怎么看她了。不过她对姚崎锋向李副县长说的话非常在意。而姚崎锋没有考虑她会怎么想，如果姚崎锋考虑她的感受，就不会把跟李副县长说的话告诉她了。

她在想如果调动工作的事有了眉目，自己又去红涯市工作了怎么办？她不能断定周守法的母亲帮助她办理调动工作的事一定能办成，只是觉得有办成的希望。她在机械厂已经办理完了停薪留职手续，再考虑这些是多余的，只能按照自己的计划做事。

姚崎锋向王月红安排完参加鹤城征文参赛的工作后离开了。

王月红认为李小漫办理停薪留职手续要比被机械厂辞退、分流好得多。她知道李小漫在机械厂里的工作表现。机械厂领导对李小漫写诗的创作不但不支持，还反对、阻挠。厂领导认为李小漫写诗是不安心工作，在职工中产生了负面影响。李小漫参加活动请假时机械厂领导不愿意批准。李小漫参加文化馆的活动，有好几次是王月红跟机械厂协调的。王月红说："厂里又刁难你了？"

李小漫说："厂里从没刁难过我。"

王月红说："那你怎么办理停薪留职手续了？"

李小漫说："不想干了。我一个女的，整天围着车床转，多没劲。在车间里工作何时才能熬出头呀。工资还不高，厂里的经济效益又不好，就算我不离职，整天在那耗着，也是浪费青春年华。"

王月红说："你准备干什么？"

李小漫说："我准备去红涯市。"

王月红说："在那里的工作联系好了？"

李小漫说："没有。"

王月红没有听李小漫说过去红涯市的打算，感觉意外。但她马上想到了王来齐，李小漫跟她说过王来齐是内刊编辑的事。李小漫给她送来过《沿海纺织报》第4版《天涯风景》文学副刊的报纸。她说："你去找王来齐？"

李小漫虽然跟王月红熟悉，交往多，但还没达到把想法和计划中的事说出来的程度。她跟王月红的关系跟她和沈殿霞、杨海燕的关系不同。她说："你们怎么回事，只要我去红涯市，就会联想到王来齐。王来齐是什么样的人连我自己都不清楚，我找他干什么？"

王月红说："王来齐是诗人，你也写诗，诗人和诗人在一起交流创作经验呗。"

李小漫说："别说我了，说一说你吧。"

王月红说："我有什么好说的。我一没辞职，二没停薪留职，三没离婚，四没外遇……我一切正常。"

李小漫看出来王月红说话时有点心虚。王月红在刻意遮掩什么，把事情隐藏得很深，轻易不露。她不想跟王月红绕圈子。她如果不直接说，王月红会当她不知道。王月红这种处事方式符合在政府机关、事业单位的工作环境。但是李小漫不喜欢这种处事方式。她直截了当地说："前些日子你不是去绥芬河了吗，现在绥芬河发展的速度快吧？"

王月红说："你怎么知道我去绥芬河了？"

李小漫说："这事还需要保密吗？"

王月红说："你消息够灵通的。"

李小漫说："绥芬河肯定比咱们这儿好。"

王月红说："虽然比咱们这里好，但是跟哈尔滨、大连比差距还是很大。"

李小漫说："不是同等级别城市，没有可比性。"

王月红说:"绥芬河俄罗斯人多。走在街上随处能听见说俄语的人。"

李小漫说:"你去绥芬河好几次了,是不是有意去那地方发展?"

王月红说:"有这个想法,但还没想好。换个新地方工作不那么容易。"

李小漫知道王月红有位中专时的同学在绥芬河市文化局工作。她意识到王月红想去绥芬河市工作。

王月红对调往绥芬河市工作比较慎重。她是文化馆的正式工作人员。如果她离开了现在的工作单位,到绥芬河工作发展得好还行,如果发展得不好就得不偿失了。她极少对外人说这个想法,担心领导知道了影响现在的工作。她叮嘱说:"你别对外人讲这件事。"

李小漫说:"我没有传闲话的习惯。"

王月红说:"守口如瓶是美德。"

李小漫约王月红晚上一起吃饭。

王月红说:"这种事不用专门跑来,打电话就行。"

李小漫说:"我离开机械厂了,不能为了打个电话回去一趟。街边的公用电话还得花钱,不如来一趟了。"

王月红说:"周守法同意你去红涯市找工作吗?"

李小漫说:"同意。你不说,我就把他忘了,我还没告诉他晚上在一起吃饭的事,我给他打电话。"

王月红把桌子上的电话往李小漫面前推了一下。

李小漫拿起电话,拨通了畜牧公司的办公室电话。

2

距离一个多小时下班时,周守法搭乘外单位来畜牧公司办事的四轮机动车回城里了。他在街上的十字路口下了车,四轮车往南开,他往北走。

他去了春阳手机店。

春阳手机店是崔春阳开的。崔春阳是周守法高中时的同学。他们一起参加了高考。周守法考上了大学。崔春阳因五分之差名落孙山。

崔春阳头脑灵活，商业意识强，对经济变化感觉敏锐，高中毕业后没到劳动局分配的粮油加工厂上班，而是到省城学了家电维修技术。他从省城回到敖来县城，在街边开了家电维修的门店，做起了家电维修生意。

他是敖来县城第一个开家电维修店铺的。之前敖来县城没有家电维修店铺，那时人们的收入少，生活水平不高，使用家电少，县城里的家电维修技术人员也只有那么几个。他们为了节约成本，在家接家电维修的活。近些年人们的生活水平提高了，使用家电数量显著上升，需要维修的电器明显增多了，家电维修生意好做了。崔春阳开了家电维修店没多长时间，县城里陆续有几个维修家电的店铺开业了。

市场经济，商业竞争是正常的。谁会经营谁就能吸引顾客，有了顾客生意才能好。

崔春阳比其他家电维修人员年轻，比那几家店铺维修人员上的学多。他是敖来县唯一到省城学过家电维修技术的家电维修老板。他年轻，见的世面多，维修技术好，头脑灵活，店铺经营也比那几家好。

他没用多长时间，就把单一的家电维修店铺发展成了销售家电、维修家电的综合性商场了。

他以家电销售和维修两种方式经营。

前不久，他新开了春阳手机店。

春阳手机店是家电商场的组成部分之一。这是敖来县城里第一家手机店。如果说是手机店，还不如说是传呼机店。店里只有几部手机，主要是销售传呼机。

敖来县城使用传呼机的人不是很多，更别说使用手机了。

崔春阳做生意有超前意识，感觉到了商机就去做。他认为传呼机会很快被手机替代。如果他用传呼机当店名，用不了多长时间还得改店名，不如直接用手机当店名，提前把手机店名推广出去，让消费者提前知道他的手机店。等手机大量投放市场时，手机在人们生活中开始普及使用时，他的春阳手机店已经在市场、在消费者心中扎下了根基。

营业员在周守法还没走到手机店门口时，提前开了门。周守法走进手机店，营业员跟在旁边介绍着传呼机和手机的品牌、功能、价格。

周守法第一次看见这名营业员，推测可能是崔春阳新招聘的，随口问："你来多久了？"

营业员说："不到一个月。"

周守法说："我说怎么没见过你呢。"

营业员听周守法说话的意思不像是来买手机的，不介绍手机了。

周守法说："你们老板呢？"

营业员说："没过来。"

这时从另一间屋走过来一位营业员。这个营业员认识周守法，知道周守法是崔春阳高中时的同学。她看了一下时间说："崔经理今天没到这里来。"

周守法说："给崔经理打电话，说我找他有事。"

营业员转身，刚拿起办公桌上的电话，崔春阳开着面包车来到了店门外面。

他从车里出来，不紧不慢地朝店里走着。他进屋对周守法说："你不是在研究猪的耐寒性吗？怎么有时间来了？"

周守法说："工作项目不是一天两天能完成的。我还不能有点空闲时间散心、缓解工作压力了。"

崔春阳说："听你说这种话，就知道你还不够敬业。你没听说那些研究原子弹的科学家的生活吗？他们成年累月在工作，几乎不休息，即使休息，为了人身安全，也不能随便上街。"

周守法说："我是兽医，还是工作在最基层的兽医，你把我跟研究核武器的科学家比，这哪有可比性。"

崔春阳说："大同小异，都是在工作，只是工作的领域不一样。不过，你能有研究猪的耐寒性想法，只是这一点，就让我对你高看一眼。"

周守法不相信地说："可算了吧，别高看一眼了，还是高看两眼吧。不就是提高猪的耐寒力吗？还没结果呢。也不一定能研究出结果。"

崔春阳说："结果不结果咱先不说，只是你的这种想法就了不起。在咱们这个边疆小县城，一个大学毕业生能有这样的想法足以让人尊重。有了想法才能明确长远的工作目标。比如我开商场吧，当初先有了去省城学习维修家电技术的想法，然后才开了维修家电的小店铺。如果我没有学习维修家电技术的想法，不可能有后来的家电商场。"

周守法说："读高中时没看出来你有经商头脑。"

崔春阳说："如果我考上了大学，肯定不会在敖来县城做家电生意。"

周守法说："做家电生意比读大学好。如果你读了大学，挣到的钱不一定有现在多，生活也不一定有现在自由。你看我，到点就得上班，到下班时间了还不一定能下班。"

崔春阳说："是这么个理。但是，我没读过大学还是觉得有点遗憾，觉得少了些人生体验。"

周守法说："鱼和熊掌不能兼得。如果你读了大学，或许就不在敖来县城生活了。"

崔春阳说："我如果是大学毕业就选择去广州、深圳……或是出国。"

周守法说："野心不小。"

崔春阳说："不是野心，是哪里适合发展到哪里去。"

周守法开玩笑地说："咱们这儿土地辽阔，任由你发展。你是马可以奔跑，是鸟儿可以飞翔。"

崔春阳一笑，转移了话题说："你来有事吧？"

周守法说："没事就不能来找你了？"

崔春阳说："热烈欢迎你光临。但，这不是你来的真实目的。你是无事不登三宝殿。如果我没猜错你来肯定有事。"

周守法说："让你说对了，找你就有事，没事不找你。"

崔春阳笑着。

周守法说："你帮我选一款手机。"

崔春阳说："就这几种，有什么好选的，你看中哪个拿哪个。"

周守法说："拿，入耳，听着舒心，不要钱呗？"

崔春阳说："跟你谈钱就失去了友情。"

周守法说："真不给你钱了？"

崔春阳说："我没说要你的钱。"

周守法说："种类少了，怎么不多进点货呢？"

崔春阳说："进多了，如果卖不出去影响资金周转。"

周守法说："咱们这儿的通信技术不行，去年电话才实现全国联网，传呼机也是去年开始用的。"

崔春阳说："前年，咱们这儿才有人使用传呼机。去年达到了购买传呼机的高峰，今年买传呼机的人明显少了。"

周守法说："我不喜欢这东西。"

崔春阳说："你可别用传呼机，这东西很快就被手机取代了。有人打电话找，传呼机不能回，得找电话回。在单位行，有电话，如果不在单位，没有电话，就不能及时回。你家又不差钱，早就应该用手机了。用手机方便。"

周守法说："手机话费贵。"

崔春阳说："照这个速度发展下去，使用手机的人会很多，等使用手机的人多了，话费很快就能降下来了。"

周守法说："什么牌子好？"

崔春阳拿起自己的手机说："这种怎么样？"

周守法接过手机看着说："这是男人用的，找款女人用的。"

崔春阳说："给你妈买？"

周守法说："给小漫。"

崔春阳说："李小漫比你妈还重要？"

周守法说："她办理了停薪留职，准备去外地，没手机联系不方便。"

崔春阳："应该让小漫来选。男人和女人的欣赏角度不同，每个人喜欢的款式不一样，你选的她不一定喜欢。"

周守法说："我给她惊喜，让她来选就失去了意义。"

崔春阳说："也行，她若不喜欢就来换。"

周守法说："你帮我选一个。"

崔春阳说："不用选，你看中哪个拿哪个，她不喜欢随时来换。"

周守法说："她明天就去红涯市了，怎么换？"

崔春阳皱了皱眉头，思量了一下，扭过脸，把目光落在了女营业员身上。他想应该是女人最了解女人的想法。他把营业员叫到身前，让她们帮着选。

三个年轻女营业员看着这个，摸着那个，各持己见地发表着自己的看法。

周守法在众人的参谋下，选定了一部刚上市不久的新款手机，买了手机卡号，打了几个电话，测试使用没问题，然后说："下个月发工资给你钱。"

崔春阳说："你什么时间手头宽裕了再说。"

周守法说："我手里总没钱。"

崔春阳说："那就算我送给你的。"

周守法说："这可不行。这是我送给小漫的，不能让你送给她。"

崔春阳笑了。周守法拿着手机仔细装在包里。崔春阳说："你就拿一部手机？"

周守法说："不是一部还能几部？"

崔春阳说："你怎么跟李小漫联系？你打她手机可以，她怎么找你呢？还能让她往你办公室打电话吗？如果你不在办公室呢？再说，往办公室打电话说情话不方便。"

周守法觉得崔春阳提醒得有道理。他说："你的意思是我也得有部手机呗。"

崔春阳说："我送你一部。算是我赞助你们谈恋爱。"

周守法说："现在没时间，先拿一部，回头有时间再说。你跟我一起去吃饭。"

崔春阳说："你们约会我去干什么。"

周守法说："她约了几个朋友在饭店吃饭，特别提醒我叫上你。"

3

李小漫来到饭店时王月红、沈殿霞和张国忠几个人已经到了。他们在等周守法。李小漫不知道周守法为什么还没有来，也不知道周守法是不是不来了。大家开玩笑说周守法不同意李小漫去红涯市找工作,生气了,故意不来了。李小漫在周守法和崔春阳走进屋时,装作生气的样子对周守法说:"你怎么才来?还以为你不来了呢。"

周守法做出赔礼的表情说:"不好意思,让大家久等了,我去买了件东西,来晚了。"

李小漫说:"什么东西非得现在买,明天买不行吗?"

周守法想解释,但是崔春阳用手碰了下他的胳膊,不让他说。

崔春阳说:"李小漫同志,你太霸道了,你把守法吓得汗都出来了。我说守法怎么非捞着我来呢,闹了半天是让我来保护他的安全。"

李小漫被崔春阳的话说笑了。她说:"经商的人是能说,也会说。你把西风说成了东风。东风吹来满眼春,明天花就开了。"

崔春阳说:"怎么还把我的话跟天气联系在一起了。我没说天气,跟天气没关系。"

李小漫说:"你能夸张,我就不能吗?"

崔春阳说:"我夸张有点边,你夸张连边也没有。"

王月红说:"你们两个,一个是诗人,一个是生意人,都挺会说的。"

崔春阳说:"月红同志,会说跟做生意没有关系。你千万别高抬我,我承受不起。"

王月红说:"做生意的人有几个不会说的,能说会道才能把生意做好。嘴笨的人有几个会做生意的。"

李小漫说:"我赞成这个观点。"

服务员往桌子上端菜了。

既然是李小漫请客吃饭,周守法就得帮助张罗,当起了照顾客人的角色。他给每个人的酒杯里倒上酒。

王月红举起酒杯说:"来,咱们为小漫勇敢选择新生活的做法举杯。"

沈殿霞说:"小漫太有魄力了,我真佩服她。"

崔春阳说:"小漫是诗人,诗人的想法跟普通人不同,咱们为诗人干杯。"

因为是熟悉的朋友，杯中酒有喝多些的，也有象征性抿了一点的，没有攀比谁喝得多谁喝得少。

李小漫对崔春阳说："怎么没把史方慧带来？"

崔春阳说："她没在店里，守法是从店里把我叫来的。"

沈殿霞说："史方慧肚子那么大，不来是对的。来了万一出点意外，咱们承担不起责任。"

李小漫说："史方慧快生了吧？"

崔春阳说："快了。"

沈殿霞开玩笑地说："你是还没当丈夫，就先当爹了，在咱们熟悉人中这可是没有过的。你开了先河，做了表率，了不得。"

崔春阳对张国忠说："国忠，你也可以试一试先当爹，后当丈夫的感受。"

张国忠笑着说："我没你这种本事。"

崔春阳说："现在是改革年代，全国形势大好，只有创新，才能发展。找对象、结婚的方式也可以创新。"

沈殿霞说："你走在了改革队伍的前列。在敖来县城，有几个人能像你似的，开家电商场，卖手机，先当爹……你的思想很超前了。"

周守法说："春阳的想法就是跟其他人不同。当年高中毕业的同学都争着进工厂、进政府机关、事业单位工作，他却主动放弃了去粮油加工厂上班的机会，干起了家电维修个体户。前几年人们对个体户看法有偏见，瞧不起个体户。他做出这种选择是需要很大勇气的。"

崔春阳说："我不喜欢被其他人管着做事，想做自己喜欢的事。"

李小漫说："每个人都想做自己喜欢的事，但是有这种魄力和勇气的人少。"

沈殿霞说："你绝对有。"

李小漫说："我的选择是被逼出来的。"

崔春阳转过脸对周守法说："守法，怎么不把东西拿出来给小漫看？"

周守法从包里拿出手机递给李小漫。大家看这是部新款手机，不约而同地流露出惊讶表情，然后是你一言、他一语的祝贺话语。

　　李小漫没想到周守法能送手机给她，她也没有买手机的想法。在敖来县城使用手机的人特别少。在机械厂只有卢贵明一个人使用手机。她猜测卢贵明使用的手机是其他人找卢贵明办事送给卢贵明的。她默默地看着周守法好一会儿。

　　沈殿霞说："小漫，你太幸福了，守法这么关心你。"

　　王月红说："小漫，你要珍惜跟守法的感情，千万别错过了，假如错过了，会是一辈子的创伤，但是没有后悔药医治。"

　　李小漫听沈殿霞和王月红这么说，好像她已经做了对不起周守法的事，有点挂不住面子了，为自己争理由地说："看你们说的，好像我心中有了其他男人似的。你们把我当成什么人了？我李小漫是那种人吗！"

　　王月红说："你肯定不是那种见异思迁的人。但人的感情会随着生活环境发生改变，这种感情转变跟人的本性关系不大，而是受生活环境影响的。"

　　李小漫说："听这话怎么别扭呢？"

　　王月红笑着。

　　李小漫说："有着不怀好意成分。"

　　沈殿霞对周守法说："为什么选择现在送手机给小漫呢？"

　　周守法说："她出门在外使用手机联系方便。"

　　沈殿霞说："你想监管她，担心她跟其他男人跑了？"

　　周守法笑着说："没有这种想法。"

　　沈殿霞说："你什么时间决定送手机给小漫的？"

　　周守法说："下班前才决定。"

　　沈殿霞说："周守法挺细心的，也会关心人，属于世界上最好的男人。"

　　王月红说："此时，小漫是世界上最幸福的女人。"

　　李小漫开玩笑地说："不就是一部手机吗？有什么呢，不至于吧？你们都要把他夸奖到天上了。我真受不了，要么把手机送给你们吧。"

　　张国忠说："这哪是一部手机呀，这是一颗心，守法把心送给你了，你将要带上守法的心远走他乡，寻找新的生活。"

　　王月红说："你明天就去红涯市了，走得那么远，你们两个人天各一方，见面机会少，总得有个鹊桥吧？这部手机就是鹊桥。"

沈殿霞说："王月红不愧是写小说的，想象力是真丰富，能把手机跟鹊桥联系在一起。周守法和李小漫成了《天仙配》故事的男人和女人。"

王月红说："张国忠，你得给沈殿霞买一部手机。不然，她会非常失落。"

沈殿霞转过脸对张国忠说："听到了吗？你也该表现表现了。要么，我也外出找工作不回来了。"

崔春阳笑着说："你不会也想去红涯市吧？"

沈殿霞说："我去深圳。"

崔春阳说："你去深圳还不如去香港呢。香港有个叫肥肥的女演员好像跟你同名。你到香港没准能当演员，也能出名。到时候张国忠想看你一眼，也只能在电视里看。"

王月红说："张国忠抓紧时间好好表现，不然，沈殿霞真走了。她走了你就没有表现的机会了。"

张国忠表态说："吃过饭咱就去买，别说是手机了，就是要天上的星星，我也想办法摘一颗送给你。"

李小漫说："这种表白太感人了。张国忠，你的话太深情了，还富有哲理，你应该写诗，不然就屈才了。"

崔春阳说："李小漫，你怎么看谁都像能写诗的人。上次你说我写诗，今天说张国忠，下次是谁？"

王月红说："人生就是一首诗。每个人都是一部诗集。只是看怎么去写，谁去写，从哪个角度观察人生。"

崔春阳说："不是说手机吗？怎么说起诗了。沈殿霞不想买手机了？"

沈殿霞说："我一个月只有那么点工资，还得留着吃饭呢，买不起。"

崔春阳把手机递给沈殿霞说："送你。"

李小漫说："怎么能轮着你送呢，你送手机张国忠会吃醋的。"

王月红说："咱们要掀起在敖来县城使用手机的浪潮。咱们是敖来县城新一代年轻人，应该紧跟时代步伐，思想意识要超前，在生活观念方面要一领风骚。"

崔春阳不以为然地说："看你们说的，有这个必要吗？不就是部手机吗？如果你们需要，随时可以到我店里拿。"

沈殿霞说："看你大方的，好像不要钱似的。如果不收钱，白送，我们每人去拿一部。"

崔春阳说："别的人要钱，你的我送。"

张国忠说："要钱可以考虑，不要钱不考虑。不花钱拿你的手机，以后就没法跟你见面了。人情比钱重要。"

崔春阳故意调侃说："你不就是奶粉厂生产车间的小组长吗？又不是县长，我能求你办多大的事，不要有压力。"

张国忠说："理解有误。是我不好意思见你，不是怕你求我办事。"

李小漫看崔春阳和张国忠有点顶牛了，解围说："你可别说，张国忠还真有点当领导的派头，没准哪天真当上大官了。"

沈殿霞说："他要是能当上大领导，领导就如同土豆似的遍地都是，不值钱了。"

王月红说："殿霞，你说得不对。你知道我们文化馆的馆长吧？他原来还是打扫卫生的环卫工呢，现在不也成为领导了。何况国忠这么年轻就当上了车间组长呢。"

沈殿霞说："无论多么能干，多么有领导能力，没有社会关系也当不上官。"

王月红说："社会关系是在工作和生活中，人与人之间交往，慢慢积累建立的。咱们从前还不认识呢，现在不是熟悉了？"

李小漫说："殿霞，你别打击国忠，国忠很有工作能力，没准我从红涯市回来时，他就是你们厂的厂长了呢。"

张国忠说："殿霞对我没信心。"

周守法说："你做出来给她看。"

他们喝着酒，聊着生活、工作的话题，气氛融洽。人在高兴的时候感觉时间过得快，不觉中进入了午夜。他们酒足饭饱，带着几分醉意走出饭店。敖来县春末的夜晚有些寒意、凉爽。他们在离开时歉意地说明天早晨起不了那么早，不送李小漫了。当然，他们说起不了那么早是借口，知道周守法去送李小漫，想把李小漫离开敖来县最后的时间留给周守法。

李小漫说发车时间太早，行装简单，不用送。她站在饭店门前目送他们消失在夜色里后才和周守法离开。

周守法知道晚上必须喝酒，为了安全，没骑摩托车。李小漫也没骑摩托车。他们并肩走在敖来县城大街上。街上行人稀少，静静的，只有他们行走的脚步声在夜色中有节奏地响着。

李小漫从前没发现周守法身上的优点，总觉着周守法有些木讷，不懂感情，不够浪漫，思想保守，不够开放。今晚她感受到了周守法的细心和关爱，还有那份深情。她不是被这部新款手机打动，而是被周守法的真情打动。她想对周守法说什么，又觉得无处说起。她在不知不觉中把肩靠在了周守法的怀里。

周守法和李小漫是第一次这么近距离接触。他产生了感情冲动，抚摸着李小漫披肩长发，吻着李小漫。

李小漫热烈回应着。她无所顾忌地倾吐着心中的情感和渴望。此时周守法做什么她都不会拒绝。但这是在大街上，他们的感情受到了环境约束，不能做超出正常行为的事。

周守法看天色不早了，明天李小漫还要早起坐车，送李小漫往家走。李小漫沉浸在幸福的感情中，恋恋不舍。

李小漫的父母已经入睡了，屋里很静。她蹑手蹑脚地走进了自己的房间，开了灯，把需要带的证件装在旅行包里。

她看着熟悉的屋子有着眷恋之情，心情有点伤感。

4

周守法躺在床上，侧脸看了一眼窗户。淡淡的亮色透过窗帘，天接近亮了。他穿衣服起来。昨天他把摩托车放在畜牧公司了。他准备去送李小漫到客运站乘车。李小漫家离客运站有一段距离，如果步行有点慢。他如果不想步行，要么去畜牧公司骑摩托车，要么骑家里的自行车。他爸妈上班骑自行车。他看了一眼时间，距离送李小漫去客运站还有一段时间，决定去畜牧公司骑摩托车。

他有晨跑习惯。不过，他不是每天坚持晨跑，而是隔几天跑一次。每跑一次就是五六里路。从他家到畜牧公司的距离在三里路左右。他跑步去畜牧公司。

路上没有行人，也没有车辆行驶，空气凉爽清新。他没有停歇就跑到了畜牧公司。

看门的何师傅拿着大扫帚在公司大院门口扫地。他对气喘吁吁的周守法说："你怎么来这么早？"

"来骑摩托车。"周守法说。他骑上摩托车，跟何师傅打过招呼，直接去了李小漫家。

李小漫拎着旅行包从屋里走出来，看见院子外面的周守法立刻加快了脚步。周守法快步迎上前，接过李小漫手中的旅行包。李小漫没想到周守法能来这么早，也没想到周守法是骑摩托车来送她。她说："昨晚你不是把摩托车放在单位了吗？"

"刚从单位骑回来。"

李小漫认为天还没亮周守法就去畜牧公司了，不然，送她在时间上来不及。她猛然增加了对周守法的依恋，有了不想去红涯市的思想波动。但是，她已经把话说出去了，也办理了停薪留职手续，很多人都知道了，事情到了这种程度，不能轻易改变。她只能按照计划踏上去远方的行程。

周守法对李小漫去红涯市找工作不放心，牵挂之情在心里涌动。

北大荒早晨的气温比较低，冷飕飕的。他们来到敖来县汽车客运站时，车站里没有几位等车的乘客。周守法看离发车还有半个小时的时间，想让李小漫吃过早饭上车。

客运站附近没有饭馆，只有几个临时性卖小吃的商贩。

李小漫每次乘坐长途客车时都控制着食欲，尽可能少吃东西少喝水。坐车时间长，上厕所不方便。

周守法到一个商贩摊位前买了煮鸡蛋、牛奶、面包等食品让李小漫带上，什么时间饿了就吃点。

　　李小漫想哭。但是为什么想哭，她不清楚。此时，她的情感是从没有过的脆弱。她想起了什么，在回味什么，虽然敖来县城小，但是有着她的生活和情感经历。

　　这是敖来县城发往省城最早的一趟长途客车，也是每天唯一发往省城的长途客车。李小漫上了车，车上的乘客不多。她看着车下的周守法挥动了一下手，但是那么无力。泪水漫过了她的眼眶，滑落在脸上，视线模糊了。

第四章

不辞而别

1

王克芳做好了早饭，去喊李小漫起床。李小漫贪睡，有恋床习惯，不愿意早起。每天早晨王克芳把饭做好后才喊李小漫起床。王克芳走进李小漫的房间，屋里没人，床上的被子叠得整整齐齐，如同晚上没人住过似的。她转过身，走到院子里问李平静看见李小漫没有。

李平静有早睡早起习惯。他比王克芳起得早。每天他起来后，打扫院子里的卫生，或到街上走一走。他说没看见李小漫从屋里出来。

王克芳心想李小漫不喜欢整理房间，懒散惯了，屋里怎么收拾得比往日整洁呢？这么早李小漫能去哪儿呢？还是昨晚没回来？昨晚屋里没这么整洁，东西放得也不规整，显然是整理过的，应该是回来住了。但她没看见李小漫进屋，也没看见李小漫走出屋。李小漫也没有起过这么早。李小漫回来那么晚，走得这么早，不打招呼能去哪儿呢？昨晚如果李小漫没回来住，屋里又是谁打扫的呢？还是她记错了？她问："你昨晚看见小漫回来了？"

李平静说："我比你睡得早，你没看见，我怎么会看见。"

王克芳对李小漫非常细心，平日李小漫几点回来都记得。昨晚李小漫告诉她说请同学在饭店吃饭，晚点回家。她知道年轻人在一起玩，玩得开心了，把握不好回家的时间。她不能确定李小漫回家的时间，身体也有点不舒服，没等李小漫回到家就睡了。她带着疑虑说："昨晚小漫没回来吗？"

李平静认为李小漫不可能在外面过夜，如果在外面过夜，会提前告诉家人的。他说："肯定回来了。她不回家能去哪儿？"

王克芳说："如果回来住了，人在哪儿呢？这么早能去哪里？"

李平静没回答上来。

王克芳担心李小漫在外面过夜。姑娘处在恋爱阶段，在情窦初开的年龄，如果夜不归宿，跟男人在一起过夜，对女人伤害很大。她尽可能防止这种事发生在李小漫身上。她犹豫地说："小漫会不会跟小周在外面过夜了？"

"这不可能。小漫不是那种人。自己的孩子，你还不了解吗？"李平静说。他不相信李小漫能做出这种事。他眼里的李小漫思想是保守的。这种风流韵事跟李小漫挨不着边。

王克芳跟李平静的观点不同。她认为无论男人，还是女人，只要到了年龄，到了感情成熟期，发生感情冲动，做出这种行为是正常的。男人和女人在一起发生这种事，原本就是天经地义的事。年轻人更容易发生这种事。她说："这是人的本性，生理需要，跟是哪种人没关系。"

"你别胡思胡想了，小漫是大姑娘了，对自己做的事有分寸，能把握好。应该做的事她做，不应该做的事她不会去做。"李平静说。他认为王克芳这种担心完全是多余的，也是不必要的。

王克芳是女人，在感情方面是过来人，对女人的情感是了解的。她认为女人一旦喜欢上了某个男人，感情冲动时，容易失去理智，为了喜欢的男人做事可以不计后果，容易做了不应该做的事。她说："正因为是大姑娘了，我才不放心呢。"

这时邻居张德林来了。他以前在县政府机关传达室当门卫，去年退休了。他跟李平静还有几位老同事约好了准备去敖来河钓鱼。他看李平静和王克芳心事重重，一脸不高兴，开玩笑地说："大清早的，怎么就生气了。"

王克芳顾及面子，不愿意把家里不开心的事告诉外人。她怕李平静实打实地把李小漫没在家睡觉的事说出来，急忙接过话说："你看出来谁生气了？"

"你呗。你看天晴得多好，一点云彩都没有，日子过得这么舒心，别生气，生气影响心情。"张德林笑着说。

王克芳说："虽然天晴得好，可人不知足。我给老李做了一辈子饭，他却说我做的早饭不好吃，没胃口，你说我能高兴吗？"

"老李也真是的，已经吃了一辈子，到了这么个年龄还计较什么。如果不想吃，自己动手做。"张德林批评李平静说。

李平静没想到王克芳会把话题扯到了吃饭上。张德林又信以为真，这不扯远了吗？但他不能纠正，不能实话实说，只能顺着话茬往下说。他说："我这人最大的缺点是不会做饭，只会吃饭。"

"不会吃饭那是人吗？牲畜也得会吃东西呀。"张德林说。

李平静说："饭不对口味不愿意吃。"

"你自己不做饭，就别挑饭，别人做什么，你就吃什么。"张德林说。

李平静说："我哪敢挑饭呢。"

"虽然你没说，但是你不吃，在做无声抗议。"王克芳说。

张德林把话题一转说："小漫又去省城学写诗了？"

"没听她说去省城学写诗。"王克芳说。

张德林说："小漫诗写得挺好，县政府机关里很多人都知道她。"

"诗写得好有啥用，不顶吃不顶喝，也不能当工作干。"王克芳说。

张德林说："这是水平，让你写你能写出来吗？"

"我看不懂诗，哪还会写诗。"王克芳说。

张德林说："这不得了。"

"你怎么知道小漫要去省城学习呢？"王克芳问。

张德林说："我是随便问的。早晨我去晨练时在路上遇到小漫了。"

"小漫对你说什么了？"王克芳语气有点急切地问。

张德林说："我是从他们侧面走过去的。小漫没看见我。我看见她和小周了。小周骑着摩托车，小漫坐在后面拿着旅行箱。他们好像去客运站了。"

"你没看错吧？"王克芳将信将疑地问。

张德林说："这么多年邻居了，小漫是我看着长大的，怎么能看错呢。"

王克芳听张德林这么说，意识到了什么，但是不想说出来。她想分散张德林的注意力说："我没让小周送小漫，小周怎么还去送呢。"

"你不是说不知道小漫去学习吗？"张德林说。

王克芳说："她不是去省城学习……"

"小周这小伙子人挺好。他爸妈我认识。这样的家庭在咱们县难找，你们家可别挑花眼了。"张德林说。他知道李小漫和周守法谈恋爱的事，也知道王克芳不同意。他认为父母不应该干涉子女谈恋爱。

王克芳解释说："不是挑，我是觉得小漫配不上小周。小周的父母在政府机关、事业单位工作，家庭条件好，我们家条件不如他家。小周又是正规大学毕业生，国家干部，小漫是工人，两个人差距太大了。我担心结婚后合不来。"

"只要小周和小漫同意，你们就不要反对，更不能说消极话。"张德林说。

王克芳说："就算我们同意，小周的父母也会反对。"

"如果小周看上小漫了，他父母反对也没用，阻拦不住。婚姻自主，恋爱自由，这是国家法律规定的个人权利。现在哪还有父母阻拦子女谈恋爱的。阻拦也阻拦不住，还容易阻拦成仇人。"张德林说。他有这种感受。当初他儿子谈恋爱时，他没看上儿媳妇，执反对意见，横加干涉。现在孙子已经上学了，儿媳妇还对他记恨在心，耿耿于怀。

李平静赞同地说："你说得对。年轻人谈恋爱，父母少掺和。年轻人怎么想的咱们根本不了解。"

王克芳知道李平静这话是说给她听的，白了李平静一眼。

张德林问李平静："还去不去敖来河钓鱼了？"

王克芳急忙用话拦住说："他有点头痛，不去了。"

张德林知道李平静有头疼的毛病，没有继续说钓鱼的事，随意聊了一会天走了。

王克芳把张德林送出院子，转过身再次走进李小漫的房间。她仔细看着屋里的物品，发现李小漫那只红色旅行箱没了，衣服也少了，化妆品也不见了，有长期外出的准备。她猜测李小漫可能去红洭市了。她在屋里转来转去想发火，又无处发。她停下说："小漫可能去红洭市了。"

李平静说："她不一定是外出找工作，没准临时有什么事情要办。"

王克芳说："她把衣服带走了，准备长期在外面生活，这不是去找工作是干什么？"

李平静说："没准哪天就回来了。"

王克芳说："除非她在外面生活不下去了。"

李平静说："你不要想得那么悲观。"

王克芳说："她去红洭市找工作，是不是已经把机械厂的工作辞掉了？"

李平静没想到女儿能不辞而别。虽然他性子慢，处事一贯是不慌不忙的，可当想到女儿放弃了正式工作，独自一人去红洭市找工作，心里很不平静。他心跳加快，脸色难看，生气地说："这孩子也太有主意了，这么大的事，不吱声，离家出走了，做得太过分了。"

王克芳说："都是你惯的。"

李平静不接受这种指责，反驳说："怎么是我惯的呢？"

王克芳说："你平时教育过她吗？如果我不说她，她还不知道要野成什么样呢。这种处事方式哪里像女孩子！"

李平静认为人的性格是什么样，主要原因不是在教育，而是在于基因遗传。他说："人的性格是天生的，跟教育没关系。即使她是不懂事的孩子，要想改变也非常难。"

王克芳说："就算是天生的也不能放任她。放任不是好事，教育是非常重要的。"

李平静说："你是她妈，你怎么教育我都支持。"

王克芳说："你是她爸，你应该想办法教育她。"

李平静说："她的处事方式不像我，像你。"

王克芳说："像我有错吗？"

李平静说："没错，可我管不了。"

王克芳说："你不配当小漫的爸。"

李平静说："小漫虽然任性，但是想法不偏激。从她在学校读书，到参加工作，总的来说没让咱们过于操心。"

王克芳说："还没操心呢？我的心天天围着她转。如果再操心，我还能活吗？"

李平静说："你是瞎操心。"

王克芳说："行，我不瞎操心了，现在你说怎么办？"

李平静知道王克芳性子急，在气头上容易发怒，没接话。他认为着急不能解决问题，得考虑解决问题的办法。

王克芳说："你说话呀？"

李平静故意放低声音，做出没事的样子说："让我说什么？"

王克芳说："小漫离家出走了，你也不着急？她是不是你女儿？你还是她的父亲吗？好像她跟你没关系似的。"

李平静说："着急有什么用。"

王克芳说："得想办法吧？"

李平静说："人已经走了，能追回来吗？如果追不回来，只能由着她去。她在外面生活得不好了，不如意了，遇到了困难，自己就跑回来了。"

王克芳反对地说："你这是什么态度，这就是你想出来的解决办法……我得去找小周，小漫走了，他为什么不告诉咱们。"

李平静反对去找周守法。他说："你去找小周没道理。"

王克芳坚持说："怎么没道理？老张不是说他看见是小周送小漫去客运站的吗？小周早知道小漫想去红涯市了，帮着小漫隐瞒。"

李平静说："就算小周知道小漫去红涯市找工作，就算是他帮着小漫隐瞒，你也不能去找他。你去找他也没有道理。"

王克芳说："小漫那天不是说了吗？她去红涯市找工作是小周同意的。如果小周反对，不支持，小漫不一定会去红涯市找工作，就算是想去红涯市找工作，也不会走得这么急。"

李平静觉得王克芳是在胡搅蛮缠，不讲道理。他想说服王克芳，用分析的口气说："小周反对也没用。你还不了解小漫的脾气吗？她会听小周的吗？你还是她妈呢，你反对那么强烈，她听你的了吗？"

王克芳说："她不听我的听你的。听你的怎么还偷偷地离家出走了？"

李平静说："可算了吧！她跟你一样倔强，遇到了事情，你们谁也没听过我的。"

王克芳没想到李平静会把责任推在她身上，言语激烈地说："你这人有毛病怎么着？你像缩头乌龟似的，只要家里遇到事就得我出面解决。什么事你都不出头露面，遇到不好办的事就往后躲，出了问题反而还责备我。如果你行，还用得着我吗？你还是男人不？你看谁家男人像你？"

李平静知道自己性子慢，跟人处事不争不抢的，这种处事方式也许是缺点。但他认为跟王克芳在一起生活慢性子是优点。王克芳性子太急，做事和说话太急了也不好。他认为家庭里过日子，两个人不能都是急性子，也不能都是慢性子，要有一急一慢，互补才行。他说："如果我跟你似的，遇到事就火急火燎的，咱们家的日子还能过了吗？"

王克芳生气地说："你什么意思？你的意思是我不过日子，你过日子呗？你只会像老牛似的干活，人际交往一点都没有。你活在真空里呀？如果你有能力，能把小漫安排在政府机关、事业单位工作，她能辞职吗？她能外出找工作吗？"

李平静说："能在政府机关、事业单位里工作的人毕竟是少数，还是没在政府机关、事业单位工作的人多。那么多人没在政府机关、事业单位工作，不也生活得很好吗！"

王克芳说："人与人的想法不同。小漫不想在机械厂工作，想进政府机关、事业单位工作。"

李平静说："她想在什么单位工作就在什么单位工作，这可能吗？我还想当县长呢，能当上吗？"

王克芳说："你别抬杠，给你放在县长的位置，你也干不了。小漫只想有份轻松的工作，没想当官。你看机械厂是什么单位？全是机械。她整天围着车床转，跟铁打交道，心情能好吗？为了让她安心工作，我才说机械厂好。如果有能力给她换工作，我早就不让她在机械厂干了。"

李平静说："你这么想不对。机械厂没女职工吗？别说是机械厂了，就是炼钢厂、煤矿、采石厂也有女工人。小漫的师傅丁美花也是女的。丁美花不仅是县里的三八红旗手，还是鹤城市的劳动模范。"

王克芳说："小漫跟丁美花能一样吗？丁美花喜欢在机械厂工作，小漫不喜欢在机械厂工作。"

李平静希望李小漫踏实工作，在工作中积极进取，钻研技术，像丁美花似的当上劳动模范、三八红旗手。现在看来他这个心愿无法实现了。他说："哪个行业干好了都行，哪个行业干不好也不行。"

王克芳说："小漫爱好写诗，想进政府机关、事业单位工作。"

李平静说："每个人都有想法，再多的想法也得符合实际。不可能每个人都能实现自己的想法。"

王克芳说："咱们说这些没用，你还是想办法把小漫找回来吧。"

李平静说："你上嘴唇跟下嘴唇一碰，话说得容易……她去哪儿了还不知道，让我到哪儿找？"

王克芳说："小周肯定知道小漫去哪儿了。"

李平静没能力为女儿安排理想的工作，感到内疚。他除了担心女儿的安全，也没别的主意。他想说什么，看房门开了，周守法走进屋，到嘴边的话止住了。

2

周守法把李小漫送上车后，担心李小漫的父母着急、牵挂，想把李小漫去红涯市的事告诉她的家人。他看时间有点早，不知道李小漫的家人是否起来了，想过一会儿再去李小漫家，他先回家了。

周同喜哮喘病突然发作，呼吸困难，面色惨白，必须立刻送往医院抢救治疗。

曹英力不在家。

周守法急忙往医院打电话找救护车，又急忙拨打了曹英力的传呼机，打了好几遍。他写了张纸条放在屋里的桌子上，跟着开来的救护车送周同喜去医院。

曹英力有去公园晨练的习惯。晨练时她把外衣脱下放在旁边的椅子上，舞曲的声音淹没了传呼机的铃声。晨练结束时，她看有好几个家中打来的电话，知道有事，急忙往家走。

屋里没人，她早晨没看见周守法，猜测电话应该是周同喜打的。她不知道周同喜打电话有什么事。她在屋里思量时，无意中看见了桌子上周守法留的纸条。

她迫不及待地出了家门，在街边坐上出租两轮摩托车，去了敖来县人民医院。

周同喜体弱多病，每年要进医院治疗两三次。他经常到医院看病，有的医生认识他。医生对他的病情了解，轻车熟路地进行了治疗。他的病情迅速得到缓解。他看曹英力走进病房，开玩笑地说："我已经到阎王爷那里走了一圈又回来了。"

"你别总拿装死吓唬我。不要发生你没事了，却把我吓死的悲剧。"曹英力说。她看周同喜的病情好转了，紧张的心情放松了。

虽然周同喜的病情好转了，但是一般情况下得在医院住上两三天，稳定后再回家。他能照顾自己，不用人护理，便说："你们该忙什么，去忙什么吧。"

"守法，你去上班吧。我陪你爸。"曹英力说。

周同喜说："不用你陪，你也去上班。"

"你一个人能行？"曹英力不放心地说。

周同喜说："这里有护士，有医生，没什么事。"

"今天我还真有点事。这么着，我去单位打个照面，把事情处理一下，过一会儿再来。"曹英力说。

周同喜说："你安心上班，不用来医院。"

"中午我来给你送饭。"曹英力说。

周同喜说："如果没时间不用来，医院食堂有卖饭的。患者买了饭，如果需要往病房送，食堂负责安排人往病房送。"

"中午我过来。"曹英力肯定地说。

周同喜对周守法说："你去上班吧。中午休息时间短，你妈来，你就不用来了。"

"你想吃点什么？我去买。"周守法说。

周同喜说："不用，你去上班。"

"时间来得及。"周守法说。他看了一眼手表。他到医院外面饭馆买了早餐，又买了水果放在病房的桌子上，然后他和曹英力坐着出租三轮摩托车离开了医院。

太阳升起来了，街上行人多了起来。学生走在上学的路上，上班的人在匆匆赶往单位。小商小贩开始了一天的经营。敖来县城街道上每天只有早、中、晚三个时间段行人多，其余时间街上行人很少。

曹英力离单位近，先下了车。

周守法本想直接去李小漫家把李小漫去红涯市的事告诉李小漫的家人。但是李小漫家住在跟畜牧公司相反的方向，距离远，快到上班时间了，如果先去李小漫家，再回单位上班就得迟到。虽然畜牧公司是事业单位，工作时间不像工厂要求那么严格，但周守法要求上进，一贯是早来晚走，兢兢业业，尽可能避免发生迟到和早退现象。

他想先到单位，跟同事和领导打个照面，如果工作上没特别紧要的事，再找个理由从单位出来去李小漫家。

他在办公室门口遇到了曹宁远。平时周守法到单位的时间比曹宁远早，今天曹宁远先来上班了。周守法看了一眼手表，没迟到，是曹宁远比平时提前来上班了。

曹宁远是周守法的科室主任。他四十二三岁的年龄，一米七五左右的个子，身材略胖，是高中毕业。他参加工作时，几乎没有大、中专毕业生，高中毕业就能到政府机关、事业单位工作。

曹宁远拿着一份文件从经理室走出来。他把文件递给周守法说："我和经理去鹤城，今天县里有个会，你去开吧。"

"好。"周守法说着接过文件。

曹宁远叮嘱说："县长主持会议，县委书记讲话，会议挺重要的，别迟到了。"

"几点开会？"周守法问。

曹宁远说："八点半。"

"这不快到时间了吗？"周守法说。

曹宁远说："你去开会吧。"

"让林师傅送我一趟？"周守法做出着急的样子。

曹宁远爽快地说："你去跟林师傅说。叮嘱他送完你赶紧回来。别耽误了我和经理去鹤城的时间。"

"我跟他说。"周守法说着拿起办公桌上的资料匆忙往外走。

林师傅个子不高，略微有点胖，五十出头的年龄，开了二十多年车。他背着手围着车看，查看车的状况。听见身后有脚步声，回过头看着周守法走过来。

周守法说："林师傅，麻烦送我去县政府。"

"经理和曹科长过会儿去鹤城。"

"我跟曹科长说了。他让你送完我直接回来。"

林师傅和周守法上了车。

周守法说："你们去鹤城怎么走这么晚？"

"昨晚曹科长说起早点走，经理有什么事没准备好。"

周守法说："如果今天回来，时间有些紧张了。"

"可能明天回来，要么不会走这么晚。"林师傅开着车说。

周守法看了一眼手表，思量着是先去李小漫家，还是开完会去李小漫家。如果先去李小漫家，担心开会迟到了。如果开完会去李小漫家，时间晚了，感觉李小漫的父母可能着急。他经过片刻思量，衡量了时间，决定先去李小漫家。他对林师傅说："我有点急事，你送我去，到地方，你不用等我，你回公司就行。"

"如果不急着去鹤城，等你也行，去鹤城就不能等你了。"林师傅说。他认为把周守法送到地方，得马上回单位，不能耽误单位领导用车。

周守法知道时间紧，如果时间充足，怎么都好办。他正琢磨着怎么才能更加合理安排时间呢，忽然看见崔春阳的面包车在路对面的加油站停着。他说："在加油站停车。"

"在这停？"林师傅说。他不明白停车的原因，疑惑地看着周守法。

周守法说："我上崔春阳的车，让他送我。"

林师傅认识崔春阳，打了方向盘，调转了车头。

车刚停下，周守法迅速下了车，向林师傅挥了一下手。

林师傅开车回畜牧公司了。

周守法快速走到崔春阳车前。崔春阳没在车里。周守法正要去屋里找崔春阳。崔春阳从西边的厕所里出来了。周守法问："你现在有事吗？"

"你这话问得有毛病，没事我在这儿干什么。"

周守法说："我跟你说正经的。"

"我跟你也说正经的。加油、上厕所，不是事吗？"

周守法说："你说话正经点好不？"

"你怎么会在这儿？"

周守法说："我准备去县政府开会，这不看见你了吗？"

"你是想让我跟你一起去县政府开会吗？我是个体户，正常情况时政府不给我们开会，我们也很少参加政府开的会，我们的职责是向政府交税。"崔春阳调侃地说。

周守法说："如果你有时间送我去李小漫家一趟。"

"鲁迅不是说过吗？'时间是海绵里的水，挤就有，不挤就没有。'"

周守法说："你做生意做滑头了，我跟你没办法说话了。"

"过一会儿吧。"

周守法说："如果是过一会儿，我就不让你送了。"

"李小漫已经走了。你去她家还用这么急吗？"

周守法说："别磨蹭了，我过会儿还得去县政府开会呢。"

"上车呀。"

周守法上了车说："我有点求不动你了。"

"车不是已经往前开了吗？"

周守法说："还是有朋友好，上车就走。"

"什么事这么着急？"

周守法说："我八点半到县政府开会。县长和县委书记都参加会议，我不能迟到。"

"可以开完会去李小漫家吗？"

周守法说："我爸住院了，我还得去医院看我爸呢。"

"什么病？"

周守法说："哮喘，急性复发。"

"用我帮忙不？"

周守法说："不用。"

"去李小漫家干什么？"

周守法说："她走了，我得告诉她爸妈，要么她家人会着急。"

"你可以晚上下班或明天去告诉。"

周守法说："她妈是急性子，告诉晚了，找不到李小漫了，还不疯了？"

"你这是多事之春。"

周守法说："你太没文化，引用得不对，那叫多事之秋。"

"现在是秋天吗？现在是春天，我是在借用语句，改变了说法。"

周守法说："快开车吧。"

"是得快点开，不然，你真迟到了。"

周守法说："还是个体户好，做自己的事，没人管，自由。"

"自己管自己更难。"

周守法说："挣钱多，难也值得。"

"不能等你时间太长，我过会儿得去客运站接一位从鹤城来的客户。"

周守法说："你让我慢我都不敢慢，今天是县长和县委书记参加会议。这么重要的会议，我去晚了，轻了会被批评，重了工作就没了。"

"县长和县委书记不是皇帝，不要说得那么吓人，迟到了就迟到了呗，迟到的后果没你说得这么严重。"

车开到了李小漫家门前，周守法让崔春阳把车头调过来等着，他下了车。

李平静和王克芳在生气，看见周守法来了，不知道应该说什么。

周守法看饭菜放在桌上，知道两位老人还没吃早饭。为了节省时间，他直接把李小漫去红涯市的事说了。他叮嘱两位老人不用着急，也不用牵挂，李小漫到红涯市后给他打电话。

王克芳说："小漫去红涯市找工作的事，你早就知道吧？"

"她跟我说过。"周守法说。

王克芳说："你为什么不告诉我们？"

"小漫说你们反对，不让说。"周守法说。

王克芳说："你知道我们反对，你怎么还送她走呢？"

"小漫想去红涯市找工作，咱们阻拦也没用。她已经没工作了，让她待着没事做，还不如让她去外地看一看呢。"周守法解释说。

王克芳说："小漫在机械厂工作，怎么是没有工作呢？"

"她办理了停薪留职手续。"周守法说。

王克芳说："她这不是瞎胡闹吗？放着正式工作不干，去外地找哪门子工作呢！"

"就算小漫不办理停薪留职手续，她可能也会失去工作。机械厂经济效益不好，厂里准备大量精简人员。小漫在精简人员中。"周守法说。

王克芳说："机械厂是国营单位，不可能说减人就减人。小漫是正式职工，假如被减掉了，也得给另外安排工作。"

周守法没说下去。他知道机械厂是敖来县第一批国营企业改制单位，处在改制前酝酿阶段，没有全面实施，无法预测结果。

李平静说："小漫去外地找工作不一定是坏事。当年那么多山东人闯关东来到东北，当时东北的生活环境也不怎么好，现在的生活不是很好吗？没准小漫在红涯市能找到喜欢的工作呢。"

"你净胡说。小漫去红涯市找工作，跟当年那些闯关东的人能一样吗？闯关东是什么年代，现在是什么年代。闯关东时，人们一没吃，二没穿，三是在老家生活不下去了，快被饿死了，被逼出来的。现在是要吃有吃，要喝有喝，家中什么也不缺。闯关东是在寻找安稳的生活地方，小漫是放弃安稳的生活，外出游荡，自寻苦吃。"王克芳不满意地反驳着。

李平静说："小漫已经走了，你说这些有用吗？"

"走了可以想办法让她回来。"王克芳说。

李平静赌气地说："她在路上呢，还没到红涯市呢，你去追吧！"

"你是她爸，你不想办法，怎么还能跟我说这种话呢？"王克芳说。

李平静说："我的办法是等小漫往家打电话，根据她的现实决定考虑办法。"

"你也能放下心？红涯市那么远，又是大城市，她一个姑娘，人地生疏，谁都不认识，怎么生活呢？"王克芳担心地说。

李平静说："虽然你的担心有道理，却是多余的，起不到一点作用。"

"我是她妈，我才担心。如果她不是我女儿，我才不会担心呢。像你这种当爹的世上少见。"王克芳说。

李平静不说话了。他知道如果这么说下去就没完没了了。

周守法看两位老人停止了争吵，想借机离开，急忙插话说："我得去开会，改天再来看你们。"

"如果你有小漫的消息及时告诉我。"王克芳说。

周守法说："知道了。"

李平静和王克芳看着周守法上了崔春阳的车。

崔春阳迅速开动了车，有点幸灾乐祸地说："你小子被轰出来了吧？"

周守法说："你说错了，热情着呢，两个人抢着跟我说话。如果我不去开会，还准备留我吃午饭呢。"

崔春阳说："你就吹吧。人家女儿不辞而别了，还留你吃饭？美死你了。小漫如果平安无事你还能安心，如果小漫有点闪失，你看着吧……"

周守法说："你小子是乌鸦嘴吗？不能说点好听的。"

崔春阳笑着。

周守法说："你开快点，要不我迟到了。"

崔春阳说："这个速度还不行呀！再快就飞起来了。"

周守法说："反正我不能迟到。"

崔春阳说："给你一双翅膀飞到会议室去。"

周守法说："如果我是鸟儿就好了，自由飞翔，不受约束。"

崔春阳说："你上这个班有什么意思？被别人管着，每月只有那么点工资，还不如自己干点什么呢。"

周守法说："我没你这种本事，如果我有你这种本事，肯定不上班了。"

崔春阳说:"羡慕我?"

周守法说:"嫉妒。你不上班还能财源滚到手。"

崔春阳说:"本事是被逼出来的。我刚开始干时,你想不到有多难,亲朋好友的钱让我借遍了,那是什么滋味……你不懂。"

周守法说:"你怎么没找我借钱?"

崔春阳说:"你在大学读书呢,我再难也不能找读书的学生借钱。"

周守法说:"辛酸和苦难已经成了你生活中的往事,不用再提了。你现在的生活是幸福的,生意越来越红火。"

第五章

梦中人

1

　　王来齐在修理一台坏了的机器，突然传呼机响了。他满手油泥，没办法掏出兜里的传呼机。他看了一眼旁边的快嘴女。快嘴女站在王来齐身旁。快嘴女是操作这台机器的工人。快嘴女在给王来齐做维修机器时的帮手。快嘴女摘下手套，从王来齐衣服兜里掏出传呼机，举到王来齐眼前。王来齐看着传呼机屏幕上显示的手机号码，这是红涯市电话号码，以为是哪位诗友打来的，不急着回电话，继续维修机器。

　　快嘴女把王来齐的传呼机放在旁边的凳子上说："不去回电话吗？"

　　"下班再回。"

　　快嘴女说："我们的王诗人还挺有架子呢。"

　　"王诗人眼前的任务是给你修机器，哪有时间回电话。"

　　快嘴女说："你跟其他诗人不一样。"

　　"哪儿不一样？"

　　快嘴女说："你务实，很多诗人不务实，如同生活在真空里似的。"

　　"诗人也是人，没什么特别之处，应该生活在现实中。"

　　快嘴女说："你很有思想，在纺织厂当修理工屈才了。"

"你是表扬我，还是嘲笑我？"

快嘴女说："我哪敢嘲笑王大诗人。"

"看不出来你对诗有兴趣。"

快嘴女说："你以为我只能操作机器呢？"

"没这么想过。"

快嘴女说："你教我写诗吧？"

"我自己写得还不怎么样呢，教不了你。但是我可以找人教你。"

快嘴女说："找个有点名气的。"

"北岛行不？"

快嘴女说："北岛是谁？"

"是个诗人。"

快嘴女说："意思是他写的诗比你写的好呗？"

王来齐的传呼机又响了。他伸过头看了一眼，还是刚才那个电话号码，知道这人有事找他，但他不想回电话。车间办公室电话是内线，只能接外线电话，不能往厂外打电话。只有厂办公室电话可以打外线电话。使用厂办公室电话打外线电话需要登记，说明使用电话的原因。他几乎不使用厂里的电话打外线电话。他正在犹豫时，高洪波走过来告诉他有个女人打电话找他。

高洪波是车间主任，车间办公室有固定电话。

王来齐朝车间办公室快步走去。他猜测几次电话是同一个人打来的。这个人找他一定有事，不然，不会一遍遍打电话找他。

他手上有油，脏，直接拿听筒就把听筒弄脏了。他看旁边有报纸，把报纸放在听筒上，然后拿起听筒。他说："您好。"

"请问是王来齐老师吗？"

王来齐感觉声音陌生，又是女人，并且用这种口气称呼他，感觉不熟悉，有些生分。他说："我是王来齐，您是哪位？"

"我是李小漫。"

王来齐疑惑地说："你是李小漫？"

"嗯，我是李小漫。"

王来齐说："你不是在黑龙江北大荒吗？可是你使用的是红涯市的电

话号码？"

"我来红涯市了。"

王来齐问："你在哪儿？"

"在你们厂门口。"

王来齐没想到李小漫已经到红涯市了，更没想到李小漫在厂门口等他。他看了一眼时间说："我正忙着，还有一个小时下班，你在那儿等我，下班后我去找你。"

"你先忙，一会儿见。"李小漫挂断了电话。

车间办公室里只有一位女技术员。她三十多岁，跟王来齐关系比较好。她听见了王来齐跟李小漫的通说："诗友。"

"从黑龙江来的一位诗人。"王来齐说。他放下听筒，把手中的报纸揉成一团，扔进了废纸篓里。

车间办公室的女技术员笑着说："还是诗人好，有姑娘从黑龙江慕名到这儿来找。如果有机会我也写诗。"

"你想让东北男人来找你？"

车间办公室的女技术员说："我想让苏联老大哥来找。"

"苏联解体了，现在是俄罗斯。如果让俄罗斯男人到红涯市找你，你不只是在厂里出名了，有可能会轰动整个红涯市，成为红涯市的新闻人物。"

车间办公室的女技术员做出得意的表情说："俄罗斯男人不一定能喜欢我。"

"看样子你喜欢俄罗斯男人。"

车间办公室的女技术员说："普希金是俄罗斯诗人。"

"你喜欢他写的诗？"

车间办公室的女技术员说："算不上喜欢。知道普希金写诗挺出名的，名气比较大。其实，我没怎么读过他写的诗。"

"男人不一定都喜欢女诗人。不过，女人写诗能增加吸引男人的优势。"

车间办公室的女技术员说："你是诗人，又是厂报编辑，下班后你教我写诗，我得尽快出名。"

"我是厂报编辑不假，但我算不上诗人，充其量算是诗歌爱好者。我不配当你的写诗老师。"

车间办公室的女技术员说："既然你这么谦虚，我也不勉强你，你给我推荐一位著名诗人当老师。"

"余光中教你写诗行吗？"

车间办公室的女技术员说："余光中是谁？"

"余光中是诗人。你不是想找诗人当老师吗？"

车间办公室的女技术员说："我没听说这个名字。"

"你真是孤陋寡闻。"

车间办公室的女技术员说："我不怎么看文学书，也不怎么喜欢诗，因为你在咱们车间上班，低头不见抬头见的，受到了你的感染才对诗有了兴致。"

"没想到我还挺有感染力的。"

车间办公室的女技术员说："余光中名气大吗？"

"还可以。"

车间办公室的女技术员说："名师出高徒。你给我推荐名气大的诗人当老师，我想尽快写出好诗，尽快出名，尽快吸引崇拜者。"

"如果你吸引来一群男诗人围着你，你丈夫得跟你离婚。"

车间办公室的女技术员说："如果真有那么多男人围着我转，他就管不住我了。"

"你是花，男诗人是蝴蝶。"

车间办公室的女技术员说："蝴蝶是主动的，花是被动的，蝴蝶比花好。"

"如果你想当蝴蝶请立刻围着男诗人转。"

车间办公室的女技术员笑着说："我围着你转吧？"

"可惜我不是诗人，只能算是业余作者。不跟你说了，我得去维修机器了。现在修理机器是我的工作。"王来齐说，他往机器方向走去。

他边走边想象着李小漫的模样。他没想到李小漫能突然来红涯市找他。李小漫在信里没说来红涯市。他感到意外，也兴奋。

快嘴女说："女朋友打电话找你？"

"你怎么知道？"

快嘴女说："你有点兴奋。"

"你猜错了。"

快嘴女说："不是你女朋友打的电话？"

"是一个没见过面的诗人。"

快嘴女说："女诗人。"

"你怎么总想把女人跟我联系在一起呢？"

快嘴女说："男人不会让你这么兴奋。"

"没有感觉到兴奋。"

快嘴女说："女诗人是哪儿的？"

"黑龙江北大荒一个县城的。"

快嘴女说："从那么远的地方来找你，你太有吸引力了。"

"快下班了，上午机器修不好了。"

快嘴女说："谁也没规定让你在上午修好，你不用着急，慢慢修。"

"担心你着急。"

快嘴女说："假话。"

"下班吧。"王来齐说。他收拾起维修工具，去洗手，换衣服。

纺织厂有近千名工人。工厂院内有食堂。工厂根据工人出勤天数，每月发工资时发伙食费补贴。工人平时自己付饭费。工人有在厂食堂吃午饭的，也有不在食堂吃午饭的。上下班时厂门口进出人多，非常热闹。

王来齐走到厂门口四处张望着，寻找李小漫。

李小漫没在纺织厂门口等王来齐。她觉得站在厂门口有点发呆、尴尬，容易引起其他人注意。她怕被人误解了，不想让其他人注意到她。她站在不远处街边等着。她看下班了，有工人从厂门口出来才拎着旅行箱朝纺织厂门口走。

她不知哪个人是王来齐。

王来齐看一位年轻女子拎着旅行箱站在厂门口外四处张望，猜测是李小漫。他快步走过去，自我介绍说："你好，我是王来齐。"

"我是李小漫。"李小漫说。她虽然是第一次见到王来齐，却没有陌生感。这种情感是发自内心深处的，好像生来具有的，如同山涧中流淌的山泉那么自然。

王来齐对李小漫的第一印象很好，有着腼腆和无法表达的情感。他伸手接过李小漫的旅行箱，关心地问："什么时间到的？"

"早晨下的火车。"

王来齐问："这么远的路，走了好几天，累了吧？"

"还行。"

王来齐问："路上走了多长时间？"

"差不多三天。"

王来齐说："咱们去吃饭。"

李小漫朝街上看去。

王来齐边朝前方走边看着街边的小餐馆。

李小漫在路上奔波了好几天，累了，也饿了。她看着街边的小餐馆说："随便找一家就行。"

"肯定不是高档次的。"王来齐说着朝牡丹餐馆走去。

牡丹餐馆是小餐馆。

老板是位五十多岁的中年男人。他中等个子，身材健壮。他看王来齐走进餐馆，迎上前热情打招呼。他跟王来齐是菏泽老乡，虽然年龄相差大，但没有代沟，有着共同感兴趣的话题，关系好。王来齐不仅是自己经常来餐馆吃饭，还带朋友、工友来，餐馆老板每次都提供优惠价格。他既照顾了老板的生意，也得到了实惠，还交了朋友。餐馆老板跟王来齐打过招呼后去忙别的事了。

李小漫这时才知道王来齐不是红涯市本市人，是从菏泽来红涯市找工作的。王来齐在红涯市工作多年了，生活方式已经入乡随俗，说着带有红涯市方言的普通话。李小漫感觉到在王来齐身上有一种气质吸引她。

王来齐和李小漫在靠窗户的桌子前坐下。这是以纺织厂工人为主要服务客源的小餐馆，工人午休时间短，来用餐的工人多。平时在餐馆用餐的客人不多。中午纺织工人来吃饭，餐馆里显得有些拥挤，喧闹，这种喧闹和拥挤很快过去了。工人抢时间，吃饭快，想在吃过饭后休息一会儿。王来齐说："没想到你能来红涯市。"

"意外吧？"李小漫说。

王来齐说："太意外了。"

"我还有点魄力。"李小漫有几分得意地说。

王来齐说："不是有点，是魄力很大。"

李小漫放弃国营企业正式工作，独自远离家乡，外出找工作，这是她人生中具有突破性的选择。在敖来县城同龄姑娘中没有像她这么敢冒风险的。

王来齐问："你住在哪儿？"

"还没找住处。"李小漫说。

王来齐说："住是大问题。"

"房子好租吗？"李小漫问。

王来齐说："房子有，但得考虑房租价钱，房租贵了承受不了。"

"租便宜的。"李小漫说。

王来齐说："你来之前也没有提前告诉我，如果提前告诉我了，可以帮助你找房子。"

"突然决定的。"李小漫说。

王来齐说："你真行，这么大的事突然就做决定了，不简单。"

"做事时，如果瞻前顾后，就没有勇气做没有把握的事了。"李小漫说。

王来齐认为李小漫说得有道理，有些事想得太多，考虑得过于仔细，思来想去，就把意志和激情磨没了，也没有做事的勇气了。做事不可能疏而不漏。只有在做的过程中才知道成与败、得与失。

王来齐知道黑龙江北大荒海产品少，新鲜的海产品更少，李小漫不经常吃海产品，特意要了些海产品。

李小漫吃过的海产品种类少，次数不多。她吃过虾、海螺、蛤蜊，但是有几种是第一次看见，叫不上名字，不知怎么入手。

王来齐教她吃的方式。他说："北大荒没这么多海产品吧？"

"没有。如果有就不叫北大荒了。"

王来齐说："北大荒种什么？"

"种植水稻、小麦、黄豆、玉米、土豆。"

王来齐说："山东人爱吃东北大米。"

"东北大米生长期长，口感好，营养成分高。"

王来齐说："东北人爱吃山东什么？"

"山东面粉在东北卖得好。"

王来齐说："山东小麦比东北小麦生长期长。生长期长的小麦加工的面粉好吃。"

"这是气候和地理环境决定的。"

王来齐说："山东气候比东北气候暖和。"

"北大荒有许多人是从山东去的，饮食习惯跟山东基本一样。"

王来齐说："你老家是哪儿的？"

"我爸是安徽的，我妈是四川的。我不知道是属于东北，还是安徽，或是四川。"

王来齐说："你家人的籍贯这么复杂。"

"北大荒人的家庭中，多数家庭人的籍贯都是这样。虽然父母同属于一个省的比较多，但是很少有纯正的东北当地人。我们居住的地方原来是几百里没有人家的荒原。"

王来齐吃着饭，心里在考虑怎么安排李小漫的住宿。他试探性地问："来红涯市有什么打算？"

"看能不能找到工作。"

王来齐问："原来的工作怎么办了？"

"办理了停薪留职手续。"

王来齐喜欢李小漫这种率真性格。

李小漫在没见到王来齐之前，心情忐忑不安，不知道王来齐能不能见她，对她是什么态度。她没想到王来齐这么热情，交谈这么融洽。她问："工作好找吗？"

"你还想当车工？"

李小漫一摇头说："当车工就不来红涯市了，来红涯市绝对不当车工。"

"想找什么样的工作？"

李小漫说："只要不当车工干什么都行。"

"你对车工有着很大抵触情绪。"

李小漫虽然嘴上说干什么工作都行，心里却不这么想，如果让她去打扫卫生，到餐馆端盘子，肯定不去。她对工作是有选择性的，只是标准不那么高。

王来齐问："愿意到纺织厂当纺织女工吗？"

"可以。"李小漫不假思索地说。虽然她在电影里看过有关纺织女工的生活和工作场景，但在现实生活中对纺织厂里的工作环境不了解，对纺织女工的工作陌生。她认为纺织厂比机械厂好，纺织工应该比车工好。她心想当纺织女工也可以，先有工作干着，有了立足点，再做长远打算。

王来齐说："纺织女工挺辛苦，你能干得了吗？"

"不会比车工还辛苦吧？"

王来齐不了解机械厂里的车工，无法在两者之间比较。他说："没办法做比较。"

"现在纺织厂招工人吗？"

王来齐说："纺织厂里生产一线的工人流动性大，随时都有工人离职，如果有空缺职位，车间主任同意接收，劳务部门就给办理入职手续。"

"我要做什么准备？"

王来齐说："暂时不需要，需要时我会跟你说。"

"最近写什么诗了？"

王来齐说："最近工作太忙，什么也没写。"

"我还以为你每天都写诗呢。"

王来齐说："写诗是业余爱好，工作是生存手段，不能让业余爱好抢占了生存手段的位置。不管到什么时候，在什么地方，生活下去都是第一位的。"

李小漫去付饭费，被王来齐拦住了。王来齐付了饭钱，看已经到上班时间了，急着回厂上班，跟李小漫说让李小漫随便看一看，下班后他帮助李小漫找住处。

2

李小漫在从敖来县到红涯市的路上时没感觉到困倦和劳累，到了红涯市停下来后觉得疲劳、困乏，提不起精神，想找个地方睡觉。她还没找到住处，没睡觉的地方，没有地方休息，拎着旅行箱在街上没目的地闲逛。

街上行人来去匆忙，在奔向自己的目的地。

虽然红涯市是她的目的地，但是到了红涯市她却感觉茫然了，不知道自己能干什么。她在消磨时间，等王来齐下班。

她上眼皮跟下眼皮在打架，看什么都没兴致。她在街上走了一会儿，在转弯处停下来。转弯处行人少，比较安静，太阳能照到她身上，她觉得暖暖的。她从兜里掏出手机看了看，给周守法打电话。她拨通了敖来县电信局总机值班室的电话，总机值班室的接线员把电话转接到了畜牧公司。

曹宁远接了电话。他认识李小漫。李小漫也知道曹宁远。但彼此没有交往，不怎么熟悉，说话比较正统、严肃。曹宁远说周守法下乡去了，明天来单位。他问："有事需要转达吗？"

"没有。"李小漫客气地说。

她挂断了电话，拿着手机有点失落，也有点责备周守法的情绪。她心想周守法当时怎么不买两部手机呢？一部怎么联系？她知道周守法家安装了固定电话，但是她不愿意往周守法家打电话。

周守法家的电话是敖来县政府给曹英力安装的。曹英力是科级干部，敖来县为了工作联系方便，制定了政策，政府给全县副科级以上职务干部免费安装电话，电话费政府承担。不过，这种电话只能拨打鹤城市内的电话，不能拨打鹤城市外长途。但是，可以接听长途电话。

李小漫知道曹英力对她印象不好，尽可能避免跟曹英力接触。

她在街上走了走，感觉没意思，无聊，想去海边看海。她不知道海在哪个方向，距离有多远。她在报摊买了一份红涯市地图，仔细看着。

从地图上看，从纺织厂到海边需要转几次公交车。她不熟悉交通路线，也不知道乘坐几路公交车，拿着旅行箱上下车不方便，打消了去海边的想法。

此时，她只能等王来齐下班，只能熬时间，只能希望时间快点流走。她觉得王来齐对她是那么重要，如同生活中的一个支点。

3

王来齐看高洪波一个人在办公室里，走了进去。高洪波是车间主任，也是王来齐菏泽老乡。王来齐进纺织厂工作是他介绍的。王来齐在纺织厂不但人际关系处理得好，工作也勤勤恳恳，兢兢业业，精心钻研技术，还会写诗，业余时间负责《沿海纺织报》第4版《天涯风景》文学副刊的编辑工作。王来齐工作上出色的表现给高洪波增了光。工作中他们是领导跟员工的关系，工作之外两人是无话不说的好朋友。高洪波看王来齐走进来，以为王来齐把出故障的机器修理好了，顺手把一瓶红涯市山矿泉水递给王来齐说："机器修好了？"

"还没有。"王来齐接过矿泉水说。

高洪波说："急着用，你得尽快修。"

"明天差不多能修好。"

高洪波担心影响生产进度，建议说："要不晚上你加班把机器修好。如果加班时间长了，你把机器修好了明天休息。"

"今天晚上我有事。"

高洪波说："如果是诗友聚会你就别去了，把机器修好为主。写诗是业余的，修机器是工作。"

"不是诗友聚会，但是跟写诗有关。"

高洪波说："诗不能当饭吃，工作可以让你生活得更好。你要知道哪头重哪头轻，不能头脑一热偏离了方向。"

"这么简单的道理我还不懂吗？"

高洪波说："相信你懂。"

"看时间允许不，如果有时间，晚上我加班。如果晚上实在没时间，只能明天修了。"

高洪波说："你写了那么多诗，应该出诗集了。"

"出诗集得自己拿钱，我不想自己拿钱出诗集。"

高洪波说："虽然我对写诗是外行，但是知道写诗的人多。那么多人在写诗，写出来的诗给谁看呢？"

"除了写诗的人相互之间交流，圈外人几乎没有看的。"

高洪波说："没人看还写？"

"爱好、信仰呗。"

高洪波说："这种爱好浪费时间，也浪费精力，我不喜欢。"

"虽然你不喜欢，但是有喜欢的。这就跟你喜欢游泳，其他人可能不喜欢。"

高洪波说："萝卜白菜，各有所爱。"

"东北人喜欢吃酸菜，湖南人喜欢吃辣椒，红涯市人喜欢吃蛤蜊，各地有各地的口味，每个人有每个人的喜好。"

高洪波有意让王来齐回车间干活，抓紧时间把机器修理好，但是没说出口。工作时间王来齐很少来他办公室。下班后他在忙着装修房子，有些日子没跟王来齐单独聊天了。

王来齐说："我有位朋友想来厂里干活，你看行不？"

"男的还是女的？"

王来齐说："女的。"

"什么关系？"

王来齐说："朋友。"

"不会是女朋友吧？你已经有对象了，不可能再交女朋友。"

王来齐知道高洪波是在跟他开玩笑。他调侃地说："哪条法律规定有对象了，就不能交女朋友了？"

"交女朋友可以，但是得把握好尺度，不能见异思迁，更不能感情出轨。"

王来齐说："我想'迁'，我想'出轨'，得有地方才行。"

"她以前是干什么的？"

王来齐说："是车工。"

"车工？"

王来齐解释说："她以前在机械厂开车床。"

"红涯市人？"

王来齐说："从黑龙江北大荒县城来的。"

"这么远，你们也能成为朋友？怎么认识的？"

王来齐说："写诗呗。"

"看来我也得写诗。我写诗没准能认识法国、德国、丹麦女朋友。"

王来齐说："别扯皮了，说正事，她能来上班吗？"

"如果她在纺织厂工作过就好了，厂里现在对招工人要求挺严的。劳务部不愿意接收没在纺织厂工作过的工人。"

王来齐说："你是车间主任，想一想办法。"

"我试试看。"

王来齐说："请你喝酒。"

"酒不用喝，让她好好工作就行。"

王来齐说："放心，不会给你丢面子。"

"你在为她担保吗？"

王来齐说："如果需要，可以。"

"你什么时间回家订婚？"

王来齐说："在等家里的通知呢。"

"你应该主动点。"

王来齐说："我挺主动的，家里随叫随到。"

"这么做就对了。"

王来齐说："我去干活了。"

高洪波跟王来齐一前一后走出车间办公室。他去了厂劳务部。

王来齐还没走到机器前，转身去了厂办公室拨通了金羽婷的手机。

金羽婷是从临沂乡下来到红涯市工作的。她在鞋厂上班。她是通过写诗认识王来齐的。她跟王来齐的老乡刘绍东确定了恋爱关系。

王来齐问："有没有合租房子的？"

"谁住？"金羽婷问。

王来齐说："一位女诗友。"

"住在我这儿就行。"金羽婷说。跟她合租房子的那个姑娘几天前去日照工作了。

王来齐把李小漫的工作和住的问题都解决了，如同放下了一块石头，轻松起来。他快步回到车间开始工作。

快嘴女问王来齐见到从黑龙江北大荒县城来的女诗人了吗？王来齐修理着机器，点了下头，没说话。他在抢时间修理机器，想在下班前把机器修好，要么晚上还得加班。虽然他加班是常事，但是今天不想加班。快嘴女说："这位北大荒女诗友长得漂亮吗？"

"还行。"

快嘴女说："漂亮就好。男人喜欢漂亮女人，更别说是漂亮女诗人了。"

"漂亮女诗人跟漂亮女人有区别吗？"

快嘴女说："当然有。"

"区别在哪儿？"

快嘴女说："漂亮女诗人比漂亮女人更浪漫，更有内涵，更有情调。漂亮女人不一定会写诗，写诗的女人也不一定漂亮。漂亮女诗人是两个优点都占了，太难得了。"

"看不出来你在这方面还很有见解。"

快嘴女说："上午你不是说教我写诗吗？我得积极向你靠拢，加入诗人的行列中。"

"我没说教你写诗。"

快嘴女说："你不是说介绍一位诗人给我当老师吗？"

"北岛名气太大，不一定能同意收你当徒弟。"

快嘴女说："我中午去厂图书馆查阅了北岛的资料，看了他的简介。北岛原名赵振开，朦胧诗代表人物之一。出生于一九四九年，祖籍浙江湖州，生于北京，民间诗歌刊物《今天》的创办者。他写的《回答》很有名。"

"你读过他的诗吗？"

快嘴女说："中午读的《回答》那首诗。"

"写的是什么？"王来齐说。他做出老师让学生背诵课文那样的表情。

快嘴女索性从衣服兜里拿出一张皱皱巴巴的纸读起来：

　　卑鄙是卑鄙者的通行证
　　高尚是高尚者的墓志铭，
　　看吧，在那镀金的天空中
　　飘满了死者弯曲的倒影。
　　冰川纪过去了
　　为什么到处都是冰凌？
　　好望角发现了
　　为什么死海里千帆相竞？
　　我来到这个世界上
　　只带着纸、绳索和身影，
　　为了在审判之前
　　宣读那些被判决的声音。
　　告诉你吧，世界……

"你怎么把诗抄下来了？"王来齐说。他没想到快嘴女中午去图书馆找北岛的诗看，更没想到能把诗抄下来。中午休息时间短，他知道快嘴女中午没休息。

快嘴女说："你推荐的知名诗人我得学习。"

"你这是崇拜名人。"

快嘴女说："我崇拜王来齐。王来齐推荐的书我看，不是王来齐推荐的书我不看。我得把有限的时间用在崇拜者身上。"

"我是修理机器的，有什么好崇拜的。"

快嘴女说："你认识北岛这么有名气的大诗人，但我不认识。"

"如果北岛知道你这么崇拜他，他一定非常高兴。"

快嘴女说："你见到北岛时告诉他，我被他写的诗感动得不会说话了。"

"感动得不会说话了是什么意思？"

快嘴女解释说："就是不知道用什么语言表达心情呗。"

"你被感动成这样了？"

快嘴女说："北岛住在红涯市吗？"

"在。"王来齐笑着说。他不认识北岛，北岛也不住在红涯市。他喜欢北岛、余光中的诗，在车间女技术员和快嘴女跟他说起写诗的话题时，就用推荐北岛、余光中跟车间女技术员和快嘴女开玩笑。他没见过北岛和余光中，只是读过北岛和余光中的诗。

快嘴女说："资料上没说他在红涯市，好像他生活在国外。"

"刚搬到红涯市的。"王来齐调侃地说。

快嘴女说："红涯市能有这样知名诗人真挺好。不过，你别介绍他给我当老师，我见到名气大的诗人紧张，更不会写诗了。你找个名气小点的诗人。"

"其他诗人不一定能收你当徒弟。"

快嘴女说："是我不够漂亮吗？"

"你说这种话有点诋毁诗人的思想品德意思，好像诗人这一行业跟色情有关。"

快嘴女说："我认为写诗的人感情比不写诗的人丰富，想法也与众不同，不然写不出脍炙人口的诗。"

"感情丰富有错吗？"

快嘴女说："感情丰富的人想法肯定多，特别是在男女关系方面更容易想入非非。"

"你如果写诗可能感情会出轨，造成家庭婚姻不稳定。"

快嘴女说："感情出轨的生活更有新鲜感，能有这种生活经历也不错。"

"红涯市经济、社会发展的步伐跟不上你思想的转变，你应该去美国、日本或比利时那些更开放国家生活。"

快嘴女说："我有位同学出国了，去的是法国。"

"在那干什么？"

快嘴女说："在夜总会当三陪女。"

"我还没去过夜总会呢，不知道夜总会是什么样。"

快嘴女说："你想去找三陪女？"

"不想，因为我没钱。"

快嘴女说："你下午的神情比上午好，好像对来自北大荒的女诗人感觉不错。"

"不要胡说，我们只是诗友，其他的什么都没有。"

快嘴女说："你慌什么，我也没说你们有其他事，看把你吓的。"

王来齐知道快嘴女嘴不把门，愿意打听别人的私事，能把知道的事在不经意时张扬出去。他不跟快嘴女说话了，专心干活。虽然他活干得顺手，但到了下班的时间，也没能把机器修好。

高洪波走过来看着机器。王来齐说晚上有时间就来加班，如果没时间明天早晨提前来，争取在上班前把机器修好。高洪波说有事办事，不用太着急，明天修好就行。

下班了，车间的人往车间外走。厂里的工人往厂大门口走。

王来齐洗了手，换下工作服，从车间出来时厂里的工人已经基本走完了。

李小漫在纺织厂大门外不远处等着王来齐。她等得焦虑，怀疑王来齐不愿意理她，故意磨蹭，拖延时间，才出来这么晚。她客气而不好意思地说："给你添麻烦了。"

"没什么麻烦的。"

李小漫说："工作很忙吧？"

"有台机器坏了，急着用，车间领导想让快点修好。"

李小漫问："修好了吗？"

"没有。"

李小漫着急找住处，有了住的地方才有安身之地。太阳西沉，天快黑了，她想在天黑之前住下。她不知道王来齐是怎么安排的，试探地说："要么你忙着，我去找住的地方。"

"我已经帮你找好了，不知道你满意不。"

李小漫没想到王来齐为她找到了住处。她刚到红涯市，人地两生，自己找住处比较难。当然，如果住旅馆就不难了。红涯市是旅游城市，大街小巷随处都有旅馆，旅馆的档次不同，价钱也不一样。但她不是来旅游的，不是短暂停留，而是想长期生活，住旅馆不实际，也住不起。

王来齐伸手去帮李小漫拿旅行箱。

李小漫推辞说："不用。不重。"

"你路上走了好几天，休息不好，一定累。"

李小漫还想推辞，但是王来齐伸手接过旅行箱，搂着箱子走在了李小漫前面，先上了刚开来的公交车。

正是下班高峰时段，公交车里人多。李小漫和王来齐被挤在车厢的一边。她看着车上的乘客，觉得红涯市人着装还不如敫来县城人时髦呢。

王来齐说："你们那公交车上没这么多人吧？"

"我们县城人少，没有公交车。"

王来齐说："县城没有公交车？"

"县城小，人口不多，出门不用坐公交车。"

王来齐说："你们那儿可能跟新疆差不多。"

"我没去过新疆，不了解新疆的县城情况。"

王来齐说："我是在十八九岁时去的新疆，在那儿干了两年活，再没去。"

王来齐和李小漫到金羽婷的住处时，金羽婷刚下班回来。她容貌一般，性格开朗、活泼。王来齐给李小漫和金羽婷相互做了介绍。

金羽婷夸赞李小漫说："这么漂亮。"

"你别笑话我。"李小漫说。

金羽婷说："真的。"

王来齐放下旅行箱，走到空床前看了看，转过脸对李小漫说："住在这儿行吗？"

"能有睡觉的地方就行。"李小漫说。她认为刚到红涯市能这么轻易找到住的地方已经很好了。

王来齐说："我请你们吃饭。"

"你为我跑前跑后的，做了这么多事，不能让你请。我请你们。"李小漫说。

王来齐说:"你刚到红涯市,你是客人,我是主人,我应该尽地主之谊招待朋友。"

金羽婷说:"你们两个别争了,还是我请你们吧。我为你们两位诗友的相逢庆祝,也为我和李小漫相识高兴。"

"你怎么把自己排出去了。你不也写诗吗?咱们也是通过写诗认识的。"王来齐纠正说。

金羽婷说:"你这么一说,今晚的饭更应该我请了。我跟小漫通过你相识了,又多了位朋友,算是对你的感谢。"

"是你感谢我,还是我感谢你,都弄不明白了。"王来齐笑着。

金羽婷说:"我给小漫接风,欢迎她跟我合住一个屋,成为室友。"

"把绍东叫来。"王来齐说。

金羽婷说:"这个时间他正忙着呢,来不了。"

"你打电话问他,或许能来呢。"王来齐说。

金羽婷说:"不用打电话,他肯定来不了。"

他们去了附近一家餐馆。

4

王来齐吃过饭本想陪李小漫多聊一会,但是机器还没修好,想回厂里修机器。他知道机器已经快修好了,用不了太长时间,如果早晨提前去上班,也有可能在正式上班时把机器修好。但是这么做没把握,也太匆忙。为了确保修机器的时间充裕,在第二天机器能正常投入生产,他考虑了又考虑决定晚上去厂里加班维修机器。

李小漫感觉王来齐在工作上非常敬业,自觉性高,这跟她不同。她猜测王来齐非常喜欢这个工作,不然,不会在下班后还想着维修机器的事。她不喜欢在机械厂当车工才会那么散漫,才用写诗化解工作中产生的不愉快心情。她感觉今天影响到了王来齐的正常工作计划,不好意思地说:"你该怎么工作就怎么工作,千万别因为我来了,影响到你的工作。"

"这是赶上机器坏了,需要维修,如果没有机器需要维修,或者不是我负责维修，工作时间没这么紧张。"王来齐说。

李小漫说："机器坏了非得由你维修吗？"

"车间规定，谁接手维修的机器，谁负责把机器维修好。如果不出现特殊情况，正常情况不更换维修工。更换维修工，新接手的维修工不知道机器故障发生在什么地方，还得重新检查机器故障原因，那样浪费时间、耽误工作进度。"王来齐说。

李小漫说："这跟我们厂不同。我们厂机器坏了，哪个维修师傅都可以修。一般是小故障，大故障厂里修不好，得找机器制造厂家维修技术人员修。"

"你们机械厂才多少职工，才多少台机器，那是小厂的工作方式。我们纺织厂有上千名职工，数百台机器，如果制度不严谨，还不乱套了。"王来齐说。

李小漫说："别看我们厂职工不多，但在我们县里属于大厂。"

"县城不能跟红涯市比。红涯市随处都是人、车，工厂也多。"王来齐说。

李小漫问："你经常加班吗？"

"算不上经常，但是也不少。"王来齐说。

李小漫问："你工作这么忙，怎么还能有时间写诗呢？"

"尽可能找时间写，如果没时间就不写。工作是主要的，写诗是次要的。最近就什么也没写。"王来齐说。

李小漫说："你诗写得好，应该把精力放在写诗上。"

"那不行。写诗只能是业余爱好，不能因为写诗耽误了工作。在城市生活，首先得有经济来源，没有经济来源，就无法生活下去。生存可比写诗重要多了。"王来齐说。

李小漫没这么想过，如果这么想过，或许不会办理停薪留职手续，更不可能来红涯市找工作。如果她对车工感兴趣，可能就不写诗了，可能就专心跟着师傅丁美花学习车工技术了。

王来齐对李小漫说："你工作的事我跟车间主任说了，主任同意帮忙。"

"非常感谢。"李小漫说。她没想到王来齐做事这么利落。

王来齐说："这又不是什么好工作，不用谢。"

"多长时间能上班？"李小漫问。

王来齐说："应该用不了几天。"

"麻烦你了。"李小漫说。

王来齐说："朋友嘛，应该做的。如果我去北大荒，你也会这么做。"

"你不可能去北大荒。"李小漫说。

王来齐说："那不一定，人生中的事没有绝对的。"

"你有点像老师。"李小漫说。

王来齐说："学生是谁？"

"我。"李小漫说。

金羽婷说："还有我呢。"

王来齐说："我可当不了你们的老师。"

金羽婷说："你太谦虚了。"

"谦虚过分就是骄傲。"李小漫说。

王来齐说："你们两个合伙攻击我。"

"我可没有这种想法。"金羽婷说。

李小漫喜欢听王来齐说话，被王来齐的话吸引着。

王来齐回纺织厂加班了。

李小漫和金羽婷往住处走。虽然金羽婷有兴致跟李小漫聊天，但是李小漫太累了，眼睛睁不开了，洗漱过后躺在床上就睡着了。

金羽婷躺在床上翻来覆去睡不着，失眠了。她有个习惯，每次有新伙伴住进来时，前几天都失眠。她入睡时天快亮了，到了起床上班时间。她带着疲倦走出屋，在街边餐馆买了早餐，拎在手里，边走边吃。

她刚上公交车手机响了。

王来齐用《沿海纺织报》编辑固定电话打的。他问："李小漫起床了吗？"

金羽婷缓慢地说："还在睡着呢。"

王来齐听金羽婷的声音有气无力的，就问："你怎么了？"

"失眠了。"

王来齐说："想刘绍东了？"

"生人搬进来住我就失眠。"

王来齐说："有利，就有弊，李小漫能为你分摊房租。你想让人分摊房租，就得付出代价，失眠也值得。"

公交车上人多，嘈杂，金羽婷听不太清楚王来齐说的话。她没多说什么，挂断了电话。她心想王来齐对李小漫真够关心的，这么早就打来了电话。

王来齐昨晚加班到深夜，不但把机器修好了，还做了运行测试，一切正常后才回宿舍休息。早晨他按照正常时间去了车间，准备正常上班。高洪波看机器修好了，工作安排上没有特别急的活，让他休息一天，算是对昨晚加班的补休。他有意去找李小漫，担心李小漫没起床，到《沿海纺织报》编辑部给金羽婷打的电话。

《沿海纺织报》是红涯市纺织厂的内部报纸，质量要求不是特别严谨，每周出版一次，工作量不大，报纸编辑部人员是由纺织厂各岗位喜欢写作和有一定文字功底人员组成的。每位编辑都有本职工作，平时在自己的岗位上正常工作，每周只在编辑部上一天班。

今天编辑部不上班，办公室只有王来齐一个人。他给几位有手机的诗友打了电话，聊了聊稿件的事，就去找李小漫了。

李小漫睁开眼，伸了一下腿，翻动了一下身体，停了片刻，下床拉开窗帘。太阳悬在空中，释放着能量。充足的阳光射进屋里暖洋洋的。她站在窗前，往楼下看。她看见王来齐坐在街对面的台阶上。她洗漱后，急忙穿上外衣，关上房门下楼了。

王来齐没想到李小漫起床这么晚。不过，他知道李小漫路上没休息好，累了，到红涯市第一个夜，睡得沉实。他说："休息过来了？"

"还有点打不起精神。"

王来齐说："路太远，得好几天才能休息过来。"

"累只是起来晚的原因之一。我在家有赖床习惯。每天早晨我妈把饭做好了才喊我起床。"

王来齐说："在单位不是好员工。"

"是不是好员工跟起床早晚没关系。"

王来齐说："工作态度决定工作业绩。"

"我不喜欢干机械厂的车工，啥业绩不业绩的。"

王来齐说："希望你能喜欢纺织厂的工作。"

"你介绍我进纺织厂工作，不喜欢我也得努力干，不能给你丢脸。"

王来齐说："这么想，肯定能干好。"

"别对我太有信心。如果我干不好，你失望会更大。"

王来齐说："没信心就没期待，没期待就没希望。如果心中没有了希望，对生活就茫然了。"

"你怎么没上班？"

王来齐说："昨晚加班把机器修好了，主任让我今天休息。"

"主任挺关心你。"

王来齐说："这是正常休息，不是走关系。"

"你的工作精神值得学习。"

王来齐说："今天不努力工作，明天就得努力找工作。人活着就不能待着，就得做事，坐享其成的事没有。"

"你说话怎么一套一套的。"

王来齐说："今天有什么安排？"

"刚到这地方，没朋友，没事可做，陌生的城市，陌生的人。"

王来齐说："想去哪里，我当向导。"

"你工作了一夜，不累吗？"

王来齐说："陪你看风景的精力还有。"

"我还没看见过海呢，去海边吧。"

5

刘绍东来找金羽婷时看见了李小漫的行李了，不解地问："谁住进来了？"

"王来齐介绍来的一位东北诗友。"

刘绍东说："东北人不好交往，你得注意点。"

"山东没有坏人吗？红涯市没有坏人吗？红涯市监狱里关押着的全是坏人，肯定关押的不是好人。哪里都有好人，哪里都有坏人，人品的好与坏，不能完全以地域划分，只能说有的地方人品不好的人多。"

金羽婷知道刘绍东的同事中有几个东北人，他们合伙欺负刘绍东。刘绍东还被他们打过。她不能顺着刘绍东说，如果顺着刘绍东说，刘绍东对东北人的意见就更大了，不利于刘绍东以后的工作。她说："雷锋就是东北人。"

"东北不就出了一个雷锋吗？再说，雷锋是在东北当兵，出生地是湖南，他不算是纯正东北人。"

金羽婷说："刘英俊也是东北人。他拦惊马牺牲了。"

"你说的这两个全是军人。军人当然比普通百姓素质高了。"

金羽婷说："你钻牛角尖。"

"刘英俊祖籍是山东的。他爸在年轻时去的东北。"

金羽婷说："他是在东北出生的吧。"

"好像是。"

金羽婷说："他是在东北出生的，你还认为他是山东人。如果照你这么说，人的祖先是猴子，你也应该是猴子。你不应该是人，你应该到动物园里去。"

"你怎么骂人呢？"

金羽婷说："我没骂人，按照你说话的逻辑理解你就是猴子。"

"不说了，我说不过你，咱不说东北人了，东北人跟我没什么关系。你愿意交往你交往，我是不跟东北人交往。"

金羽婷说："不要把话说得过于绝对了，说话做事得给自己留后路。你回家问一问你爸你妈，当年，他们没饭吃的年代，是不是想去东北。在山东、河南等地受灾年代，人们没东西吃，都想去东北生活。现在东北的年轻人大部分是山东、河南等地人的后代。"

"不说了。不说了……"刘绍东说。他认为自己说不过金羽婷，不愿意说下去了。

金羽婷去卫生间时放在床上的手机响了。

刘绍东接了电话。电话是王来齐打来的，王来齐说晚上请刘绍东和金羽婷吃饭。刘绍东高兴地说："好啊。"

"你真不客气。"

刘绍东说："如果跟你客气就太假了。"

"说得对，跟我不应该客气，客气就不是你了。"

刘绍东说："你本事不小呀，弄来了个东北小姐。"

"什么小姐大姐的，听着刺耳，什么姐也不是，是诗友。"

刘绍东说："女诗人跟小姐差不多。"

"金羽婷也写诗，你叫她小姐吧。"

刘绍东说："她写得不多，没发表几首，连省报上面还没有发表过呢，算不上诗人，顶多算是诗歌爱好者。"

"你小子思想有问题。"

刘绍东说："我立刻学写诗，争取能吸引到会写诗的东北小姐。"

"不要开这种玩笑，这种玩笑有损女人的品德。"

刘绍东说："我羡慕女诗人，崇敬女诗人，也羡慕你，更嫉妒你。你得小心我回家把你跟东北年轻女诗人的事说出去。"

王来齐了解刘绍东的品性，认为刘绍东哪都好，就是嘴不把门。他知道刘绍东在开玩笑，但是他不想开这种玩笑。这种玩笑容易被人误解，当真，能对生活产生负面影响。他把吃饭地点告诉了刘绍东。

金羽婷从卫生间出来说："王来齐打的电话？"

"晚上他请咱们吃饭。"

金羽婷说："昨晚他就想请，你没在，我请他们了。"

"他是请那个东北小姐，让咱们作陪。"

金羽婷说："你别满嘴跑火车，什么小姐……这么说王来齐会不高兴的。"

"开玩笑还不行吗？"

金羽婷对着镜子照了照，挑选衣服，准备换衣服。她刚脱下外衣，刘绍东从后面抱住了她。她明白刘绍东的意思，但是没有像以往那样配合，拒绝地说："不行，一会儿出去，影响体力。"

"没这么严重。"刘绍东说。他不想放弃涌上心头的欲望。

金羽婷："不行，走路时的感觉都不一样。"

"照你这么说生过孩子的还不能走路了。"

金羽婷说:"你看见刚生完孩子的女人走路了?别说是走路了,连床都不能下。"

"这事跟生孩子时的情况差距大着呢。"

金羽婷说:"克制点。"

"克制不了。"

金羽婷说:"你是人,不是动物,人比动物高级,人有克制力。"

"我准备租个房子,咱们在一起住。"

金羽婷说:"同居我没意见。但房租贵,你得多挣钱。"

"挣钱是必需的,租房是必需的,做爱是必然的。"

金羽婷说:"你没钱,我不跟你同居,有了钱我同意结婚。"

"这么等下去太折磨人,还没等到结婚的日子,我就疯了。"

金羽婷故作严肃地说:"这么没出息。"

"到这个年龄了,正是荷尔蒙活跃高峰期……不能浪费生命,不能有损做男人的权利,更不应该折磨自己。"

金羽婷说:"到哪个年龄了?不到结婚那天,你别想再碰我。"

"为什么?"

金羽婷说:"这样有点像妓女。"

"这话太难听。也不恰当,两者不着边际。"

金羽婷说:"这是我的感觉。"

"你若是妓女,我不成为嫖客了?"

金羽婷说:"你不是嫖客吗?"

"我绝对不是嫖客,你也不是妓女。"

金羽婷说:我离开家时,我妈叮嘱我,如果我在城市找对象了,不结婚时嘴也不能亲。"

"你没听你妈的。"

金羽婷说:"嘴是你强亲的。"

"你去派出所向警察告我亲你了,看警察怎么处理。"

他们说着情话,从屋里走出来。天黑了,路灯亮了,公交车在夜色中缓缓开来,他们上了公交车。

公交车像毛毛虫似的在大街上前行，穿梭在楼宇之间。

他们还没到地方刘绍东的手机响了。电话是王来齐打的。王来齐问他们什么时间到，刘绍东说一会儿就到。

金羽婷说："他等着急了。"

"他们应该也刚到。"

金羽婷说："王来齐今天没上班，在陪李小漫。"

"如果是单纯的诗友关系，没必要耽误工作。"

金羽婷说："王来齐是热心人，当初我来红涯市时，他也是跑前跑后的。"

"王来齐对男人没这份热情。"

金羽婷说："可能没有男诗友找他帮忙。"

刘绍东对男女感情方面的事特别敏感。虽然他了解王来齐是热心人，但是不能断定王来齐对这位来自东北的年轻女诗人没有所图，不相信只是单纯的帮助。他见到李小漫和王来齐时，仔细观察着他们两个人的表情，想通过表情判断他们两个人关系的深浅程度。

王来齐陪李小漫玩了一天，虽然在游玩时吃了东西，但是体力付出量大。他昨夜加了班，没休息好。他已经饿了，也累了。他在刘绍东和金羽婷到时立即让服务员上菜。

第六章

情缠绵

1

李小漫进纺织厂上班了。

她看见厂里这么多工人，车间这么大，有些不适应。她喜欢安静，不喜欢人多。机器声、工人们忙碌的身影、陌生的环境，影响了她的心情。她感觉纺织厂的工作环境不如在机械厂当车工。可又一想，她刚到红涯市认识人不多，不熟悉环境，没有经济来源，能顺利找到工作已经非常幸运了。她心想先干着，等熟悉了红涯市的环境，有适当机会再换工作。

她虽然没有在纺织厂工作过的经验，但是纺织女工是技术含量较低的工种，机器操作简单，容易掌握。她干过车工，有操作机器经验，适应快，在很短的时间里就能熟练地操作机器，也适应了工作流程。

车间里有几个爱看报纸的年轻工人在厂报上看过李小漫写的诗，知道李小漫的名字。李小漫没想到有人能认真读过她写的诗，记住了她的名字，她心里暗喜。这几个爱看报的工人还把李小漫的诗跟王来齐的诗做了比较。

李小漫感觉到车间同事很尊重王来齐。她对王来齐的好感更深了。

王来齐虽然和李小漫在同一个车间里工作，但工种不同，分工不同，工作时间是各忙各的，几乎不怎么接触。

李小漫在王来齐的引荐下参与了《沿海纺织报》第4版《天涯风景》文学副刊的编辑工作。

这是厂报，也是内刊，由厂宣传部主管，厂工会主办，宣传部、工会工作人员少，事情多，也没有懂文学的，更没有从事文学创作的，副刊由王来齐编辑。

李小漫在编辑《沿海纺织报》第4版《天涯风景》文学副刊时热情高，做事主动、积极、麻利。她结识了新诗友，给新诗友在《沿海纺织报》第4版《天涯风景》文学副刊上发表了诗。她发现王来齐很少在《天涯风景》文学副刊上发表诗。王来齐主要在市报和省报上发表诗。在市报和省报上发表诗比在《沿海纺织报》上发表难度大得多。她不明白王来齐为什么舍近求远，舍易求难。

王来齐有一次对李小漫说："你不能总在厂报上发表作品，这样影响你的知名度，也会让同事产生对你有不好的看法。"

"为什么？"李小漫说。她不解地看着王来齐。

王来齐说："厂报是内刊，在红涯市的几个大工厂里，或县、区的宣传部都办有这种内刊。内刊没有国家公开发行刊号，在内刊上发表的作品不完全被社会承认，只能做同行交流。如果你在厂报经常发表作品，同事会认为你写得不好，在其他报纸、杂志上发表不了，只能在自己编辑的厂报发。如果你想发，可以到其他厂的厂报上发。"

"我明白你为什么不在咱们厂报上发表诗的原因了。"李小漫恍然大悟。

王来齐说："作品如果想完全得到社会承认，必须在国家报、省报、市报等这些全国公开发行的报刊上发表。"

"国家级别太高了，我不敢投稿。你感觉我的诗能在省报和市报上发表吗？"

王来齐说："只要努力写，就有希望发表。"

"在省报和市报上发表作品很难。"

王来齐说："难也得想办法发表，否则不会提高知名度，创作水平也难提高。"

"你帮我往省报和市报上推荐，稿费给你。"

王来齐说："我推荐也不一定管用，可以试试，你的稿费我不要，也没多少稿费。"

"你跟编辑熟悉，熟悉比不认识强。"

王来齐说："熟悉当然好，但是稿件质量也得能说过去。"

"我找最好的稿子给省报和市报。"

王来齐说："作者认为好的稿子编辑不一定认为好。给省报和市报投稿的人特别多。编辑有自己审阅稿件的观念和标准。"

"写稿的人多，写诗的人更多。需要给编辑送礼吗？"

王来齐说："经常见见面，吃吃饭，拉近感情是必要的。不然，稿件发过一次，以后编辑就不愿意发了。"

"吃饭也好，送礼也行，你联系，我付钱，争取把省报和市报拿下。"

王来齐说："你说这话如同上战场打仗似的。"

"竞争嘛，编辑不发咱们的，就得发其他人的，发了咱们的，其他人的就发不了，竞争原本就跟打仗相似，只是方式不同。"

王来齐说："东北女人的性格都像你这样吗？"

"这种性格好吗？"

王来齐说："过于爽快了。"

"你在变相批评我。"

王来齐说："性格柔和些利于跟其他人交往。"

"你接受不了？"

王来齐说："这不跟你聊得很开心嘛。"

"山东人有点太含蓄。"

王来齐说："如果山东人你接受不了，南方人你就更不能交往了。"

"南方人狡猾吗？"

王来齐笑着说："怎么用上狡猾的字了。"

"听说南方天气太热，我怕热，绝对不去南方生活。"

王来齐说："南方人比北方人讲诚信。"

"山东人也讲诚信。"

王来齐说："比如我。"

"有这么夸自己的吗？"

王来齐说："我把省报、市报编辑的联系方式给你，你自己跟他们联系。"

"你不推荐了？"

王来齐说："我又不是编辑的领导、同事，编辑也不是我哥我姐我的同学，我推荐也没用，这要看你的运气了。"

"你是担心我写的稿件质量不行，给你丢面子。"李小漫说。她从家里带来了好几个日记本，日记本上是平时写的诗。这些诗都是她有感而发，随性写的，都待在日记本上，停在最初诞生之地，没有上过稿纸，更不用说是投稿给报社、杂志社了。

她经过认认真真修改，写在稿纸上，装进信封里，寄往了省报和市报。

红涯日报很快刊发了她的几首诗，给她寄了稿费。省报发表了她的两首诗，省报稿费比市报高。她看到省报、市报发表的诗比看见稿费还高兴。

李小漫勤奋，写诗速度快，加上之前写的大量诗作，能往外投的稿件很多，投出的稿件多，相对被报社、杂志发表的比例大。

她发表的诗数量很快超过了王来齐。

发表作品的样报、稿费单放在纺织厂的传达室里。传达室来往人多，她发表作品的事在纺织厂里很快传开了。纺织厂里的人知道厂里有位年轻女工在报纸、杂志上发表了大量诗。

工友谈起李小漫时也会说起王来齐。王来齐在纺织厂里有一定知名度，当有人把他和李小漫联系在一起后，更加引起工友们的关注了。

王来齐在工作时关照李小漫，生活上帮助李小漫，成为李小漫在红涯市生活的知己。

2

李小漫虽然对纺织厂的工作不是特别满意，但非常知足。她知道刚到红涯市能在短时间内得到这份工作是很幸运的。她工作认真、努力，心情非常好。她觉得处在生活的春天里。

春天虽好也有过去时；鲜花虽好，也有凋谢的日子。

在工作和生活中有开心事，也有不开心事。

李小漫操作的机器坏了，一时没修理好，高洪波安排她去仓库帮助胖墩整理仓库。

高洪波是在照顾李小漫。他关照李小漫不只是看在王来齐的面子上，也跟李小漫在工作中的态度有关。李小漫在工作中表现得挺好，还有写诗的特长，为了能让李小漫有更多时间写诗，便于参加厂报的编辑工作，他在考虑把李小漫调换到相对轻松些的工作岗位。

那些天胖墩因涨工资的事闹情绪，引起了高洪波反感。高洪波有意换掉胖墩，让李小漫接替胖墩。

李小漫知道高洪波关照她，但不知道胖墩要求涨工资的事，更不知道高洪波想让她接替胖墩的想法。

胖墩是红涯市当地人，四十多岁，初中毕业，个子不高，胖胖的，思想守旧，有偏见，看不起车间里的外地同事。她认为外地人不如红涯市当地人素质高。

胖墩有位亲戚曾在厂工会工作。她是通过那位亲戚的关系当上车间仓库管理员的。她那位亲戚两年前退休了。

她知道李小漫跟王来齐的关系，也知道王来齐跟高洪波的关系，觉得李小漫是高洪波有意安排到仓库准备替换她的。她对李小漫产生了警惕、敌意。

她闹情绪是为了想达到涨工资的目的，不是想离职，也没有离职打算。

纺织厂离职员工主要是那些外地来红涯市工作的年轻姑娘。外地来红涯市工作的姑娘年龄偏小，相貌好，思维敏捷，找工作时选择空间大，换工作单位相对容易。红涯市当地女工很少有主动离职的。当地女工年龄普遍偏大不说，多数是没技术，没文凭，相貌也不出色，如果有技术，有文凭，相貌出色，就不进纺织厂工作了。在人满为患的求职场，纺织厂里的红涯市当地女工竞争力差，处在弱势，竞争不过外地来红涯市找工作的年轻人。

胖墩得挣钱养家，最基本得挣钱养活自己，绝对不想成为下岗失业人员，更不想让其他人把她挤走。她不想让李小漫在仓库干活，防止李小漫熟悉仓库工作业务。她故意找李小漫的麻烦，不停地安排李小漫干这干那，有意逼着李小漫回车间。

李小漫感觉到了胖墩是在故意刁难她，但是不明白胖墩为什么这么做。她没到仓库干活前跟胖墩熟悉，见面热情打招呼，她到仓库干活了，胖墩变化这么大。她为了避免发生直接矛盾，忍让着，不反驳，尽可能按照胖墩的意思干活。胖墩看李小漫听之任之，不反驳，更生气了，变本加厉地支配李小漫。她想激怒李小漫。李小漫实在是忍无可忍了，如同火山喷发似的怒吼："不满意自己去干！"

"你不来，我当然自己干了。"

李小漫说："我来跟你有关系吗？"

"没关系，你去其他地方。"

李小漫说："这不是你家。"

"这是仓库。"

李小漫说："仓库是纺织厂的，不是你家的仓库。"

"我是仓库管理员。"

李小漫说："你不就是看仓库的吗？"

"看仓库也比你这个纺织工强。"

李小漫不以为然地冷笑说："哪强？自己感觉吧。"

"你想干还干不上呢。"

李小漫说："我不稀罕。"

"那你来仓库干什么？"

李小漫说："主任安排的。"

"主任是让你来干活的，你不干活就回车间去。"

李小漫说："我回不回车间你说的不算。"

"你在仓库干活就得听我的工作安排。"

李小漫说："你算什么？"

"我是仓库管理员，管理着仓库所有工作。"胖墩声明似的说。

李小漫嘲谑地说："你觉得自己是很大的干部呗？"

"虽然不是干部，但是在仓库我说了算。你得按照我的要求干活。"

李小漫说："你眼睛不瞎吧？好好看一看，我没干活吗？这些是你干的吗？"

"你来就是干活的，不要委屈。"

李小漫说："你的心比资本家还狠。"

"你是在给厂里干活，不是给我，你比喻得也不正确。就你这个年龄，根本没有见过资本家，更不知道资本家是怎么回事。你在睁眼说瞎话。"

李小漫认为她的比喻确实不恰当。她说："如果你是老板，就没员工的活路了。"

"如果我是老板肯定不招聘像你这样的员工。写几首风骚的诗，到处招惹男人，活干得不怎么样，还败坏了厂风。"

李小漫说："写诗是本事，有本事你也写，你也招惹男人。"

"真不要脸。"

李小漫看胖墩污辱她的人格，压不住火了，愤怒地冲上前，用手指着说："你骂谁？你再说一遍？"

"我敢再说十遍、一百遍、一千遍。"

李小漫说："你再说，我撕烂你的嘴。"

"你动我一下试一试？"胖墩不甘示弱地说。

李小漫说："你再说一遍？"

有工人来仓库领东西，看见胖墩跟李小漫吵架，急忙上前劝阻。

胖墩和李小漫都不说话了，沉默下来。胖墩去给工人办理发货手续。李小漫转身出了仓库，朝厕所走去。胖墩发完货没看见李小漫，以为李小漫去找高洪波告状了。她担心李小漫说她坏话，急忙锁上仓库大铁门，急速去找高洪波。

高洪波看胖墩气呼呼地闯进来就知道有事。他认为胖墩不尊重他，眼里没把他当主任，他心里不满意。他不想看胖墩，把头转了过去，装作看窗台上的花。

胖墩在高洪波的办公室里没看见李小漫，用侮辱性的话说："那个坏女人没来找你吗？"

"什么坏女人？"高洪波说。他被这句话弄蒙了，转过头，不解地看着胖墩。

胖墩想先发制人，有意诋毁李小漫的人格，也想警告高洪波不要偏袒李小漫。她说："李小漫到仓库不认真干活。我安排她干活，她不听，还跟我吵架。"

"不会吧，李小漫在车间里表现得不错。"高洪波说。他知道胖墩是在故意找事。

胖墩说："那是装的。"

高洪波不想把事情闹大，想把事压下，息事宁人，劝解说："她刚进厂，不熟悉环境，你是老员工，别跟她计较。"

"幸亏她来的时间短，不熟悉环境，如果熟悉了，哪还有我们老员工的活路。"

高洪波说："李小漫的机器坏了，让她去仓库帮你，如果你不怕累，就让她回车间。你和她没必要闹矛盾。"

"快让她回车间吧，我看到她就生气。"

高洪波说："你可不能再找我发牢骚，说活多、累……"

"我让李小漫气得连话都不想说了，哪还有心思发牢骚。"

高洪波知道胖墩不是省油的灯，有传播是非的坏习惯，不想说下去。他拿着一份资料站起身，做出有事的样子对车间女技术员说："我去厂办。"

"你把这份材料替我捎到技术科。"车间女技术员拿起办公室上的一叠材料递给高洪波。

一位工人找胖墩领东西。胖墩回仓库了。

李小漫从厕所出来看到仓库门锁上了，坐在门前的台阶上等着。

她斜视着胖墩。胖墩打开了仓库大铁门，快步走了进去。李小漫没进仓库，坐在那儿一直到下班时间才回车间洗手，换衣服。

3

王来齐接到母亲打来的电话心情立刻不好了。母亲让他速回菏泽老家订婚。订婚这件事早就商量好了，只是没确定在哪一天。他在见到李小漫后思想发生了变化，不想回菏泽老家订婚。此前，他虽然对这门婚事有点不情愿，但没有其他感情依托，没反对过。李小漫的出现让他有了对比，让他产生了思想矛盾。他心想如果未婚妻能像李小漫这么漂亮，这么浪漫，这么有生活情调就好了。可他的未婚妻不是李小漫，也不算漂亮，更缺少生活情调。虽然他不情愿回菏泽订婚，但不得不回去。他找高洪波请假。

高洪波痛快地批了假，笑着说："订婚是好事。"

"婚订得有点急了。"

高洪波说："前些天你还没这么想呢，事到眼前怎么动摇了？"

"我刚从家里回来没几天，接着又回去，怕影响工作。"

高洪波说："你考虑得多余了。婚姻是人生中大事。别说没有影响工作，就算影响工作了也得回去。"

王来齐心想如果有什么事情能阻止订婚就好了。

高洪波叮嘱说："你安心回老家订婚，工作的事不用考虑。"

"你的意思是订婚是我生活中最重要的事。"

高洪波说："当然了，目前是你生活中最重要的事。"

王来齐从高洪波的办公室出来，回修理组跟组长说了请假的事。他在车间门口遇到了李小漫。李小漫心情不好，一脸不高兴。王来齐见到李小漫有点不自然，好像做了对不起李小漫的事，像是在逃避。他急着赶火车，时间紧，朝李小漫点了下头，没留意李小漫脸上的表情，匆匆而过。

下班时李小漫在车间门外等王来齐，想把跟胖墩吵架的事告诉王来齐。车间的人都出来了，她也没看见王来齐。

王来齐提前下班离开了纺织厂，乘坐当晚的火车回菏泽老家。他坐在火车上，透过车窗，看着夜色中列车驶过的地方，想着心事。

列车像条长龙飞快向前行驶，呼呼的风在耳边作响。他想，如果老家不在菏泽乡下多好。如果他出生在红涯市要省掉多少麻烦事。人的出生地不能选择，也没有假设，这是父母决定的，也是命中注定的事。他只能接受老家在菏泽乡下的事实，但不能接受贫穷的生活。他想通过努力工作改变生活，得到幸福，走上人生更高台阶。

虽然他出生在菏泽乡下，菏泽又是山东省经济相对落后地区，但他已经在红涯市工作多年了，在城市生活多年了，适应了城市生活，也跟上了城市生活的节奏，应该跟落后地区生活脱节了。

他还年轻，有着对生活的追求与梦想。如果他娶了乡下姑娘会影响在城市生活的质量和发展。

菏泽的初夏已经是烈日炎炎了，这跟红涯市不同。红涯市是沿海气候，菏泽是内陆气候，两处地方不论是在地理环境，还是在经济发展及气候等方面都差距很大。

王来齐回到家时，家人正为他订婚的事忙着。乡亲们来得多，他家里如同过节般热闹。

王家和栾家为订婚的事准备了多日，万事俱备，只等王来齐从红涯市回来。栾家对王来齐非常满意，担心王来齐在城市生活久了，接触到的新事物多了，生活观念发生变化，对这个婚事容易产生别的想法，所以栾家在订婚这件事上比王家主动、着急。

栾家只有栾彩虹一个女儿。

栾彩虹在家里比较任性，说怎么就怎么。虽然她相貌不算好，但也能说得过去，因为不爱读书，小学没上完就离开了学校。

前些年，她去广东打工没挣到钱，还受了不少委屈，不愿意外出打工了。她喜欢王来齐，想嫁给王来齐，盼着王来齐从红涯市回来。

王来齐见到栾彩虹有点生分，不自然。此前，他回来时见到栾彩虹还算是高兴的。这次他情绪反常，有点想发火，好像栾彩虹影响到了他的生活和前程。

栾彩虹看王来齐出一头汗，拿起毛巾递过去。王来齐接过毛巾擦着脸上的汗水，跟父母说着话。栾彩虹转身给王来齐倒了杯水。

这个婚事先是两家大人同意订婚的。两家的家长征求了王来齐和栾彩虹的意见。

虽然王来齐认为栾彩虹不是自己真心想娶的女人，但在没有选择的情况下是能接受的。在他遇到李小漫后，那种不愉快的感觉如同发酵的酒更浓烈了，觉得栾彩虹不如从前顺眼顺心了。

王家和栾家不想因为订婚的事影响到王来齐的工作，所以提前把应该准备的全准备好了，王来齐回到家就办酒席。

王来齐回到家的第二天订婚酒席就举行了。

订婚虽然不是结婚，可酒席是隆重的，如同结婚酒席，只是规格比结婚小，场面没结婚大。

在乡下订了婚，如同结婚一样受到重视。订婚后两个人可以名正言顺地住在一起，跟夫妻一样生活。

酒席从中午喝到傍晚。

客人在夜幕到来前带着醉意纷纷离去。

王来齐在客人散去后收拾着屋里和院子里的卫生。栾彩虹在厨房里帮着王来齐的母亲洗刷锅碗瓢盆。乡下的村庄里因为没有饭店，招待客人的酒席是在家里办，老亲故友多，来的客人也多，用的餐具是从左邻右舍借的，酒席散了，洗刷餐具，送还餐具是麻烦活。做这些事需要亲友帮忙。王来齐收拾完卫生，送完餐具，累了。他在帮忙的亲友离开后，回到自己的屋里休息了。

栾彩虹在帮王来齐的母亲收拾完厨房里的卫生后回家了。她离开王家时王来齐的母亲叮嘱说："晚上你过来住吧。"她脸带羞涩地答应着。她原本是不想回家的，想跟王来齐单独多待一会，但是天气热，又忙碌了一天，身上出了很多汗，身上黏乎乎的，散发着难闻的气味。她得回家洗一洗，换上干净衣服。

爱美和干净是女人的天性。

女人在意自己的容貌和穿戴。

栾彩虹的母亲看女儿换衣服，洗澡，知道女儿晚上不回家睡了。她关心地说："已经订过婚了，可以不避孕，早点有孩子挺好。"

"妈，你说什么呢。"栾彩虹说。她表情羞涩得如同秋天成熟的苹果。她知道母亲一直留意她的这种事。

从前母亲阻止她跟王来齐发生这种事，防止产生不良后果，在保护她，避免伤害到她。母亲在这方面是过来的女人，有经验和体会。人到了一定年龄，发生两性生活是正常的，也是天生具有的本能。母亲防止她受到伤害，为她担心。订过婚了，母亲不担心了。

她从母亲的表情中感觉到了母亲思想的转变。

她最初听到母亲提醒她避孕的话语时，如同做错事的孩子不敢面对，心在狂跳，脸发热，不好意思。当然，母亲很少跟她提这种事。她从不跟母亲交流这种事。她认为这是绝对隐私的事，也是个人生活行为，无法开口跟别人说。

订完婚，她没了思想顾虑。

实际上她在过完春节后只要王来齐在家，她就留在王家过夜。这种情况在乡下司空见惯，不足为奇。担心的是女方，男方无所谓。跟男人同居过的女人如果另嫁他人，身价大打折扣。

栾家有着这种担心才急着订婚。

王来齐的母亲急着给他订婚是想早点抱孙子。乡下父母没业余爱好，文化不高，不读书不看报，把感情寄托在下一代，或隔代人身上。

栾彩虹走到王来齐家门口时，王来齐的母亲在准备晚饭。

酒席散后全家人要在一起吃饭。饭吃得随意，时间相对就晚些。吃过饭已经到睡觉时间了。

王来齐回到了自己的房子里。

房子是在他去红涯市找工作后，用他挣的钱盖的，准备给他结婚用。他的房子跟父母住的房子前后相隔二十多米。

栾彩虹走进屋里时没开灯，屋里光线暗，静静的。王来齐躺在床上想着心事。他默然地看着栾彩虹走到床前。栾彩虹坐在床边，看着王来齐。王来齐心情有点烦，也有点乱，更有些累。他准备明天早晨返回红涯市上班。栾彩虹脱掉衣服，上了床。

王来齐虽然觉得栾彩虹有些不如他的心意，不愿意接近，但他是男人，男人对女人的身体有着本能的冲动和渴望。他摆脱不了女人身体的诱惑。虽然他想克制，但这是生理本能反应，克制不了。

栾彩虹不但主动，还很有激情，如同战争年代发起总攻的英雄英勇无敌。她渴望跟王来齐缠绵，释放生理的能量。

4

快嘴女和胖墩在厕所里遇见了。两个人都是红涯市当地人，性格相投，碰在一起只要有聊天时间，就会说些家长里短的事，也议论同事之间的关系。她们在洗手池边停下，聊了起来。快嘴女问："李小漫去仓库只帮你干了一天活，怎么就回车间了？"

"她能干活吗？只会见到男人脱裤子。"胖墩恶语伤人地说。

快嘴女说："李小漫怎么得罪你了，让你发这么大火？"

"她在仓库不干活，我让她干活，她不但不听，还跟我发火。"胖墩说着违心话。

快嘴女说："她不干活你去找主任，没必要生气。"

"主任跟她的关系你还不知道？那不是一般关系。"

快嘴女说："主任跟她没发生关系吧？"

"你想到哪儿去了。"

快嘴女说："她是王来齐介绍到车间工作的，如果说王来齐跟她发生关系我相信，说主任跟她发生关系我不相信。"

"她跟王来齐有什么关系？"

快嘴女说："这还用说吗，车间里谁不知道她跟王来齐是诗友。如果她跟王来齐不是诗友，王来齐能介绍她到车间工作吗？"

"车间里谁能比得上王来齐跟主任的关系好。"

快嘴女说："王来齐跟主任的关系确实不一般，在车间里他们俩关系是最好的。"

"李小漫是王来齐介绍进厂的吧？"

快嘴女说："李小漫来红涯市那天给王来齐打电话我知道。此前王来齐没见过李小漫，两个人没有特别关系，是通过写诗认识的。"

　　"你跟你男人在谈恋爱之前认识吗？"

　　快嘴女说："他是当兵的，并且是海军，整天在军舰上，我到哪儿认识他。"

　　"这不得了，关系是以后发展起来的。咱们俩之前也不认识，现在不也成为无话不说的好姐妹了吗？"

　　快嘴女说："你把话绕了一大圈，不就是想说李小漫跟王来齐关系不一般，主任向着李小漫，有袒护李小漫的意思吗？"

　　"主任当然偏向李小漫了，要么能让她去仓库吗？"

　　快嘴女说："主任让李小漫到仓库帮你干活，你应该感谢主任。你怎么不领主任的情，还对这件事有意见了？"

　　"这是暗度陈仓。"

　　快嘴女说："暗度陈仓是什么意思？我文化低，听不懂。你跟我说话千万别说深道理，我理解不了。"

　　"人心难测呗！"

　　快嘴女说："你可能是想多了。事情可能不是你想的这样。"

　　"但愿是我想多了。李小漫这个坏女人让我头疼。"

　　快嘴女说："李小漫是诗人，不是坏女人。"

　　"哪条法律规定诗人不能成为坏女人？坏女人不能写诗？"

　　快嘴女说："你说这话有些不讲理。对人有意见可以，但是得讲理吧？"

　　"李小漫就是坏女人。她通过写诗认识了王来齐，又通过王来齐进厂工作。王来齐如果没得到好处能管她这麻烦事？"胖墩分析说。

　　快嘴女说："王来齐人品好，也愿意帮助人，不太可能跟李小漫发生那种关系。"

　　"再好的男人也经受不住女人的勾引和诱惑。女人是肉，男人是狼，狼见到肉能不吃吗？能控制住食欲吗？"

　　快嘴女说："照你这么说王来齐得毁在李小漫手里了？"

　　"王来齐是鬼迷心窍了。"

　　快嘴女说："愿者上钩。"

"钩好咬，想摘掉就难了。"

快嘴女说："李小漫诗写得有点水平。不只是咱们厂报经常刊发她写的诗，省报和市报也经常发表她写的诗。厂领导对她挺重视的。说不上什么时间就调到厂宣传部、工会上班了。"

"她是在用写诗卖弄风骚，勾引男人。她如果能勾引到厂领导，可能会被调到厂宣传部、工会工作，如果勾引不到厂领导，她就是做梦。"

快嘴女说："让我看你是嫉妒李小漫。有本事你也写诗，你也勾引男人，你也风骚。"

"我不想勾引男人。如果我想勾引男人，也不会用写诗当幌子，遮羞。我会直截了当地去当三陪女。当三陪女挣钱更快，更多。"

快嘴女说："真没看出来，你骨子里还有这种风骚劲。"

"我只是过一过嘴瘾，动真的绝对不行。"

快嘴女看李小漫走过来，没再说话。

李小漫看了一眼胖墩和快嘴女，继续往厕所里面走。胖墩使劲往地上吐了口唾沫，发出了很大声音。李小漫转过脸，质问胖墩："你吐谁？"

"吐不要脸的。"胖墩说。

李小漫质问："谁不要脸？"

"谁不要脸谁心里清楚。"胖墩说。

李小漫说："你敢说出来吗？"

"我说不要脸的人，你慌什么？"胖墩说。

李小漫说："你敢说出来吗？"

"你不要脸怎么了？"胖墩指名道姓地说。

李小漫转过身，操起墙角的拖把，举起来狠狠地朝胖墩砸去。

胖墩没想到李小漫敢动手打她。她浑身全是肉，有力气，不惧怕打架，做了强有力反击。她伸手抓住李小漫的衣服，使劲撕扯着。李小漫用尽了吃奶的力气对抗着。李小漫虽然个子比胖墩高，但是身体瘦弱，没有胖墩力气大。胖墩把李小漫推到了墙角。

快嘴女上前拉架，嘴里劝说着："有事说事，不要动手打架……"

李小漫和胖墩没听快嘴女的劝说，仍然你扯我，我撕着你。

快嘴女没能把她们拉开。

这时又有几个女工陆续走进厕所里，急忙上前拉架，几个人一起用力才把李小漫和胖墩拉开。

李小漫的上衣被胖墩撕破了，白嫩的皮肤和乳罩露出来，皮肤上还有几道血迹。胖墩的脸让李小漫挠破了，拖把的脏水弄了她一头。两个人你瞪着我，我瞪着你，喘着粗气，谁都不服谁。

女工们劝说不要再打了，有问题找领导解决。

胖墩和李小漫没去找厂领导处理打架的事。厂里明确规定凡是打架者，不管是谁对谁错统一做辞退处理。

李小漫回车间了。

胖墩回到仓库还在生气。虽然她没有吃亏，占了点便宜，但在气势上有点败了。她觉得被李小漫欺负了，吞不下这口气，在考虑报复办法。

5

李小漫下班回到住处看见金羽婷在收拾东西，知道金羽婷要搬走了。金羽婷和刘绍东租了房子，两个人准备住在一起，过同居生活。李小漫问："现在就搬走？"

"先收拾一下，晚上绍东下班后来搬。"

李小漫说："今天晚上你做新娘了。"

"你别笑话我。其实，我思想守旧。在城市没结婚就同居的人很多。有的两个人认识没几天，没见几次面，就住在一起了。如果想开了，就那么回事吧，只要两个人相爱，早晚是要住在一起的。晚了不如早点好。城市花销这么大，烦心事这么多，两个人住在一起能节省房租，减少生活花销，还能相互照顾。"

李小漫说："晚上我请你吃饭，算是为你祝贺。"

"我请你吧。"

李小漫说："我搬来时你已经请我了，你搬出去时应该我请你。你别推辞，就这么定了。你收拾完就去吃饭。"

金羽婷了解李小漫的性格，同意了李小漫的提议。她没太多东西，很快收拾完了。她和李小漫来到街上。

红涯市的天气渐渐开始热了。工作了一天的人们不愿意在家里做饭，喜欢乘凉，愿意吃街边的小吃。街边餐馆门前摆放着桌子，家常菜，吃饭人多，餐馆生意好。人们在路灯下吃着烧烤、蛤蜊、虾，喝着红涯啤酒，聊着生活和工作中的事，在享受着工作之余的幸福生活。

因为李小漫和金羽婷成长经历不同，生活环境有差异，所以思想观念也有区别。她们对生活的满足感不同，区别大，共同话题少。

金羽婷吃过饭去看一位老乡。

李小漫在街上闲逛了一会儿，觉着没意思，回屋了。她躺在床上想着心事。她在考虑金羽婷搬走后一个人住在屋里的情景。她心想孤独不说，房租也高。她想起周守法了。她到红涯市后还没跟周守法联系上，想给周守法打电话，这个时间周守法下班了。她犹豫了一会，不情愿地拨通了周守法家的电话。

曹英力怎么也没想到电话是李小漫从红涯市打来的，拿听筒的手有点抖动，有点生气，努力克制着不高兴的情绪说："守法不在家，跟女朋友去看电影了。"

"他有女朋友了？"李小漫条件反射般地问。

曹英力说："有了，在法院工作。"

"噢，在法院工作挺好的。"

曹英力说："比没有工作单位强。"

"嗯。"李小漫连回应的底气也没有了。

曹英力严肃地说："希望你以后不要打扰守法了。"

"我没打扰他。"

曹英力说："你别再给守法打电话了。你还年轻，以后的生活还长着呢，应该知道自重，更要学会自爱。"

李小漫没法跟曹英力说下去，挂断了电话。她对曹英力的话将信将疑，不相信周守法有另外的女朋友了，但又没理由不相信周守法不找女朋友。周守法个人条件好不说，家境也不错，在敖来县城这种条件是非常不错的。他是姑娘追求的目标。

她想给沈殿霞打电话，通过沈殿霞证实曹英力说的话的真实性。沈殿霞没手机，车间也没电话，只能往奶粉厂办公室打电话。

刘绍东和金羽婷是前脚后脚进屋的。他们开始搬东西。

李小漫帮他们拿东西，看着他们乘车离开后才回屋。

从前是两个人住在屋里，现在一个人了，显得格外静。她是第一次一个人住在异乡的出租屋里，心情特别难受，情绪糟糕透了。她想到了王来齐。

6

王来齐和栾彩虹在床上亲密接触，身体还绞缠在一起时传呼机响了，电话打得太不是时候，影响到了他们的心情，很扫兴。也许是受到了惊扰，他们的激情迅速消失，停止了身体的缠绵。王来齐欠了一下身，伸出手拿起放在床头的传呼机。他知道电话是李小漫打来的。

栾彩虹的胳膊搭在王来齐的小腹上，脸贴在王来齐胸上，浸沉在幸福之中，柔声说："谁这么讨厌，在这时打电话。"

"可能是打错电话了。"王来齐说。他不想让栾彩虹知道电话是李小漫打的。他的心情被李小漫打的电话搅动了。他恢复一会儿情绪，瞅了一眼怀中的栾彩虹，做出上厕所的样子，轻轻把栾彩虹的手往旁边移了移。栾彩虹抬起头看了一眼王来齐，把头靠在枕头上，好像累了，在恢复心情和体力。王来齐从床上下来，穿上衣服，趿拉着鞋，拿起传呼机缓慢走出屋。

夜是那么静，没有风，云层淡淡的，星星在不知疲倦地游走。

王来齐看了一眼手里的传呼机，感觉传呼机不如手机方便。如果是手机就能接听了，就能知道李小漫找他是什么事了。如果当时不接听，也可以及时回电话。传呼机不能回电话。村庄里只有两部固定电话，一部是村委办公室的，一部是村里小商店的。此时这两部电话他都不能用，没办法给李小漫回电话。

李小漫平时很少给王来齐打电话。因为在同一车间工作，每周还有一天在一起编辑报纸的工作时间，如果有事，随时就说了。

王来齐刚回到家李小漫怎么就给他打电话呢？他猜测李小漫打电话是什么事？

深夜气温有点低，他出屋时只穿了内衣和裤衩，感觉凉，转身往屋里走。

栾彩虹在王来齐拿着传呼机走出屋时，感觉到王来齐有心事。她悄然下了床，透过窗户看着王来齐。夜色朦胧，视线模糊，她看不见王来齐的表情，但能感觉到王来齐情绪的变化。她心想王来齐会不会是在外面有其他女人了？这个想法如同一道闪电划破了她守旧的思想。她在外地工作过，知道出门在外漂泊的男人和女人经常发生这种事。在外地工作漂泊的日子情感孤独，心灵空虚，想找倾诉的方式，感情的依托。她想到这儿心有点慌乱。她看王来齐往屋里走，急忙回到床上，恢复刚才的睡姿，不想让王来齐发现她在观察他。

王来齐回到屋里看栾彩虹还睡着，心情坦然地上了床。栾彩虹把头又放在了王来齐的胸上，想在王来齐的怀里安然入睡。

夜过去是黎明。

激情过后是平淡的生活。

王来齐和栾彩虹起来时太阳已经升得很高了。他们没有睡懒觉的习惯，这么恋床是少有的。可能是跟昨天的忙碌及劳累有关。

家里人在等他们吃早饭。

王来齐的母亲看着栾彩虹喜上眉梢，脸上带着幸福的表情，如同了却了一件心事。

新一天开始了，生活有了新的安排。王来齐准备回红涯市上班。家人支持他尽快回厂工作。

栾彩虹看了一眼王来齐没说什么，心里不是滋味。她不想跟王来齐分开，想跟王来齐去红涯市工作。她以前不愿意外出工作，近日她考虑最多的是去红涯市工作。王来齐在红涯市工作得顺心顺意，工资处在中上等，不可能让王来齐回老家种地。如果她想和王来齐如影随形地生活在一起，只能她去红涯市。王来齐没有让她去红涯市的想法。

昨晚，她发现王来齐在看见传呼机上的电话后，表情发生了变化，临时决定跟王来齐去红涯市工作。她想跟王来齐在一起生活。她把去红涯市的想法跟王来齐说了。王来齐说回红涯市租到房子，找到了住处，再让她去。她知道在城市房子好租，盘算着用不了几天就能去红涯市了。

王来齐牵挂着李小漫，也着急见到李小漫。这种感情以前没有产生过，现在有点强烈。他坐上村里去县城办事的四轮车，离开了村庄。

驾驶四轮车的是位五十多岁的大叔。车上还坐着几位大叔和大姨。乡亲们去县城办事如同赶集似的相约结伴而行。

一位大叔问："红涯市有四轮车吗？"

"很少。"王来齐笑着说。

另一位大叔说："咱这儿太落后了，回来生活习惯吗？"

"还行。"王来齐说。

一位大姨说："订完婚了，彩虹怎么没跟你去呢？"

"她不想去。"王来齐说。

另一位大姨说："让彩虹跟你去，两个人在一起相互能照顾。"

"如果她想去，随时都可以去。"王来齐说。他本不想接话，又不得不接话，缓慢而不情愿地说着。

一位大叔感叹说："活到了这个年龄，我还没去过红涯市呢。"

7

李小漫跟胖墩吵过架后心情非常不好，很是郁闷，想跟人诉说，但是又找不到倾诉的人。下班后她去找金羽婷了。

金羽婷问："什么时间发生的事？"

"你搬走那天。"

金羽婷问："那天你怎么没说呢？"

"看你搬走高兴的样子，不想影响你的心情。"

金羽婷问："王来齐知道吗？"

"他回菏泽了，不知道。"

金羽婷问："胖墩平时跟你有矛盾吗？"

"没有。"

金羽婷说："你好好想一想，是不是在工作中，你不经意时惹着她了？"

"我平时跟她接触少，怎么会招惹她呢。"

金羽婷说："你还是招惹到她了，不然，她不会故意找你麻烦。除非你真没干活，她让你干活你不干。"

"我去仓库比在车间干的活还多，怎么可能不干活呢。"

金羽婷说："胖墩或许对你干的活不满意。"

"她分明是故意找碴儿。"

金羽婷说："为什么找碴儿呢？"

"我哪知道。"

金羽婷说："你别上火，遇到这种事也正常，红涯市这么大，来自五湖四海的人这么多，什么人都有，处事哪能处处顺心。"

"我也这么想。"

金羽婷说："这么想就对了。"

"但是我看见胖墩就生气。"

金羽婷说："你还是想不开，心里没放下，如果放下了，想开了，就不生气了。"

"我肚量没你大。"

金羽婷说："你遇到的困难没我多，遇到困难多了，经过的磨砺多了，你想生气也生不起来。"

"你的意思是你遇到的不开心事比我多呗？"

金羽婷说："当然了。如果我遇到不开心的事就生气，就被气死了。"

"在外地工作真难。"

金羽婷说："你就算是挺容易了。到红涯市没几天就找到工作了，如果你一两个月找不到工作，没有经济收入试试看。"

李小漫沉默了。她虽然没有找不到工作的经历，但能理解没有收入时的处境及心情。她在敖来县机械制造厂当车工时，就因为不能顺利完成工时发愁过，也因工资比其他人少而苦恼过。

金羽婷说："你之前是国企工厂的正式职工，工作稳定，收入稳定，没漂泊感，没受过气。第一次遇到这种事，才感觉受到了天大的委屈。我从农村老家到城市，一直在外地工作，经常换工作，经常遇到这种事，已经习惯了。习惯成自然，等你习惯了，也就不会感觉委屈了。"

"我习惯不了。"

金羽婷说："现实生活会让你习惯。"

李小漫看了一眼金羽婷没说话。

金羽婷说："你不可能只遇到这一次不开心的事。在以后的日子里，你会遇到更多不开心的事。"

"你会算卦？"

金羽婷说："我不会算卦。"

"听你这口气，好像已经看清了我以后的生活。"

金羽婷说："你一个人在红涯市工作，离家那么远，以后不可能没有不开心的事。"

"你像推理专家。"

金羽婷说："这是生活经验。"

"既然你这么有经验，你说我应该怎么对付胖墩？"

金羽婷说："放下。"

"放下是什么意思？"

金羽婷说："你不要主动再提这件事，如果能息事宁人更好，如果不能息事宁人，可以让王来齐帮你解决。你进纺织厂工作时间短，人际关系不牢固，没根基，最好不要跟胖墩针锋相对。"

"你的意思是我惹不起胖墩呗？"

金羽婷说："虽然我不是这个意思，但可以这么理解。"

"我让你帮我出主意，你这么说，我更郁闷了。"

金羽婷说："等王来齐回厂上班后，看他的意见。"

"他明天回来。"

金羽婷说："一觉醒来，天就亮了，王来齐就回来了。"

"你说得真轻松，如同翻看日历似的。"

金羽婷说："我说得不对吗？"

"你说得太对了。我回去睡觉了。"

金羽婷说："回去好好睡觉，没什么大不了的，如果在纺织厂不能干了，可以找别的工作。"

"听你这话，好像有更好的工作在等着我。"

金羽婷说："这么大的红涯市，还能没你干的工作？除非你不适应在这里生活。"

"我不适应在大城市生活，只适应在小县城生活。"

金羽婷说："我从乡下来都能适应红涯市的生活，何况你是来自县城呢。县城的人比乡下人见的世面多。国企工人比农民懂得多。你不要小看了自己，振作起来，前途一片光明。"

"我真不如你，应该向你学习。"李小漫说。她说的不是客气话，这是内心真实感受。她认为她在城市生活的能力不如金羽婷。

此前，她没有太多感受，在跟胖墩吵架后，明显感觉到自己的孤单与无援。她连能说知心话的人都没有，更不用说找可以帮助她的人了。

她回到住处，躺在床上翻来覆去睡不着。这一夜，她过得不像金羽婷说得那么轻松。她是那么难熬。她想起了在敖来县机械厂工作时遇到的不开心事。她被领导批评过，跟刘兵吵过架，但是为什么没这么沮丧呢？为什么没觉得这么委屈呢？是生活环境不同吗？还是心态发生了变化？……她迷迷糊糊地总算挨到了天亮。

8

王来齐回到纺织厂是早晨八点，刚上班不长时间。纺织厂单人宿舍在厂区内。他把从家里带的东西放回宿舍就去生产车间了。

高洪波说："刚回来就上班了，可以休息半天。"

"来工作，又不是来休息的。"

高洪波说："喜糖呢？"

"订婚，又不是结婚。"

高洪波说："订婚也应该有喜糖。"

"下次补上。"

高洪波开玩笑地说："你想订第二次婚？"

"如果有机会三次也行。"

高洪波说："思想有问题。"

"主任，诗人都这么浪漫。不浪漫写不出诗。"车间女技术员在旁边插话说。

王来齐说："浪漫怎么跟写诗扯在一起了。"

"生活在你们写诗的人眼里是什么样的？"车间女技术员说。

王来齐说："你说呢？"

"这不是在问你吗？"车间女技术员说。

王来齐说："你说咱们两个人的生活有区别吗？"

"什么意思？"车间女技术员说。

王来齐说："生活如同水，如同空气，跟每一个人的关系全一样，不一样的是每个的心态。"

"不愧是诗人，能理解得这么深。"车间女技术员说。

高洪波和王来齐一起走出车间办公室。

王来齐在快下班时走到李小漫跟前，想问李小漫打电话是什么事。李小漫做出生气的表情，把脸转了过去，没理王来齐。王来齐问："我哪儿得罪你了？"

"你没得罪我。"

王来齐问："你生谁的气？"

"我没生气。"

王来齐说："还没生气呢，一脸乌云，弄得我没心情跟你说话了。"

"那就不说。"

王来齐无可奈何地说："你怎么这样呢？"

"你怎么没回电话？"

王来齐说："不方便。"

"不方便？"

王来齐说："我们村里只有两部电话，夜晚，我到哪儿找电话回？"

"在穷乡僻壤的地方，这可以理解。"

王来齐说："有事吗？"

"没有。"

王来齐说："我想也不会有什么事。"

"我跟胖墩打架了。"

王来齐不解地问："打架了？为什么打架？"

"胖墩故意找麻烦。"

王来齐没想到能发生这种事。虽然他对胖墩的印象不算好，但是两个人没有矛盾，不相信胖墩能无缘无故找李小漫的麻烦。他用疑问的口气说："什么原因也没有，平白无故地你们就打起来了？"

"没错。"

王来齐说："这怎么可能呢？"

"你不相信？"

王来齐说："我没有理由相信。我认为应该有原因。如果没原因胖墩不会找事。她是老员工，知道厂里规定打架会被除名的。她一没技术，二没学历，三相貌平平，年龄又偏大，不好找工作。她不可能冒着失去工作的风险跟你打架。"

"虽然你分析得有道理，但我确实没招惹她。"

王来齐说："也许不是因为你，而是为了其他事。"

"为了其他事，她跟我吵架，她脑子进水了。"

王来齐说："这是猜测，不是在下结论。"

"我感觉胖墩还会找麻烦。"

王来齐叮嘱说："你不要跟她计较，让着她点。我了解一下，看是什么原因。"

"你回家怎么来去匆匆？"

王来齐说："回家还能拖泥带水吗？"

"主任不愧是你老乡，你说请假就请假。"李小漫羡慕地说。

王来齐说："你有事也可以请假。"

9

高洪波吃过中午饭，躺在办公室的椅子上休息时王来齐来了。王来齐想了解胖墩跟李小漫打架的事。中午一个人在办公室时，高洪波经常把几把木椅并排放在一起，躺在上面休息一会儿。他用手搓了一下脸，提了提神说："婚订得顺利吧？"

"就那么回事。"王来齐轻描淡写地说。

高洪波说："你对婚姻的态度好像有点漫不经心的，这不好。"

"不是漫不经心，是没心情。"

高洪波说："为什么？"

"不为什么。"

高洪波说："我看你是写诗写出毛病了。"

"我跟正常人的思维有区别吗？"

高洪波说："你已经语无伦次了。"

王来齐找高洪波不是说自己的事，是想了解胖墩跟李小漫打架的事。他认为高洪波应该知道胖墩为什么找李小漫的麻烦。他问："李小漫跟胖墩打架的事你知道吗？"

"我听说了。"

王来齐问："胖墩为什么找碴儿你知道吗？"

"不知道。"

王来齐问："真不知道？"

"真不知道。他们两个人都没找我处理，我也没去过问。"

王来齐问："没人跟你说过？"

"没有。"

王来齐说："我不相信。"

"你不相信就对了。"

王来齐说："你别跟我卖官腔。我知道你是领导。"

"你为什么这样关心李小漫？"

王来齐说："李小漫从北大荒到红涯市找工作，我不帮助她谁能帮助她。"

"咱们车间里的女工有一半是从外地来的，你全去关心呗。"

王来齐说："她们不是我介绍进厂工作的，也没找我，跟我无关。李小漫是我介绍进厂工作的，跟我有关。"

"你主动让她来红涯市的？"

王来齐说："绝对不是。她来之前我不知道。"

"她一个人能从黑龙江北大荒小县城到这儿来，有魄力。"

王来齐说："性格太直爽，容易得罪人。"

"我看过李小漫写的诗，感觉她写诗写得比你好。"

王来齐说："咱先不说诗，先说一说胖墩为什么跟她打架的事。"

"胖墩找麻烦的心情可以理解，不要过于计较。"

王来齐说："你这说的什么话？"

"同情话。"

王来齐说："你支持工人打架呗。"

"肯定不支持。"

王来齐说："你不绕弯子行不？"

"我理解胖墩的心情。她工作散漫，还经常要求涨工资。工资不能随便涨，工作岗位是可以调换的。"

王来齐说："你想换掉胖墩跟李小漫没关系。她跟李小漫吵什么？"

"你说呢？"

王来齐说："李小漫成了你的挡箭牌。"

"这么说不准确，我没想到胖墩能反应这么激烈。"

王来齐说："你这个车间主任的工作没做好。"

"车间里这么多工人，并且女工多，偶尔发生这种事很正常。"

王来齐说："李小漫绝对想不到胖墩是为这件事跟她打架。"

"我觉得你跟李小漫交往过于密切了。男女之间交往应该保持一定距离，不要太密切，过于密切容易出问题。"

王来齐说："还能产生谣言？"

"目前还没有，不等于以后没有。"

王来齐说："你当官当得过于正经了，别人没想到的事你在想。"

10

王来齐刚走到纺织厂门口，身上的传呼机响了。他熟悉这个电话号码，知道电话是纪富强打来的。

纪富强是红涯市青年作家协会主席。

红涯市青年作家协会是三年前成立的青年作家社会组织。王来齐是红涯市青年作家协会副秘书长。

李小漫经王来齐介绍加入了红涯市青年作家协会。

近一段时间李小漫发表诗歌作品数量多，质量高，成绩突出，成为红涯市青年作家协会的代表作家之一。纪富强有意由红涯市青年作家协会跟《沿海纺织报》第4版《天涯风景》文学副刊联合举办李小漫诗歌作品研讨会。

王来齐认为这是好事，答应尽量做好跟《沿海纺织报》的协调工作。

李小漫得知这个消息后高兴得不得了。她没想到在红涯市这么短的时间里能发表这么多作品，能引起文学界的重视，更没想到给她举办诗歌作品研讨会。

王来齐为了使李小漫的作品研讨会能顺利举办，在跟纺织厂各部门协调。在他的努力下，纺织厂团委、工会、妇联分摊活动费用，由《沿海纺织报》和红涯市青年作家协会联合举办李小漫诗歌作品研讨会的事确定了下来。

活动邀请了红涯市有一定影响力的评论家、作家、诗人等二十多人参会。会上专家们对李小漫的作品进行了分析、点评。

李小漫知道纪富强和王来齐为她举办作品研讨会忙前忙后付出的辛苦和努力，她为了表示谢意，有意两天后专门请纪富强和王来齐吃饭。虽然她跟纪富强熟悉，但不如王来齐跟纪富强关系好，纪富强找她都是通过王来齐，她没有直接约纪富强，让王来齐跟纪富强说的。

王来齐打电话给纪富强。

纪富强爽快答应了。

夕阳下落，王来齐下班后回到宿舍拿了钱。这是他两个月的工资。他每月发了工资，把钱存入银行，等回家时带回家。他有买手机的想法，这两个月的工资留着随时用。

他在几个月前就有买手机的想法，觉得手机价格贵，没下定决心买。这次李小漫举办作品研讨会，他深感没有手机联系事情太不方便，也耽误事，决定买手机。他走出纺织厂大门时，李小漫在街边等他。

在厂区内，他尽可能不跟李小漫在一起，防止引起不必要的闲言碎语。他和李小漫去了附近一家比较上档次的手机店。

这家手机店正式营业只有几个月时间，生意非常兴隆。

王来齐不喜欢李小漫使用的手机牌子。李小漫使用手机时间长，在挑选手机方面比王来齐有经验。她帮王来齐选择手机。王来齐说："虽然你们那的经济没有红涯市发达，但是消费观念挺超前。你这么早就使用手机了？"

"那地方使用手机的人也不多。"

王来齐说："你是那里最早使用手机的人之一吧？"

"不能说是最早，但是应该属于第一批使用手机的人。"

王来齐说："手机价格贵只是使用人少的主要原因，话费贵也影响到了手机的使用。"

"等使用手机的人多了，话费就能降下来。"

王来齐说："上个月刚发了工资，车间就有好几个人买手机了。"

"传呼机太不方便。"

王来齐说："传呼机很快就会被淘汰了。"

他们聊着手机，说着对李小漫作品研讨会的看法，往约定的饭店走。这个饭店距离纪富强家近，距离纺织厂和李小漫住的地方有点远。李小漫主要是请纪富强吃饭，她对王来齐的谢意相对好表达。

纪富强参加朋友的活动或是饭局总提前到，他不喜欢迟到。他认为遵守时间是一种修养，是对他人的尊重。他到饭店好一会儿了，不知道为什么王来齐和李小漫还没到。王来齐没手机，无法给王来齐打电话。他很少给李小漫打电话，只好等下去。

王来齐担心纪富强着急，拨通了纪富强的手机说："一会就到。"

"在哪儿呢？"

王来齐说："在路上。"

纪富强在王来齐到时，拿起王来齐的手机看着说："你早就应该用手机了。"

"我也想，不是得有钱吗？"

纪富强说："不买手机也富裕不到哪儿，买了手机也穷不到哪儿，不信你看，买了手机不但不影响你的生活，还会丰富你的生活。"

"这是真的。"李小漫插话说。

王来齐看着纪富强的手机说："你们两个是同一个牌子的。"

"纪主席应该比我买得早。"李小漫说。

纪富强问李小漫："你是哪年买的？"

"刚买几个月。"李小漫说。

纪富强说："我是去年买的。"

"手机如果没有天线，外观就更好看了。"李小漫摆弄着手机说。她认为手机不应该有天线，有天线影响了手机的美观。

纪富强说："现在不是比前几年的大哥大好看多了，过几年，随着手机更新换代，肯定没有天线。"

服务员拿来了菜单，他们点了菜。

他们聊着手机，说着写诗的事，喝着啤酒，聊着生活和工作，彼此心情很好。

夜深了，纪富强带着几分醉意回家了。

王来齐送李小漫回住处。开往李小漫住处的公交车已经停运了，他们没乘坐出租车，要走好长时间才能到。他们在夜色中缓慢前行，轻轻絮语，如同情侣约会那么惬意。

李小漫走进屋觉得热，开了空调。她在金羽婷搬走后经常开空调。金羽婷为了节省电费，不舍得使用空调。因为是两个人共同租的房子，水电费平均分摊。李小漫看金羽婷不愿意多付水电费，不只是不好意思使用空调，用水也特别节约。她一个人住时想什么时间开空调就什么时间开，用水也没了思想负担。

虽然是旧空调，制冷差，因为房间小，不一会儿时间温度就适宜了。

王来齐想离开，李小漫让他休息一会再走。王来齐觉得累，坐在椅子上，随手翻看放在桌上的《风流诗人徐志摩》一书。

李小漫脱去外衣，到厨房切开西瓜，放在桌子上。

王来齐在跟李小漫接触中觉得李小漫很会享受生活，这跟其他乡下姑娘的生活方式不同。他不喜欢乡下姑娘守财如命似的生活方式。他跟李小漫的观念有些相似，认为活着是为了享受，不是为了守财。

李小漫觉得王来齐在身边安心，不惶恐，不寂寞，生活充实了很多。她对王来齐产生了依恋。王来齐吃了几块西瓜，看了一眼时间，觉得时间太晚了，应该回宿舍休息了，站起身想离开。李小漫说工厂已经关门了，宿舍里的人也睡了，你回宿舍影响其他人休息。

王来齐知道厂里规定住宿舍的人晚上外出必须在二十二点之前回宿舍，超出这个时间门卫有权拒绝入厂。他一直遵守厂规。今天无论怎么都是晚了。当然，他回去门卫也会给他开门。但是这么晚回去确实影响同宿舍人休息。

他迟疑了。

李小漫说："要么你睡床上，我睡地下，在这儿对付一晚算了。"

王来齐看了一眼手机上的时间，犹豫着说："已经是下半夜了，再过几个小时天就亮了。"

李小漫说："今晚时间过得真快，不觉中一夜快过去了。"

"得睡一会，不然白天没精神，工作时容易出差错。"

李小漫打着哈欠说："我困了。"

王来齐扫视着屋里，在寻找适合睡觉的地方。

李小漫说："你睡在床上，我睡在地上。"

"你睡床上，我睡地上。"

李小漫说："你在我这儿过夜，你是客人，我是主人，主人怎么能让客人睡在地上呢。"

"我是男人，你是女人，男人不能让女人睡在地上。"

李小漫说："我不跟你客气了，再客气天就亮了，没睡觉的时间了。"

"偶尔睡在地上是一种享受。"

李小漫找了床单和毛毯递给王来齐。王来齐把床单和毛毯铺在地上，躺下了。他累了，没过一会儿就打起了呼噜。李小漫困得睁不开眼睛，躺在床上立刻入睡了。

他们喝了啤酒，还吃了西瓜，尿液多。王来齐没睡一会儿就被尿憋醒了，起身去卫生间。李小漫也醒了，也想去卫生间。他们在卫生间门口相遇，四目相视，感情焦灼，情感如同火山喷发迅速融化了理智，拥抱在一起……倒下去……

11

胖墩被高洪波辞退了。她郁闷，不服气，不接受这个事实，想努力挽回局面，保住工作。她去找纺织厂领导告高洪波的状。她说高洪波以权谋私，是为了安排李小漫辞退她的。

纺织厂领导对胖墩在工作中的表现有所了解，高洪波在辞退胖墩前跟厂领导商量过了，厂领导支持高洪波的做法。厂领导安排劳务部做胖墩的思想工作，化解矛盾。

劳务部经理徐应松处事精明、圆滑，不愿意得罪人。他知道胖墩不讲理，不想直接面对，让一位职员跟胖墩谈心，交流想法。

胖墩工作经验丰富，社会阅历深，知道劳务部职员做不了主，说了也白说。她产生了对抗情绪。

劳务部职员说得口干舌燥，胖墩却不说话。她失去了耐心，生气了，语气生硬地问："厂里这么决定了，你想怎么办？"

"让你们经理来。"

劳务部职员说："经理有更重要的事做，忙着呢。"

"等你们经理忙完了再说。"

劳务部职员不想跟胖墩继续说下去，胖墩不接受，继续说下去不起作用，他无奈地去找徐应松了。

徐应松感觉这样效果比较好。虽然职员没做通胖墩的思想工作，但有效地打消了胖墩的锐气，提醒胖墩不是想找谁就能找谁。他对胖墩说："辞退你不是高洪波一个人做的决定，是经过厂领导批准，组织研究后决定的。如果厂领导不同意，组织不批准，高洪波是没有权力辞退工人的。"

胖墩听徐应松这么说，脑子开窍了，觉得是这个道理。高洪波辞退员工需要上报厂里的相关部门，厂领导批准才可以辞退员工。

虽然徐应松说得有道理，但是胖墩认为辞退她的主要决定人是高洪波，也跟李小漫有关。虽然她生高洪波的气，但是高洪波是车间主任，厂领导护着高洪波，她不能把高洪波怎么样。她要跟李小漫一分高低，一决雌雄，一见输赢。她把愤怒的情绪全撒在了李小漫身上。

她意识到继续留在纺织厂里工作不可能了，有意跟李小漫拼个鱼死网破，毫无顾忌地说："李小漫跟王来齐有不正当男女关系。"

徐应松没想到胖墩能说出这种话。他听到这话如同晴天霹雳，有点不知怎么办了，提醒地说："这种话不能随便乱说，得有证据才行。"

胖墩虽然没有证据，说的是气话，带有污蔑用意，但指向明确，语气坚定。她接着说："如果没有男女关系王来齐能这么帮李小漫吗？"

徐应松说："这只是你的猜测，不能用猜测下结论。下结论必须有证据才行。"

胖墩说："王来齐关心李小漫比关心自己老婆还用心，这正常吗？"

徐应松知道王来齐还没结婚，但没说出来，有意让胖墩说下去，顺着胖墩说："你怎么知道王来齐不关心自己的老婆？你跟王来齐的老婆熟悉吗？是王来齐的老婆告诉你王来齐不关心她了？"

胖墩被徐应松的话给问住了，停了片刻说："如果王来齐关心自己的老婆，怎么不让老婆到纺织厂工作呢？"

徐应松说："纺织厂不是王来齐自己开的，他不是领导，只是普通员工，不可能他想让谁来上班谁就能来。他想让他家亲戚全到厂里工作，厂里不要，没准哪天他在工作中犯了错误，厂里还把他辞退了呢。"

胖墩说："王来齐跟高洪波关系那么好，高洪波是车间主任，在车间安排王来齐老婆干活还不轻松吗？"

徐应松说："就算高洪波可以安排王来齐的老婆在车间里工作，或许王来齐的老婆还不愿意来呢。咱这里不是特别好的工作，有愿意来的，也有不愿意来的。人跟人的想法不一样。车间工人流动性是很大的。"

胖墩说："你能管王来齐和李小漫吗？"

徐应松说："让我管什么？"

胖墩说："他们发生了男女关系你不管吗？"

徐应松说："我刚才不是跟你说过了吗？这事得有根据，没根据不能说，不能把自己的猜测说出来。如果你看见他们发生男女关系了，你可以向警察反映，不用跟我说。你跟警察反映警察就管了。"

胖墩没做回答。

徐应松说："你这种话跟我说还行，没人追究你法律责任。如果你跟警察说，你得负法律责任。涉及法律的事可不是闹着玩的，必须谨言慎行。"

胖墩说："你在向着高洪波、王来齐、李小漫说话。"

徐应松和高洪波同属纺织厂的中层领导，无论是工作关系，还是私交，都比较融洽。他们在工作中互相维护、支持是必要的。他看说服不了胖墩，转变了态度说："我把你反映的问题汇报给厂领导，由厂领导处理。"

胖墩问："厂里会怎么处理？"

徐应松说："厂领导的想法我不知道。厂领导不可能把工作想法随便告诉我。"

胖墩很失望。

徐应松说："你反映的问题厂里会调查，会根据实际情况处理。"

胖墩在离开时说："我会盯着这件事，没有处理结果不行。"

徐应松去向纺织厂领导做汇报。

纺织厂领导知道李小漫这个人，但没接触过，不太了解李小漫的处事方式和人品。李小漫写诗，纺织厂里几乎没有人不知道她。但跟她交往的人很少。

纺织厂领导对王来齐比较了解，有几次想把王来齐调到厂宣传部、工会工作。因为王来齐维修机器技术好，工作踏实，人际关系好，车间、维修组不愿意放他。当然，王来齐本人也不愿意到厂办公室工作。他认为办公室人际关系复杂，如果处理不好人际关系，还不如在车间工作。他没有学历，到办公室上班也是工人待遇，还没有在生产一线工资补贴。车间工资不比办公室少。他上班是为了挣钱，不是为了舒服。

纺织厂年轻女员工多，人员素质差距大，领导对男女关系这种事特别重视，防止发生大问题。厂领导想让保卫科去了解情况，但是话刚出口，又认为有点兴师动众了，让保卫科找高洪波了解情况，这件事的性质就发生改变了，急忙改口，安排徐应松找高洪波了解情况。

徐应松回到办公室给高洪波打电话约晚上一起吃饭。高洪波说最近忙着装修房子，没时间，过些日子再说。徐应松没坚持，但是领导交给的工作得做。他说："你现在来我办公室一趟，要么我过去找你。"

高洪波说："你过来吧，到生产一线多了解情况，利于工作。"

"厂里哪个车间我不了解？"

高洪波说："我这里有好茶，你过来品尝品尝看味道怎么样。"

徐应松去了高洪波的办公室。

高洪波有红涯市绿茶。刚上市的红涯市绿茶销售价格高，他不舍得花钱买，这是车间员工从家里带给他的。他在徐应松没到时开始沏茶了。

徐应松把鼻子对着茶杯，闻了闻，感受着茶的清香，称赞地说："味不错。"

高洪波说："所以让你过来。"

"还是在生产一线当领导好，有人送茶。"

高洪波说："你只看见喝茶了，没看见生气和加班的时候。如果你喜欢在车间，要么咱俩换。"

"你的工作我干不了。"

高洪波问："胖墩的辞退手续办了吗？"

"正在办。"

高洪波说："她三天两头找我涨工资，还不服从工作安排……不然，也不会辞退她。"

"你想让李小漫管理仓库？"

高洪波说："不让她管。"

"胖墩说你想让李小漫顶替她的工作。"

高洪波说："胖墩胡说，车间有位学财务的大学毕业生，让有大学文凭的接替胖墩的工作。"

"如果这么安排胖墩就没理由闹事了。"

高洪波说："原本她也不是省油灯，在车间工人之间传话，影响团结。"

"有人反映王来齐跟李小漫有男女关系，厂领导很重视这件事，让我了解情况。"

高洪波没想到胖墩会说这种话。他说："胖墩在污蔑人。"

"你能确定王来齐跟李小漫没有发生两性关系吗？"

高洪波知道王来齐在菏泽老家有女朋友，也订过婚了，知道王来齐不是拈花惹草的男人。但是王来齐跟李小漫交往过于近乎，有可疑之处。他不敢保证王来齐跟李小漫个人生活作风的事，琢磨着说："我怎么能知道这种事呢。"

"你不能确定王来齐跟李小漫没发生两性关系？"

高洪波说："你这话说得……假如你有这种事能跟其他人说吗？"

"王来齐跟李小漫怎么认识的？"

高洪波说："写诗呗。"

"诗人感情丰富、浪漫，也放纵。"

高洪波说："浪漫和丰富我知道，放纵不放纵我不知道。"

"你说他们两个会发生那种事吗？"

高洪波说："真不知道。"

"我怎么向厂领导汇报呢？"

高洪波说："你跟领导说王来齐跟李小漫是诗友，经常在一起写诗，没发现有其他事。"

"应付领导？"

高洪波说："这种事你能找到证据吗？别说你了，就算是警察，也难找到证据，除非房间里安装有针孔摄像机，那还不一定能拍摄到。"

徐应松不想管这种事，这是个人生活作风问题，跟工作没关系，没必要过于认真。他说："我知道王来齐是你的乡党，你在向着他。"

高洪波说："别把我扯进去。我是在向着你。你不应付领导，你能怎么汇报？"

"胖墩反映你在工作中偏向王来齐和李小漫，以权谋私。"

高洪波说："胖墩疯了，疯人说的话不能当真。"

徐应松临走时说："你得叮嘱王来齐，让他跟李小漫保持距离，别在厂里弄得风言风语，厂领导非常重视厂风，让他别因为这种事被厂里辞退了。"

高洪波说："领导面前你多美言。李小漫我不了解，也没什么过硬技术，如果辞退她我没意见。王来齐维修机器技术好，如果把他辞退了是咱们厂的损失，尽可能不要辞退他。再说，胖墩是跟李小漫有矛盾，不能把王来齐牵扯进去。"

徐应松做个放心手势说："你这是在力保王来齐。"

高洪波说："不是我保他，他在工作中原本就兢兢业业没问题。如果生活作风有问题，那是应该由警察管的事。"

纺织厂领导虽然怀疑胖墩的动机，但是胖墩说的也有一定道理。王来齐跟李小漫交往密切，过于频繁，在厂里早有传言。厂领导认为年轻男女同事交往过多，容易发生感情出轨，这件事得认真处理，防患于未然。厂领导对徐应松说："你告诉高洪波厂里决定，王来齐和李小漫两个人，只能留一个人在厂里工作。"

12

高洪波在徐应松离开后拨通了王来齐的手机。王来齐在红涯市文联的会议室参加作家协会组织的诗友会。高洪波认为李小漫跟胖墩打架这件事影响到了他的工作，有损了他在厂里的威望，也影响了领导对他的看法，有些生气。他语气生硬地说："你回厂里来。"

"活动还没结束，电话里说吧。"

高洪波看王来齐不愿意回厂，停顿片刻，直接问："你跟李小漫发生关系没有？"

王来齐没想到高洪波打电话问这事。他说："你怎么问这事？"

高洪波说："我问不行吗？"

"跟工作没关系吧？"

高洪波说："你就回答有，还是没有，别说那么多废话。"

"没有。"

高洪波说："没有最好，如果有，真够你小子受的。"

"谁说什么了吗？"

高洪波说："厂领导让劳务部来车间调查了。"

"调查了？"

高洪波说："胖墩找厂领导反映你跟李小漫有男女关系问题。"

王来齐不明白胖墩怎么会知道这件事的。他知道承认的后果很严重，不能承认。他说："胖墩疯了吗？什么话都说。"

"以前我提醒过你，不要跟李小漫走得太近，别缠绵在一起，你不听……这回好了，全厂都知道这事了。"

王来齐问："厂里是什么态度？"

"见面再说。"

王来齐说："先透露一下。"

高洪波看有工人走进办公室，放下电话。

工人感觉机器声音异常，但还能正常运转，让高洪波去看一看机器是否有问题。

高洪波是从车间生产一线普通工人干到车间主任岗位的，对车间工作流程及机器操作全都了解。他在经过李小漫身边时，看了一眼李小漫，没说什么走过去了。

李小漫感觉高洪波的眼神里带着不满意，不明白高洪波为什么用这种眼神看她。高洪波走过去，把背影留给李小漫，也留下疑问，让李小漫产生不安的心情。

已经到下班时间了。

李小漫在回出租屋的路上时，边走边回想着高洪波的眼神，想从眼神中找到高洪波对她生气的原因。她感觉到是自己跟胖墩之间发生的事引起了高洪波不满意。她没想到这件事能影响到高洪波在厂里的威望。她接到王来齐打的电话沉默着。

自从那天夜里她跟王来齐感情出轨后，就改变了他们之间原有的交往模式。她的情感发生了很大变化，好像结束了人生一段旅程，踏上了新的行程。

她在努力调整心态，尽可能避开跟王来齐的接触。

王来齐把高洪波说的话如实告诉给了李小漫。李小漫没想到胖墩会闹到厂领导那里，跟厂领导这么说她。她这才明白高洪波为什么用那种眼神看她了。她对胖墩恨之入骨。她在王来齐把事情说完时，也没有一句回应的话。王来齐转述完高洪波说的话，没得到李小漫回应，便挂断了电话。

李小漫没去找胖墩，想息事宁人。但是胖墩不依不饶，想把她弄到身败名裂的地步。李小漫在心里恨胖墩。

胖墩虽然被纺织厂辞退了，手续还没有办理利落，有时还来纺织厂，还找快嘴女聊天。她不在纺织厂工作了，也不想让李小漫在纺织厂工作。她被厂里辞退了，如果厂里不辞退李小漫，显然责任在她。她得想办法，找理由，让厂里辞退李小漫。

李小漫看见胖墩就想发火。胖墩到车间找快嘴女说完什么事，在离开时，李小漫跟在身后，用板凳狠狠朝胖墩砸去。

胖墩没料到李小漫在身后对她发起攻击，下手这么狠，被板凳砸懵了。但是她很快做了反击，跟李小漫扭打在了一起。

快嘴女劝阻着，但是不起作用。

这时王来齐拎着工具箱经过，急忙放下工具箱劝架。如果王来齐不劝架事情还没这么复杂，他的出现使事情复杂化了，被胖墩找到了话题。

胖墩狂骂："你们这对野鸳鸯，一起动手吧。"

快嘴女和其他工友一起上前才把李小漫和胖墩拉开。

胖墩冲进车间办公室，打电话给纺织厂保卫科。

保卫科立刻向厂领导做了汇报。

纺织厂领导为了保护厂的声誉，不想把事情张扬出去，有意内部解决，没让报警。

胖墩装成被打伤的样子，一个劲地发着疼痛呻吟。保卫科再次向厂领导汇报，厂领导派车送胖墩去医院。胖墩在去往医院的路上拨打了110报警电话。

胖墩到医院时，警察已经赶到了医院。

警察询问胖墩事情发生的过程，做了笔录，又去纺织厂了解情况。

纺织厂领导把胖墩平时工作中的表现，还有被辞退的原因向警察做了介绍。警察说这是你们厂内部工作问题，我们不管，我们是来处理打架的事。厂领导说这些因素是事件发生的导火索。

虽然警察和纺织厂领导认为事件是由胖墩引起的，但是李小漫先动手打人，这是主要事发原因。纺织厂领导原来是准备内部处理，但在胖墩报警后厂里不想管了，顺水推舟，把事情交给了警察处理。

警察对李小漫说："你打伤人是要被拘留的。"

"我还说她把我打坏了呢。"

警察说："但是你没去医院，她去医院了。"

李小漫原本是没有去医院的想法，警察的话提醒了她。她不去医院在情理上就不占优势。她说："我马上去医院。"

"你受伤了吗？"警察没想到李小漫做出这种反应。

李小漫说："头疼，心脏也难受。"

警察认为李小漫是故意的，但是没有理由阻止，也不能阻止。因为头疼和心脏难受是内伤，看不出来，需要医生做检查定结果，不能随意判断。

李小漫让厂保卫科送她去医院。

保卫科没想到李小漫会提出这种要求，保卫科没有权力做处理决定，急忙上报厂领导。厂领导对李小漫提的要求非常生气，认为是在无理取闹，如果想去医院当时可以两个人一起去，何必这么麻烦。生气归生气，事情还得处理，不能拒绝李小漫去医院检查伤情的要求。如果拒绝李小漫去医院检查伤情的要求，万一李小漫身体出现了问题，那可是大麻烦事了。反正胖墩已经去了，再去个李小漫也没什么不妥，厂领导不情愿地让厂保卫科送李小漫去医院。

虽然是李小漫先动的手，因为她力量小，在跟胖墩打架中没占到便宜，身上好几处被胖墩抓破了，有淤血，伤得比胖墩重。

当时李小漫没去医院是不想让事情复杂化、扩大化。胖墩要求去医院是想把事情复杂化，想讹诈李小漫，有意扩大事态，想引起纺织厂领导重视，辞退李小漫。李小漫跟胖墩在医院相遇了。

胖墩没想到李小漫也来医院了。她看见李小漫大骂起来，粗鲁的话喷嘴而出，什么难听骂什么。李小漫毕竟是姑娘，没结婚，有着文化人的修养，有着姑娘的羞怯感，许多脏话说不出口，但是她在还嘴，反驳。胖墩一个劲地往上冲，做出疯狂打架的动作。

周围人劝阻着。

医院给李小漫和胖墩各自开了诊断证明。她们属于轻微伤，不需要住院治疗。她们拿着诊断证明去派出所找办案警察处理。

警察看过医院开的伤势证明，让李小漫和胖墩去公安局找法医开鉴定证明。

胖墩没想到还得去公安局进行法医鉴定。她问："你们想怎么处理？"

警察说："我们根据法医鉴定结果处理。"

胖墩说："医院不是已经诊断过了吗？"

警察说："医院是专业性医疗部门，法医是确定伤势部门，两者不同。"

胖墩说："如果不做法医鉴定呢？"

警察说："没有法医鉴定，我们不做伤势处理。"

胖墩说："找你们警察处理问题可真够难的。"

警察对胖墩印象不怎么好，几次想批评胖墩了，忍住了，话没说出口，听胖墩这么说生气了，反击说："你的伤没李小漫的重，李小漫没着急，你急什么？"

胖墩说："她先动的手。"

警察说："为什么她伤得比你重？"

胖墩说："她那小样，能打仗吗？"

警察说："你的意思是你会打仗呗？"

胖墩说："你们警察怎么能这么说话呢？"

警察说："全是你在说话，别人说话了吗？好像是你在处理问题。"

胖墩说："如果不用你们处理呢？"

警察说："可以由你们厂处理。"

胖墩知道自己没吃亏，警察处理自己也占不到便宜，不想由警察处理了，便说："不用你们处理了。"

警察问李小漫："你想怎么处理？"

李小漫原本没打算让警察处理，是被胖墩逼的。她同意让厂里处理。警察看两位当事人这么决定了，让她们在接警记录上签了字，做了结案备注。

胖墩和李小漫坐同一辆公交车回纺织厂了。在车上你看我，我瞪着你，谁都不服气。

纺织厂劳务部给胖墩办完了离职手续，告诉她以后不要随意来纺织厂，如果再来厂打架按照外来人员闹事处理。

李小漫被纺织厂辞退了。

高洪波把王来齐叫到办公室说："你安慰一下李小漫。"

第七章

追你到天涯

1

　　王来齐在晚上下班后准备回宿舍取一本书，然后去找李小漫吃饭。他刚从车间出来手机响了。红涯市的电话号码，他接起来。电话是栾彩虹打来的。王来齐疑惑地问："你在哪儿打的电话？"

　　"我在纺织厂门前的报刊亭。"

　　王来齐没想到栾彩虹突然来红涯市了。他没回宿舍取书，快步出了厂门，在街边报刊亭找到了栾彩虹。他说："你怎么来了？"

　　"你什么意思？我还不能来找你了？"栾彩虹反问且不高兴地说。

　　王来齐说："没想到你来。"

　　"我来了你不高兴。"

　　王来齐说："怎么不提前打电话告诉我呢？"

　　"故意不告诉你，想让你惊喜，没想到你不高兴了。"

　　王来齐问："来有事吗？"

　　"没事不能来找你吗？"

　　王来齐说："我不是这个意思。"

　　"我想你了，算不算有事。"

王来齐说："来红涯市是要花钱的。"

"挣钱不就是花的吗?"

王来齐说："晚上你住在哪儿呢?"

"你还没租到房子吗?"

王来齐说："这些天工作忙，没时间去找房子。"

"我还住在金羽婷那儿吧。"

王来齐说："金羽婷和刘绍东同居了。"

"要么住小旅馆。"

王来齐说："住旅馆花钱多。"

"暂时住一两天。既然你工作忙，没时间租房子，我明天去租房子。我在城市工作过，租房子有经验。"

王来齐说的没地方住是事实，也是借口。虽然金羽婷和刘绍东同居了，但是刘绍东可以回饭店宿舍住。他反对栾彩虹来红涯市，更不想让栾彩虹在红涯市长期待。他觉得栾彩虹来红涯市影响了他的正常生活。他感觉栾彩虹来找他有事，但是猜测不出是什么事。他了解栾彩虹的性格，如果追问，她就不说了，不问，也许在不经意时能说出来。

栾彩虹在订婚那天夜里发现王来齐的传呼机响后，觉得王来齐表情出现了反常，凭借女人的敏感，怀疑王来齐对她的感情发生了变化。

当然这只是她的担心和猜测。

虽然她在菏泽老家，但是心却跟着王来齐到了红涯市。她一直等着王来齐告诉她到红涯市的消息。王来齐没有主动给她打电话。她给王来齐打电话，王来齐却显得不耐烦，也不提让她到红涯市的事。

几天前，她发现自己怀孕了，担心王来齐感情出轨，考虑了再考虑，决定来红涯市了。

王来齐边走边给金羽婷打电话，约金羽婷一起吃饭。金羽婷得知栾彩虹来了，爽快地答应过来一起吃饭。王来齐和栾彩虹在餐馆等金羽婷。

餐馆不大，客人不多。他们坐在靠窗户的桌子前。

栾彩虹面带羞涩地说："我有了。"

"有什么了?"王来齐说。他没明白栾彩虹话中的意思。

栾彩虹说："你说有什么了?"

"我怎么能知道。"

栾彩虹说："你做的事你还不知道。"

"我做什么了？"

栾彩虹说："我怀孕了。"

"你怀孕了？"王来齐说。他没往这方面想，显得有点吃惊。

栾彩虹说："我去镇医院检查过了，医生说怀孕了。"

王来齐不只是没高兴，反而还流露出为难的表情。栾彩虹原以为王来齐知道她怀孕的事能高兴，没想到王来齐会是这种态度。王来齐不希望栾彩虹怀孕。栾彩虹怀孕等于给他的婚姻定了位，给他的人生定了位，再也没有重新选择改变婚姻的途径了。

他感觉到婚姻对他以后的生活起着至关重要的作用。

金羽婷为了节省时间是乘坐出租车来的。

王来齐说："我把出租车钱给你。"

"你也太小看我了，打车钱我是有的。"金羽婷说。

王来齐说："近来怎么样？"

"还行。"金羽婷说。

栾彩虹说："看样子你很开心。"

"生活，开心是过，不开心也是过，为什么不开心呢。"金羽婷说。

栾彩虹问："你还写诗吗？"

"很长时间没写了。"金羽婷说。

栾彩虹问："怎么不写了？"

"没时间。再说，感觉我不是写诗的料，写不出好诗。"金羽婷说。

栾彩虹说："我看不懂诗。"

"我倒是能看懂，但是思维迟钝，没灵感。勉强写也没意思。"金羽婷说。

王来齐说："对自己这么没信心吗？"

"我有自知之明。"金羽婷说。

王来齐说："你写得少了，读得也少，如果写多了，读多了，就能写出诗了。"

"熟读唐诗三百首，不会写诗也会吟。这种观点在我这不起作用。我只会吟，不会写。"金羽婷说。

王来齐说："会吟，离会写就不远了。"

"写诗需要勤奋，更需要天赋。如果没天赋，只是勤奋不行。"金羽婷说。

王来齐说："天赋和勤奋都很重要，缺少哪个都不行。"

"不完全像你说的这样。就说李小漫吧，她读的书不比咱们多，她写的诗那么好。她来红涯市这么短时间，却在省报、市报上发表了那么多诗。她就比咱们有天赋。"金羽婷说。她在诗歌创作方面是敬佩李小漫的。

王来齐在此时不愿意提到李小漫，防止引起栾彩虹注意，急忙转移了话题说："咱们吃饭。"

"我说李小漫写诗写得比你好，你不高兴了？"金羽婷说。她不知道王来齐的想法，更不知道那一夜王来齐跟李小漫发生的感情事。

王来齐说："我可不是那种小肚鸡肠的人。"

"好像你不愿意提李小漫。"金羽婷说。

栾彩虹第一次听到李小漫的名字，但是能感觉到是年轻女人。她认为这个年轻女人跟王来齐交往密切，隐隐地有点担心王来齐跟这个年轻女人有特别关系，插话问金羽婷："李小漫是谁？"

"一位从东北来的年轻女诗人。"金羽婷说。

栾彩虹说："干什么工作的？"

"来齐把她介绍到了纺织厂上班了。"金羽婷说。

栾彩虹转过脸问王来齐："我怎么没听你说过这个人呢？"

"她从东北来红涯市不长时间。"王来齐敷衍地说。

金羽婷对栾彩虹说："你早就应该来红涯市了。你们在一起生活相互能得到照顾。"

"他不让。"栾彩虹说。

金羽婷说："两个人不能长期分开。分开时间长了，交流少了，感情就生分了。"

"不知道他是怎么想的。"栾彩虹说。

王来齐没插言，听着金羽婷跟栾彩虹说话。

栾彩虹上次来红涯市，在金羽婷那儿住了十多天，关系很好，无话不说。她说："你和刘绍东同居了？"

"订完婚了，同居很正常。"金羽婷说。

栾彩虹说："我在广东打工时，很多刚处对象，就住在一起过着同居生活。"

"从现实生活考虑同居是对的。"金羽婷说。

王来齐的手机响了。电话是李小漫打来的。王来齐给自己找借口说屋里声音嘈杂，出去接电话。他急忙朝屋外走。

栾彩虹对这个电话的感觉跟订婚那天晚上的那个电话相同。她觉得是同一个人，并且是年轻女人。她虽然不高兴，但是没流露出来。

王来齐返回屋里后好像有心事，坐在旁边一言不发，目光中带着不安。栾彩虹留意着王来齐的表情。王来齐虽然做出无事的样子，但是栾彩虹能感觉到他心里有事。

金羽婷问栾彩虹："你住在哪儿？"

"准备住小旅馆。"

金羽婷说："别住旅馆了，住我那儿吧。"

"你和刘绍东住在一起，我去不方便。"

金羽婷说："绍东有时下班晚了不回来住。宿舍有他的床位，他有时也住在宿舍。"

"麻烦你了。"

金羽婷说："这话说外道了。我给绍东打电话，让他住在宿舍。"

刘绍东的手机没有人接听。

金羽婷说："他可能忙着呢，不忙时能回电话。"

栾彩虹看了一眼王来齐，发现王来齐坐在旁边想着心事。

王来齐在想着怎么跟李小漫解释。

金羽婷的手机响了，电话是刘绍东打来的。刘绍东工作时不方便接听电话。他听金羽婷把话说完爽快地说："我住宿舍，晚上不回去了，找个时间请栾彩虹吃饭。"

金羽婷知道刘绍东忙，没多说什么挂断了电话。她说："绍东准备请你吃饭。"

"这次，我一时半会儿不回老家。你们不用客气，如果客气，就没法待下去了。"

金羽婷说："你早应该来红涯市了。"

栾彩虹冲着王来齐说："听见了吧？我早应该来找你了。"

王来齐看了一眼栾彩虹把目光移向窗外，看着人来人往的大街，然后转过头说："快吃饭吧。"

金羽婷对栾彩虹说："你多吃点。"

"还不饿呢。"

金羽婷说："坐了这么长时间车，不饿也得吃饭。"

吃过饭，王来齐结了账，没送栾彩虹和金羽婷。他说跟朋友约好了，去参加诗歌朗诵会，匆忙一个人走了。

2

金羽婷感觉王来齐不开心，有心事，以为栾彩虹跟王来齐发生分歧了，没多问，带栾彩虹往住处走。

栾彩虹没想到王来齐能用这种态度对待她。她觉得王来齐在有意疏远她。

金羽婷和刘绍东租住的房子在僻静的老街上。那条街窄，房屋老旧，房屋面积不大，很多房屋的主人搬走了，空出的房屋用于出租，屋里有几件旧家具。

栾彩虹刚走进屋就想呕吐。她急忙去了卫生间。

金羽婷问："怎么了？"

栾彩虹没回答。

金羽婷说："你吃海鲜过敏吗？可是你上次来吃海鲜很正常。"

"我没事。"栾彩虹羞红着脸说。

金羽婷马上明白了说："你怀孕了？"

栾彩虹点了下头。

金羽婷说："你们进展可真够快的，各在一方，这么短时间就怀孕了。"

栾彩虹没有明白金羽婷话中的意思。她不知道金羽婷是赞成怀孕还是反对。

金羽婷仔细观察着栾彩虹的肚子说："看不出来像怀孕。"

"刚有反应。"

金羽婷说："王来齐很高兴吧。"

"我觉得他不高兴。"

金羽婷说："不会吧？"

"看不出来他高兴。"

金羽婷说："心态没调整好，调整好就高兴了。"

栾彩虹感觉王来齐对她不如从前好了，怀疑有其他女人影响到了王来齐对她的感情。她说："王来齐下班后经常跟谁在一起？"

"应该是李小漫。"金羽婷说。

栾彩虹觉得李小漫这个名字耳熟，好像听说过。实际上她是第一次听说李小漫这个名字。从前她听王来齐说过的是陆小曼。她也听王来齐说起过徐志摩。虽然陆小曼跟李小漫两个人仅是一字之差，年代却差远了，名气差距更远。她问："李小漫是干什么的？"

"前些日子在纺织厂工作，不知道为什么，现在好像不干了。"

栾彩虹问："李小漫也写诗吗？"

"刚才我不是跟王来齐说，李小漫写诗比王来齐写得好嘛。"

栾彩虹问："你跟李小漫谁写的诗好？"

"李小漫比王来齐写的诗还好呢，我哪能跟李小漫比。"

栾彩虹问："你是谦虚吧？"

"我才不谦虚呢。李小漫经常在省报、市报上发表诗，红涯市青年作家协会还给她开了作品研讨会，我跟她差得太远了。"

栾彩虹说："你不是写了好多年诗吗？"

"诗写得好和坏，跟写多少年关系不大。写诗需要悟性，如果没有悟性，写一辈子，也不一定能行。"

栾彩虹说："那你还写？"

"我很长时间没写了。由诗人组织的沙龙活动我都不参加了，我觉得在写诗方面写不出什么名堂来。"

栾彩虹说："李小漫是哪里人？"

"东北黑龙江北大荒的，具体是哪个县的我没记住，她跟我说过，我忘了。"

栾彩虹虽然没去过黑龙江北大荒，但是知道东北冬天很冷。她们村里有一家人在上世纪五十年代闯关东去了东北，村里的老人们经常说起这家人。这家人前几年回过村里。她说："东北那么远，李小漫怎么来红涯市了？"

"她跟王来齐是通过写诗认识的。为什么来红涯市我不清楚。不过，她之前是国营单位的正式职工，比咱们强。"

栾彩虹没想到李小漫和王来齐有这种关系。虽然这种关系是正常的，但引起了她的怀疑。她说："李小漫住在哪儿？"

"住在我原来住的房子。"

栾彩虹说："你是因为李小漫搬出来的？"

"我怎么可能因为她搬走呢？"

栾彩虹说："你是为了跟刘绍东同居？"

"你已经怀孕了，还笑话我呢？"

栾彩虹心想王来齐不会跟李小漫住在一起了吧？虽然她去过那个房子，但是过去时间很久了，去的路线记不太清楚了。她感觉王来齐是去找李小漫了。她想证明自己的猜测，便说："你跟我去看李小漫吧。"

"你不认识她，看她干什么？"

栾彩虹说："李小漫是王来齐的朋友，我去看她很正常。"

"让王来齐陪你去。"

栾彩虹说："他没时间。你跟李小漫熟悉，你跟我去一样。"

"我有好多天没看见李小漫了。"

栾彩虹说："既然好多天没见面了，跟我一起去看她更好。"

"你累了，又怀孕了，先休息，我明天陪你去。"

栾彩虹说："我不累。我想看一看这位东北年轻女诗人长得什么样。"

"比你漂亮，比你有文化，也比你有个性。"

栾彩虹说："跟你比呢？"

"我还不如你呢，我跟李小漫更没法比了。"

栾彩虹说："她这么优秀呢？"

"在其他人眼里不知道她算不算优秀，但在咱们眼里她是绝对的优秀。"

栾彩虹说："我喜欢看漂亮人，何况还是漂亮年轻女诗人呢。咱们现在就去找李小漫。"

"这么心切吗？"

栾彩虹说："我崇拜诗人，尤其是年轻女诗人。"

"好吧。"

她们走到街边，栾彩虹朝出租车一招手，出租车停了，她们上了出租车。

3

李小漫跟王来齐约好了一起吃过晚饭，去找纪富强商量出版诗集的事。她看过了约定时间王来齐没来才拨通了王来齐的手机。

自从她在那天夜里跟王来齐发生出轨的事后，很少给王来齐打电话。王来齐有事会主动给她打电话。虽然她给王来齐打电话次数少，但是在遇到需要他人帮助的事情时，想到的人还是王来齐。

她看王来齐没带书，便问："书呢？"

"临时有其他的事，没来得及回宿舍。"

李小漫离开纺织厂后找了几份工作都不满意，没去上班。她感觉到从没有过的孤独。在红涯市茫茫人海中和自己相关联的人是很少。只有王来齐经常来看她。她渐渐接受了王来齐。王来齐有时想在她这里过夜，想跟她亲密接触，但是被她拒绝了。虽然她不是守身如玉的女人，但不会随意把身体奉献给男人。她知道王来齐的人品可以信赖，配得上她，但是认为还没有达到能随意发生男女之间这种事的程度。并且她心中还想着周守法。虽然曹英力那次在电话中说周守法有女朋友了，但她不相信是真的，她得听周守法说才相信。她没有背叛周守法的想法。她跟王来齐感情超越了女人和男人的界限，是情到深处发生的意外。她不会在理智清醒时做出轨的事。

她愿意跟王来齐保持男人和女人正常的交往，不想再逾越男人和女人正常交往时的界线及行为。

王来齐建议李小漫利用没上班的时间，把发表过的诗及已经写好的诗整理成诗集。如果能出版诗集，对未来发展一定有好处。此前，李小漫没有出版诗集的想法，也觉得没有出版诗集的机会。现在她认识了纪富强，开过了作品研讨会，知名度比从前大了，觉得王来齐的建议非常好。

李小漫认为出版诗集是好事。她把这个想法跟纪富强说了。

纪富强从文化局辞职后，开了文化工作室，从事文化经营业务。他告诉李小漫诗集不好销售，出版社出版诗集难挣到钱，出版不可能赔钱出书，出版诗集几乎都是作者出钱。

李小漫没有出版诗集的钱。她想先把诗稿准备好等机会，防止有了机会，书稿没准备好。她已经把诗稿交给纪富强好几天了。今天她和王来齐去看设计样稿。王来齐说给她带一本《雪莱诗集》作为参考。

李小漫觉得王来齐心神不定，就问："你怎么了？"

"昨晚，我失眠了，没休息好。"王来齐说。他编了个谎言。他被栾彩虹突然来到红涯市的做法影响到了心情。他不知道应该怎么面对栾彩虹，也有想跟李小漫深接触下去的想法。他跟李小漫继续交往的目的有点自私、不纯，但主动权在李小漫。他跟栾彩虹在一起时，两个人都有主动权，因为他跟栾彩虹是订过婚的。他同时面对生活中两个女人，一个是未婚妻，一个是喜欢的女人，心情是非常矛盾复杂的。

李小漫问："你有心事吧？"

"没有。"王来齐躺在了李小漫的床上说。

有人敲门。付房租的日期到了。李小漫以为是房东来收房租，没有心里防备就开了门。

金羽婷站在门口说："没打扰你吧？"

"看你说的，我有什么可打扰的。"李小漫说。

金羽婷说："这段时间忙，没跟你联系，别生气。"

"我还准备去你那儿呢。"李小漫说。

金羽婷说："咱俩想到一起了。"

栾彩虹站在金羽婷身后，目光在屋里搜索，在寻找她想看见的目标。她看见坐在床上的王来齐了，生气地插话说："床上还坐着一个人。"

"你是？"李小漫不认识栾彩虹。

金羽婷介绍说："她是王来齐的未婚妻。"

李小漫意识到金羽婷不是来看她的。如果金羽婷来看她，应该不会带栾彩虹来。她的情绪不好了，表情紧张了。她们三个人从门口移到屋里。

栾彩虹看见王来齐在屋里，质问地说："你不是去参加诗人聚会吗？"

"过会儿我跟小漫一起去。"王来齐解释说。

金羽婷说："诗人朗诵会不能少了小漫，小漫的诗适合朗读。"

"少了谁地球照样转，何况遍地是诗人。我可没那么大魅力。"李小漫说。

金羽婷说："虽然你影响不了地球，但是能影响红涯市写诗的人。"

"我对你有影响吗？"李小漫说。

金羽婷说："你对我影响太大了。因为看见你发表了那么多诗，我受到了沉重打击，才不敢写诗的。"

"小漫准备出诗集，我在帮她整理诗稿。"王来齐说。他没想到金羽婷领着栾彩虹来找李小漫，他很紧张。如果屋里是舞台，他们几个人是演员，好像在演戏。他既是主演又是导演。栾彩虹、金羽婷、李小漫是因他相识的。他得想办法处理好几个人相互之间的关系。

栾彩虹在来的路上已经怀疑王来齐跟李小漫有感情出轨的事了。她判断王来齐在李小漫的屋里，但不希望判断是正确的。如果她判断正确了，就得面对痛心问题。她的目光如同探照灯似的快速在屋里搜索。

王来齐看见栾彩虹心里发慌，恨不得地下能有洞钻进去，藏起来。他没有时间躲藏，也无处可藏。

栾彩虹阴沉着脸色，语气生硬地说："你们经常一起参加活动吗？"

"过会儿我跟小漫去找纪富强讨论诗稿的事。"王来齐解释说。

栾彩虹用嘲笑的口吻说："一句一个小漫，说得真亲切，我听着心里麻酥酥的。"

　　"我们都这么称呼小漫。"金羽婷解围地说。

　　栾彩虹说："王来齐可没这么亲切称呼过我。"

　　"他怎么称呼你？"金羽婷问。

　　栾彩虹说："他称呼我栾彩虹，没称呼过我——彩虹。"

　　"称呼上多个字，少个字，意义上没有区别。"金羽婷说。

　　栾彩虹说："多个字和少个字的意思差别大着呢。"

　　"差在哪儿？"金羽婷问。

　　栾彩虹说："你是诗人，文化高，还不明白吗？"

　　"我对写诗歌已经失去了兴致，很长时间不写了，对文字麻木了。"金羽婷说。

　　栾彩虹看桌子上放着两双筷子，嘲讽地说："王来齐的胃口真够好的，刚吃过饭，到这里又吃一次。"

　　李小漫被栾彩虹的气势压住了，一时没缓过神来，静静听着，观望着。在她反应过来质问地说："你到这里想干什么？"

　　"我想跟王来齐在这里亲嘴，亲嘴你会吗？"

　　李小漫训斥地说："你还要脸不？"

　　"屁股都不要了，还要什么脸呢。"栾彩虹说。

　　李小漫说："你走，你走！离开这儿。"

　　"你听好了，我是王来齐的老婆。"栾彩虹声明似的说。

　　李小漫说："你是王来齐的老婆也不高人一等，你是谁的老婆也不能在这里发疯。"

　　"我是被你气的。"栾彩虹说。

　　李小漫说："我跟你第一次见面，没任何来往，话没说过，事没做过，我怎么能气到你呢？"

　　"你是没跟我来往，但是你跟王来齐有来往，还来往得密切。你跟他不只说话，还做了事，并且是做了两口子才能做的事。"栾彩虹说。

　　李小漫说："你不要在这里胡说八道。"

　　"诗人小姐姐，心虚了吧？"栾彩虹冷笑着说。

　　李小漫说："你怎么像精神病患者呢？"

　　"你才是精神病呢。"栾彩虹说。

金羽婷想插话一直没插上。她说："彩虹，你别生气，有话好好说。"

"如果我不生气就不正常了。"栾彩虹说。

李小漫说："正常人是不会说疯话的。"

"跟不正常人只能说不正常话。"栾彩虹说。

李小漫对金羽婷说："你怎么把神经病领到这儿来了。"

"你嘴干净点。"栾彩虹说。

李小漫说："疯子，你闭嘴！"

"你比谁都疯，你们写诗的全是疯子。"栾彩虹说。

金羽婷原本是向着栾彩虹说话的，也理解栾彩虹的心情，在栾彩虹说出这种话后有些生气了，反驳地说："你这话说得不对。写诗的人不像你说的那样不好。诗歌是高尚的行业，写诗的人品德也非常好。"

"高尚你就乱搞男女关系吗？"栾彩虹说。

李小漫说："你才搞男女关系呢。"

栾彩虹想呕吐，但是没吐出来。李小漫不知道栾彩虹怀孕了，以为栾彩虹是被气的，把目光转向王来齐。栾彩虹也看着王来齐。

王来齐不敢正视李小漫，也没勇气面对栾彩虹，无奈地把脸转向了一边，谁也不看，如同跟他没关系似的。他想逃避，但无处可逃。

栾彩虹虽然生王来齐的气，但是对王来齐态度比较好。她说："来齐，咱们走。"

"你们先走，我跟小漫说几句话。"王来齐说。

栾彩虹刚平静下的情绪被王来齐这句话激怒了，发火地说："你想干什么？还要脸吗？你真让这个小婊子给迷住了？"

"你胡说什么？我跟小漫没你想得那么肮脏。"王来齐说。他沉不住气了。他跟李小漫虽然出轨了，但这是情感自然的表达，不是有意或蓄谋出轨的。虽然他觉得理亏，但不认为是肮脏的事。

栾彩虹说："你们干没干肮脏的事你们心里清楚。"

"你少说几句行不？"王来齐说。

栾彩虹说："不行。"

"你想干什么？"王来齐无奈地说。

栾彩虹说："别问我，问你自己想干什么。"

"你还有完没完了？"王来齐说。

栾彩虹说："你能告诉你跟这个东北小姐是什么关系吗？"

"诗友。"王来齐说。

栾彩虹说："有像你们两个这样的诗友吗？"

"我们怎么了？"王来齐说。

栾彩虹没证据，只是猜测，想在争吵中得到证据，质问："你说怎么了？"

"我在帮助小漫整理诗集，她准备出版诗集。"王来齐说。

栾彩虹说："你们不觉得给诗人丢脸吗？"

金羽婷不想让栾彩虹吵下去，劝解说："彩虹，咱们走。"

"他不走，我也不走。"栾彩虹说。

金羽婷看着王来齐。

王来齐推开门气匆匆地走了。

金羽婷拉了一下栾彩虹，示意离开。

栾彩虹瞪了李小漫一眼，跟着金羽婷朝屋外走去。

吵闹的屋里霎时安静了。李小漫坐在床边静静梳理着刚才发生的事。她不知道王来齐在菏泽老家有未婚妻。当然，她没问过王来齐这种事，不是王来齐有意隐瞒。她想不明白王来齐为什么对她这么好。她郁闷，猛然拿起筷子朝墙上狠狠扔去。

4

周守法准备去上海出差，打算顺路去红涯市看望李小漫。他跟李小漫没联系上，牵挂李小漫。他后悔当初没听崔春阳的建议多买一部手机，如果他有手机也许跟李小漫能保持联系。可又一想，这跟没有手机没有太多关系。虽然他没有手机，但是办公室有电话，家里也有电话，李小漫可以往办公室和家里打电话。李小漫到红涯市后只给他打了一次电话，还是曹宁远接的。曹宁远当时没记下李小漫的手机号码。周守法无法给李小漫打电话。

他吃过晚饭，从家里出来，在夜色中随意走着。敖来县城的夜色是那么静，那么美，美得让人沉浸在幸福想象中，静得能让人忘掉烦恼和忧愁。街宽，行人少，有着空旷感。他在经过电影院前的广场时，停留了一会儿。广场上空无一人。他回想着和李小漫相识的日子。他思量片刻朝李小漫家走去。

李平静和王克芳坐在客厅看电视。王克芳看见了周守法，站起身问："来有事吗？"

"我明天去上海出差，经过红涯市时，想去看小漫。"周守法拘束地说。

王克芳说："小漫那天来电话还问你了呢。"

"她没跟我联系。"周守法说。

王克芳说的是谎言。李小漫没主动问过周守法。她问李小漫跟周守法关系怎么样时，李小漫还生气了，不让提周守法。她有意让周守法去红涯市看望李小漫，没有把李小漫生气的事告诉周守法。她防止周守法不高兴，不去看望李小漫，在用谎言拉近跟周守法的感情。每个人都有自尊心，谁都不愿意做没有感情的事，做没必要的付出。她知道只有感情近了，周守法才愿意去红涯市看望李小漫。她说："你到红涯市看小漫生活得怎么样，如果不好，就让她回来。一个姑娘在外地生活不容易。"

"我没她的地址，也没她的电话号码。"周守法说。

王克芳说："要不现在给小漫打电话，告诉她你去红涯市？"

"用我的手机打。"周守法说。他从衣服兜里掏出手机。

王克芳说："家里安装电话了。"

"小漫经常往家打电话吗？"周守法说。

王克芳说："去红涯市后只往家打过两次电话。我们给她去电话她不让，也不接。她说长途电话费太贵了。"

"又不是天天打，她没必要这么节约电话费。"周守法说。

王克芳说："小漫见到你会非常高兴。"

"打电话告诉她，我去找她。"周守法说。

李平静缓慢地说："还是别告诉小漫你去红涯市了好。如果提前告诉她，她会有准备，你了解不到她的真实生活情况。"

"对，不把小周去红涯市的事告诉小漫。"王克芳赞成地说。

周守法说："不告诉她可以，可是我到红涯市怎么找她呢？"

"去她工作单位找。她不是在纺织厂工作吗，你到她的工作单位能找到。"王克芳说。

周守法说："她在什么单位工作？"

"在纺织厂。"王克芳说。

李平静说："我怎么感觉小漫已经不在纺织厂工作了呢。"

"我打电话问一下。"王克芳说。她拿起桌上记电话号码的小本子翻找着。

前不久敖来县城电话全国联网后，为了普及电话使用，政府鼓励人们安装电话。电信公司组织了安装电话促销活动，优惠安装电话。李平静和王克芳为了跟李小漫联系方便，成了敖来县城第一批安装全国直拨电话的普通人。

王克芳拨通了李小漫的手机。

李小漫一个人在屋里心情不好，听到母亲的声音禁不住哭了，泪水一个劲往下流。王克芳没想到李小漫会哭，并且哭得这么伤心。李小漫的哭声紧紧揪着王克芳的心。王克芳追问发生了什么事情，李小漫没回答。

李平静听见李小漫的哭声也着急了，伸手抢过听筒问发生了什么事。李小漫不说话，一个劲地哭，然后挂断了电话。

王克芳和李平静都没想到李小漫能哭。他们感觉李小漫在工作和生活中受到了挫折和委屈，要不不会哭得这么厉害。他们不知所措地看着周守法。

周守法安慰两位老人别着急，他去红涯市就了解情况了。

王克芳让李平静跟着周守法一起去红涯市。李平静认为他去红涯市不能解决问题，不同意去红涯市。王克芳说："你不去我去。"

"你去能干什么？"李平静反驳说。

王克芳说："我让小漫回来。"

"你们不用去。我到红涯市给你们打电话，把实际情况告诉你们。"周守法说。

王克芳说："你不能隐瞒小漫的真实处境，要如实告诉我们。她可不能发生什么闪失。"

"我如实跟你们说。"周守法说。

王克芳说:"你没小漫的地址怎么找她呢?"

"家里有她发表诗的那张报纸吗?"周守法说。他想到了纺织厂办的报纸。报纸上有纺织厂的地址,也有电话。

王克芳说:"哪张报纸?"

"红涯市纺织厂办的。"周守法说。

王克芳转身走到李小漫的卧室,打开一个木箱子,里面装的全是李小漫发表作品的报纸、杂志及手稿。她找到了《沿海纺织报》第4版《天涯风景》文学副刊。她把报纸递给周守法时说:"你找到工厂就找到小漫了。"

"如果找不到她,可以打她的手机。"周守法说。他把李小漫的手机号码存在了手机上,把报纸揣进兜里。

王克芳说:"还是用手机方便。"

"下个月发工资我也买部手机。"李平静说。

周守法从李小漫家出来,走在路上,想着心事。他已经有了找到李小漫的办法。他知道王来齐在纺织厂工作,只要找到王来齐就能找到李小漫。

5

周守法走到纺织厂门口时跟王来齐相遇了。他们谁也不认识谁,擦肩而过。周守法走到传达室门前问门卫:"您好,请问李小漫在吗?"

"你是找那个会写诗的东北打工妹吗?"一个门卫回想着说。门卫是几个二十岁左右的小伙子。他们穿着保安工作服,显得特别精神。

周守法看过《外来妹》电视剧。这部电视剧是由广州电视台出品的。电视剧以改革开放为背景,讲述了外来女工的生活和奋斗历程。电视剧主题曲《我不想说》随着电视剧热播而广受欢迎。他认为李小漫到红涯市找工作跟受到像《外来妹》这种电视剧的影响有关。他听"打工妹"这几个字刺耳，但是不好反驳，顺着说："是她。"

"她辞职很长时间了。"门卫说。

周守法问："她为什么辞职？"

"不想干了呗。"门卫说。

周守法说："她到什么单位工作了？"

"那是她的私事，我们跟她没有交往，她不可能跟我们说。"门卫说。

周守法问："王来齐在吗？"

"他刚走出厂大门，你去追，应该能追上。"门卫说。

周守法说："我不认识他，麻烦你帮我找他。"

门卫走出传达室，朝厂门外跑了几步大声喊："王来齐，王来齐！有人找你。"

王来齐在纺织厂大院外的公交车站等车，听见门卫喊他，转过身走向门卫问："找我有事吗？"

"他找你。"门卫指了一下身后的周守法说。

周守法对门卫说："谢谢你。"

"这是王来齐，我们厂的著名诗人。"卫门说着转身走了。

周守法伸出手说："你好，我是李小漫在机械厂的同事，去上海出差，路过红涯市，来看望她。"

"你怎么没直接找她呢？"王来齐不解地问。

周守法说："卫门说她不在纺织厂工作了，我不知道她现在的工作单位。"

"你给她打电话嘛。"

周守法说："她来红涯市之前没使用手机，当时没她的电话号码。我来之前其他人给了我她的电话号码，但她没接电话。"

"防范意识强，可能不接陌生电话。"

周守法说："大城市人多，也杂，有防范意识好。人身安全是第一位的。"

"你怎么知道我呢？"

周守法说："你是她的诗友。你给她寄去的《沿海纺织报》第4版

《天涯风景》文学副刊我看过。"

"她不但不接你的电话，我的电话也不接。"王来齐说。他知道李小漫不接他的电话，但是没想到其他人的电话李小漫也不接。

周守法说："为什么？"

"你看见她时，你问她。"

周守法说："你把她的住址告诉我，我去找她。"

"她住的地方偏僻，不好找。"

周守法说："我让出租车把我送到地方。"

"还是我送你去吧。"

周守法说："不耽误你去办事吧？"

"没什么急事。"

周守法问："李小漫在哪儿工作？"

"她还在找工作。"

周守法问："她失业多久了？"

"她的事你最好问她。"王来齐不想多说。他担心说多了引起不必要麻烦。

周守法说："你写的诗我看过。"

"写着玩。"王来齐说。他把周守法送到李小漫住的地方，没下车，说得去办事，坐出租车离开了。

周守法敲了敲门，屋里没回音，心想可能李小漫没在屋里。他在犹豫时，听见屋里有咳嗽声，又敲了几下，竖起耳朵细听，听见屋里有缓缓脚步声。

李小漫听见敲门声，在床上翻了翻身，不想下床。她感觉敲门者没有离开的意思，才下了床，穿上拖鞋，朝门口走去。她绝对没想到是周守法敲门。

周守法看到李小漫憔悴的面容，不解地问："你怎么了？"

"我好好的。"李小漫说。她尽可能恢复情绪，打起精神。她的努力没怎么起作用。她无论怎么努力遮掩疲倦的表情、心态，也遮掩不住从内心释放出来的疲倦及忧伤。

周守法问："你生病了？"

"有点不舒服，不过没事。"李小漫说。

周守法意识到李小漫生活得不开心。这种结果是他想要的。因为只有李小漫在红涯市遇到了困难，生活不如意了，才有可能回敖来县。他想让李小漫回敖来县。

李小漫说："你怎么来了？"

"我去上海出差，顺路来看你。"周守法说。

李小漫说："你怎么知道我住在这儿？"

"王来齐送我来的。"周守法说。

李小漫没想到是王来齐把周守法送来的。她不愿意听到王来齐这个名字。听到这个名字心如同被针扎了一样痛。她说："王来齐对你说什么了？"

"他说你失业了。"周守法说。

李小漫问："还对你说什么了？"

"再没说什么。"周守法说。

李小漫说："你们只说这么几句话吗？"

"就这几句。"周守法说。

李小漫知道王来齐比周守法健谈，两个人不应该只说这几句话。她说："你去纺织厂找我了？"

"我以为你还在纺织厂上班呢。"周守法说。

李小漫不想提在纺织厂的事。纺织厂让她伤感，让她想到了胖墩，让她想到了被辞退的事，她想把这些不开心的事装在心里，不想让周守法知道。她话锋一转说："你结婚了？"

"你在红涯市，我跟谁结婚。"

李小漫说："跟你对象结婚。"

"我对象不是你吗？"

李小漫说："你在敖来县不是新找对象了吗？"

"你听谁说的？"

李小漫说："你妈说的。"

"你往我家打过电话？"周守法说。他突然明白李小漫不跟他联系的原因了。

李小漫说："我刚到红涯市时，往你办公室打电话你没在，电话是曹宁远接的。我往你家打电话是你妈接的。你妈说你跟女朋友去看电影了。"

"没这回事。"周守法否认。

李小漫说："沈殿霞也遇见你和女孩看电影了吧？"

"那是在应付我妈，不是真的。我妈托人给我介绍了好几个对象，只好走个过场，你别误解了。"

李小漫了解周守法的处事方式，也知道周守法的人品，相信周守法说的话。她说："你来之前应该给我打电话。你这么突然出现在眼前，我的心情有些复杂。"

"故意不提前告诉你的。"

李小漫说："什么意思？是想给我来个突然袭击，看我是不是跟其他男人住在一起了？假如你有这种想法，我可以告诉你，那个男人刚走。"

"我没这个意思。是你爸你妈不让提前告诉你的。他们想让我亲眼看到你在红涯市真实的生活。"

李小漫说："这么说，你是我爸我妈派来的侦察员了。"

"我已经被你策反了。"

李小漫说："我陪你去吃饭。"

"真想跟你在一起吃饭了。"

李小漫洗漱过后，简单化了妆，穿上外衣，锁上门，陪周守法上街了。他们沿着路边往前走着。李小漫问周守法想吃什么，周守法说吃什么都可以。李小漫陪周守法走进一家小餐馆。

周守法是第一次来红涯市，对红涯市的环境不了解，也不了解红涯市的饮食特色。他走进小餐馆里觉得憋闷，不如在店外面随意。他们从餐馆出来。

秋天即将过去，冬天开始降临。街边的大排档比李小漫来时少了。

李小漫把菜谱递给周守法，让周守法点菜。此时，周守法在吃方面没有什么兴趣，认为吃什么都可以，把菜谱递给了李小漫。李小漫点了几种海鲜。

周守法觉得李小漫要的菜多了，吃不完。又一想李小漫失业了，能让李小漫吃顿开心饭浪费也值得。

李小漫有一天多没吃东西了。

这些天她处在感情的旋涡中，不能自拔。她想不明白怎么会成为第三者了。她承认对王来齐有好感，但还没有达到让她迷失方向的程度。她思维是清晰的，能把握好感情这条船的航行方向。

周守法不谈李小漫工作的事，避免让李小漫伤感。他在维护李小漫的自尊心。他想让李小漫跟他去上海。

李小漫说："你去上海出差，我去干什么？"

"你去旅游。"

李小漫说："你的费用单位报销，我的没人报销。"

"我给你报销。"

李小漫笑着说："如果你是大老板我会考虑，可是你每月只有那么点工资，还得交给你妈，你怎么给我报销？"

"我妈管得严，但是我出差了，她就不知道我花多少钱了。"

李小漫说："这种偷偷摸摸的事我不做。"

"这怎么是偷偷摸摸呢？你是我女朋友，我带你去玩，为你花钱是应该的。"

李小漫被感动得想哭。她把头转向一边，克制着，不让泪水流下来。

周守法急忙解释说："我说错了吗？如果我说错了，你当没听见。"

李小漫摇了下头没说话。不是周守法说错话了，而是这句话勾起了李小漫的伤感和痛处。她在跟王来齐发生一夜情后，觉得配不上周守法了，认为不配做周守法的女朋友了。

周守法看李小漫这么委屈，开导说："如果这里找不到如意的工作，生活得不开心，就回家吧。"

"回去其他人得怎么看我呢？"

周守法说："你就当出来旅游了，不用考虑那么多。"

"哪能这么轻松。"

周守法说："你知道张国忠现在干什么吗？"

"他不是牛奶厂的生产组长吗？"

周守法说："他当车间主任了。"

"他以前是生产组长，当车间主任是升职了。"

周守法说："王月红调到绥芬河去了。"

"她的工作谁接了？"

周守法说："好像还没人接。"

"王月红早就想调走了。她一直在努力工作调动的事。"

周守法不想让李小漫继续留在红洰市了。他认为李小漫的性格不适合过这种漂泊不定的生活，在努力劝说李小漫回家。

李小漫有意回避周守法的话题。她说："史方慧跟崔春阳结婚了吧？"

"你走了没多长时间他们就结婚了。"

李小漫笑着说："他们是带着孩子结婚的。"

"这叫奉子成婚。"

李小漫说："生的是男孩还是女孩？"

"女孩。"

李小漫从前跟周守法在一起时没感觉这么温情，以及能有这么多温情的话题。此刻，她感觉在周守法身上有许多闪光点。她说："时间在改变生活，也在改变人的感情。"

"你还写诗吗？"

李小漫说："最近没写。"

"你应该坚持写诗。如果你回去能接王月红的工作是最好的。"

李小漫说："那份工作确实不错，但是轮不到我。"

"只要努力，就有可能。"

李小漫说："那得需要多大的门路，就算是把我累死了，也干不上这个工作。"

"听说县政府、事业单位的工作人员准备施行公开招聘制了，提倡适应者进，不适应者出的考核管理制度。你发表了那么多作品，如果文化馆招聘创作员，你参加应聘应该能行。"

李小漫说："这是你的看法，不代表其他人的看法。"

"你应该相信自己的能力。如果你对自己没信心，谁也帮不上你。其他人帮助你得在你自己能力的基础上。"

李小漫说："不说我的事了。你去上海干什么？"

"参加牛肉食品交流会。"

李小漫说："畜牧公司的肉牛生产基地建成了？"

"养了一百多头肉牛，还准备扩建。县里规划建成全省最大肉牛生产基地。"

李小漫说："让你去做销售？"

"我干不了销售，我去了解行情。"

李小漫说："去几天？"

"两天。"周守法说。

夜深了，李小漫和周守法离开饭馆。周守法在李小漫住处的附近一家小旅馆住下。

6

刘绍东打算请栾彩虹吃饭。他是饭店厨师，吃饭时间段是工作最忙的时间。如果他想在吃饭时间请栾彩虹吃饭，要么在他休假时，要么跟休假的同事换班，让休假同事替他上班。他刚休过假，下次休假需要在好多天后。他跟休假中的高亦弟商量，让高亦弟替一天班。高亦弟跟刘绍东关系好，爽快答应了。刘绍东洗完澡，换了衣服，去找金羽婷。

栾彩虹待在屋里，金羽婷还没下班。栾彩虹躺在床上想着心事，看刘绍东进屋了，坐起身说："咱们不是外人，也不是第一次见面，没必要为了吃顿饭找人替班。"

"你这么远来红涯市，必须请你吃顿饭。"

栾彩虹说："我暂时不回家，在一起吃饭的机会肯定有，不用这么急。"

"你别回家了，跟来齐在这里挺好。"

金羽婷进屋了。她说："路上堵车，不然，早就回来了。"

"我感觉你也应该回来了。"刘绍东说。

金羽婷说："你给王来齐打电话了？"

"我还以为他在这里陪彩虹呢。"刘绍东说。

金羽婷说:"你给王来齐打电话,问他什么时间到。"

栾彩虹说:"不用给他打,他想来就来,不想来就算了。"

"你跟王来齐吵架了?"刘绍东问。

栾彩虹自从在李小漫屋里看见王来齐后,心里就堵得慌,就憋着闷气。假如王来齐不来,证明他确实不在意她。

刘绍东拨通了王来齐的手机。

王来齐把周守法送到李小漫那里后,正往这边走。他说:"一会就到了。"

刘绍东感觉栾彩虹不高兴,像是生气了,便问金羽婷:"彩虹怎么了?"

金羽婷说:"她想来齐了,见到来齐就高兴了。"

"我见到他就心烦。"栾彩虹说。

金羽婷说:"见不到想,见到就生气,你这种心态不好,得改。"

"他跟李小漫都那样了……"栾彩虹说。

刘绍东听说过李小漫跟王来齐的事。尽管他不相信王来齐跟李小漫会发生出轨的事,但是传言多了,也容易信以为真。他说:"王来齐跟李小漫是诗友的关系,你别多想。王来齐品德好。"

"猫看见鱼没有不吃的。男人看见喜欢的女人没有不动心的。王来齐跟东北小姐的这种诗友的关系我接受不了。"栾彩虹说。

金羽婷说:"你怀孕了,不能生气,生气对胎儿发育不好。"

"我能不生气吗?"栾彩虹说。

金羽婷说:"你得学会控制情绪,不能任由情绪发展。"

栾彩虹想控制情绪,但心里难受,不甘心地说:"我还得去找李小漫。"

"你见到李小漫就发火,不能去。"金羽婷说。

栾彩虹发狠地说:"像她这种人也能写诗。看来什么人都能当诗人了。"

"你也写吧。"金羽婷笑着说。

栾彩虹说:"因为我不会写诗,所以不像她那么不要脸。"

"不会可以学。"金羽婷说。

栾彩虹说："让我学不要脸吗？"

"不要脸这种事不用学就会。"

栾彩虹说："虽然我只上到小学二年级，我不会写诗，但我知道女人应该自爱，应该尊重自己。"

"我不是向着李小漫说话，也没有袒护她的意思，在我跟她接触中，觉得她人挺好的。"金羽婷说。

栾彩虹说："她是挺好的。她不但会写诗，模样长得也好，还会勾引男人。"

"开玩笑归开玩笑，说正经的，你不能生气，生气容易流产。"金羽婷认真地说。

栾彩虹说："你没怀过孕，对怀孕的事怎么懂得这么多。"

"听别人说的，也在书上看到的。几天前，我一位同事跟男朋友吵架，上班时流产了。"金羽婷说。

栾彩虹说："我如果流产了得让王来齐负责。"

"如果流产了，谁负都没用，谁负责不还是流产了。"金羽婷说。

王来齐进屋了。他的目光从栾彩虹身上转移到金羽婷身上，然后对刘绍东说："你工作这么忙，没必要停下来。"

"彩虹很少来红涯市，这么远来了，我再忙也得请她吃顿饭。"刘绍东说。

栾彩虹用质疑的口气对王来齐说："你怎么才来？"

"你别用审问犯人的口气跟我说话。"王来齐说。

栾彩虹说："都在等你呢。"

"路上堵车。"王来齐说。

栾彩虹说："是堵车，还是去东北诗人小姐那儿了？"

"你不要侮辱人。"王来齐说。

栾彩虹说："我说她你心疼了？我侮辱谁了？"

刘绍东接过话茬对王来齐说："彩虹怀孕了，不能生气，你少说几句。"

王来齐听刘绍东这么说，没再说话。他不想在这儿待下去了，待下去还得吵架。他转身离开了。

刘绍东上前拦着说："来齐，你这是干什么？"

"我还有事。"王来齐说完就走了。

栾彩虹没想到王来齐会离开。她不知所措，很伤心。她认为王来齐心中没有她，认为这是由李小漫引起的。她想去找李小漫。

刘绍东和金羽婷把栾彩虹拦住了。

7

李小漫把周守法送到街对面的小旅馆后，一个人在街上随意走着。夜深了，喧闹一天的街上静了下来，行人稀少。她走累了的时候才回屋里。

她一个人住在出租屋里有些孤独，经常失眠，有时会在半夜醒来看着屋顶，想这想那，在煎熬中过着夜晚。王来齐在栾彩虹来红涯市之前，有时白天来找她。王来齐有感情方面的冲动，但是除了那一次之外，她再也没有留王来齐过夜。她不想稀里糊涂地把自己奉献给不想嫁的男人。她希望能有更多时间观察王来齐，了解王来齐。但她等来的是栾彩虹。栾彩虹惊醒了她的梦，终止了她对王来齐的期待与幻想。她想不通王来齐是在故意隐瞒订婚的事，还是她对感情把握得不够好才发生了这种事。她不愿意发生这种事。她恨自己，而不是王来齐。她认为不是王来齐的错，错在自己。她的这种感觉在周守法来红涯市后显得更严重了。

她躺在床上翻来覆去睡不着，眼前一会儿是王来齐，一会儿是周守法，两个男人的影子如同幻灯片似的重复更替。床板在她翻动时发着轻缓响声，好像是感情发出的疼痛呻吟。

时间的脚步不会为哪个人刻意停留，也不会为哪个人加快前行速度，而是在公平计算着每个人的生活时间。怎么利用和安排时间完全是个人的事。

小旅馆跟李小漫住的房子隔街相望。夜里，李小漫站在窗前看着夜色中的小旅馆，想着心事。

她在天快亮的时候入睡了。当她再次睁开眼睛时天光大亮了。过度劳累的身心，在一夜过去也没能得到缓解，困倦依存，懒得动。她意识到可能误事了，急忙穿上衣服，朝门外奔去。她想送周守法去机场。

她来到小旅馆，走进周守法的房间，房间里没有人。她掏出手机看着时间，拨通了周守法的手机。周守法的手机处于关机状态。她推测可能周守法已经上飞机了，扫兴地把手机攥在手里，走出小旅馆，表情失望，心情惆怅，抬头看着天空，有意缓解忧郁的情绪。

天空有一架飞机掠过，飞机航行过的天空留有一条白线，声音穿透空间传来，如同释放心灵的信息。她想这架飞机会不会是周守法乘坐的呢？

周守法带走了李小漫的心绪。

李小漫回到住处时金羽婷在门口徘徊着。金羽婷已经来好一会儿了，如果李小漫再不回来她准备离开了。金羽婷说："这么早，你去哪儿了？"

"这还早啊，你看太阳爬到哪儿了。"

金羽婷说："你不是没上班吗？"

"没上班不等于没有事做。"

金羽婷说："你跟王来齐到底有没有那种事？"

"你什么意思？"李小漫说。她没想到金羽婷会直接问。她跟金羽婷的交情还没达到谈论这种事的程度，不想回答。她说有或者没有都是对自己的伤害。

金羽婷解释说："你别生气，我也不想来问。如果我不来，栾彩虹就来找你。我没让她来。"

"她来找我干什么？她跟我没关系。"李小漫说。她不想把自己跟栾彩虹联系在一起。她不想听到这个名字，听到这个名字头疼，心情纠结。

金羽婷说："你得慎重处理跟王来齐的关系，不然，对你们三个人都不好。"

李小漫沉默了。她不知道怎么处理跟王来齐的关系。当初她来红涯市跟王来齐什么事情都没发生，只因胖墩制造了谣言才把无中生有的事弄成了事实。如果把责任推给胖墩也不对，她跟王来齐发生出轨的事，在她跟胖墩打架之前，只是被胖墩胡说中了。她认为自己是有责任的。虽然她知道自己的想法，但不知道王来齐的想法。人心隔肚皮，难推测。她对王来齐的做法产生了怀疑。王来齐在菏泽老家有女朋友栾彩虹，她在北大荒有男朋友周守法，而她跟王来齐谁都没提起自己的恋情。这是巧合吗？虽然她在怀疑王来齐对她帮助的心机和目的，但她相信那天夜里发生的行为是自然而然的，不存在预谋和故意占有的欲望。

金羽婷说："昨天晚上王来齐跟栾彩虹又吵架了。"

"他们吵架跟我没关系，我不想知道他们的事。"

金羽婷说："假如没有你，他们是不会吵架的。"

"我没让他们吵架。"

金羽婷说："栾彩虹怀疑你跟王来齐的感情有问题。"

"王来齐好像对那个女的没有感情。"

栾彩虹走到门口时听见李小漫说这句话了，接过话茬说："他对我没感情能订婚吗？我们没感情能睡在一起吗……我能怀上他的孩子吗？"

"世上怎么会有像这么不要脸的女人，没结婚，就怀了孩子，还敢大张旗鼓地说。"李小漫说。

栾彩虹说："你没怀上王来齐的孩子难受吧。"

"我终于见到最不要脸的女人了。"李小漫说。

栾彩虹说："你要脸就滚回东北去，别在这儿勾引王来齐。"

"你以为王来齐是局长，还是市长，他不就是纺织厂的维修工吗？他没你想得那么好。他在你眼里是白马王子，在我眼里只是车间维修工。"李小漫说。

金羽婷上前劝阻说："彩虹，不是说好了，你不来吗？"

"我不来，你能说服这个不要脸的吗！"栾彩虹说。

金羽婷说："你来能解决问题吗？"

"你看这个不要脸的嘴多硬，你说不过她。"栾彩虹说。

李小漫说："你嘴干净点。"

"我嘴不干净吗？"栾彩虹说。

李小漫说："你说谁是不要脸的？"

"你不是不要脸，你是破鞋。"栾彩虹有一肚子火想发。

李小漫最反感"破鞋"这个词。这话用在女人身上是对女人很大的侮辱。她实在是忍无可忍了，冲上前去，挥起手狠狠扇了栾彩虹一记耳光。

栾彩虹没想到李小漫敢动手打架。她愣了一下，反应过来时朝李小漫冲过去。

金羽婷上前阻拦，三个女人扭成一团。

房间小，屋中的东西被撞翻在地。

房东老太婆听见这边有打架声音匆匆走过来，大声喊谁打架我让警察来抓谁。栾彩虹拿起手机拨通了报警电话。房东老太婆只是想吓唬她们，没想真报警。

警察来时栾彩虹下身已经出了血。警察急忙把她送往医院。

金羽婷打电话把发生的事告诉王来齐。

王来齐没想到事情会发展到这种程度。他请了假，急忙赶到医院。

医生给栾彩虹做了检查，让栾彩虹住院保胎治疗。

王来齐和李小漫接受了警方的调查。

警察问栾彩虹有什么要求。

栾彩虹说要么让李小漫离开红涯市，要么按照法律规定赔偿。

李小漫在这件事发生后有了深刻反思，意识到感情方面进入了误区，必须尽快从误区中走出来。别说栾彩虹提出让她离开红涯市的要求了，就算栾彩虹不提这个要求，她也会离开。她清楚只要在红涯市就会跟王来齐接触，只要接触，感情就不好把控。她后悔没跟周守法去上海。如果她去上海了，就不会发生跟栾彩虹打架的事。栾彩虹提出让李小漫离开红涯市的要求，这有点像在国外被驱逐出境的感觉。李小漫必须跟王来齐断绝往来。既然她决定跟王来齐断绝交往了，选择离开红涯市是最好的办法。

8

纪富强在卫生间呢，听见放在卧室的手机响了，提着裤子，匆忙走出卫生间接听电话。电话是李小漫打的。这段日子李小漫因为出版诗集的事跟纪富强联系比较频繁。他们的感情加深了，友情更好了。他说："小漫，有事吗？"

"我准备回东北了。"

纪富强没想到李小漫打电话是说这事，很意外，不解地说："怎么突然想回东北了？"

"我在红涯市没固定工作，收入不稳定，生活压力太大了……"

纪富强说："有压力才能有动力。"

"虽然这话有一定道理，但是压力太大，我有些喘不过气了，得换个地方透透气。"李小漫说。

纪富强说："你在东北出生，在那儿长大，老亲故友多，人熟地熟，生活方面肯定比在红涯市如意。"

"我从来没这么失意和沮丧过。"

纪富强说："每个人都有失意的时候。"

"失意没什么，主要是我看不见希望。"

纪富强说："王来齐同意你回东北吗？"

"我的事不需要他同意。从此，我的事跟他也没关系。"

纪富强从话音里觉察到李小漫对王来齐不满，有抵触情绪，婉转地说："虽然东北是你老家，但是那里偏远，经济不发达，不利于你发表作品。"

"发表几首诗对生活起不到什么作用。写诗应该只是生活中的一部分，不是全部。"

纪富强说："你的诗集《天涯风景》也许能出版。"

"也许，这两个字是未知，有很大的不确定因素。"

纪富强说："什么时间走？"

"还没定下来。"李小漫说。她没说离开红涯市的时间，防止纪富强告诉王来齐。

纪富强说："找个时间我请你吃饭。"

"不用了，谢谢。这就麻烦你很多了。"

纪富强知道李小漫失业的事，但是没有能力帮助李小漫。虽然他不希望李小漫离开红涯市，可又没有挽留的办法。

李小漫乘当天火车去上海找周守法了。

9

刘绍东下班时金羽婷还没回来。他给金羽婷打电话，电话通了，没有人接听。他听见了脚步声，随后门开了，金羽婷走进屋。他说："今天怎么回来这么晚？"

"遇到麻烦事了。"

刘绍东问："什么麻烦事？"

"李小漫跟栾彩虹打起来了。"金羽婷叹息地说。

刘绍东说："为什么打架？"

"还能为什么，为王来齐呗。"

刘绍东说："王来齐有那么好吗，让两个女人争风吃醋，大打出手。"

"看对眼了呗。"

刘绍东说："这两个女人傻透了。"

"女人对感情比男人专一。男人多数是花心。"

刘绍东说："我花心吗？"

"你想，但是没有机会，也没花心的本事。"

刘绍东说："王来齐比我好在哪儿？他是维修工，我是厨师，我的待遇比他好，工资比他高。他比我有本事？"

"他会写诗。"

刘绍东不屑一顾地说："诗人风流，更多情。除此之外还有什么？写诗能当工作干，还能当钱用？我不是打击你，幸亏你不写诗了，如果继续写诗，执迷不悟，神经可能都写出毛病了。"

"女人喜欢多情的男人。"

刘绍东说："顾城你知道吧，他写诗挺出名的。可他成为杀人犯了。还有几个诗人自杀的、卧轨的……反正做事挺极端，不正常。"

"我之前喜欢诗人，也喜欢诗，不知道为什么，现在忽然不喜欢诗了。"

刘绍东说:"不喜欢说明你醒悟了,说明你从迷途中走出来了,证明我有魅力,你更喜欢我了。"

"自作多情。"

刘绍东跟金羽婷说了一会调情话,转移了话题问:"栾彩虹没事吧?"

"流产了。"金羽婷叹息地说。

刘绍东问:"王来齐知道吗?"

"当然得告诉他了。虽然他没在事发现场,但他是有责任的。"

刘绍东说:"这件事由王来齐引起的,责任在王来齐。不过栾彩虹也有责任,她不应该钻牛角尖,更不应该一次次去找李小漫。"

"我跟她说好了不让她去,可她还是去了。"

刘绍东说:"栾彩虹上学不多,有点不讲理,也太任性、固执了。"

"她把事情闹大了。"

刘绍东说:"这件事主要责任在王来齐,如果他不跟李小漫走得这么近,也不会发生这种事。我劝过他,他不听。如果他不收敛,没准哪天工作就没了。"

"你相信王来齐跟李小漫发生了那种事吗?"

刘绍东说:"无风不起浪。他们在纺织厂里传得沸沸扬扬的,能一点事没有吗?"

"我和李小漫在一起住过,感觉她不是那种风流女人。她人挺善良,挺好的,还愿意帮助人做事。"

刘绍东对东北人印象不怎么好,跟李小漫接触少,一概而论地说:"红尘女子看上去都很文静,脸上没写着标记。"

"你怎么和栾彩虹一个口气呢?"金羽婷没想到刘绍东这么说,瞪了刘绍东一眼。

刘绍东说:"我个人认为这件事的发生,李小漫的责任不大,她是受伤者。她伤得不轻,有可能对她的心情伤害一辈子也治愈不好,想起来就会心痛。"

医生虽然给栾彩虹做了保胎治疗,因为胎儿受到了刺激,没能保住,流产了。栾彩虹身体虚弱,精神状态极差,医生建议她在医院里住一天，身体稍有恢复再离开。栾彩虹不想多花钱，坚持不住院。

王来齐扶着栾彩虹下了出租车，走进屋里。他心里很难受，如同做错事的孩子沉默着。

栾彩虹叹息了一声说："这回你满意了？"

王来齐理解栾彩虹此时的心情，尽可能不说话，避免激化矛盾。他不认为全是自己的责任。虽然他有想跟李小漫好下去的意愿，但是跟今天发生这件事没有直接关系。如果栾彩虹不这么较真，不这么纠缠不休，就不会发生流产的事。

栾彩虹说："孩子没了，你说怎么办？"

"如果你不去找李小漫根本不会发生这件事。"

栾彩虹说："如果她不跟你发生这种不要脸的事，我能去找她吗？"

"你怎么跟泼妇似的不讲道理呢。"

栾彩虹说："虽然我像泼妇，但我不会随便勾引其他男人。"

"你这种态度，没法跟你说话了。"

栾彩虹说："我来红涯市看你，你没时间陪我，却有时间陪那个不要脸的，你还有理了？"

"你还有完没完了？"

栾彩虹说："没完。"

"你身体虚弱，少说话。"

栾彩虹说："你跟我说实话，在咱们订婚的晚上，那个电话是不是李小漫打的？"

王来齐的心抽动了一下，把目光转向了别处。他没想到栾彩虹早已察觉到了他跟李小漫交往的事。

栾彩虹说："你以为我不知道呢？其实我早知道了。"

王来齐沉默着。

栾彩虹说："从你对我心不在焉时起，我就怀疑你有其他女人了。"

王来齐走到窗前，看着外面的天空，梳理着混乱的思绪。

栾彩虹说："如果你不想娶我，就不应该跟我订婚，不应该跟我睡觉，更不应该让我怀上你的孩子。"

王来齐意识到了自己在这件事上的责任，但不愿意承认。栾彩虹一针见血地指出了他是这件事的诱发者。他萌生了悔意。

栾彩虹说："你也不想一想，她能嫁给你吗？就算她想嫁给你，你跟她能生活长久吗？你们也就是在一起玩一玩，发泄发泄欲望。我在广州打工时，这种事见多了，天南地北的男人和女人受现实生活所迫，在一起如胶似漆，可是一旦分开，就各奔东西了。"

王来齐没说话。他认为栾彩虹说累了，也就不说了。如果他说话，不管是对还是错，都会激起栾彩虹的兴致或不满。他的这种态度让栾彩虹不知怎么说下去了。

栾彩虹停顿了一会儿说："你想让我把这件事告诉你爸你妈和我爸我妈吗？"

"我爸妈知道你怀孕了？"王来齐说。他知道父母非常看重孩子。如果他父母知道发生了这种事，一定严厉斥责他。

栾彩虹说："当然知道了。"

王来齐显得茫然了，不知道怎么面对家人。

栾彩虹羡慕地说："你看刘绍东和金羽婷两个人生活得多开心，咱们怎么就不能像他们那样呢？"

金羽婷走到门口时听见栾彩虹说的话了，接上话茬说："我们两个生气的时候你没看见。"

"我真没看见过你们生气。"栾彩虹说。

金羽婷说："刚才我还跟绍东生气呢。我说坐出租车回来，他不同意。我们走了好几站路。"

刘绍东把手里拎着的东西放下说："我拿东西，又没让你拿。"

王来齐说："你们买这么多东西干什么？"

金羽婷说："彩虹需要好好补一补。"

王来齐说："如果需要我就买了。"

金羽婷说："谁买都一样。"

栾彩虹说："住你的房子，给你增加了麻烦，再让你花钱买东西，这说不过去。"

金羽婷说："没事的，绍东这个月涨工资了，你想吃什么我给你做。"

王来齐说："我出去买，不要做了，做饭麻烦。"

金羽婷说:"咱这不是有厨师吗?"

刘绍东立刻往厨房走着说:"来齐,你给我当帮手,咱们去做饭。"

王来齐跟了过去。

刘绍东说:"你小子以后少跟李小漫来往,如果你听我的能发生这种事吗?如果不发生这种事,再过几个月你就当爹了。"

"谁知道能发生这种事。"

刘绍东说:"当爹的事让你自己毁了。"

王来齐越来越觉得对不起栾彩虹。

刘绍东说:"李小漫是人挺好,长相好,会写诗,但她不是你老婆。你不能看见心动的女人就产生非分之想。"

"不提她了。"

刘绍东说:"你还护着李小漫呢?"

王来齐不想跟刘绍东争持下去,让步地说:"这件事怨我,我有错行了吧。"

刘绍东说:"真怨你。"

"不管怨谁,这件事画上了句号。"

刘绍东是饭店专业厨师,做饭快,不一会儿就把菜做好了。

栾彩虹说:"欠你们的人情太多了,不知道怎么才能还上。"

"你真是这么想?"金羽婷说。

栾彩虹说:"绝对真。"

"以后人生还有好几十年呢,一定找个让你还的机会。但是,你现在想还也可以,只看你愿意还不?"金羽婷笑着说。

栾彩虹说:"你说,我马上还。"

"过去的事已经过去了,你不要钻牛角尖,不要耿耿于怀,忘掉过去不开心的事,跟王来齐好好相处,这就算是还我的人情了。我留你在红涯市不是让你跟王来齐吵架的,是让你们在一起快乐生活的。"金羽婷笑着说。

刘绍东对王来齐说:"王来齐,你从现在开始心里只能有栾彩虹,不能想着其他人。如果你再惹栾彩虹生气,我就跟你一刀两断,没你这个朋友。"

"这么绝情。"王来齐说。他笑着，目光投向刘绍东。

刘绍东说："王来齐，人得听劝，不听劝不行。"

"我向你学习。"王来齐说。

栾彩虹对金羽婷说："你们什么时间结婚？"

"结婚得有钱，没钱不行，看情况吧。"金羽婷说。

吃过饭，金羽婷把餐具洗刷完，对刘绍东说："咱们走吧？"

"你去哪儿？"栾彩虹说。她没想到金羽婷走。

金羽婷说："让来齐照顾你，我去一位老乡那住。"

"这不好吧。"栾彩虹说。

金羽婷说："别想那么多，没什么不好，你把身体养好是主要的。"

刘绍东转身走时幽默地对王来齐说："这是关键时刻，好好表现。"

"绍东，谢谢你们。"王来齐说。他送金羽婷和刘绍东往屋外走。

刘绍东说："不用你谢，只是希望你以后别惹这种祸。"

"以后肯定不会发生这种事。"

刘绍东做出不相信的表情说："真不会？"

"绝对不会。"

刘绍东说："诗人性情浪漫可以理解，但是不能把自己的生活浪漫乱套了，生活跟写诗是两码事。"

"我性情不浪漫。"

刘绍东说："兄弟，你还不浪漫呢？你还想怎么浪漫？"

王来齐在街边止住，目送刘绍东和金羽婷背影渐渐远去。

刘绍东说："栾彩虹流产了，孩子没了，这辈子都不会忘掉这件事。"

"最好能忘掉，如果记着几十年，活得就太累了。"金羽婷用无奈的语气说。

刘绍东说："如果能让王来齐断了跟李小漫的来往，发生了这事，栾彩虹也是值得的。"

金羽婷反驳说："用一个没出生的生命，换回出轨男人的感情不值得。"

"今晚你打算住在哪儿？"

金羽婷说："小旅馆。"

"我们宿舍有地方，但是规定不让外人住。"

金羽婷说："我是你老婆，不是外人，属于员工家属，也不让住吗？"

"我跟管理宿舍的说一下，看行不行。"

金羽婷说："别说了，这么麻烦，犯不着。现在是旅游淡季，旅馆空房间多，价格也不贵。"

"这么想就对了。"

金羽婷说："我想去找李小漫。"

"刚发生过这种事，你去找她不好。"

金羽婷说："我想知道李小漫以后的打算，劝她放弃对王来齐的感情，不然，对他们三个人都是伤害。"

"李小漫如果不来红涯市，就不会发生这种事。"

金羽婷说："不能全怨李小漫。王来齐也有责任。假如王来齐能克制住感情，也不会发生这种事。"

"王来齐是男人，男人见到自己喜欢的女人怎么可能不动心。"

金羽婷反对说："你这是什么歪逻辑，男人见到喜欢的女人就移情别恋。如果女人见到自己喜欢的男人也移情别恋，那不是乱套了。"

"这是人的正常生理问题。"

金羽婷说："好，我见到比你好的男人就跟他走。"

"咱们是说王来齐和李小漫，你怎么扯到自己身上了。"

金羽婷说："你说的话没道理，我以后用事实证明给你看。"

"你不要证明了，当我没说行了。"刘绍东说。他做着妥协的表情。

他们来到李小漫的住处时，门是锁着的。金羽婷环视着周围，李小漫的去向成了她脑子里很大的思考问号。

10

周守法刚进入会场，手机响了，电话是李小漫打来的。会场人多，声音嘈杂，无法接听电话。他从会场走出来，找个相对安静的地方接听电话。

李小漫问:"你在哪儿?"

"在会场。"

李小漫说:"我来上海了。"

"在哪儿呢?"

李小漫说:"刚走出火车站。"

"你怎么突然来上海了?"

李小漫说:"你不愿意让我来,我就离开。"

"我非常想让你来。"

李小漫说:"把地址告诉我。"

这是全国性的肉食品交流经营促进会,以省、自治区为参会单位,划分几十处会议交流区。会议时间是三天,主要是为肉食品加工、销售、生产经营创造交流条件,提供互惠互利机会。

周守法没想到李小漫能到上海找他。他觉得时间有些紧张,得加快工作速度,留出跟李小漫在一起相处的时间。

李小漫走出火车站,坐上出租车。交通堵塞,路上耽误了时间。她到会场时已经中午了。周守法陪着李小漫吃午饭。

李小漫问:"参加这次会议有什么感受?"

"开了眼界。"

李小漫问:"什么时间回敖来?"

"原计划会议结束就回去,现在得根据你的时间安排决定。"

李小漫说:"你这是工作性出差,我左右不了你的行程安排。"

"你得跟我一起回去。"

李小漫说:"态度这么强硬,好像有要绑架我的意思。"

"把你带回家过春节,你爸妈能非常开心。"

李小漫叹息说:"真是想他们了。我在家时,觉得他们在生活中有些烦心,在离开他们后,觉得他们是那么重要,特别想他们。"

"你来过上海吗?"周守法说。他看李小漫心情难过了,转移了话题。

李小漫说:"第一次来,还是借你的光。"

"我改飞机票,咱们在上海玩几天。"

李小漫说："不耽误你工作吧？"

"不会。"

李小漫说："我还没坐过飞机呢。"

"咱们坐飞机回去。"

李小漫说："我买不起飞机票。"

"机票小事一桩，你跟我走就行。"

李小漫笑着说："这么大方？"

"分跟谁，我可以陪你去海角天涯。"周守法说。他了解李小漫的想法了，知道李小漫同意跟他回敖来县了，心的天空上乌云散去，他精神焕发。

第八章

回　家

1

这是哈尔滨入冬以来下的第一场大雪。雪花飘飘洒洒，漫天飞舞，冷风呼啸，呈现着东北冬季的寒冷特色。

李小漫没穿棉衣，只是穿着秋季的衣服。这是她去红涯市时穿的衣服，是最厚的衣服。她去红涯市时是在北大荒春末的季节。虽然北大荒春末的季节天气还寒意正浓，没脱棉衣，但是她想越往南走天气越暖和，为了行程方便，脱掉了棉衣，穿上了秋天的衣服。她从红涯市返回北大荒敖来县时，越往北天气越寒冷。她穿的衣服显得非常单薄，保暖性极差。

周守法在上海准备回黑龙江省时，认为李小漫穿的衣服过于单薄，不御寒，让李小漫买一套棉衣穿上防寒。

李小漫觉得上海的衣服价钱高，不想多花钱，心想在回家的路上，下了飞机乘火车，下了火车坐客车，虽然换车时有间隔，但是等车的时间不算太长，应该能挺过寒冷。她想只要能坚持到家就行。她有路上跟寒冷较量的思想准备，没有接受周守法让她买棉衣的建议。

她在走出机场大厅的那一刻，寒冷立刻穿透了她的衣服。她的身体在寒冷面前如同一丝不挂似的赤裸。她抵御寒冷的思想防线迅速被击溃了，被冻得缩紧身子，打着寒噤。

周守法急忙脱掉羽绒服披在李小漫身上，调侃地说："怎么样，不听老人言，吃亏在眼前。"

"你是谁的老人？"

周守法说："冷吧？"

"你别把羽绒服给我，要不你就感冒了。"

周守法说："得去给你买件棉衣，要不没到家就冻病了。"

"没想到能这么冷。"李小漫说。她认为身上的衣服不能抵御寒冷，假如不买棉衣，没有到家就得感冒。她必须穿上棉衣才能顺利回到家。

机场的候机大厅里有服装商店。

李小漫经过服装商店时还往服装商店看了一眼，当时服装商店里好像没有顾客，服务员站在商店门口，看着走过去的人。李小漫心想在这儿卖衣服卖给谁？没想到刚过了一会，自己的想法就被自己否定了。

她和周守法返回到候机大厅，走进服装商店。商店里的服装种类不是太多。她选了一件长款加厚羽绒服和棉鞋，看了看标签上的价格对服务员说："便宜点吧？"

"就这个价格。"服务员用没有商量的口气说。服务员刚才看见李小漫走过去了，看李小漫身上穿的衣服单薄，知道是被冻得受不了才买衣服。

李小漫说："不能一口价吧？"

"价钱是老板定的，我只是卖货的。"

周守法知道服务员不可能降价，说其他的话是在浪费时间，也没任何意义，立刻付了钱。

李小漫穿上加厚羽绒服和棉鞋感觉暖和多了。她边往候机大厅外面走边说："东北的冬天是真冷。"

"看跟哪里比了。"

李小漫说："冬天还有比东北冷的地方吗？"

"你去西伯利亚和北极试试。"

李小漫说："你抬杠。"

"还冷吗？"

李小漫说："暖和多了。"

"美丽战不胜严寒，什么季节穿什么衣服。"

李小漫感觉饿了，认为吃饭能给身体增加热量，便说："咱们去吃饭吧，吃过饭再去火车站。"

"附近饭店少，价钱也贵，一会儿就到火车站了，到火车站吃能更舒心。"

李小漫说："你还挺会节约的，更会找理由。"

周守法和李小漫乘坐出租车去了火车站。

当天哈尔滨开往鹤城的火车是晚上。硬卧铺票已经售完。软卧铺还有几张，全是上铺，没有中、下铺。几张票分别在不同的几节车厢。周守法虽然不想跟李小漫分开乘车，不想买上铺，但是没有选择余地。如果不乘坐这趟火车，下一趟开往鹤城的火车是在十二小时之后，他们急着回家，不想乘坐下趟火车。周守法打算上车后看能不能调换铺位。他买了两张分别在两个不同车厢的软卧上铺车票。

买完车票，他们去找饭店吃饭了。

他们边说边走，目光在街边各种店铺门前游走。他们在寻找饭店。夜色黑，屋里的灯光照射出来，从外面透过玻璃能看清楚屋里。

走到松花江饺子馆时，李小漫停住了说："咱们吃饺子吧？"

"我也这么想。"

李小漫笑着说："你说的话我都不知道是真是假了。"

"没想到你这么看我？我没这么油滑吧？"

李小漫不是觉得周守法油滑，是觉得周守法在迎合她，顺着她说，似乎在讨好她。周守法不说反驳她的话。周守法这么做不但没让她感觉到轻松，反而让她产生了思想压力。她不希望周守法完全顺着她，迎合她，希望周守法能提出不同看法。

他们走进松花江饺子馆，在离暖气片较近的餐桌前停住。饺子馆里没客人用餐，只有一名厨师和一名服务员，两个人在看电视。服务员走到李小漫面前，把手里的菜单递给李小漫。

黑龙江省冬季漫长，天气寒冷，蔬菜稀少。人们为了解决冬季吃蔬菜的问题，在秋天时腌制大量酸菜。

酸菜不受天气寒冷影响，储存时间长，适合北方人口味。酸菜可以包包子、包饺子、炖肉等，做法很多。

酸菜馅饺子是黑龙江省冬季的一种普通家常美食。

李小漫是在东北出生，在东北长大的，喜欢吃酸菜馅饺子。

周守法说："红涯市也有酸菜馅饺子吧？"

"红涯市的酸菜馅饺子馆多数是东北人开的。我吃过几次，觉得没咱们这里的酸菜馅饺子好吃。"

周守法说："这跟酸菜有关。"

"红涯市饺子馆用的酸菜应该是速腌的，不像咱们这里腌制的时间这么长。"

周守法说："哪家饭店用的酸菜都不可能像自己家里腌制的时间那么长。如果饭店用的酸菜腌制的时间那么长，还不赔死了。"

"天冷，你喝点酒吧。"

周守法说："还有那么远的路，为了安全，头脑应该保持清醒，不能喝酒。"

"过会儿就上车了，卧铺车厢比较安全，上车睡觉就行。"

周守法说："但也有隐患。"

"什么地方安全？"

周守法说："在家里安全。"

"在家如果发生了地震也不安全。"

周守法说："那是天灾。"

"在家里不只是会发生天灾，还会发生心脏病、脑出血，睡觉时有的时候也会睡死过去。"

周守法说："这是自己身体健康问题，跟外界无关。"

"你少喝点酒，我保持清醒，有事叫你。"

周守法说："我是男人，你是女人，男人怎么能让女人保护呢。"

"你这是看不起女人？还是大男子主义？"

周守法说："别冤枉我，我特别尊敬女性。"

"因为你害怕你妈，所以你必须服从女性管理。"

周守法说："以后我脱离我妈管理的阵营，服从你管。"

"没想到你思想转变得这么快，接话也一套套的。你路上照顾我挺辛苦，我有些感动。"

周守法笑着说："我还以为你麻木不仁呢。"

"原来我在你心里是这种印象，怪不得你妈对我有意见，问题出在你这儿。"

周守法说："跟我妈没关系，跟我不自信有关。"

"到家后我请你喝酒，让你自信。"

周守法说："去你家喝酒？"

"我可没钱请你去饭店。"

周守法说："在你家我跟你爸一起喝酒会是什么场景？"

"你不愿意去我家？"

周守法说："非常想去。"

"看不出来。"

周守法说："我的热情被西伯利亚的冷空气吞噬了，风雪也迷住了你的眼睛，风雪过后的季节一定能看见我身上的热情。"

"表达的方式正确，但是用词跑题了。"

周守法说："怎么感觉不到你的热情呢？"

"你的热度不够，还没有温暖我冰冷的心。"

周守法说："你看在这寒冷的冬夜里是谁陪在你身边。"

"这是你的荣幸，别人还没机会呢。"

周守法说："假如路上没有我陪着，你能是什么感觉？"

"如果你不找我，我就不回来了。"

周守法说："你是为了我回家的？"

"是为了今后美好的生活回家。"

周守法说："你决定嫁给我了？"

"还没睡觉，你就开始做梦了。"

周守法说："我很清醒，没说梦话。你做的事在证明你愿意嫁给我。"

"我做什么事了？"

周守法说："到上海找我，跟我一路同行。"

"我跟你结伴同行，应该理解为朋友、同乡，或同事。"

周守法用遗憾的口气说："这么说你不愿意嫁给我。"

"没考虑过这件事。"

周守法说："口是心非这个词用在你身上正确吗？"

"没喝酒就醉了。"

周守法说："你现在最想办成的是什么事？"

"没想过。"

周守法说："自欺欺人。"

"那你说是什么？"

周守法说："工作。"

李小漫把脸转过去，看着服务员。

周守法说："机械厂已经全部改制了，你回去上班的可能性极小，甚至没有可能性。"

"不可能再去那儿上班。"

周守法说："你不用多考虑，没工作我也娶你。"

"你怎么像大侠救美人。"

周守法说："爱江山，更爱美人。"

"还是大学毕业生呢……这是从哪学来的词语，可以把我比喻成美人，但是哪来的江山？别说是驴头不对马嘴了，就是马脖子也对不上。"李小漫笑着说。

周守法说："工作、事业就是江山。我也希望你能有好的工作。"

"你这么理性，我是感性人，咱们区别大，不能在一起生活。"

周守法说："有区别才能在一起生活，没区别不能在一起生活。"

"这是什么逻辑？"

周守法说："性情相同的两个人不能结婚在一起生活，两个性格互补的人才行。"

"我妈也这么说过。"

周守法说："回到家我向你妈请教经验。"

"你说得有点道理，工作虽然不是人生中的江山，但直接影响着生活质量，对人生非常重要。但是我不喜欢的男人，即使帮我找到了满意的工作，哪怕是让我当上了局长，我也不会嫁给他。"

周守法说："你的意思是喜欢我呗。"

"你怎么总想美事呢。"

周守法说："美梦成真。"

"天确实黑了，做梦也是正常的。"

周守法沉默了，做出若有所思的表情。

李小漫吃了一口饺子问："怎么不说话了？想什么呢？"

"在想如何把你娶回家。"

李小漫说："你整天想这事不累吗？"

"我感觉很愉快。"

李小漫说："咱们是同床异梦。"

"你什么时候跟我同床了？"

李小漫微笑着，低声说："你又受到刺激了。"

周守法从羽绒服兜里拿出车票看着，做出纠结的表情说："我得把铺位换到一起，看着你安然入睡。"

"事情不可能跟你想的那样，但愿你的梦想不会破灭。"

周守法说："任何事都需要努力争取。争取才能有机会，才能有希望。"

"也得看运气，运气不好争取也没用。"

周守法说："你信命？"

"不信，但是相信缘分。"

周守法说："我去卫生间。"

"我也去。"

周守法说："你先去。"

李小漫去卫生间了。

周守法拿着手机想给母亲打电话，但不能当着李小漫面打，如果母亲说出难听话会刺伤李小漫的自尊心。他准备在卫生间给母亲打电话。李小漫从卫生间回到餐桌，周守法去卫生间。他拨通了家里的固定电话。

2

曹英力刚走进卧室，还没上床，客厅的电话响了。她感觉电话是周守法打来的。她回到客厅拿起听筒问："你在哪儿呢？"

"我在哈尔滨。"

曹英力问："什么时间到家？"

"明天早晨到鹤城。"

曹英力说："正好明天我去鹤城办事，你可以坐我的车回家。"

"能坐几个人？"

曹英力说："还能坐一个人。"

"我们两个人，能坐下吗？"

曹英力说："坐不下。"

"那怎么办？"

曹英力说："那个人是谁？"

"朋友。"周守法没说出李小漫的名字。

曹英力说："让你朋友坐客车吧。"

"这不行。"

曹英力说："我们车只有一个空位置了，坐不下两个人。去鹤城的人是提前定好的，又不能超载，跟你朋友解释一下吧，他能理解。"

"你看谁的事不重要就不让谁去呗。"

曹英力说："都重要。"

"不会比你儿子我的事重要吧？"

曹英力说："是没你重要，但比你那位朋友重要。我没说不让你坐车，是不让你朋友坐车。也不是不让他坐，关键是车里坐不下这么多人。你把实际情况跟他说明，他能理解。"

"她能理解，但我理解不了。"

曹英力说："我不明白你的意思。"

"我怎么能让女朋友一个人坐客车，我坐你的车呢。"

曹英力不解地说:"女朋友?你哪来的女朋友?你没跟我说过有女朋友了。"

"我跟你说过,你忘了。"

曹英力说:"我记忆力没这么差,这么大的事,怎么能忘呢。你根本没跟我说过有女朋友了。"

"曹英力同志,不是我当儿子的批评你,你只顾着忙工作了。你科长当得还行,但是妈当得不合格。你连自己儿子的女朋友名字都没记住。"周守法调侃地说。

曹英力说:"李小漫去红涯市后,你自己不找女朋友,我给你介绍的几个你吹毛求疵,故意不同意。你哪来的女朋友?"

"刚认识的。"

曹英力说:"刚认识的?这次出差认识的?"

"是的。"

曹英力说:"哪个单位的?我认识吗?"

"你认识,你看不上她。"

曹英力脑子里画了个问号,思量地说:"我认识?我看不上她?"

"老妈,她挺好的。你改变一下观念,对她的态度好点行吗?"

曹英力说:"你是不是在说李小漫?"

"妈,你真了不起,能想到是她。你见到她要克制情绪,不能发火。"

曹英力说:"李小漫不是去红涯市了吗?你去上海出差怎么会跟她在一起?"

"缘分呗。"

曹英力说:"你去红涯市找她了?"

"没有。"

曹英力说:"你骗我。"

"老妈火眼金睛,我哪敢骗你。"

曹英力说:"我的话你从没听过。"

"我这不是在听吗?"

曹英力说:"可算了吧。如果你听我半句话,也不会去红涯市找李小漫。"

"妈，你见到她不能发火。"周守法强调性地说。

曹英力说："李小漫不能坐我们的车。"

"如果你不让她坐，我也不坐。我们坐客车回去。"周守法说。他表明了立场。

曹英力说："你是为李小漫在跟我较劲吗？"

"不是较劲，是你做得不对。"

曹英力说："俗话说娶了媳妇忘了娘，你还没娶媳妇呢，就不要娘了。"

"妈，你得为儿子考虑考虑吧？不能让儿子打光棍吧？"

曹英力说："你告诉我李小漫哪儿好？"

"我看她哪儿都好。"

曹英力说："她家庭一般，个人素质一般，还没有工作，如果你想找这样标准的对象很容易。"

"我只看上她了，别的看不上。妈，你说咋办？"

曹英力说："你鬼迷心窍了。"

"我的魂被鬼拽走了，你说咋办？"

曹英力说："我是为了你好，你还跟我较劲。"

"妈，我找对象，又不是你找对象，你这是何必呢。"

曹英力说："你说得没错，是你找对象，但是我在找儿媳。"

"既然你是找儿媳妇，就应该听儿子的意见。"

曹英力说："你们在一起吗？"

"在。"

曹英力说："在一起你还跟我说这些。"

"我在卫生间给你打电话。"

曹英力说："你在卫生间打电话？"

"你不是不让当着她面打吗？"

曹英力叹息了一声，故意给周守法听，然后说："那也不至于在卫生间打电话。还没结婚呢，就成了妻管严，结婚后还不知道怕媳妇怕成什么样呢。"

"这叫老妈英雄儿无能。"

曹英力说:"你明天在车站等我,我去接你。"

"李小漫呢?"

曹英力说:"你妈我不是傻子,还能把儿子的女朋友扔下不管吗?"

"你见到小漫不能发火。"周守法再次叮嘱说。

曹英力说:"你别小漫小漫的,说得这么亲切,好像她已经是你媳妇了似的。"

"她就是我媳妇。妈,你应该考虑我的心情,不能什么不好听的话都说。"

曹英力说:"你妈——我,在你眼里怎么跟泼妇似的。你可别忘了你妈是国家干部,是有修养的人。"

"我不相信国家干部,只相信我妈是通情达理的妈。"

曹英力说:"你什么时候学会夸奖人的?这是你在处事方面的进步。"

"你明天几点到鹤城?"

曹英力说:"正在下雪呢,看明天雪能不能停。"

"哈尔滨的雪小了,应该能停。"

曹英力说:"敖来城雪不大。"

"妈,睡个好觉,明天见。"周守法说。他挂断电话,如同完成一项重大任务似的从卫生间出来。

3

李小漫说:"你去卫生间的时间可真够长的。"

"便秘。"

李小漫没想到周守法这么说,做出抗议的表情说:"在吃饭呢,你说话讲点场合好不好。"

"你吃好了吗?如果吃好了,咱们去检票。"周守法说。他看了一眼手机上的时间。

李小漫站起身说:"你说这种话还能有食欲吗?不吃了。"

周守法付了饭钱。他们走出松花江饺子馆。吃了饭，经过休息，体力得到了恢复，感觉不怎么冷了。

雪渐渐停了。

车站外面没有行人，只有他们两个人。进了候车大厅已经开始检票了。他们随着上车的人流排队检票。

周守法的车厢跟李小漫的车厢之间隔着两节车厢。他把李小漫送上车后回到自己的车厢。他跟列车员说了想调换铺位的想法，列车员让他私下跟乘客商量。他跟邻铺位的乘客商量调换铺位，那个人看李小漫是上铺位，不愿意调换，说太麻烦了，没同意。他给李小漫打电话说调换不了铺位。

李小漫说只有几个小时就到鹤城了，不用换铺位，睡一觉，醒了，就到站了。

4

曹英力跟周守法通过电话后睡意全无，坐在客厅里琢磨着去鹤城乘车人员的安排。她拿起手机给袁一鸣打电话。

袁一鸣是敖来县政府小车班司机。县政府办公室安排他开车明天去鹤城。车是曹英力申请用的。他老婆想去鹤城买貂皮大衣，他跟曹英力说了让老婆坐车。当时曹英力不知道周守法回来，更没想到还有李小漫，车有空位置，答应袁一鸣了。

现在曹英力想让周守法和李小漫坐车回敖来县，多了一个人，车里坐不下。她在几个人之间衡量后，不想让袁一鸣的老婆乘车去鹤城了。袁一鸣的老婆是去买衣服，不是办重要事，可以再找机会去鹤城。

她跟袁一鸣说："一鸣，明天守法和同事从上海出差回来，在鹤城下火车，想坐咱们的车回敖来，你看车里能坐下吗？"

袁一鸣给领导开车多年，领导说话比较婉转，含蓄，不直接说，他养成了听话音辨别领导心思的能力。他听曹英力这么说，马上明白其中的意思了，立刻说："这次不让我老婆去了，下次再去。"

"办公室经常有车去鹤城，她买衣服也不急，下着雪，天气不好，下次去也行。"曹英力说。

袁一鸣说："貂皮大衣太贵了，我也不怎么想让她买，这正好是不让她买的理由。"

"你别说我不让去，那样她会生我的气。"曹英力认识袁一鸣的老婆。

袁一鸣说："咱们是工作用车，工作安排临时有变动，她能理解，不会有其他的想法。"

"下雪天路滑，明天辛苦你了。"

袁一鸣说："我开二十多年车了，没发生过一次事故，只要有车行驶，咱们的车就没问题。"

"因为你开车技术好，所以下雪天才安排你出车的。"

袁一鸣说："我有些天没看见守法了，明天拉他回来可以好好聊聊。"

"得让他跟你多学一学处世、处理问题的经验。"

袁一鸣说："守法挺好的。他是单位里重点培养的年轻干部。"

"婚事让我操心。"

袁一鸣说："你跟他的想法不一样也正常，两代人嘛……"

曹英力挂断电话后，站起身走到窗前，拉开窗帘，朝窗外看去。虽然是深夜，可洁白的雪把黑夜染得很亮。

夜月下的雪色非常美，这种美景很特别。

这是北大荒敖来县冬季深夜特有的景色。

曹英力看着夜色想着心事，想着周守法，也想到了李小漫。她意识到自己应该改变对李小漫的看法了，不应该排斥，应该接受了。如果她不改变对李小漫的看法和态度，会影响跟周守法的母子感情。

周同喜去卫生间经过客厅时，看曹英力站在窗前看着外面沉思，不解地说："你怎么不睡觉，站在那发什么愣。"

"还不是你宝贝儿子弄的。"

周同喜说："守法来电话了？"

"他明天回来。"

周同喜说："他回来你发什么呆呢？"

"他跟李小漫一起回来。"

周同喜说："他去上海出差，李小漫在红涯市，他们怎么能走到一起呢？"

"要么是守法去红涯市找李小漫了，要么是李小漫到上海找守法了。"

周同喜说："既然是这样，你就别阻拦了，守法也不会听你的。"

"找对象是人生中的大事，我不想看见儿子在婚姻上走弯路。"

周同喜说："守法是成年人，有辨别对错的能力，你不用过于担心。并且你的担心不一定正确。李小漫年轻，也有着拼劲，以后的工作、生活、人生观，可能会发生很大改变。"

"但愿守法的选择是正确的。"曹英力说。

周同喜说："他大学本科毕业，是敖来县的高考状元，辨别事情的眼光是有的，你不要总把他当小孩子。"

"我工作几十年了，经历过那么多事，还不如我儿子的眼光？"曹英力说。她不相信自己对李小漫的观点有什么不妥当之处。

周同喜说："你不要摆老资格，倚老卖老，你看现在工作中年轻人哪个比老年人差？社会在发展，生活在变化，年轻人是社会发展的先锋力量，生活中也一样，必须接受年轻人的思想。"

"李小漫算是把我儿子迷住了……"

5

火车到鹤城站时，天刚放亮。冬季鹤城的天空灰蒙蒙的，如同被烟雾笼罩着似的。这是煤城冬季天气的特色。

周守法和李小漫在鹤城有几位朋友，但没通知朋友接站。他们在火车上睡了一晚上，虽然睡的质量不算好，但体力得到了恢复。他们没有食欲，不想吃早饭，外面天气冷，到车站旁边的钟点旅馆休息了。

周守法给曹英力打电话，说他到鹤城了。这次他是在李小漫面前打的电话，有意让李小漫听见，想让李小漫有思想准备。

李小漫在周守法跟曹英力通过电话后说:"你妈来鹤城接你?"

"她今天来鹤城办事,咱们坐她的车回去。"

李小漫说:"你什么时间跟你妈说你回来的?"

"昨天晚上。"

李小漫想了想说:"你是在松花江饺子馆的卫生间,给你妈打的电话吧?"

"当时便秘,有时间,就给我妈打电话了。"

李小漫知道周守法是在开玩笑,根本不存在便秘的事,嘲谑地说:"你应该去找医生开药了,不然,你的便秘会越来越严重。"

"有你在我身边,身体免疫力就能增强,不用找医生,也不用吃药,任何疾病都能自然治愈。"

李小漫说:"我不是医生,更不是药物,治不好你的病。"

"你的温情比药管用。"

李小漫叹息了一声,做着放松的表情说:"你用心良苦,我却无能为力。"

"希望苦尽甘来,美梦成真。"

李小漫说:"天亮了,你的梦也应该破灭了。"

"应该能有梦想成为现实那一天。现在咱们在一起很温暖,很舒心。"

李小漫斜视了一眼周守法说:"跟你妈说我回来了?"

"我妈不反对咱们在一起,你就不要有情绪了。"

李小漫说:"她不反对才怪呢。"

"她的观念改变了。"

李小漫说:"你妈思想守旧,官僚主义严重,很难改变。"

"我妈不官僚。她只是关心我未来的事业、生活发展。她为了我的感受肯定能改变思想态度,你见到她你就知道了。"

李小漫说:"你坐你妈的车吧,我坐客车回去。"

"客车慢,车上还冷,天黑才能到家。"

李小漫说:"虽然客车慢,但我心情能好些。"

"跟我在一起你的心情会更好。"

李小漫说："我见到你妈有些害怕。"

"我妈又不是东北虎，也不是北极熊，没什么可怕的。"

李小漫说："你妈比东北虎、北极熊还吓人。"

"你放心，我妈还是比较通情达理的，不会让你难堪的。她是国家干部，在县政府机关工作那么多年，懂得人情，她不会让你难堪的。"

李小漫说："你是她儿子，当然说她好了。"

"你是她儿媳妇，她对你可能比对我还好。"

李小漫说："我可不敢给她当儿媳妇，她的儿媳妇是谁还不知道呢。"

"你只能是周守法的媳妇，只能是曹英力的儿媳妇，不允许成为其他人的媳妇或儿媳妇。"

李小漫说："如果我嫁给其他人了，你会是什么感受？能参加我的婚礼吗？"

"我跳进敖来河不活了。"

李小漫说："敖来河水少，淹不死人，跳进松花江还可以。"

"松花江距离有点远了，还没走到江边，想法就改变了，就没有跳江的勇气了。"

李小漫说："如果你这么做会轰动敖来县城，能一举成名。"

"我决定用生命捍卫爱情。"

李小漫说："也许你的誓言能感动其他女人，但感动不了我。"

"你是铁石心肠，还是有意冷酷到底？即使你是此时的冬天，也会在冬天过去出现春天的。"

李小漫笑着说："这年月，自作多情的人太多了。"

"我相信自己的感觉，更相信自己对未来生活的预测及判断。"

李小漫以前对周守法是既爱不起来，也放不下，在忽左忽右处境中。她这次对周守法观念改变了，认为周守法是值得信赖的男人，更觉得周守法很幽默，对生活和工作充满信心，非常有趣味。她不知道是自己改变了想法，还是周守法改变了处事方式，不管怎么说她是心甘情愿地接受了周守法的感情。她担心周守法的家人不接受她。她说："如果我跟你妈吵架，你向着谁？"

"你们都是有修养的人，素质高，在你们身上不会发生这种低劣事情。"

李小漫说："你妈是国家干部，素质高，我不行。如果我素质高，她就不会对我有这种看法了。"

"你是诗人，诗人属于文化工作者。文化人是有修养的，更不可能做出那种有伤大雅的事。我妈不了解你，她在了解你后，可能比我对你还好。"

李小漫说："如果你妈侵犯了我的人格、伤害了我，我得自卫。"

"我妈是在政府机关工作的干部，还是科长，多年的机关工作经历已经养成了克制的习惯，不会做这种粗鲁的事。"

李小漫用质疑的口气说："你认为你分析得正确吗？"

"绝对正确。"

李小漫说："你给自己打了一百分。"

"这是你给打的，你太了解我了。"

李小漫说："你什么时间学会讨好人了，嘴还这么甜，跟以前相比判若两人。"

"在想你的日子里，我学会了思考，改变了自己。"

李小漫说："看来时间和环境能改变人的想法和处事方式。"

"你也改变了很多。"

李小漫说："我哪儿变了？"

"你务实了，懂得生活了，也学会理解人了。"

李小漫说："我以前也懂得生活，也务实，只是你没感觉到。"

"你以前有点像青苹果，不食人间烟火。"

李小漫说："青苹果是什么意思？"

"不成熟。"

李小漫说："成熟需要时间，也需要生活经历的磨炼。"

"你以前任性、天真，处事过于随意、散漫了。"

李小漫说："在人生中的某个阶段，每个人都是天真的。"

"我好像没天真过。"

李小漫说："你在自己夸奖自己。"

"没人夸奖我，我只能自己夸奖自己，给自己增加些面对困难的勇气。"

李小漫说："你妈什么时间来？"

"她已经到了，在市政府办事。"

李小漫说："不要为我的事跟你妈吵架。她是你妈，不管是从哪方面考虑，都是在为你着想，我能理解你妈的心情。"

"你能这么想，任何问题都不是问题。风雪过后一定是晴空万里。"周守法说。他觉得心情特别舒畅。

6

曹英力坐在北京213吉普车里，看着前方的路边，在估摸着离火车站距离不远时给周守法打了电话，告诉周守法车到了。周守法和李小漫走出旅馆时，曹英力坐的车在路边停着。

袁一鸣下车冲着周守法打招呼说："路上冷吧？"

"还行。"周守法说。他把旅行箱放进车里。

李小漫上了车对曹英力说："阿姨，这么巧，搭你们的车回去。"

"可不是吗？守法出差这么多天也没给我打电话，昨天晚上才给我打电话。当时我们来鹤城的人都定好了。为了能让你们搭车，你一鸣嫂子没来。"曹英力说。

周守法说："谢谢一鸣哥。"

"应该谢你们。你嫂子想来买貂皮大衣，我不想让她买，正好找个借口。"袁一鸣说。

周守法说："嫂子穿上貂皮大衣一定更漂亮。"

"貂皮大衣太贵了，得花钱呀。"袁一鸣说。

曹英力说："咱们去吃饭，吃过饭再往回走。"

"你们看好哪家饭店提前说，我只管负责开车。你们负责选择饭店。"袁一鸣说。他看着前方，开着车。

曹英力说："你们想吃什么？"

"天津大包吧。"有同事看街边有天津包子店铺就说。

袁一鸣说："如果决定吃包子，我就开过去了？"

"这家饭馆做的菜也行。"曹英力说。她在这家饭店吃过饭。

天津饭店虽然面积不大，但干净，生意做得也可以。因为是接近吃午饭时间，还没到用餐高峰时段，店里用餐顾客不多。

他们走进饭店，选了个宽敞的餐桌坐下。服务员拿着菜单走过来。

曹英力对李小漫说："小漫，你想吃点什么？"

"阿姨，我什么都可以。"李小漫说。她没想到曹英力能先问她，有点惊慌，也有些紧张，心跳好像也加快了。

第九章

冬天里的温暖

1

李小漫睁开眼睛，伸着懒腰，朝窗户看。光线透过窗帘映进屋里，她感觉快到中午了。她回到家又捡回了贪睡的习惯。她在红涯市工作那段日子里几乎没睡过懒觉，偶尔晚起了几次，也不像在家里这么安心。

她感觉还是在家好，在爸妈身边好，在家不只是随意，也有安全感。这种随意和安全感在异乡是没有的。更让她没想到的是爸妈对她的态度发生了非常大的转变。

她原以为回到家里爸妈会对她大发雷霆、严厉斥责。当她回到家时爸妈不但没有说责备的话，也没问她在红涯市的工作和生活经历，而是让她好好休息。她从爸妈微小的举动中感受到了家人的关爱、温暖。

她享受着在爸妈身边的幸福。

她想去厕所，厕所在屋前面的院子里。她穿上衣服，走出房间。

王克芳坐在客厅里缝补着裤子，在李小漫走出房间时习惯性地说："睡醒了。"

"一觉睡到了天亮。"

王克芳说："外面冷，戴上围巾。"

李小漫不习惯戴围巾，推开门走出屋。寒气迅速穿透了她的衣服。她双手裹着衣襟，沿着在雪地中清理出来的小路朝厕所跑，又跑着回到屋里，打着哆嗦地说："太冷了。"

王克芳说："明年春天搬进楼房就好了。"

"楼盖好了？"

王克芳说："盖好了，也有搬进去住的人家了。你爸说新房子有潮气，对身体不好，打算明年春天搬进去。"

李小漫打个哈欠，伸着懒腰说："我还想睡一会儿。"

王克芳说："你睡吧，饭在锅里呢，我出去买点东西。"

李小漫说："天这么冷，你别去了，过会儿我去买。"

王克芳说："我在这地方生活几十年了，哪年冬季不是这样。"

李小漫说："路滑，你慢点走。"

王克芳说："你起床后往炉子里放些煤，别让炉子灭了。"

李小漫回到房间，钻进被窝，却没了睡意。

这一夜，她睡得踏实，身体得到了恢复，缓解了疲劳。她在考虑以后干什么。她不能闲在家里，得为生活寻找出路。

她在想着熟悉的人，应该做的事。她想给沈殿霞打电话，又一想沈殿霞没手机，电话只能打到奶粉厂办公室，让办公室的人去车间找沈殿霞，这么麻烦不说，也不方便说话。她准备去奶粉厂找沈殿霞。

她感觉肚子饿了，不想继续躺在床上，穿好衣服，去厨房吃饭。

厨房里有炉子，温度比卧室高。

锅里放着鸡蛋炒葱、馒头和小米粥。她觉得饭菜不对胃口，随意吃了几口饭，就不想吃了。她想找面包或饼干什么的，但是家里没有。

她发现家里没什么蔬菜，也没水果，知道爸妈在她没在家的日子里过着俭朴生活。她得找工作挣钱，改变生活状况，让爸妈过上更好的日子。

她往炉子里放些煤，防止炉火灭了，也控制着炉火燃烧的速度。

她穿上羽绒服，推着摩托车出了屋。

王克芳拎着一只鸡和一些蔬菜走进院子，看见李小漫问："你去哪儿？"

"找沈殿霞。"

王克芳说："天冷，路滑，骑车小心点儿。"

"放心吧，摔不着我。"

王克芳说："你让殿霞晚上来家里吃饭吧。"

"怎么让她来吃饭呢？"

王克芳说："你没在家时，她经常和对象来看望我和你爸，有时还把奶粉厂分的奶拿来。你回来了，应该叫她来家里吃饭。"

"看她下班有没有其他事。"

王克芳说："把杨海燕也叫来。"

"杨海燕住在乡下，这么冷，路这么滑，怎么叫？"李小漫为难地说。

王克芳说："她在二道街开了服装店，晚上住在店里，不回家。"

"杨海燕开服装店了？"李小漫吃惊地说。

王克芳说："她从佳木斯学习裁缝，回来就开服装店了。"

"店名叫什么？"

王克芳说："海燕裁缝店。"

"你去做过衣服？"

王克芳说："去做过一次，因为她不收加工费，就不去了。"

李小漫骑上摩托车去奶粉厂了。

街上行人少，没有车辆行驶，很空旷。大街两边的树枝上挂着白雪，一派玉树琼枝的美景。天气寒冷，从嘴里喘出的气体结成霜挂在围巾上。

这是北大荒敖来县城冬季独特的生活美景。

李小漫在奶粉厂大院门前下了摩托车，跟在传达室值班的卫门说是来找沈殿霞。门卫说厂里规定厂区内不能骑摩托车、自行车，只能步行。她朝生产车间走去。

沈殿霞穿着工作服，背对着门在干活。她没看见李小漫进车间，更没想到李小漫从红涯市回来了。她对面的工友看见李小漫了，李小漫指了指沈殿霞。

那名工友对沈殿霞说："有人找你。"

沈殿霞转过身，惊喜地快步朝李小漫走过去，问："什么时间回来的？"

"昨天晚上。"

沈殿霞问："还去吗？"

"没想好。如果你挽留我，我就不去了。"李小漫开玩笑地说。

沈殿霞说："你这是说的什么话？当初你去时我就不同意。听我的，别去了，你走后，你爸、妈，整天没精打采的，担心你，他们老了很多。"

"我以后能干什么呢？"

沈殿霞说："你去红涯市不也是干活吗？敖县城这么多人，你看谁饿着了？不都活得挺好吗？"

"你这活我干不了。"

沈殿霞说："可以干其他工作。"

"你帮我想一想，我能干什么。"

沈殿霞说："现在想不出来，想好了告诉你。"

"我闲不住，你快点想。"

沈殿霞说："在这说话领导不让，到旁边说。"

"外面太冷。"

沈殿霞说："去张国忠的办公室。"

"他有单独办公室了？"

沈殿霞说："他们车间让他承包了。他没办公室怎么跟客户谈业务。"

"有魄力。"

沈殿霞说："他不承包就其他人承包。车间进行改制管理后自负盈亏。每年向厂里上交一定利润，压力挺大的。"

"你应该去他的车间干活。"

沈殿霞说："虽然车间他承包了，但每个工人都有股份，也不能从自己的角度考虑问题，得照顾大局。"

"你得换个工种，这活太累了。"

沈殿霞说："干习惯了，不觉得累。只要其他人能干，我就能干。"

"你们车间的人全穿这种工作服，外表都一个样。幸亏你胖，要不认不出来你。"

沈殿霞说："胖人有胖人的好处，天生我材必有用。"

"我妈说晚上让你到我家吃饭。"

沈殿霞说："都叫谁了？"

"谁也没叫呢。"

沈殿霞说："你准备还叫谁？"

"杨海燕。"

沈殿霞说："她的裁缝店活太多了，干不过来，又快过春节了，在做衣服旺季，最忙的时候，她不一定能有时间。"

"我去叫她，让她自己决定。"

沈殿霞说："周守法和崔春阳也去吧？"

"你说呢？"

沈殿霞说："你请客吃饭，又不是我请客，怎么能由我定呢。"

"你就是我，我就是你，咱们两个不分彼此。"

沈殿霞说："这话说得不对。"

"怎么不对了？"

沈殿霞说："照你这么说我可以跟周守法睡觉了。"

"你怎么变成流氓了，什么话都敢说。小心张国忠不要你了。张国忠当官了，有权力了，如果你不提高素质，他就选择其他姑娘了。"李小漫笑着说。

沈殿霞说："那不会。我跟张国忠说的话比他妈说的还管用，这叫一物降一物。"

"我去杨海燕那里看看。"

沈殿霞说："叫上他们，人多热闹。集思广益，说一说你工作的事。"

"你通知他们吧。"

沈殿霞说："周守法得你通知，我让张国忠通知崔春阳。"

"张国忠给你当秘书绝对够级别。"

沈殿霞伸手摸着李小漫身上的羽绒服说："质量挺好，颜色也好看。在红涯市买的？"

"哈尔滨。不说了，别影响你工作，晚上见。"李小漫说。她转身往奶粉厂大门口方向走。

2

曹英力回到家问周守法："你去上海怎么跟李小漫一起回来的？"

"路上遇到的。"

曹英力知道周守法在说谎，接着说："上海距离红洰市那么远，也不同路线，怎么能遇到呢？"

"好像我在电话里跟你说了吧。"

曹英力说："你是在哈尔滨给我打的电话好不好。"

"你问这有用吗？"

曹英力说："我关心我儿子还不行吗？"

"那就给你儿子办点正事。"

曹英力说："我关心我儿子不是正事吗？"

"老妈，亲爱的老妈，来点实际的。"

曹英力说："这不实际吗？"

"再实际点。"

曹英力说："还怎么实际？"

"给你儿媳安排个适当的工作。如果其他人问你，曹科长，你儿媳妇是干什么工作的？你没法回答。"

曹英力说："谁是我儿媳妇我还不知道呢。"

"装糊涂，老妈，你装糊涂特别像。如果不是我，你装糊涂其他人看不出来。"

曹英力说："你的意思是我还不糊涂呗？"

"糊涂能当科长吗？并且是县政府办公室主任。这是挺重要的工作岗位。如果糊涂了，早就下岗，调离这个工作岗位了。"

曹英力说："你决定娶李小漫了？"

"我是决定了。她愿意不愿意还不知道呢。"

曹英力说："她找不到比我儿子更优秀的对象了。如果她不嫁给我儿子，得一辈子做后悔梦。"

"你儿子哪方面优秀？"

曹英力说："我儿子哪方面都优秀，最基本是当年全县高考状元。其他学习好的几个年轻人，在大学毕业后都没回敖来县工作，而是到其他地方工作了。我儿子热爱家乡，愿意为家乡发展贡献力量。这也是优秀品德体现的一个方面。"

"这么高看你儿子呢？"

曹英力说："这是事实，不是高看。"

"老妈，实际点，想一想办法，把小漫工作的事解决了。"

曹英力说："你还没回答我的问话呢。"

"你问什么了？"

曹英力做出不想说下去的表情说："如果你跟我装糊涂，以后你的事不用跟我说了，我也不管了。"

"我去红涯市找的小漫。"

曹英力说："我也这么认为。你不去找她，她不知道你去上海。"

"那你还明知故问。"

曹英力说："你说出来的跟我猜测的感觉不一样。"

"老妈，这种事你还找感觉呢？"

曹英力说："我想知道我儿子的态度坚定不坚定。"

"坚定吗？"

曹英力叹息地说："我儿子执迷不悟了。"

"老妈，你今天在鹤城做得很好。小漫和我都没想到你能那样，我们都感动了。"

曹英力说："什么意思？"

"你在小漫面前没让我难堪。"

曹英力说："你妈不是农民，也不是工人，而是国家干部，有大局意识，也体察民情，怎么能让我儿子难堪呢。"

"小漫工作的事你得想办法。"

曹英力说："我没办法，你们只能自己解决。"

"你知道我没能力办，就别刁难我了。"

曹英力说："我觉得你能力挺大的。"

"哪有妈笑话儿子的。"

曹英力说："哪有儿子不听妈劝告的。"

"你的话我几乎全听了，你可别冤枉我。"

曹英力质问地说："你全听了？"

"几乎，不是全部。皇帝说的话也不是全正确，你说是不是。"

曹英力说："既然你决定娶李小漫了，可以让她待在家里，你养着她。"

"她闲不住，闲着能闲出毛病。"

曹英力说："机械厂改成了股份制，效益也不好，她回机械厂上班的可能性没有了。"

"她不喜欢那份工作，不可能再去那儿干活。"

曹英力说："别人能干，她怎么不能干。"

"人跟人的想法能一样吗？你是科长，我爸还是科员呢。俗话说货比货得扔，人比人气死人。"

曹英力说："李小漫比其他人特殊呗？"

"不是特殊，是看待问题角度不一样。"

曹英力说："她想当县长，但得有这个本事。"

"老妈，你别抬杠行不？"

曹英力说："李小漫除了会写诗，还会干什么？"

"会写诗就行呗。她可以到文化馆当辅导员，也可以到广播站、电视台当编辑。你想一想办法，让她去文化馆、广播站、电视台呗。"

曹英力说："好像你妈我是县委书记、县长似的。"

"正因为你不是县委书记、县长，才让你想办法呢。如果你是县委书记、县长就不用这么费心事了。"

曹英力说："上次李副县长已经同意了，她却去红涯市了……让我跟李副县长怎么说？"

"你再跟李副县长说一说，没准李副县长还能同意呢。"

曹英力说："你想得太简单了，如果县领导这么好说话，那得有多少人找。如果找了县领导就能调到这些单位工作，这些单位成为什么了？"

"老妈，我知道难办，你得想办法解决小漫工作的事。"

曹英力叹息了一声，为难地说："让李小漫把资料准备齐全，听说文化馆辅导员的职位还空着，县里也许会公开招聘，让她做好应聘的准备。她得全力以赴应聘，如果应聘不上，我真没有办法。"

"她没学历，只有发表的作品，能行吗？"

曹英力说："没学历是短处，但不一定不行。有学历的没有发表过作品，没有实际能力也不行。工作中还得有真才实学才行。"

"以后让她参加成人自学考试弄个文凭。"

曹英力说："你为她打算得够远的。"

"她有这种想法。"

曹英力说："虽然想法是好的，但那是以后的事，解决不了眼前的问题。让她现在把眼前的事做好，全力以赴应聘。机会难得，错过就没有了。"

"听老妈的。老妈说怎么做就怎么做。"

曹英力说："她只能通过参加应聘、竞争上岗这一个渠道。"

"什么时间招聘？"

曹英力说："最快也得过了春节。"

"现在刚到十二月，不能提前招聘吗？"

曹英力说："到年底了，各单位在进行工作总结，现在不可能做招聘的事。"

"想一想办法行不？"

曹英力说："我是科级干部，不是县长、县委书记，我没办法可想。"

"虽然你是科级干部，但你跟组织部、文化局的领导熟悉，能说上话。"

曹英力说："话可以说，可人家不一定办。如果不办，还不如不说。"

"李小漫是你儿媳妇，这件事你得努力办。你帮她也是帮自己。"

曹英力说："她是她，我是我。别说是李小漫了，就是你也不能代替我，我也不能代替你。每个人是独立存在于社会和生活中的。"

"虽然这话有道理，但不是绝对的。小漫是你儿媳妇，如果她没有适合的工作，也会影响到你的心情。并且你老了，她还得照顾你晚年的生活呢。"

曹英力说："可算了吧，这年头儿子都指望不上呢，还能去指望儿媳妇吗？"

"我可没做让你不高兴的事。"

曹英力说："你现在做的事我就不高兴。"

"老妈挺高兴的。"

曹英力说："娶媳妇是你一辈子的大事，如果你认准了，我不反对。"

"老妈，你真好，你真是我的好妈。"

曹英力说："快过春节了，让李小漫跟文化馆处理好关系，招聘时接收单位的意见非常重要。"

"还是老妈经验多，如果你不提醒，小漫是想不到的。"

曹英力说："你让她提高写作水平，我尽最大努力推荐。我只能推荐。如果这次真办不成，她也别失望，只要有真本事，机会肯定有。"

"老妈出马，一个顶俩，不，能顶四五个，肯定能办成。"

曹英力无奈地说："我是你妈，你用不着拿好话哄我。"

周守法还想说什么，但是曹英力不想说了。曹英力站起身往卧室走去。周守法看着曹英力的背影，忽然觉得母亲步子摇晃了，走路时身体不稳了，觉得母亲老了。他心情有些难受，瞬间好像成熟多了。

3

沈殿霞走进张国忠的办公室时，张国忠放下手中的电话听筒。沈殿霞说："刚才李小漫来了，让咱们晚上去她家吃饭。"

"她什么时间回来的。"

沈殿霞说："昨天晚上。"

"她还去红涯市吗？"

沈殿霞说："好像不去了。"

"她在红涯市也找不到好工作。"

沈殿霞说："为什么？"

"咱们这儿大学生都不包分配了，何况大城市呢。她只会写诗，没文凭，哪个好单位能招聘她。除了写诗，她还能干什么？哪个单位能招聘人专门写诗。"

沈殿霞说："如果李小漫知道你这么看她，她还不骂你。"

"这话不能在她面前说。"

沈殿霞说："除了我之外，这话对谁都不能说，如果传到李小漫耳朵里，她不骂你才怪呢。"

"她都叫谁了？"

沈殿霞说："就咱们几个。她让你叫崔春阳。"

"她怎么不自己叫。"

沈殿霞说："她可能没时间。"

"打电话能用多长时间。"

沈殿霞说："也可能她刚从红涯市回来，自尊心有点受影响。"

"她在机械厂的工作没有了，其他地方工作没找到……挺麻烦。"

沈殿霞说："工作问题能解决。"

"她是高不成低不就。工作是不能随着个人意愿做选择的。"

沈殿霞说："有几个女人能像我这么能干，能吃苦的。"

"能干是种幸福。"

沈殿霞说："可算了吧，每天累得要死，还幸福呢。"

"如果让你天天待着，你能待得住吗？"

沈殿霞说："我可不是那种人。"

"你比李小漫幸福多了。"

沈殿霞说："我比李小漫辛苦多了，李小漫比我幸福。"

"她没有工作，心情不好，哪来的幸福。"

沈殿霞说："让李小漫到你们车间上班能行不？"

"肯定不行。"

沈殿霞说："为什么不行？"

"她干不了这活。再说，她来厂里上班得厂长同意才行。"

沈殿霞说："她长期待在家里不是办法。"

"你想帮她可以，但得有适合她的工作才行。"

沈殿霞说："她喜欢写诗，也只会写诗，哪里有写诗的工作。"

"电视台、宣传部、文化局、文化馆这些单位都适合她。"

沈殿霞说："我可没这么大本事。如果我有这么大本事，就不用干这么累的活了。"

"暂时的，我一定不让你干这么累的活。"

沈殿霞说："有你这话我就感动了。"

"让李小漫来奶粉厂上班，她也不会来。"

沈殿霞说："跟她说一声，来就来，不来就算了。"

"让她来奶粉厂干活，还不如让她去崔春阳的手机店卖手机呢。"

沈殿霞说："崔春阳的手机店不一定缺人。"

"崔春阳是手机店老板，想用谁他自己做主，不用跟任何人商量。"

沈殿霞说："要不你跟崔春阳说一说？"

"崔春阳跟周守法关系那么好，这事不用咱们操心。"

沈殿霞说："周守法不可能说。"

"守法要面子，再说，不知道崔春阳是怎么想的。万一崔春阳不愿意，就伤到了两个人的感情。"

沈殿霞说："你跟崔春阳说比较好。"

"我想一想怎么说。"

沈殿霞说："你告诉崔春阳晚上到李小漫家吃饭吧。"

"你进来时我刚跟他通过电话，他说明天去哈尔滨进货。"

沈殿霞说："近期他手机卖得挺好。"

"过会儿我给他打电话。"

沈殿霞说："刚才我忘问周守法去上海出差回来没有。"

"好像没回来，如果回来了，他应该给我打电话。"

沈殿霞说："你以为你是他领导呢，什么事都向你汇报。"

"晚上就知道了。"

沈殿霞说："周守法的妈太厉害了，要不他跟小漫也不会这样。"

"门当户对观念比较严重。"

沈殿霞说："周守法妈是国家干部，不应该有这种观念。"

"越是干部越严重。"

沈殿霞说："你可不要当太大的官。"

"为什么？"

沈殿霞说："你当了大官，就觉得我配不上你了，我跟你就门不当户不对了。"

"我不可能当陈世美。"

沈殿霞反驳说:"陈世美没当官时,也没想当陈世美。人的想法是随着社会地位、生活环境发生变化的。"

"如果想生活得好,想让你有好工作,要么你当官,要么我当官,只有这样才能实现。如果咱们全是工人,只能是空想。"

沈殿霞说:"我当不了官,也没有当官的能力,你还有希望,这项重大任务只能由你完成了。"

"你觉得咱们生产雪糕行不?"

沈殿霞没想到张国忠能有这种想法,吃惊地说:"你真是突发奇想,咱们这儿冬季漫长,夏季短,夏季能卖点,但是冬季冰天雪地的,那么冷,谁能吃雪糕。"

"去年冬天,我到北京出差时,在宾馆看见几个外国人吃雪糕,就在琢磨着生产雪糕的事。"

沈殿霞说:"北京是国家首都,从世界各地哪儿来的人都有,饮食习惯不同,什么吃法都有,咱们这地方能跟北京比吗?"

"咱们这儿冬季喜欢吃冻梨,冻梨比雪糕还凉。我想能有吃冻梨的,就应该能有吃雪糕的。"

沈殿霞说:"雪糕和冻梨是两回事。"

张国忠看了一眼传呼机上的时间说:"我得去厂长办公室开会了。"

"你可别跟厂长说生产雪糕的事,如果你说出来,厂长还以为你神经不正常呢。"

张国忠说:"我想疯一次。"

"下班后我等你吗?"

张国忠说:"你别等我,你先去,我可能得加班。"

4

几个月前奶粉厂进行了体制改革,由之前的国营性质转变成股份制。厂里进行较大人员调整，张国忠是中层领导中最年轻的。

因为敖来县地处边疆地区，人口少，离大城市路程远，奶粉销售一直不怎么好，效益没上去，勉强维持。外界看似很好，厂里为了维护单位名声，对外统一口径说很好。厂里在寻找、探索发展途径，想尽办法增加产品种类，拓宽经营渠道。

厂长看张国忠一直没发言，在会议快要结束时说："国忠，谈一谈你的想法。"

"我有个不成熟的想法，不知道该不该讲。"

厂长说："咱们是在探讨奶粉厂的发展出路，谁有想法都可以说。说错了也不受到处罚，只要是跟厂子发展有关的事，没有不能说的。"

"咱们厂生产雪糕能行不？"

屋里人的目光齐刷刷看着张国忠。大家脸上的表情变得复杂了，带着不解、惊讶、质疑……没有人吱声，目光又从他转移到了厂长。

厂长沉默着，没说话，静静看着张国忠，在等张国忠说下去。

张国忠说："去年冬天，我在北京的宾馆里看见有外国人在吃雪糕，当时我很诧异，心想这么冷的天，怎么还吃雪糕呢？当天晚上朋友请我吃饭，饭后也吃了雪糕。我感觉喝酒后吃雪糕挺有生活品位的。"

"这事可以考虑。"厂长说。

张国忠说："虽然咱们这地方冬季室外寒冷，但室内温度高，饭后、喝酒后，吃雪糕应该能行。"

"我喜欢吃冻梨。"厂长说。

张国忠看厂长没有反对他的想法，有了点底气，接着说："关键是咱们这儿冬季没有卖雪糕的，物以稀为贵，咱们生产雪糕应该能好销售。"

"冬季，鹤城、佳木斯有卖雪糕的吗？"厂长思量地说。

副厂长说："有卖糖葫芦的，没看见卖雪糕的。"

"有生产雪糕的也不要紧，俗话说货比三家，咱们可以在质量方面提高，做出高质量雪糕。"厂长说。

副厂长说："可以生产纯奶雪糕，但价钱又不能高，让普通人家认为值得买，愿意买。"

奶粉厂党支部书记在省委党校学习过两年，他对省城熟悉，知道省城的马迭尔冰棍名声大。马迭尔冰棍创建于一九〇六年，有百年历史。其名称"马迭尔"从清朝到民国到新中国成立后一直沿用未改。马迭尔冰棍奉守传统工艺，坚决不使用添加剂，冰棍甜而不腻，奶味浓郁，冰凉中带香……马迭尔冰棍是省城特色冷饮。党支部书记笑着说："我喝酒后有吃冻梨的习惯，如果有雪糕了，就不吃冻梨了。"

"咱们还没有生产雪糕的机器呢，也不懂这方面的生产工艺流程……这是非常关键的问题。"副厂长说。

厂长说："生产工艺应该不麻烦，机器也不会太贵。可以花钱请大厂家技术人员来现场工作指导。快过春节了，春节期间好销售。争取在春节前把雪糕厂建起来，生产出雪糕，早点投入生产。"

"时间太紧张了。"有人说。

厂长说："可以分秒必争。"

"厂长工作中是雷厉风行。咱们就别犹豫了。"党支部书记说。

厂长说："国忠，你尽快写份生产计划报告。"

"我不了解购买的机器、原材料等方面价格。"张国忠为难地说。

厂长说："根据实际需要投入资金。没有做过的事，不可能了解得那么具体。经验是从工作中总结出来的，你拿出方案，咱们得报政府主管部门审批。"

张国忠只是有生产雪糕的想法，没想到厂领导居然没有反对意见，厂长还这么赞成。厂长让他写计划，他对生产雪糕工艺流程还不了解，犯难了。

5

李小漫家如同过春节时请亲友到家里吃饭似的忙碌。

李平静杀了只公鸡，还到街上的蔬菜商店专门买了菜。敖来县城只有几家蔬菜商店，菜价格比较高。如果不是招待客人，他家冬季平时几乎不买蔬菜，只吃秋天储藏的土豆、白菜、萝卜及酸菜。

王克芳吃过午饭就开始准备晚饭。

沈殿霞到李小漫家时，杨海燕、崔春阳和周守法都已经到了。

李小漫看沈殿霞是一个人来的，不解地问："张国忠呢？"

"中午他跟我说晚点过来。"

李小漫说："你们不一起走吗？"

"我可跟他走不到一起。"

李小漫不解地问："为什么？"

"他几乎每天加班。下班后，我一会儿也不想在厂里待，他却像是待不够。"

李小漫说："你不敬业，所以只能当工人，国忠敬业，所以当上了车间主任。"

"可别说我不敬业，工作时，我一点也不偷奸耍滑，能出十分力气，不出九分。我就是拼命干也当不上官。"

李小漫说："对自己这么没信心。"

"不是没信心，而是应该知道自己是半斤，还是八两，得清楚自己能干什么，不能干什么。"沈殿霞说。

王克芳走进客厅说："饭菜都做好了。"

"张国忠怎么还没来。"李小漫说。

沈殿霞说："不用等他了。"

"那怎么行。他现在是车间主任，没准什么时候就当上厂长了，不能得罪他。"李小漫说。

沈殿霞说："厂长有什么，就算是当上厂长了也得听我管。"

"你想法过于膨胀了。如果真到那时，他要不要你还难说呢。"崔春阳接过话茬说。

沈殿霞说："你以前没钱，现在有钱了，我觉得你对史方慧更好了。你也没另外再找一个。"

"我这是小老板，挣的是小钱，你看那些大老板哪个没有相好的女人。即使明着没有暗地里也有。"崔春阳说。

沈殿霞说："你的意思是你的钱还不够多，钱多了，你就跟史方慧离婚？"

"离婚不太可能，但不一定感情这么专一。"崔春阳说。

沈殿霞说："花花肠子。"

"这是人的本性。你如果是明星，你还能跟张国忠吗？"崔春阳说。

李小漫不愿意提起这种话题，觉得沈殿霞和崔春阳是在影射她。她说："你们谁给张国忠打个电话。"

"当然由沈殿霞打了。"崔春阳说。

沈殿霞说："我打也得用你的手机，你直接打就行。"

"你太会过日子，手机都不舍得买。"崔春阳说。

沈殿霞说："每个月这么点工资，不用手机都紧巴，用手机就更紧巴了。"

"张国忠能在办公室吗？"崔春阳说。

沈殿霞说："应该在，如果不在办公室，就在来的路上。"

崔春阳拨通了张国忠办公室的电话。

张国忠在写生产雪糕工作计划报告。虽然他有生产雪糕的想法，但思路不成熟，没找到工作方案。

崔春阳说："你干什么呢？"

"工作呗。"张国忠说。

崔春阳说："你是想当省劳模，还是想当国家劳模，这么忘我地工作。"

"只能算是以厂为家吧。"

崔春阳说："思想高尚，敬业精神可嘉。"

"没那么高尚，为了生活只能努力工作。"

崔春阳说："什么时间过来？"

"人到齐了？"

崔春阳说："只差你了。"

"马上就到。"张国忠说。他挂断了电话。他是非常守时的人，如果不是加班，他几乎不迟到。在工作和朋友之间约吃饭的事时，如果发生了时间冲突，他以工作为主。他认为想得到其他尊重必须努力工作，事业有成，在工作中能立得起来才行。

6

北大荒敖来县进入十一月底,天黑得早了。到下午五点时基本黑了。张国忠走出办公室,厂区被夜幕笼罩着,大院里静静的。

传达室里亮着灯。他推着自行车走到厂门口。传达室的门开了,门卫走出屋给他开门时说:"又加班了。"

"厂长急着要份计划报告。"

"咱们厂的领导中你最忙。"

"工作嘛。"张国忠说。他骑上自行车,朝李小漫家的方向走。

主街有路灯,路灯的光暗。居民生活区没路灯,小巷黑黑的,看路只能凭借感觉。他骑自行车时为了防止碰到前方的行人,不停地摁着车铃做提示。

崔春阳在张国忠进屋时说:"你这个主任当得太辛苦了,中午加班,晚上加班,这么忙能挣多少钱?"

张国忠说:"挣钱不多也得干。"

"这何必呢。"崔春阳说。

张国忠说:"少比没有好。你看机械厂那些下岗工人多难受。"

沈殿霞防止伤到李小漫的自尊心,尽可能绕开说机械厂的事,急忙插话,转移了话题说:"不是跟你说过了,晚上不要加班了,早点来嘛。"

"厂长临时让我写工作报告,还急着要。"

沈殿霞说:"什么报告这么急?"

"生产雪糕的工作计划。"张国忠说。

沈殿霞吃惊地说:"你还真把生产雪糕的想法跟厂长说了。"

"在厂长办公室开会时说的。当时我只是想试试其他人的看法,没想到不只是没人反对,还都支持。"张国忠说。

周守法说:"你们还记得不,在咱们读小学时,有冰棍厂,后来倒闭了。"

"咱们这儿,每年只有五月到九月之间的天气温度还算高,其他月份天气都偏低。冷天谁吃冰棍，冰棍厂倒闭正常，不倒闭就不正常了。"崔春阳说。

杨海燕说："冬天有卖糖葫芦的，也有卖冻梨的，卖雪糕没准也能行。"

"卖应该是能卖，但不知道能卖多少。国忠他们厂如果生产雪糕，肯定是大批量生产，只靠在敖来县城销售肯定不行。"崔春阳说。

张国忠说："今天在会上，我们厂长考虑在鹤城和佳木斯等地销售。"

"虽然这两座城市人口数量不少，但消费能力不一定行。冬天冷，雪糕不是必须食用的食品。人们收入不高，购买力不会太强。如果能在哈尔滨销售，销售量应该也可以。最好能销售到广州、深圳、上海等地，那样销售量应该能上来。"周守法说。

张国忠说："哈尔滨离咱们这里路程远，怎么运输呢？"

"雪糕不占地方，一冷藏车能运很多。"周守法说。

张国忠说："哈尔滨应该有雪糕厂。"

"省会城市，那么多人口，肯定有雪糕厂，并且不会是一家。不过，冬季不一定能生产，就算是生产，质量怎么样呢？如果你们想长期生产，质量一定得过硬，价格还不能过高。"周守法说。

张国忠说："你在哈尔滨有朋友吗？"

"有大学同学。"周守法说。

张国忠羡慕地说："还是读大学好，在省城也有同学。"

"需要我做什么就说。"周守法说。

张国忠说："我们厂长应该会把生产雪糕的工作交给我负责。我吃过雪糕，但不了解雪糕是怎么生产出来的。我想到雪糕厂看一看，让你同学帮忙联系一下。"

"有两个同学在政府机关工作，有一个在省畜牧总公司工作。他们的工作跟生产雪糕没关系，不知道能不能帮上忙。"周守法犹豫地说。

张国忠说："他们毕竟是在省城，比我好办得多。"

"我打电话跟他们说一下，看什么情况。"周守法说。

沈殿霞觉得张国忠说的话太多了，有喧宾夺主的意思，插话说："今天是小漫请咱们吃饭，咱们别总说雪糕的事，让小漫给咱们介绍一下在红湴市的见闻，我还没去过红湴市呢。"

"我也没去过红涯市，也没看见过海。小漫，你讲一讲海滨城市的生活吧。"杨海燕说。

李小漫不愿意提到红涯市这段生活，提起来就会想到跟王来齐这段感情。她说："就是座城市，没什么好讲的。"

"敷来县城也是城市，能跟鹤城、佳木斯和哈尔滨比吗？我在佳木斯学完裁剪时都不愿意回来了，何况红涯市比佳木斯还好呢。"杨海燕说。

李小漫说："你的意思是我不应该回来？"

"我可不是这个意思。虽然红涯市好，但我不希望你去。你去了，就很难见到你了。你在敷来县城咱们可以随时见面。"杨海燕说。

沈殿霞说："虽然这话有点自私，但我赞成。好朋友能在一起就非常快乐。"

"其他地方无论多么好，我也不愿意离开这里。这里是咱们出生、成长的地方，我对这里有着深厚的感情。"杨海燕说。

沈殿霞说："我也这么认为。"

"我哪也不去了，我没工作，你们养着我吧。"李小漫说。

沈殿霞说："没问题。咱们现在就可以分工，把你的生活分包到每个人身上。我和国忠负责大米、白面，崔春阳负责鸡、鸭、鱼肉，杨海燕负责衣服，周守法负责你的平时花销，这样怎么样？"

"赞成。"杨海燕说。

李小漫说："如果是这样，我就成了废物了。"

"你专心写诗，争取获得诺贝尔文学奖，你获奖时我们都参加。"张国忠说。

李小漫说："像寄生虫似的生活方式写诗，是写不出好诗的。如果想写出好诗，必须投入火热的革命工作中去。"

"小漫说得没错，正常人得有正常人的生活方式，没有了正常生活规律，就没有了正常心情，心情不好，别说是写诗了，做什么事都不行。"周守法说。

张国忠知道目前影响李小漫的问题是工作，如果李小漫有了工作，心情就会比现在好。他对崔春阳说："春阳，暂时让小漫到你那干行不？"

"到我这里？"崔春阳说。他没想到张国忠能有这种想法，觉得很意外。

张国忠说："你不是在用其他人卖货吗？用小漫呗。"

"小漫得愿意干才行。"崔春阳说。

李小漫说："你现在有服务员，我去了她们怎么办？"

"如果你愿意干，我可以辞退一个服务员。"崔春阳说。

李小漫说："这不好，人家给你干得好好的，就辞退了不好。"

"小漫先在家休息些日子，不用太着急出去工作。"周守法说。

沈殿霞说："周守法这话说得仗义，够男人气，别说是小漫了，我听着都感动。"

"张国忠对你也非常好。你这么胖，张国忠这么瘦，张国忠把好吃的东西都给你吃了。"周守法说。

沈殿霞说："我们没结婚，也没在一起生活，我胖，是我妈养得好，跟他没关系。他瘦，是他妈不给他好东西吃。"

"胖、瘦，有的人跟吃的东西没关系。有的人怎么吃也不胖，有的人吃什么都胖。人的胖、瘦，跟基因有关系。"崔春阳说。

杨海燕说："张国忠没有沈殿霞力气大吧？"

"干力气活我干不过她。"张国忠说。

沈殿霞说："胖人有胖人的好处。"

"因为你胖，张国忠才找你。如果你瘦，他就不找你了。"崔春阳说。

沈殿霞对张国忠说："你是这么想的吗？"

"胖瘦无所谓，主要是性格开朗。我不喜欢郁郁寡欢的人，跟郁郁寡欢的人在一起心情会受到影响。"张国忠说。

崔春阳说："张国忠太会说话了，将来能当厂长。"

"最好能当县长，咱们也跟着沾光。"杨海燕说。

张国忠说："如果我当官，周守法干什么去。守法是大学毕业，咱们县的高考状元，国家干部，父母还是干部，家庭条件好，适合当官。我是工人，父母也是工人，我跟他差距大着呢。"

"虽然当官跟你说的这些因素有关，但不是绝对的。还有从普通工人干到县长、市长的呢。"周守法说。

崔春阳说："守法，我说你可别生气，你从事科研工作没问题，当小科长也行，当更大的官不一定能行。"

"我压根没想过当官，只想着把本职工作干好就行了。"周守法说。

沈殿霞说："崔春阳同学，在学校读书时没看出来你有算命的本领。今晚你怎么好像在给我们算命呢。"

"我说错了吗？"崔春阳说。

沈殿霞说："不一定正确，但有那么点意思。"

"我是根据感觉判断的。"崔春阳说。

沈殿霞说："你觉得我们厂生产雪糕能行吗？"

"张国忠已经写工作计划报告了，你还担心什么？"崔春阳说。

沈殿霞说："写报告和能不能发展起来是两回事，你预测一下结果。"

"做事得天时地利人和，不然，不好说。"崔春阳说。

7

李平静帮助王克芳把饭菜做好后，穿上大衣，戴上棉帽，低声对王克芳说："我出去转转。"

"这么冷的天，黑灯瞎火的，你到哪儿转？"王克芳不解地说。

李平静说："你给孩子们做好服务就行了，不用管我。"

王克芳知道李平静不想影响年轻人玩的兴致，有意给年轻人留出更大玩的空间。他在家这些年轻人容易拘谨，故意躲出去了。

周守法帮助李小漫把饭菜端到桌上，然后说："让你爸跟咱们一起吃饭？"

"小漫，把你爸叫来。"杨海燕说。

李小漫说："咱们是年轻人，他来说不上话，别让他来了。"

"今天没外人，让大叔一起来喝酒。"崔春阳说。

李小漫说："他不一定能过来。"

"你没问怎么知道他不来呢。"崔春阳说。

李小漫走到厨房问王克芳："妈，我爸呢？"

"他说出去走走。"

李小漫说："吃饭了，他怎么还出去呢？"

"你爸不想影响你们年轻人说话。"

李小漫说："我爸跟他们都熟悉，他们不是外人，我爸怎么还躲出去了呢？"

"你爸的性格你又不是不了解。你们不要管你爸了，你们玩你们的。"

沈殿霞走过来说："小漫，去把大叔找回来。"

"天这么黑，不知道他去哪儿了，别找了。你们玩你们的。"王克芳阻拦说。

沈殿霞说："我们来了，大叔出去了，这多不好。"

"你们来了，他才能有机会出去。平时晚上他只能待在家里，哪儿也不能去。"王克芳说。

沈殿霞说："阿姨，你管大叔管得这么严。"

"男人不能没事就东家走，西家串的。男人是一家之主，得有个样子，要么日子过不好。"王克芳说。

沈殿霞说："阿姨，你的思想可真够保守的。"

"你们年轻人看不习惯吧？"王克芳笑着说。

沈殿霞说："不只是习惯，还应该向你学习。"

"小漫，让你这些伙伴吃好喝好。"王克芳说。

沈殿霞说："阿姨，你跟我们一起吃吧？"

"你们年轻人说的事我不了解，也不懂，听着就迷糊，你们玩儿吧。"王克芳说。

杨海燕提议说："小漫说几句助兴的话。"

"让我说什么呢？"李小漫思量说。

杨海燕说："我和殿霞没去过红涯市，讲一讲你在红涯市的经历，感受，所见所闻。"

"我在红涯市时最想的人就是你们两个。"李小漫说。

沈殿霞说："这话是假的。"

"你不相信？"李小漫说。

沈殿霞说："当然不信。"

"不想你们我还能想谁？"李小漫说。

沈殿霞说："想谁你心里没数吗？"

"除了你们没有其他人了。"

沈殿霞说："这回你可摊上大事了，你看周守法脸上的表情都凝固了。"

"我的表情一直就这样。"周守法说。他用手摸着自己的脸，像在感觉有没有变化似的。

崔春阳说："虽然你的心情比之前好了，但想的事多了。"

"你们两个人，一个说好，一个说不好，谁说得正确？"周守法说。

崔春阳说："当然是我了。我经营商场，每天都跟顾客打交道，阅人无数。"

"你还能看出我的心情？你是算卦先生呗？"周守法说。

崔春阳说："你考虑用什么办法才能把李小漫永远留在这里，不让她远走异乡，让她守在你身边。"

"除了结婚没有其他更好办法。"张国忠说。

周守法说："这办法也叫办法吗？结婚还有离婚的呢。"

"结了婚，立刻就生孩子，有了孩子，小漫就死心塌地地跟你过日子了，你就再也不用担心她离开你了。"崔春阳说。

沈殿霞接过话茬说："小漫不是史方慧，你以为女人都像史方慧这么愿意生孩子呢，你那一套在其他女人身上不管用。"

"史方慧没结婚就怀孕了。"杨海燕说。

崔春阳说："这有什么奇怪的，早晚都得生孩子，只是时间前后问题，早生比晚生好。"

"真要命了，这是什么歪理论？"沈殿霞摇着头说。她做着不理解的表情。

崔春阳看着张国忠催促说："你赶紧结婚，行动快点，让沈殿霞进入孩子妈的岗位上。"

"我跟你比不了。"张国忠说。

崔春阳说："婚前不行，婚后可以快点速度。"

"婚期得往后推了。"张国忠说。

崔春阳问："为什么？"

"我们厂改制时我跟殿霞入股了，没钱结婚了。"张国忠说。

崔春阳说："为了发展事业推迟结婚的做法值得学习、发扬。"

"被逼得，不入股就失业了。"张国忠说。

崔春阳说："你不入股也失不了业，但是当不上主任。"

"全厂股份制，只要继续在厂里干就得入股，只是入股多少不一样。"张国忠说。

周守法说："张国忠当主任屈才了，应该当厂长。"

"笑话我能得到什么好处？"张国忠说。

周守法说："中午工人回家吃饭了你还没下班，晚上下班了你还在写工作计划，像你这种既敬业又有能力的人就应该当厂长、董事长。"

"不是每天都这样，今天是特殊情况。"张国忠说。

沈殿霞做出揭短的表情说："可算了吧，你哪天也没按时下班过。"

"如果不努力工作，厂子倒闭了，还得想办法找工作，努力工作比找工作心情好。"张国忠说。

周守法说："不愧是共产党员，思想觉悟就是高，以大局为重，不计较个人得失。"

"你也快入党了吧？"张国忠说。他知道周守法递交入党申请书的事。

周守法说："现在是预备党员，最快也得明年。"

张国忠说："一年时间转眼就到了，明年咱们这里又多了一位党员。"

"顺利可以，如果不顺利还不知道要等到什么时候。"周守法说。

张国忠说："以你的处事方式、工作业绩，入党的事绝对不成问题。"

周守法说："这可不一定。"

"对自己这么没信心。"张国忠说。

周守法说："随时接受党组织考验。"

"入党这么难吗？"杨海燕说。

崔春阳说："你以为呢……"

"入党有什么好处吗？"杨海燕说。

崔春阳说："在政府机关、事业单位工作，必须向组织靠拢，不然，想当官，走仕途，就受限。"

"你不是说你只会做生意，不懂政治吗？怎么说的全是内行话。"周守法说。

崔春阳说："整天跟你在一起，被你感染了。"

"我为党组织争取来一位思想进步人士。"周守法说。

崔春阳说："你替我写份入党申请书，我也入党。"

"你是个体工商户，不对，应该属于民营企业家，你的入党申请书应该交给谁呢？"周守法说。

崔春阳说："看来我入不了党了。"

"可以入，但得厘清组织关系。"周守法说。

崔春阳说："不说入党的事了，我现在只想好好做生意，多挣钱，入党的事得根据以后发展情况定。"

"做无党派商人、企业家挺好的。"周守法说。

崔春阳说："国家需要钱，我更需要钱，为了国家，为了自己，挣钱是第一任务，没有资金支持任何想法也实现不了。"

"完完全全是个现实主义者。"周守法说。

崔春阳说："不面对现实怎么生活下去，不考虑现实问题就发展不了，没有发展就没有希望。国家政策这么好，发展才是硬道理。"

"崔春阳是当大企业家的料，将来一定能成立集团公司，成为大企业家，成为响当当的董事长。"

张国忠说："他想得有点多了，想多了太累，一旦实现不了还会失望。"

"你们上班的跟我们个体户感受不一样。我们一旦没收入了，心里特别着急。你们只要上班就有工资。"杨海燕说。

沈殿霞说："你们可能好几天没有收入，但是你们也可能一天挣到的钱比我们一个月挣的钱还多。你们挣的是活钱，我们挣的是死钱。"

"你说得有道理，但心情不一样。"杨海燕说。

吃过饭已经很晚了，他们也累了。李小漫送他们离开。她站在院子门口看着张国忠、沈殿霞、崔春阳他们消失在夜色里，然后对周守法说："你怎么不走呢？"

"不想走。"

李小漫说："不想走？"

"想跟你在一起。"

李小漫说："夜太黑，我看不清你的表情，也不懂你说的话。"

"虽然你看不清我的表情，但能感觉到我的心跳和柔情。"

李小漫说："这不是废话吗，心不跳不就死了。"

"死在你身边也是幸福的。"

李小漫说："那我不成为罪人了。"

"今生今世和你在一起。"

李小漫说："不要想没用的，夜色里一个人走在回家的路上挺浪漫的。"

"真想让我走？"

李小漫说："想看到你寂寞的影子。"

"其实，你不想让我走。"

李小漫说："这年头自作多情的人是大有人在。"

"自作多情是自信的一种，可以理解为褒奖，也可理解为贬低，此刻是褒奖。"

李小漫说："只允许你待半个小时。"

"十分钟也可以，我的要求并不高。"周守法和李小漫在院门口斗了一会儿嘴，说了些悄悄话，回到了屋里。

李小漫看见王克芳在厨房洗刷餐具，走了过去，温情地说："老妈，我来洗。"

"不用你，你们去说话吧。"王克芳说。

李小漫说："没什么好说的。"

"马上收拾好了，不用你。"王克芳说。

李小漫说："老妈，辛苦了。"

"把你从小养大我都没觉得辛苦，这点活叫什么辛苦。"

李小漫说："我爸还没吃饭呢。"

"给他留的饭放在锅里了。"王克芳说。

李小漫和周守法走进自己的房间，关上门。房间没开灯，静静的。他们坐在床边。

周守法说："怎么突然不高兴了？"

"刚才高兴是装的。"

周守法说："为什么？"

"现在我是没有工作的人，怎么可能开心呢。"

周守法说："我妈在想办法。"

"你妈是科长，不是县委书记、县长，她也得求人。"

周守法说："谁让她是我妈呢。"

"听你说这话，好像你给她当儿子有点冤屈了？"

周守法说："不是这个意思。"

"什么意思？"

周守法说："妈帮儿子办事应该吧？"

"你妈给你办事应该，但是没有义务给我办事。"

周守法说："给你办事也应该。"

"为什么？"

周守法说："因为你是她儿媳妇。"

"我不是她儿媳妇。"

周守法说："你不愿意嫁给我？"

"没想过。"

周守法说："你想嫁给谁？"

"不知道。"

周守法开玩笑地说："你想嫁给谁不知道？不知道是谁？不知道很优秀吗？我得去找不知道理论，讨要说法。"

"你知道二百五吗？我想嫁给二百五或是二百六。你还去找二百五、二百六理论吗？"

周守法说："我知道二百六，你应该嫁给二百六。"

"别说二百六了，二百八我也不嫁。"

周守法说："这么漂亮的姑娘不嫁人怎么可以？"

"不嫁人违法吗？"

周守法说："虽然不违法，但违背人的生理需求。"

"你是兽医，不是医生，不要用解剖动物的想法看待人。"

周守法说："在生理方面人跟动物有着相似之处，动物有发情期，人也有。"

"你说话怎么放荡不羁呢？这不应该是国家干部、受过高等教育人说的话。"

周守法说："之前，我也这样。任何人的生理需要都是相同的。"

"之前，我可没有听你说过人跟动物在感情、生理方面，对比的话。"

周守法说："人类要繁衍下去就得传宗接代，传宗接代……"

"打住，你别说了。"

周守法说："为什么打断我的话？"

"你满嘴跑火车，下面的话太难听。"

周守法说："我还没说你怎么知道？"

"别说没用的了，说些现实点的事吧。"

周守法说："说真的还是假的？"

"行了，你别说了。"

周守法说："你已经要求我说了，怎么又不让说了？瞬间多变不行。我现实的想法就是把你娶到家，让你成为我媳妇。然后，让你生孩子。"

"今晚你神经好像不正常，话题怎么总跟男人和女人有关系，不会说点其他的吗？"

周守法说："我想娶你，夫妻之间不就这些事吗？"

"你也就是跟我说这些吧，如果跟其他女人说这种话，其他女人会以为你神经有毛病，或耍流氓。"

周守法说："给我戴流氓的帽子有点高了，说调情还差不多。并且，我这种性格的人当不了流氓。"

"调情也可以报警，说你调戏女性，让警察抓你。"

周守法说："如果警察因为我说这些话来抓我，我就质问警察是怎么来到世上的。也许警察会认为我说得正确，是真理，会义不容辞地保护我。"

"你也就在我面前这么说吧，见到警察就哑口无言了。"

周守法说："因为我不可能跟其他女人说这种话，所以这种假设是不存在的。"

"真是一日不见如隔三秋，你口才是大有长进。"

周守法说："能得到你夸奖真不容易。"

"我夸奖你了吗？"

周守法说："不能期望过高，或类似夸奖就很好了。"

"你很会给自己找台阶下。"

周守法说："能上能下才是人生。进退自如才是生活。"

"这是你的座右铭？"

周守法说："对人生总结出来的规律。"

"这个早就有，你只是刚知道。"

周守法说："知道得早没用，必须把知道的理论用在生活、工作中才行。"

"你真想娶我？"

周守法说："当然，这没有疑问。"

"我看不出来，也感觉不到你的想法和行动。"

周守法说："你被我爱得麻木了。如同白雪覆盖大地，在冬季过去，春天到来万物复苏时，万物蓬勃生长，就是多情的世界。"

"这是哪儿跟哪儿的比喻？你觉得恰当吗？"

周守法说："我的心很多情，我想娶你当新娘。"

"你在产生这种想法之前，应该先问一问你妈，征求你妈的意见。"

周守法说："我妈不反对。"

"你妈也没说同意。"

周守法说："默认就是同意。"

"在鹤城吃饭时，你妈能先问我想吃什么……这是出乎我意料的。我没想到她能是这种态度……虽然是礼节性的，但我很开心。"

周守法说："当时我也没想到。"

"你是独生子，你妈希望你生活得好，在事业方面能有发展，在工作、生活中，不愿意有人拖你的后腿，她的这种心情我理解。"

周守法说："我妈叮嘱你跟文化馆处理好关系，应聘时接收单位的意见非常重要。"

"我没文凭，去应聘能行吗？"

周守法说："虽然你没文凭，但有水平，有发表的作品，作品比文凭更具有说服力。"

"你妈还说什么了？"

周守法说："让你把材料准备好，必须全力做好应聘的准备，背水一战。"

"你妈真去找县领导了？"

周守法说："去找李副县长好几次了。"

"你妈……"

周守法说："咱妈。"

"谁妈？"

周守法说："没错，咱妈。"

李小漫上前拉着周守法往屋外走。

周守法以为李小漫生气了，撵他走，有点紧张地说："怎么动上手了呢？"

李小漫硬是把周守法拉出房间。她没想到父亲回来了。她看见父亲急忙松开了扯着周守法的手。李平静正在吃饭，王克芳坐在旁边。李小漫温和地说："爸，吃饭时你怎么出去了？"

"出去看他们打扑克了。"李平静说。

王克芳看周守法表情紧张，以为李小漫跟周守法发生了口角，便说："小周，小漫性格有点急，你不要跟她计较。"

"阿姨，没事。"周守法说。

李小漫轻轻拉了一下周守法的衣服说："夜黑，你用手电吗？"

"不用。"

李小漫说："那你走路小心点。"

"大叔、阿姨，我回去了。"周守法说。

李平静站起身说："不坐一会儿了？"

"这么晚了，明天还得上班呢……"李小漫接过话茬说。然后，送周守法出屋。

王克芳觉得李小漫没有礼貌，责备地说："这孩子，怎么说话呢……"

周守法被李小漫的做法弄迷糊了，不知道李小漫这么做的想法是什么。不过，他确实想尽快走出屋子。他原本没想到这么郑重其事地面对李小漫的父母。李小漫突然把他拉到两位老人面前时，他紧张得几乎不知道应该说什么了。出了屋，走出院子，他问："你把我拉到你爸妈面前干什么？"

"你说呢？"

周守法说："我如果知道还问吗？"

"咱妈？"

周守法说："什么意思？"

"你不是称你妈为咱妈吗？"

周守法说："怎么了？"

"我想让你当我妈面叫妈？"

周守法说："这能叫出口吗？"

"你看，不试不知道，一试，证明你说的话就是假的吧。"

周守法说："不是假的，而是没有思想准备。"

"如果是发自内心的还用准备吗？"

周守法说："明天我来叫。"

"过了这个村没这个店了。"

周守法上前猛然把李小漫搂在怀里，想亲吻，想释放温情和能量。

李小漫把脸转开说："有人。"

周守法急忙松开手。

李小漫笑着说："星星看着呢。"

周守法知道上了李小漫的当。李小漫转身朝院子里走去。周守法在夜色里能感受到李小漫愉悦的表情。

李平静吃完了饭，坐在饭桌旁边吸着烟。王克芳在洗刷餐具。李平静看了一眼进屋的李小漫，语气缓缓地说："守法这孩子是挺好的。"

"我怎么没看出来他哪儿好。"李小漫说。

李平静说："如果他没意见，你就别这事那事的了。"

"爸，你怎么这么看我。"

李平静说："你是我闺女，我还不了解你。"

"听这话，你还真不了解我。"

李平静说："你的这几个小伙伴都挺好。"

"怎么不说我好呢。"

李平静说："你爱较真。较真在生活和工作中容易吃亏。"

"你想让我向他学习？"

李平静说："个性强，棱角分明，处世不圆滑，在生活和工作中吃不开。"

"他爸妈都在机关工作，机关里的人都是油嘴滑舌的，见什么人说什么话。他从小就学会这一套了。"

李平静说："谁都愿意听好话，没人愿意听不好听的话。"

"我嘴笨，那种油嘴滑舌的话学不会。"

李平静说："也不全怪你，我跟你妈嘴也笨。"

王克芳认为李平静说得没有道理，餐具洗刷完了，走过来说："怎么把我扯上了？"

"小漫的性格有点像你。"李平静说。

王克芳说："幸亏像我，如果像你烟不出火不进的，那就麻烦了。"

"你这是说的什么话。"

王克芳说："还冤枉你了？"

"你只会说我，从不反思自己。"李平静说。他站起身回房间睡觉了。

李小漫笑着说："妈，我爸总是让着你。"

"让着我就对了。"

李小漫说："如果他不让着你呢？"

"那就我让着他呗。"

李小漫说："我不相信你能让着他。"

"两个人在一起生活，必须得有一个让着对方，要不日子过不下去。"

李小漫说："话是这么说，但想做到就不容易了。"

"你爸说得对，周守法是挺好的，你可别错过了他。"

李小漫说："我也挺好。"

"你有点任性，不会转弯。"

李小漫说："我爸不是说了吗，我的性格随你。"

"你不能随我，随我在工作、生活中吃亏。"

李小漫说："那怎么办？"

"得改。"

李小漫说："改不了。"

"没遇到大困难，遇到大困难就改了。"

李小漫说："那得遇到多大的困难呢？"

"你太任性，结婚后嫁到婆家不好跟人相处。到时候你不舒心，其他人也觉得别扭，那样不行。"

李小漫说："只有咱家人可以批评我，其他人都不能批评我。"

"你婆婆也可以批评你。"

李小漫说："不行。"

"如果你顶撞你婆婆，就是不懂事，就会把日子过得鸡犬不宁。"

李小漫转身往房间走说："八字还没一撇呢，不说这个了。"

第十章

机会是争取来的

1

早晨曹英力起来时周守法在客厅看电视。周守法很少起这么早，早起了也不看电视，而是看专业书。曹英力说："起来怎么就看电视？"

"心里闹得慌。"

曹英力说："昨晚喝酒喝多了？"

"没喝多。"

曹英力说："几点回来的？"

"二十二点。"

曹英力说："在哪儿喝的酒？"

"李小漫家。"

曹英力问："都有谁？"

"崔春阳、张国忠……好几个人呢。"

曹英力说："她爸妈对你怎么样？"

"好着呢。"

曹英力说："有多好？"

"比你对我好。"周守法调皮地说。

曹英力说:"那你就搬到他们家住吧。"

"让我倒插门?"

曹英力说:"那样我就不用给你准备结婚新房了,能少花钱,也省心。"

"我去了你可别生气。"

曹英力说:"如果你搬到他们家住我高兴得不得了。"

"这话可是你说的,不能反悔。"周守法说。他做出认真的样子,好像马上就能搬到李小漫家住似的。

曹英力说:"不反悔。"

"我怎么能抛下老妈搬到她家住呢,这是不可能的。"周守法来个大转弯说。

曹英力说:"那是你未来的老丈母娘家,不是外人,可以去住。"

"老丈母娘也没妈近。"

曹英力说:"这话是发自内心的?"

"当然了。"

曹英力说:"我不出钱给你买房子,操办婚事,人家也不能把姑娘嫁给你。"

"小漫工作的事有进展吗?"

曹英力说:"我跟你说过了,这事得过了春节。"

"能办成吧?"

曹英力说:"不知道。"

"谁知道?"

曹英力说:"你去问县长、县委书记。"

"县长、书记不认识我是谁呀。如果问,也得你去问。"

曹英力说:"李小漫值得我去找县长、书记吗?"

"当然值得。她工作的事办成了,我就娶她。她就成了你儿媳妇。你儿媳妇的事你得想办法办。"

曹英力说:"她提出这个要求了?"

"她没提,是我说的。"

曹英力说:"如果她提出这个要求,你就不要跟她交往了。如果是她提出来的要求，证明她不是爱你，而是想让你给她调动工作，是在做交易。如果工作办成了，可能她的想法就改变了。"

"你把她想得太复杂了，她没有你想得这么复杂。"

曹英力说："她不一定把真实想法告诉你，你不能太相信她。"

"你多疑了。"

曹英力说："你现在也可以跟她结婚。"

"她的工作没着落，不自信，没有勇气面对你。"周守法说。

曹英力说："人的自信来自有真本事，没有真本事到哪里也自信不起来。就跟草和树似的，草放在任何地方风一吹就倒，树抗风力就强。"

2

周同喜早晨起床后先到室外走一会儿，活动活动筋骨，放松放松心情，然后回到书房写毛笔字。他喜爱书法，是敖来县唯一的省书法家协会会员。他在周守法走进书房时边写字边低声说："多跟你妈说李小漫写诗的特长，给你妈灌输李小漫有写作能力的思想，让你妈加深对李小漫的好感，这样你妈办起李小漫的工作调动就能有热情。"

"你别总是观望，也帮我说一说情。"周守法求援似的说。

周同喜说："昨晚我还跟你妈说了呢，我没少帮助你说话。"

"能办成？"

周同喜说："你妈说得没错，特别不好办。有好几位局长想往单位安排人，还是中专生呢，都没安排进去，何况李小漫是工人，跨行业换单位调动呢。你也得理解你妈的难处。她毕竟只是办公室主任，是科级干部，得看县领导的脸色工作。她不能因为帮助李小漫办理工作的事，让领导对她产生不好的负面印象。"

"我理解我妈。可是这件事只能她办，你办不了，我更办不了。"

周同喜说："你妈能尽力办。也确实太难办了。"

"我知道难办，可难办也得办，否则小漫的工作问题解决不了。"

周同喜说："如果有适当机会，李小漫的条件符合要求，应该能办成。如果李小漫的自身条件不符合要求，就难说了。政府、事业单位刚开始实行招聘制，人们都盯着招聘的事呢。虽然不能完全公正，但是必须做到相对公正，不能差距太大。"

"现在文化馆有空余的编制还能好办些，如果没有空余编制，就更难办了。"

周同喜说："没有空余编制想都不用想，政府机关、事业单位是一个萝卜一个坑，是定岗定编的。"

"说的不就是，所以我着急呢。"

周同喜说："你妈明白这些……但在你妈面前，你得会来点事。"

"我妈帮我办事，我还用讨好她？"

周同喜说："我的大儿子……不是讨好，是感情催化剂。这么说吧，别人找你办事时，你是愿意给讨好你的人办，还是愿意给不讨好你的人办？"

"我妈又不是外人。"

周同喜说："你妈是普通人，不是伟人，也不是圣人，就算是伟人、圣人，也在意感情互动和交流。谁愿意帮助冷漠无情的人？"

"这话有道理。"

周同喜说："不管是在工作中，还是生活里，做事时不能一根筋，不能转弯，一条路走到黑，得学会灵活处理问题，得让帮助你的人舒心，愿意帮助你才行。绝对不能硬着提要求，带有强迫性的。"

"之前我还真没有仔细往这方面考虑过。"

周同喜说："你认为你妈帮你办事是理所当然的，这倒是没错。你那么想你妈也能办，但是你妈心情会不好受。"

"老爸说得有道理。"

周同喜说："如果李小漫能跟你妈交往多些就更好了。"

"让她讨好我妈？"

周同喜说："你看你，同样的意思，你这么说就变样了，不是讨好，是拉近感情。"

"小漫暂时难做到，还是我替她做吧。"

曹英力走到门口说："吃饭了。"

"老妈辛苦了。"周守法说。他上前双手搭在曹英力的肩膀上，做着乖巧的表情。

曹英力说："你很少早晨进你爸的书房，跟你爸聊什么呢？"

"我爸让我看他的书法水平有没有长进。"

曹英力："已经到这个年龄了，还能有什么长进。"

周同喜接过话茬说："这么小瞧我。"

"不是我小瞧你，你自己衡量衡量，从二十多岁写到五十多岁，写了大半辈子，连个中国书法家协会的会员也没弄上，不悲哀吗？"曹英力说。

周同喜说："我没申请加入中国书法家协会。"

"申请了也弄不上，你这叫自知之明。"曹英力说。

周同喜说："我同事的孩子还来找我写字呢。"

"他是找不到其他人了。"

周同喜说："能在敖来县城有人找写字也不错。"

"你今天有时间吗？"曹英力说。

周同喜说："有什么指示？"

"去看一处房子，如果看好了，我想买下来。"曹英力说。

周同喜说："没听你说过有买房子的打算，怎么突然想买房子了？"

"你是家中甩手掌柜的，家里事好像跟你没关系似的。遇事不问，遇事不管，跟你说了跟没说一样。"曹英力说。

周同喜说："既然这样，还让我看什么？"

"买房子是大事，必须征求你的看法。"曹英力说。

周同喜说："买房子不着急吧？"

"没房子守法结婚住哪儿？"曹英力说。

周守法说："妈，我还没考虑结婚的事呢，不用着急买房子。"

"你跟李小漫如同打不散的鸳鸯似的。如果她家没意见，你们就早点结婚吧。她嫁到咱们家，可能工作方面能进步快些。既然你决定非她不娶，还是应该早点结婚。她工作方面出了成绩，才不能拖你的后腿。"曹英力说。她对周守法的前途有着超前及长远考虑。她希望周守法脚踏实地从基层做起，一步一个台阶往上走，将来能调到市里、省里工作。

周守法说:"老妈,真好。"

"你婚后可不能成为怕老婆的人。"曹英力说。

周守法说:"让老婆怕我。"

"那倒不用,谁对听谁的。"

周守法说:"我学习我爸。"

"你学他在工作中就不能进步了。"曹英力说。

周同喜辩驳说:"我是鹤城市先进工作者还不行吗?"

"什么待遇都没有,徒有虚名。"曹英力说。

周同喜说:"虽然没有物质奖励,但这是对我工作的肯定和认可。"

"你在单位等我,我去找你。"曹英力说。

周同喜说:"如果给守法买房子,只是咱们看好还不行,得让他们看好才行。"

"那房子没这个好,咱们俩住那个,把这个房子给守法。"曹英力说。

周守法说:"这不行,不能让你们搬出去住。"

"我们年龄大了,住得好坏不在意。你们年轻人讲究面子,住好点的房子心情好,日子能过起来。"曹英力说。

周同喜看着周守法说:"要不让李小漫看一看?"

"这不用,咱们买房子跟她没关系,最起码在我跟她结婚之前是跟她没关系。咱们买什么样的房子,她就跟我住什么样的。"周守法说。他不愿意让李小漫过早干涉自己家的生活。如果让李小漫过早干涉他们家的事,李小漫容易产生以自己为中心的做事观念。他对李小漫好归好,关心归关心,但是有原则的。他对李小漫不能任何事都听之任之。

周同喜说:"李小漫能这样想吗?"

"其他事,我可以听她的意见,这件事我听你们的。"周守法说。

曹英力说:"如果她不同意呢?"

"她能同意。"周守法说。

曹英力说:"我说如果她不同意怎么办?"

"她不存在不同意的想法,也没有不同意的理由。如果她不同意,那就是不讲道理了。我不可能跟不讲道理的人在一起生活。如果她真是不讲道理,我就跟她散伙。"周守法说。他相信李小漫是讲道理的。但他说的是真实想法。李小漫必须通情达理，这是他的底线。

曹英力说："你别跟她散伙。我侧面了解过她，她的人品还是不错的，也有上进心，只是处世经验不足，这是可以慢慢改的。如果人品不好，那就不行了。"

"老妈，你应该去当侦探了。"周守法说。

曹英力说："还不是为了你，如果不是为你，我才不去操这个心呢。"

"小漫理解你的心情，没有埋怨过你。"

曹英力说："她跟你说了？"

"说了。"

曹英力说："什么时间说的？"

"在从红涯市回来的路上。"

曹英力叹息了一声，停顿了片刻说："如果不出意外，李小漫工作的事应该有眉目了。"

"妈……"周守法说。他没想到母亲能在此时提到李小漫工作的事。他忽然理解了母亲的心情。母亲虽然没有跟他主动说起李小漫工作的事，但是母亲时刻在考虑着李小漫工作的事。他被母亲这句话深深打动了。

3

李副县长往会议室走时，在走廊遇到了曹英力。他抢先说我去开会，会后我找你。曹英力还没来得及说话，李副县长已经匆匆走过去了。她猜测李副县长找她跟李小漫工作的事有关。一天前，她再次找李副县长说了有意让李小漫去文化馆工作的想法。李副县长没像前两次那样回答她，而是说得在县长工作会议上讨论，征求其他县领导的意见。她不知道李副县长的想法，在分析李副县长话中的意思。她看着李副县长的背影心里有些不安。

毕竟她已经承认李小漫是儿子的对象了，想尽力办成这件事。再说，她侧面了解过其他人对李小漫的看法、印象，其他人对李小漫的印象不错，只是认为李小漫不愿意在机械厂干车工，而是愿意写诗。并且李小漫是敖来县发表诗最多的人。她认为李小漫是有培养潜力的。在文化局、文化馆、电视台、宣传部工作的人员当中，有很多是高中毕业，后来通过自学函授考取了成人专科、本科毕业证。要求有学历的人进政府机关、事业单位工作，是近几年的事。她认为李小漫也可以通过成人自学函授考取专科、本科毕业证。

敖来县政府领导班子协调工作会议是由县长主持的，每周一上午开一次，主要协调各分管副县长及县级领导之间的工作对接、协调，讨论近期工作安排和计划。这次领导班子协调会议主要是年终工作总结和明年工作计划安排。

李副县长走进会议室时，县长、县委书记及其他几位副县级领导已经到了。

县长说人到齐了，咱们正式开会。

县委书记首先做了节俭过春节的工作要求。

县长传达了鹤城市下发的改革政策指导性文件。其中有住房改革、人事制度改革，发展私营经济政策……住房改革是把以前实行的公家建房，单位分房，改为自己购买住房、自己建房；人事制度改革主要是针对政府机关、事业单位人员施行应聘上岗管理制度。

几位副县长分别把分管的工作情况进行了介绍。

李副县长分管文化、教育、卫生等方面工作。他介绍了文化馆创作辅导员王月红调走后，岗位空缺影响到了群众文化发展工作，应尽快调配文化馆创作辅导员。

县委书记说全县用人制度改革就从文化馆这次招聘创作辅导员开始，在全县公开招聘，择优录用，以后县政府机关、事业部门工作人员全部实施招聘制上岗。

李副县长说："咱们这地方偏僻大、中专毕业生少，如果只从大、中专人员中招聘，招聘面过窄了。我个人认为学历要求可以暂时放宽到高中毕业。过些年大、中专毕业生多了，再对应聘者严格要求学历。"

县委书记说："咱们县政府机关、事业单位，有很多都是高中毕业的，通过自学函授考取的成人学历，这些同志工作也非常出色。学历不代表能力，能力比学历重要。文化辅导员的工作岗位高中学历是可以胜任的，可以放宽到高中学历，但是必须把好能力、人品关，不能滥竽充数。"

"如果不是从事科研、学术研究方面工作，只是一般性工作，高中毕业完全能胜任。"有县领导支持县委书记的工作观点。

李副县长说："那就从高中毕业开始招聘。"

"年龄得有限制，不能招聘年龄过大的，年轻人有培养潜力、价值。"县委书记说。

李副县长说："二十六岁之内怎么样？"

"这个年龄招聘面有些窄了，放宽到二十八岁。二十八岁，如果是高中毕业，成绩突出，还是有培养价值的。"

李副县长想了想，大致地说："文化馆创作辅导员招聘条件大致是：高中毕业、年龄二十八岁之内、敖来县户籍、国企、政府机关、事业单位工作人员……"

4

整个上午曹英力没有离开办公室，在等李副县长。周同喜打来电话问她去不去看房子了，她说上午有事去不了。她刚跟周同喜通过电话，手中听筒还没放下，李副县长走进了她的办公室。她急忙站起身说："李县长，你打电话，我去你的办公室就行，你还来了……"

"刚散会，正好经过你这儿，就进来了。"李副县长思量地说。

曹英力说："年终了，你们当领导的更忙了。"

"我在会上提了文化馆调配文化创作辅导员的事，县委书记给了很大支持，支持高中毕业人员参加应聘。"李副县长说。他知道曹英力最担心的就是不让高中毕业人员参加应聘。如果李小漫被这个条件限制住了，就没有参加应聘的机会了。

曹英力感激地说："李县长，非常感谢。如果你不在会上提出来让高中毕业参加应聘，李小漫可能就被卡在学历这一条上了。"

"会上县领导一致通过文化馆招聘文化辅导员，择优录用，竞争上岗……让李小漫准备参加应聘吧。"

曹英力说："李县长，您还得关照、支持。"

"看情况再说，真才实学比文凭重要，工作中能拿得起来才行。"

曹英力说："什么时间开始招聘？"

"我安排文化局制定招聘方案，然后拿到县领导协调工作会议上征求意见，争取春节前把招聘通知发出去，春节假期结束，正常上班就进行招聘工作。"

曹英力说："公开招聘比较合理。"

"县委书记在会上说以后政府、事业单位人员录用全部采取考核、招聘制。"

曹英力说："这样好，公平竞争。"

"让李小漫准备材料，这件事先这样。"

曹英力送李副县长出了办公室。她回到家时周同喜和周守法已经回家了。中午休息时间短，谁回家早谁做饭。周同喜在厨房做饭，周守法在客厅看电视。电视在播放《敖来新闻》。曹英力说："今天你们都回来这么早。"

"我们哪天都比你回来得早。"周守法说。

曹英力说："我的工作比你们忙。"

"你再忙也只能当科长，到年龄了，不可能升职了。"周守法说。

曹英力说："不升职也得努力工作。"

"所以，我爸就成为家庭妇男了。"周守法说。

曹英力脱掉外衣，去厨房了。周同喜已经把饭做好了。曹英力叫周守法吃饭。

周同喜说："不去看房子，你也不打电话告诉我，我一直等着呢。"

"李副县长说开完会找我，我不知道他什么时间开完会。我整个上午没离开办公室。"曹英力说。

周守法说："李副县长找你一定是好事。"

"你已经说我不能升职了，只能当小科长，没准哪天小科长也不让我当了，还能有什么好事。"曹英力说。

周守法说："当然有，比如发奖金、评先进工作者。"

"为你老妈想得挺多。"

周守法说："李副县长没事不能找你。"

"他找我是为你的事。"

周守法说："我的事？我有什么事？如果准备提拔我当领导，组织部应该找我谈话，不是李副县长跟你说。"

"你让李小漫准备应聘吧。这是她进文化馆工作的机会，如果错过了，就没办法了。"

周守法说："必须应聘吗？"

"必须应聘，择优录用，竞争上岗。"曹英力语气坚决地说。

周守法说："李副县长不肯帮忙吗？"

"他已经帮了很大忙。如果他不在县领导会议上提出让高中毕业人员参加应聘，李小漫连应聘的资格都不够。李小漫必须走应聘程序，这是检验她创作成绩的时候了。"

5

李小漫在家待了些日子，整天无所事事，有点苦闷。春节要到了，人们都在为准备过春节忙碌，她却高兴不起来。她没工作，不自信，心发虚，情绪不好，不愿意见到熟人。

吃过早饭，她想出去走一走，缓解一下情绪。她穿上羽绒服，围上围巾，走出家门。北大荒敖来县城冬季寒冷，早晨气温更低。从嘴里呼出的哈气立刻结成了霜挂在围巾和眉毛上。她站在街上想了一会儿，往机械厂走去。

这是星期天，街上几乎没有行人。路面被洁白的雪覆盖着。雪被往来的行人和车辆压实了，路面滑。她缓慢走着。

机械厂大铁门关着，旁边小门虽然也关着，但没上锁，人员可以随时进出。她站在大铁门前如同陌生人似的看着厂区院内。院内静静的。传达室的门开了，胡树青走出来问："今天是周日，休息，你找谁？"

"胡师傅，不认识我了？"

胡树青这时才看出来院外站着的是李小漫。他解释说："我眼睛花了，没看出来是你。"

"今天你上白班。"

胡树青说："白班。进屋说，外面冷。"

李小漫走进传达室。传达室里的炉子烧得旺，室内跟室外温度相差大。李小漫解开围巾。围巾和眉毛上的霜化成了水。

胡树青说："听说你去红涯市工作了？"

"去了段时间。"

胡树青说："回来过春节？"

"有点想家了。"

胡树青说："年轻人到外地工作肯定想家。"

"今天厂里全休息？"李小漫说。她转移了话题。

胡树青说："财务室的人在加班。"

"很久没来了，感觉厂区这么冷清。"

胡树青说："实行股份制后，厂里的工人少了。"

"我听说效益不怎么好？"

胡树青说："生产出来的东西卖不出去，县里又停止了扶持，勉强能发工资。"

"你快退休了，如果倒闭了对你影响也不大。"

胡树青说："后天我就不来上班了。"

"我今天来对了，不然，在机械厂见不到你了。"

胡树青说："红涯市比咱们这里好吧？"

"也没觉得好在哪儿。"

胡树青说："红涯市是大城市，经济发达，又靠海，肯定比咱们这里好。"

"我感觉还是咱们这里好。"

胡树青说："不可能。咱这儿跟红涯市不能比。"

"在那儿有些孤单。"

胡树青说："你在那地方生活时间短，认识人少，如果生活时间长了，熟悉人多了，就没这种感觉了。"

"你为我保管那么多信件，谢谢你。"

胡树青说："这是我的工作，应该做的。你走后还有信和稿费寄来，我给你爸了。"

"我爸跟我说了。"

胡树青说："你还写诗吗？"

"不怎么写了。"

胡树青说："你别不写，要坚持写，没准什么时候就用上了。"

"不能当吃不能当喝，觉得没啥用。"

胡树青说："以前在大喇叭里经常听见播音员读你的诗，现在听不见了，好像少了点什么。"

"你可能是听习惯了。"

胡树青说："你走后卢厂长在会上还表扬过你呢。他说你是有追求有理想的年轻人。"

"听说他调走了。"

胡树青说："去物资局了，没职位，等着退休。"

"卢厂长挺好。"

胡树青说："他能公正客观地看待事情。"

"胡师傅，我回去了。"

胡树青说："你走着来的？"

"想在这条路上走一走。"

胡树青送李小漫走出传达室。

李小漫走出机械厂大院，转身朝胡树青挥了挥手，然后朝前方走去。她不明白这么大的国营工厂说不景气怎么就不景气了呢，还有倒闭的可能。如果工厂倒闭了，工人今后的生活怎么办？

她知道自己不可能回机械厂工作了。虽然她对应聘文化馆辅导员的工作没有信心，但必须努力争取。这是她改变生活的一次重要机会。

她朝文化馆走去。

文化馆在县政府对面。文化馆在排练春节时演出的文艺节目。每年春节时文化馆都有文艺演出活动。

李小漫走进馆长办公室。

姚崎锋在跟一个中年男人聊天。李小漫不认识那个人。她站在门口，没有往里走，准备退出去说："你们在谈工作呢？"

"你进来。这是鹤城来的画家——苏一枫。"姚崎锋朝李小漫招了一下手说。

苏一枫站起身跟李小漫握手说："你好。"

"这是我们县青年诗人——李小漫。"姚崎锋介绍说。

李小漫说："我在鹤城市的《鹤翔》杂志上发表过诗。"

"杂志主编是我同学。"苏一枫说。

李小漫说："不认识。"

"你下次去鹤城给我打电话，我跟主编介绍你。"苏一枫说。

李小漫说："我请你和馆长吃饭。"

"苏画家是文化馆请来的，馆里安排饭了。"姚崎锋说。

李小漫说："下次苏老师来我请。"

"中午我有事，你陪苏老师吃饭。"姚崎锋说。

李小漫说："服从馆长安排。"

"招聘创作辅导员的事你知道了？"姚崎锋说。

李小漫不想说自己知道了，她对这次应聘没有把握。她说："我刚从红涯市回来，不知道。"

"如果你愿意，可以参加应聘。"姚崎锋说。

李小漫说："什么条件？"

"要求多，我记不住，你看电视播的通知。"姚崎锋说。

李小漫说："你得帮忙。"

"我只能建议，决定权在组织部和人事局那儿。"姚崎锋说。

6

早晨李小漫还没起床沈殿霞就来找她了。沈殿霞说："你可真能睡，几点了还不起床。"

"我不上班，天寒地冻的，哪也去不了，起那么早干什么。"李小漫说。她打着哈欠，伸着懒腰。

沈殿霞说："你太幸福了。"

"如果你觉得幸福，你也可以在家睡觉。"

沈殿霞说："我是干活的命，享受不了这种悠闲生活。早晨到点就醒，醒了就想起来。"

"胖人都这样吗？"

沈殿霞说："贪睡是个人的生活习惯，跟胖瘦没关系。"

"你怎么没上班？"

沈殿霞说："今天是星期日。"

"我过糊涂了，周几都不知道。"

沈殿霞说："昨晚你看电视了吗？"

"有什么好看的？已经好多天没看电视了。"

沈殿霞说："平时你可以不看，昨晚的敖来新闻你应该看，你不看能后悔一辈子。"

"什么意思？"

沈殿霞说："昨晚有文化馆的招聘通知，你不想参加应聘了？"

"要求什么条件？"

沈殿霞说："很多条要求，我记不住，你自己去了解。"

李小漫拿起手机看了一眼时间，下了床，到客厅开了电视机。敖来县电视台重播的《敖来新闻》刚结束，正在播文化馆招聘通知。

敖来县文化馆招聘启事

敖来县文化馆是由县文化局主管的企业化运营，公益性事业文化单位，负责组织、策划全县群众文化活动，开展群众性艺术培训；举办全县群众性艺术比赛、展览、非营业性演出及对外文化艺术交流活动；指导下一级文化站开展基层文化工作。

因工作需要在全县公开招聘创作辅导员1名。要求如下：

1. 本县户籍，年龄二十八周岁以内，政府机关、事业单位、国企职工，男女不限，本科、专科、中专学历，成绩突出者可放宽至高中。

2. 本次招聘由敖来县委组织部、人事局、文化局联合招聘，通过笔试、专业考核、面试等多项考核，择优录取，竞争上岗。

3. 报名时间为×××年12月15日—×××年1月15日。

4. 应聘者将个人简历、毕业证、获奖证书、发表作品等相关资料复印件送交敖来县人事局招聘办公室。

5. 录用后工作关系正式调入文化馆，享受事业人员福利待遇。

敖来县人事局招聘办公室

李小漫看完招聘启事后泄气地说："学历这条就把我卡住了。我连参加应聘的机会都没有。"

"成绩突出者可以放宽至高中。你高中毕业，还发表了那么多作品，是符合应聘要求条件的。"

李小漫说："只能算是挨上边，但不占优势。"

"只要能让你参加应聘，就有机会调进文化馆工作。"

李小漫说："你好像是县委组织部部长似的。"

"县委组织部部长算什么？我是县长。全县人民都希望李小漫同志到文化馆工作。"

李小漫说："如果你真是县长就不认识我了。"

"县长比老百姓更懂人情世故。不管当多大的官都有亲朋好友。"

李小漫说："当官人的朋友多数也是当官的。物以类聚，人以群分。"

"说其他的事没用，你好好准备应聘的事吧。"沈殿霞往屋外走着说。

李小漫说："不上班就多待一会儿呗。"

"下午去厂里打扫卫生，做冰雕。年底了，杂事多着呢。"

李小漫说："你是专门来告诉我这件事的？"

"当然了。这件事对你非常重要，你必须高度重视，认清形势，不能轻敌，得想一切办法打败竞争对手，不能错过改变工作的机会。"

李小漫说："如果我应聘不上就对不起你跑腿了。"

"你写了这么多年诗，机会来了抓不住，应聘不上对不起你自己。应聘的事让周守法找他妈。他妈肯定认识负责招聘的领导。"

李小漫说："我脸皮没那么厚，不愿意求人。"

"结婚后，你跟周守法脱衣服睡觉脸皮厚不厚？"

李小漫说："你是不是看黄色小说看多了，思想出现了问题。"

"行了，别假装正经了，有关系就得用。这次如果你应聘不上，你工作的事真就成为麻烦事了。记住，过了这个村没这个店，县文化馆不能经常招聘。"

李小漫把沈殿霞送出院子时，周守法骑着摩托车来了。

周守法鸣了一下摩托车喇叭，跟沈殿霞打招呼。沈殿霞骑着自行车朝周守法招了下手。周守法在李小漫面前停住摩托车，摘下头盔说："看到昨晚电视播的文化馆招聘启事了吧？"

"刚才看了。"

周守法说："你准备材料吧。"

"我没学历能行吗？"

周守法说："你符合招聘条件。"

"你妈是什么态度？"

周守法说："她让你参加招聘。"

"她能说上话吗？"

周守法说："办这事她官小了。"

"得多大的官才能够级？"

周守法说："怎么也得副县长以上。"

"那么大的官我家没有认识的。"

周守法说："不一定绝对。有时候县委组织部部长、宣传部部长、人事局局长也能办成。"

"这些官我家也没有熟悉的。"

周守法说："关系慢慢找，把材料准备好送去再说。"

"只能找你妈。"

7

曹英力看周守法带着醉意走进屋问："在哪儿喝的酒？喝成这样。"

"在李小漫家。"

曹英力说："你跟她说参加招聘的事了？"

"嗯。"

曹英力说："她怎么想？"

"不自信，有些胆怯。"

曹英力说："这是公开招聘，择优录取，竞争上岗。只要她有真水平就不用担心。"

"虽然是公开招聘，但也得有关系，没关系也不行。"

曹英力说："你已经工作好几年了，各部门认识的人也不少，可以去找嘛。"

"谁能理我这个愣头青。"

曹英力说："看不出来，我儿子挺有自知之明的。"

"还有妈笑话儿子的吗？"

曹英力说："你思维还清晰，没醉。"

"老妈，你得找人帮忙。"

曹英力说："也没人理我。"

"谁不知道你是县政府办公室主任，大名鼎鼎的曹科长。"

曹英力说："科长不是县长。"

"敖来县政府不就一位曹科长吗？"

曹英力说："我儿子也会拍马屁了，但是拍错人了。"

"没办法，这年头求老妈办事也得说好话，不讨好老妈也不行。"

曹英力说："你老妈这个春节难过着呢。"

"为什么？"

曹英力说："招聘放在春节后，如果春节期间不跟相关部门领导处理好关系，这事怎么办？"

"你为儿媳妇的工作辛苦点值得。"

曹英力说："还不知道李小漫是谁的儿媳妇呢。"

"只要你不反对，你不用怀疑，绝对是你儿媳妇。"

曹英力说："她能孝敬我吗？"

"没任何疑问，绝对能。"周守法说。他拍了下胸脯，做着保证性表态。

第十一章

突然的喜悦

1

纪富强编辑的"红涯市青春诗潮"丛书，是由九位在红涯市工作的青年诗人的九部诗集组成。李小漫的诗集《天涯风景》一书，收录在丛书中。在诗集准备印刷时，他打电话通知李小漫。

"太好了，太好了。"李小漫说。她高兴得几乎跳了起来。这部书出版太是时候了。她意识到这部书的出版对她参加应聘敖来县文化馆文化辅导员起着决定性作用。

纪富强说："在哪儿工作呢？"

"我们这里现在是冰天雪地的天气，工作的事得放在春节后解决了。"

纪富强说："好好休息一冬天，养足精神，春暖花开时再工作挺好。"

"离开红涯市时匆忙，也没当面跟你告别，你可不要介意。"

纪富强说："当时你不是给我打电话了吗？打电话就行了。"

"在红涯市时你关照我那么多，想起来心里很温暖。"

纪富强说："没为你做什么，你回家了。"

"红涯市不冷吧？"

纪富强说："虽然没有北大荒冷，也得穿棉衣，屋里也得取暖。"

"北大荒冷得让你无法想象。"

纪富强说："我还没去过北大荒呢。找机会我去北大荒看你，也欣赏一下那里的风景。"

"欢迎你来北大荒做客。"

纪富强说："如果你没其他要求就印刷了？"

"什么时间能印刷出来？"

纪富强说："假如是明天开始印，差不多一周时间能印刷成一本。"

"先印我的呗？"

纪富强说："你急着用吗？"

"我们县文化馆在招聘文化辅导员，我想应聘。如果有诗集资料能更充足些。"

纪富强说："你要积极争取，在文化馆工作对你的生活和创作都有好处。"

"学历方面我不占优势，只能靠发表作品了。"

纪富强说："书印好了就快递寄你。"

"如果我应聘成功了，请你到北大荒来玩。"

纪富强说："我去玩是次要的，关键是对你以后的生活太重要了。你必须全力以赴参加招聘，不能大意了。"

"我精神压力特别大。"

纪富强安慰地说："不要有压力，你只要努力，凭着你现在的创作成绩，在你们那儿能应聘上。"

"你对我这么有信心呢？"

纪富强说："你的成绩在红涯市或许数不上前列，但在你们那儿，我认为没问题。你们县不会有发表像你这么多文章的人。"

"是没有发表像我这么多作品的人，但有比我文凭高的人。"

纪富强叮嘱说："你在人际交往上下点功夫。"

"这方面我欠缺。"

2

沈殿霞打电话让李小漫去奶粉厂时，已经过了九点。李小漫刚起床，还没吃早饭。

"什么事？"李小漫问。

沈殿霞说："来就知道了。"

"不说，我不去。"

沈殿霞说："不来你会后悔。"

"还没有让我后悔的事。"

沈殿霞说："这么贪睡？"

"待着没事，基本是早晨从中午开始。"李小漫说。她好多天没见到沈殿霞了，洗漱过后，没吃早饭，骑着摩托车去了奶粉厂。

奶粉厂院门口停着很多辆自行车、摩托车。李小漫把摩托车停好，往厂区里走。她心想怎么来了这么多人？

李小漫到车间找沈殿霞时有人告诉她沈殿霞在仓库。她以为沈殿霞是去仓库领东西，到了仓库才知道沈殿霞不在车间工作了，成了仓库保管员。她说："张国忠当官了，你也跟着沾光了。"

"我当保管员跟他没关系。"

李小漫不相信地说："怎么可能。"

"真跟他没关系。厂长说我心细，工作认真，又赶上原来的保管员工作中出现了比较大的失误，就把我调到仓库了。"

李小漫说："你运气不错。"

"你不是不来吗？"

李小漫说："想你了，肯定得来。"

"想我就对了，不让你白想，送礼物给你。"

李小漫说："我不喜欢喝牛奶，心意我领了，你送别人吧。"

"往年我们单位过春节发奶粉，今年不发了，想喝得自己买。"

李小漫说："发其他东西更好。"

沈殿霞走出办公室，不一会儿拿个纸箱回来说："猜猜看，里面是什么？"

"是你们厂生产的？"

沈殿霞说："我们厂生产的。"

"奶粉厂除了生产奶粉还是奶粉，不会有其他好东西。"

沈殿霞说："你肯定猜不出来。"

"不会是雪糕吧？"李小漫说。她想起那次张国忠说生产雪糕的事了，但不相信在这么短的时间内就生产出来了。

沈殿霞打开纸箱说："聪明。"

"生产速度太快了。"

沈殿霞说："这叫效率。"

"雪糕多少钱？"

沈殿霞说："不要钱。"

"别别，该多少钱就多少钱，不要因为这么点钱影响到你的工作。"

沈殿霞说："雪糕厂刚投入生产，为扩大宣传，厂里给每位职工分一百支。我没时间给你送。"

"挺好。"

沈殿霞说："你得帮助做宣传。"

"如果有机会，就没问题。"

沈殿霞说："张国忠忙过这段日子请客吃饭。"

"他当雪糕厂的厂长了？"

沈殿霞说："说是厂长，其实还不如我们车间人多呢。"

"厂长就是厂长，级别比车间主任高，待遇比车间主任好。"

沈殿霞说："看不出来，你还是官迷呢。"

"你不想当官？"

沈殿霞说："我真不想当。当官得动脑子，做工作计划、制订生产任务，乱七八糟的事太多，也太累了。我上学时学习就不好，喜欢做不动脑子的工作。"

"到乡下种田，当农民，农民种农田简单。"

沈殿霞说："你太了解我了，我真想种田，好像种田比咱们收入多。"

"你得会种田才行，种田也需要技术，使用多少肥料、多少种子，什么时间锄草，什么时间收割……你可别小瞧种田，种田比上班还操心呢。"

沈殿霞感叹地说："这些天张国忠真操心，没黑没白地忙，就差住在厂里了，都忙蒙了。"

"当的官小了，官再大些就不这么累了。"

沈殿霞说："在我们厂升职空间非常小。"

"可以调到其他单位工作。"

沈殿霞说："如果有这个门路就不这么拼命干了。"

"门路是干出来的，不是想出来的，只想不干就是在做梦。"

沈殿霞说："你工作的事怎么样了？"

"材料报上去了，还没结果呢。"

沈殿霞说："你盯紧点，对你来说，这次机会是千载难逢，想尽办法也得办成。"

"调动工作不像生产雪糕这么简单。"

沈殿霞说："生产雪糕也不简单。"

"不管怎么说张国忠的想法实现了，我的事还没影呢。"

沈殿霞说："得有主要领导欣赏你才行。"

"你们厂长欣赏张国忠呗？"

沈殿霞说："你真说对了。如果我们厂领导不支持他还真不行。"

"别影响到你的工作，有时间再聊。雪糕我拿几支就行。"

沈殿霞说："雪糕是纯奶做的，好吃，给你30支。"

"不用这么多。"

沈殿霞说："怎么还客气上了，给你就拿着。"

"快放假了吧？"

沈殿霞说："下周。"

"忙一年了，早点放假，安心过春节。"

沈殿霞说："放假没工资，我不喜欢放假。"

"财迷。"李小漫说。她从奶粉厂出来后去畜牧公司找周守法了。

3

周守法一个人在办公室里写工作总结。他听说奶粉厂开始生产雪糕了，但没想到李小漫是来送雪糕。他说："张国忠真挺能干的，说办雪糕厂就办成了。"

"这么冷的天谁吃雪糕。"

周守法说："正因为冷才吃雪糕呢。这叫反季节销售。"

"敖来县城人口少，销售空间不大。"

周守法说："肯定不只是在本县城销售。如果只在本县城销售，别说挣钱了，连电费都不够。"

"你们的想法都超前，好像我落伍了。"

周守法说："你不只没有落伍，还走在了我们前面。"

"我怎么走在你们前面了？"

周守法说："你辞掉在机械厂的正式工作，独自去红涯市工作，这种魄力谁有？只有李小漫同志有。"

"我没在红涯市站住脚，落荒而逃了。"

周守法说："敢试、敢闯，这种精神就很可贵。"

"曹科长这么看吗？"

周守法心想李小漫怎么提起了自己部门的曹宁远科长了呢？不解地说："曹科长？"

"曹英力科长。"

周守法说："我还以为你是说曹宁远科长呢……我妈也佩服你。"

"你妈说的？还是你替你妈说的？"

周守法说："虽然我妈没说，但我能看出来她是这么想的。"

"你替你妈想的吧？"

周守法说："你不要冤枉我妈。她为你的事没少求人，她挺为难的。"

"我不知道。"李小漫说。她做出不知情的样子。

周守法说："如果你知道了会被感动得泣不成声。"

"或许是。你在向着你妈说话。"

周守法说:"不是向着我妈说话,这是事实。我妈把组织部、人事局、文化局等领导的过节礼品全送去了,还准备请他们吃饭。"

"你跟曹科长说别送礼,也不用请吃饭,那样我欠你妈的情太多了。"

周守法说:"人际关系打理不好办不成事。"

"我知道。"

周守法说:"如果你失去了这次换工作机会,以后可能就没有到文化馆工作的机会了,会影响到下半生的工作、生活。这次参加应聘,必须想尽办法、竭尽全力,只要有一丝希望也得争取。"

"我没有办法,只能靠你妈了。"

周守法说:"咱妈在努力,我只能干着急。"

"又来个咱妈,咱妈是什么态度?"

周守法说:"她比我还着急,但她没说。她上火了,嘴都起泡了。"

"她不说你也知道?"

周守法说:"她找李副县长说了好几次。科长找副县长帮忙,可想是什么心情。"

"你妈是为了我吗?"

周守法说:"不是为了你,是为了我。"

"我跟你有关系吗?"

周守法说:"你说呢?"

"是朋友,还是同事?"

周守法说:"你是我的未婚妻,是我妈的准儿媳妇。"

"白天也有人说梦话。"

周守法说:"有梦想,才有希望。"

"天气太冷,好像血管里的血被冻凝固了。"

周守法说:"冬天来了,春天还会远吗?"

"这首诗是谁写的?"

周守法说:"在考我?"

"不知道吧?"

周守法说："雪莱。"

"哪个国家的？"

周守法说："英国著名诗人。"

"知道全文吗？"

周守法清了清嗓子说："我为现在的女友，未来的媳妇——李小漫，朗诵诗歌《西风颂》……

李小漫怎么也没想到周守法能把雪莱的诗歌《西风颂》背诵下来。她自己也只能背诵几句，不知道全文。她说："真没想到你能有这个本事，能背诵这首诗歌的全文。既然你能背诵全文，就一定有故事，要么不可能把全文背诵下来。"

"我读高中时文科成绩很好，只因高考时选择了理科。"

李小漫说："为什么不选择文科？"

"理科更有把握。"

李小漫说："你怎么看待诗人？"

"在工作之余读文学作品是一种精神熏陶，能产生一种精神力量。"

李小漫说："你也可以写诗了。"

"为了向你学习，我买了十多本诗集。"

李小漫说："谎言？"

"真的，绝对是真的。"

李小漫说："没这个必要吧。"

"我得追随诗人的脚步，一路前行，向诗人靠拢。"

李小漫说："周守法同志，你当演员应该比当兽医更好。你挺会演戏的，也容易进入角色。"

"你知道我为什么能背诵下来诗歌《西风颂》吗？"

李小漫说："为什么？"

"我读高三时，不知怎么了，有一段时间厌学了，看见书心就烦。后来我看到了雪莱写的诗歌《西风颂》了。我读着有种激情感觉，心情渐渐就好了。我一旦产生消沉想法时，就诵读这首诗，差不多朗读了上千遍。"

李小漫说："优秀的文学作品能给人精神力量。"

"伟大的作品永远留存在我们心中，优秀的女诗人李小漫永远在我怀中。我用温暖的怀抱保护着李小漫的温情。"周守法说。

李小漫说:"你这是乱抒情。"

"不是乱发情就好。"周守法笑着说。

李小漫说:"不跟你说了,我得回家了。"

"一起吃午饭吧?"

李小漫说:"不能经常到饭店吃饭,那样会吃穷的。"

"又不让你付钱。"

李小漫说:"把你吃成一无所有就麻烦了。"

"没那么严重。"

李小漫说:"精打细算才能把日子过好。"

"你这么会过,我们未来的生活一定充满阳光。"

李小漫说:"你是你,我是我,别总把我跟你放在一起。"

"有首歌《对不起全是我错》你会唱吗?"

李小漫说:"你唱,我听听。"

周守法唱:

> 对不起全是我错我知我说话太多
> 请你不要生气不要冒(光)火
> 希望你会谅解千万不能不理我
> 本来两个人其实就是一个

"你别唱了,你读诗还行,唱歌太难听。"李小漫故意说。其实,她觉得周守法唱歌还挺好听的。她觉得周守法身上的优点越来越多了。

周守法说:"伤自尊了。"

"你脸皮这么厚,哪还有自尊。"

周守法说:"原来在你眼里我是这种人。"

"不跟你说了,我回家了。"

周守法说:"雪糕你拿回家吧。"

"这是给曹科长的,不是给你的。你替我谢谢曹科长。"

周守法说:"我们单位有位曹科长,你是送他吗?"

"随你便。"

周守法说："我妈看见你送的雪糕会怎么想？"

"虽然雪糕是凉的，但心情是热的。"

周守法说："你的热情能融化冰雪吗？"

"我的热情能融化曹英力科长的心。你跟她说，她老了，我会尽心尽力照顾好她。"李小漫转身走了。

周守法看着李小漫远去的背影，心头涌起幸福的波动。

第十二章

春潮涌动

1

　　李小漫走进应聘考场，从包里拿出诗集《天涯风景》书，缓慢、礼貌地逐一送给每位工作人员，轻声自我介绍说："这是我刚出版的诗集。"

　　诗集是塑封的，得拆开塑封包装才能看见内文。不过，诗集《天涯风景》书的封面上"李小漫著"几个字很是醒目。

　　招聘工作组成员是由敖来县委组织部、人事局、文化局等相关部门工作人员组成。谁也没料到李小漫出版了诗集。这是敖来县建县以来第一位当地作者出版诗集的人。负责招聘的工作人员无不惊讶。招聘工作组成员不约而同地向李小漫投来赞许目光。

　　李小漫是在昨天晚上收到纪富强用快递寄来的二十本《天涯风景》诗集。她在招聘考核现场拿出诗集，如同在招聘战场上投放了原子弹，炸得应聘对手没有了还手能力。

　　李小漫吃过晚饭，看完电视新闻节目刚回到自己的卧室，手机响了。电话是周守法打来的。

　　周守法说："你出版诗集的事怎么不告诉我？"

"昨天下午才收到的，今天应聘考核时我带到考场上了。"

周守法说："你应聘成功了，可以考虑下一件事了。"

"下一件是什么事？"

周守法说："嫁给我。"

"还没公布招聘结果，怎么能断定应聘上了呢？"

周守法说："公布是时间问题，你肯定应聘上了。"

"这么肯定吗？"

周守法说："我妈说县政府机关的人都在说你出诗集的事。你有这么高的关注度，这是实力的证明。"

"谢谢你妈为我做的事。"

周守法说："叫咱妈。"

"不对。"

周守法说："你嫁给我，就应该叫咱妈。"

"我有点累，也困了。"

周守法说："你不用担心，应聘不上我也把你娶回家。"

"你也可以娶其他姑娘。"

周守法有点生气地说："李小漫，你什么意思？"

李小漫挂断了电话，躺在床上想着心事。

这几天，她时常想起在红涯市时跟王来齐发生的感情事。她想告诉周守法，又怕周守法接受不了。如果她不把跟王来齐发生的情感事告诉周守法，觉得是在欺骗周守法。她不想对周守法隐瞒这件事。

她在黑暗中摸着放在枕头边的诗集，如同抚摸在红涯市生活过的影子。如果她不写诗就不会认识王来齐，如果不认识王来齐就不会去红涯市，如果不去红涯市就不会认识纪富强，如果不认识纪富强就不会有出版诗集《天涯风景》书的机会。如果诗集《天涯风景》书不能及时出版，她这次就可能应聘不上文化馆文化辅导员的工作。

她从心里是感谢王来齐的。她认为跟王来齐发生感情出轨的事，是当时生活处境决定的，是当时感情的释放，也是排解生活压力的一种方式。但这毕竟超出了男女两性之间正常交往的界限。如果周守法知道了，还会娶她吗？

2

敖来县电视台和广播站得知李小漫出版诗集的事后，在随后几天里，陆续对李小漫进行了采访，录制了采访专题节目。采访李小漫的节目通过广播、电视播出后，反响很大，成了敖来县新闻。

敖来县文化馆公开招聘文化辅导员的工作，是县政府机关、事业单位用人制度的改革尝试，打破了之前的用人分配制度。招聘制度工作的实施具有突破性质，能更好地挖掘人才，使用人才，发挥人才的作用。

李小漫出版诗集引起了敖来县人的关注。她出版了《天涯风景》诗集和县文化馆公开招聘文化辅导员的这两件事，好像结合在一起了，给她的生活、工作，预示了非常好的兆头。

十多天后，敖来县电视台在《敖来新闻》节目中播出了县文化馆公开招聘文化辅导员的结果。李小漫的名字通过电视节目传播出去。

县委宣传部新闻干事写的李小漫出版诗集的新闻稿分别刊发在《职工报》《鹤城日报》等报纸上。敖来县这座地处祖国北部边疆的军垦小县城从此有了本土诗人。

李小漫这位二十多岁的年轻女诗人如同北大荒黑土地上的一根小草，迎着春风和朝阳在成长。这是生活的希望，也是黑土地文化气息孕育的成果。

李小漫在左思右想后，把跟王来齐发生的事告诉了周守法，这是她深思熟虑后做的决定，她做好了接受最坏结果的思想准备。

无论冲她来的是风，还是雨，都会冷静面对，迎着风雨继续前行。

周守法之前已经想象到了李小漫在红涯市跟王来齐交往频繁，感情升温的事，但绝对没想到李小漫能付出了身体……

他在听李小漫讲述事情经过时，连暴怒的心情都没有了，身体里的血液好像凝固了，神经麻木了，在发呆好一会儿才恢复了思维。这时他想避开李小漫说话的声音，不想面对李小漫。这声音如同子弹似的刺穿了他的心。他好像是应声倒下了，虽然没死，但伤得不轻，成了重伤患者。也许会有良药能医好，但他还没找到，也没来得及找。他愤怒地摔门而去，把纠结和不安留给了李小漫。

3

周日不上班，曹英力起来得比平时晚了些。她去叫周守法吃早饭时，周守法睡的房间里没人。她到书房问周同喜看见周守法没有。

周同喜说："没看见。"

"我怎么感觉他昨晚没回来呢。"

周同喜说："为什么没回来？"

"我猜的。"曹英力说。她拿起电话给周守法打电话。周守法的手机关机。她心想周守法能去哪儿呢？她想李小漫应该知道周守法去哪儿了，但不想问李小漫。

周守法情绪不好，不想让父母知道他跟李小漫产生了矛盾，所以没回家。

他在旅馆住了一夜。

这一夜，他反反复复思量着李小漫说的话。李小漫无奈的表情闪现在他眼前，搅动着他的心，扰乱了他的正常思维。他几乎一夜没睡。

快到中午的时候，他去了敖来河边。他想让流淌的河水唤醒麻木的神经。

敖来河水位在春季不高，浅浅的，河水清澈，从西至东，缓慢流淌。河两边的青草已经长出嫩芽，如同绿色的毯子遮掩着黑土地羞涩的皮肤。虽然北大荒春季有些寒冷，但阳光充足明媚，天色蔚蓝如洗。

周守法在河边漫无目的走了一会儿，拨通了崔春阳的手机，但没说话。

崔春阳说："说话呀！"

"你去把李小漫拉到敖来河桥上。"

崔春阳不解地说："这么冷的天，去桥上干什么？"

"我想跳河。"

崔春阳不相信地重复着："你想跳河？"

"刚才有这种想法。"

崔春阳说："什么事刺激到你了？让你产生了轻生念头？"

"你。"

崔春阳说："算了吧，我在你心里可没这么重要。"

"看你跟谁比？"

崔春阳说："跟陌生人比我重要，跟李小漫比我微不足道。"

"你把李小漫拉来。"

崔春阳说："只她一个人？"

"看张国忠和沈殿霞有没有时间。"

崔春阳说："你真的在敖来河桥上？"

"河边……听见水响了吧。"周守法说。他弯腰捡起一块大土块向河水掷去。土块落入水中时产生碰撞水的声音。

崔春阳听见了水的声音。他在挂断电话前说："真不知道你小子葫芦里卖的是什么药。"

4

李小漫在周守法离开后心就悬着，担心周守法想不开……崔春阳开车来找她时，她一脸愁容，无精打采。她不知道周守法让她去河边的用意，有些疑惑。虽然她不想去，又不想拒绝。她上了车说："周守法让你来的？"

"我可不敢单独让你去河边。万一你发生意外，我承担不起责任。"

李小漫说："你的想法不正常。"

"你跟周守法的感情出问题了？"

李小漫说："你说呢？"

"回答得真高明。如果让我说你应该给他生孩子了。"崔春阳边开车边说。

李小漫说："你这人……"

"我没问题，你和守法有问题，现在去河边干什么？"

张国忠和沈殿霞准备去敖来河边挖野菜。他们把自行车推进院子里，上了崔春阳的面包车。张国忠说："守法怎么一个人去河边了？"

"不想活了，想让李小漫去救他。"崔春阳说。

李小漫说："周守法约你们到河边踏青，你们怎么能往悲观处想呢。"

"他跟我说不想活了。"崔春阳说。

李小漫说："这话你也信？"

"你的工作解决了，快结婚了吧？"崔春阳说。

李小漫说："结婚跟工作没关系。"

"如果你见异思迁，另嫁他人，周守法能疯了。"崔春阳说。

李小漫说："周守法跟你这么说的？"

"虽然他没说，但他能这么做。"崔春阳说。

沈殿霞说："周守法是挺痴情。"

"怎么还用上了痴情？"李小漫说。

沈殿霞说："你去红涯市那段日子，周守法每次喝酒都醉。"

"他酒量不行，还贪杯。"李小漫说。

沈殿霞做出调侃表情说："李小漫同志，周守法对你真是很痴情。"

"张国忠对你不痴情吗？"李小漫说。

沈殿霞说："他呀……心里只有工作。"

"这就对了，要么年纪轻轻的，又没有家庭背景，能当上副厂长吗？他不当上副厂长，你能成为副厂长夫人吗？"崔春阳说。

李小漫说："努力工作是必需的，失业的日子心情是太难受了。"

"文化馆的工作舒服吧？"沈殿霞说。

李小漫说："还行。"

"什么叫还行……不比你在机械厂当车工好多了。"沈殿霞说。

李小漫说："那倒是。"

"你得好好感谢周守法他妈。如果没有他妈的关系，可能你应聘不上。"沈殿霞说。

周守法站在敖来河桥上，看着远方，尽可能让心情平静。

崔春阳走到周守法身边说："怎么这么有雅兴？"

"哪有什么雅兴。"周守法说。

崔春阳说:"让我们到这儿来不是为了看风景吧?"

"想宣布一件事。"周守法说。

崔春阳说:"用词不当,大领导才能用'宣布'。"

"宣布我准备结婚不行吗?"

崔春阳冲着张国忠、沈殿霞喊:"你们过来!"

"什么事?"张国忠仰起头冲着桥上问。他和沈殿霞在河湾处看河里的小鱼游动。

崔春阳说:"周守法要结婚。"

"那也得回家结,不能在桥上结婚吧?"张国忠说。

崔春阳说:"你说的这不是废话吗!"

"我怎么没听李小漫说过准备结婚呢?"沈殿霞说。

崔春阳冲着李小漫喊:"李小漫你想结婚吗?"

李小漫没想到周守法会做出结婚的决定。她感觉意外,不安,心突然狂跳……

5

周同喜准备参加省书法家协会举办的全省书法作品大赛,这些天只要有时间就在书房专心致志写毛笔字。他对走进屋的曹英力说:"你看这字写得怎么样?"

"家里这么多事,你怎么只知道写字?"

周同喜说:"家里的事不全是你做主吗?"

"你真把我当成保姆了。"

周同喜说:"你看谁家的保姆有这种地位。"

"有像我这么操心的保姆吗?"

周同喜说:"家里的生活一切正常,哪有操心事。"

"不是没有,而是你心里没事。"

周同喜说:"有事也不能整天想着,想多了老得快。"

"你能不能再借点钱。"

周同喜说："借钱干什么？"

"我想把那个房子买下来。"

周同喜说："你真想买？"

"不想买就不去看了。"

周同喜说："不用这么着急。"

"急都不行了。"

周同喜说："怎么不行？"

"宝贝儿子刚才打电话说想结婚，结婚没房子能行吗？"

周同喜放下笔，看着曹英力说："他真说结婚？"

"假的，去跟儿子求证吧。"

周同喜说："我怎么没听守法说想结婚呢。"

"他跟你说过什么事？凡事就找我。"

周同喜说："他知道我在家没地位，当然找有权力的人了。"

"这种权力我不想要，现在就移交给你。"

周同喜说："还是你掌权吧，我服从管理。"

"得把房子的事解决了。"

周同喜说："还差多少钱？"

6

周守法和李小漫从饭店出来，在商场门前的十字路口分开，各自回家了。周守法有点心力交瘁，回到家没说话，想进房间睡觉。

曹英力问他去哪了，他说去河边玩了。曹英力认为周守法没说实话，质问说："昨晚没回家是在河边睡的？"

"妈，我是成年人了。你别像看小孩似的盯着我，给我点自由好不好。"周守法反感地说。

曹英力说："既然你是成年人，自己的事就自己解决，别让我跟着操心。"

"我的事儿找过你吗？"

曹英力说："你这没良心的儿子，你没找过我吗？不只是你的事找我，连李小漫调动工作的事也是我给办的。"

"你是我妈，我才找你。"

曹英力说："你可以叫其他人妈，看人家能不能给你办事。"

"妈不能随便乱叫。"

曹英力说："你结婚的事自己解决。"

"什么意思？"

曹英力说："我的意思很简单，自己买房，自己办婚礼。"

"这么着，你帮我解决房子的事，别的不用你管了。"

曹英力说："你还挺会摊派任务，把最重的事分给我。"

"你是我妈，还这么有能力，当然要承担最重要的工作。"

曹英力说："我给你解决房子的事，其他的事我不管了。"

"行。"

曹英力说："你准备什么时间结婚？"

"不知道。"

曹英力说："不知道自己什么时间结婚？"

"还没跟李小漫商量呢。"

曹英力说："不会是你一厢情愿吧？"

"让你说对了。"

曹英力说："你跟李小漫爸妈说，找个时间，两家大人见个面，商量一下你跟李小漫的婚事。"

"有这个必要吗？"

曹英力说："当然有。"

"让他们来咱家，还是去她家？"

曹英力说："怎么都行，尊重他们的意见，以他们的想法为主。"

"咱们去她家吧。"

曹英力说："你还没跟人家商量，怎么就做决定了？"

"李小漫爸妈是工人，社交场合接触不多，来咱家会感觉拘束，不一定愿意来。"

曹英力说："你不能这么认为，在李小漫的家人面前更不能表现出来。要么，你跟他们会出现矛盾。"

"这只是跟你说，在他们面前打死也不说。"

曹英力说："怎么突然想结婚了？"

"为了让你早点有孙子，防止你退休后寂寞。"

曹英力说："可算了吧，儿子还没结婚就跟妈不一心了，才不考虑孙子的事呢。"

"我是向着你的，什么事没跟你商量。"

曹英力说："你是跟我商量，要么调动工作，要么要钱……"

"妈给儿子忙碌是幸福。"

曹英力说："你们结婚就想生孩子？"

"听你的。"

曹英力说："这事我可管不着。"

"这就是你能当上科长的原因。"

曹英力说："什么意思？"

"该管的管，不该管的不管。"

7

苏一枫刚进办公室李小漫就来了。他说："听姚馆长说你调进文化馆工作了。"

"去两个多月了。"

苏一枫说："你的努力没白费，一分努力一分收获。"

"只依靠自己努力不行，还得有人帮助。"

苏一枫说："我在《鹤城日报》上看见你出版诗集的消息了。"

"我把诗集带来了。"李小漫说。她从包里取出一本诗集，递给苏一枫。

苏一枫接过诗集边翻看边说："你是你们县第一位出诗集的作家吧？"

"我们县哪有什么作家。你可别称我为作家，我是业余作者。"

苏一枫说："你出了诗集，发表了那么多作品，不算作家，应该是诗人。"

"诗人跟作家区别在哪儿？"

苏一枫说："作家应该是小说、散文什么体裁都写得挺好、挺多。诗人应该是主要以写诗歌为主。有的诗人写的小说、散文也挺好。"

"我充其量算是诗人，离作家还远着呢。"

苏一枫说："你到文化馆工作后，在写作方面发展就快了。"

"比从前是好多了。"

苏一枫说："你应该举办作品研讨会，这样能提高知名度，利于工作。"

"我在红涯市时，开过一次作品研讨会。开研讨会是好，可是太费精力了。如果没有单位支持，得自己花钱。"

苏一枫说："找机会我跟姚馆长说一说。"

"你这么支持我，让我怎么感谢呢？"

苏一枫说："你多发作品，多出成绩。"

"不感谢怎么行呢？"

苏一枫说："人与人交往是缘分。过会儿我领你去找《鹤翔》杂志主编。"

"你召集人，我请客吃饭。"

苏一枫说："你到我们这儿了，不能让你请客。"

"如果不让我请客，就谁也不叫了。"

苏一枫说："跟他们熟悉对你发表作品有帮助。"

"这不得了，为我办事，不能让你花钱请人吃饭。"

8

李小漫躺在床上翻来覆去睡不着，失眠了。她在想着开作品研讨会的事。这件事对她非常重要。她想起了在红涯市开作品研讨会的事。当时是王来齐和纪富强为她举办的，如果没有他们两个人，她在红涯市不可能开成作品研讨会。

王来齐为她发表作品创造了很多机会。纪富强给她出版了《天涯风景》诗集，这本诗集成了她应聘文化馆文化辅导员工作的成功因素之一。如果没这本诗集，她不一定能顺利调进文化馆工作。她决定开作品研讨会，也想请王来齐和纪富强来敖来县，让他们看一看北大荒黑土地的风土人情和自然景观。

邀请纪富强没任何问题，如果让王来齐来阻力就大了。这件事她得跟周守法商量。周守法知道她跟王来齐感情的事。虽然周守法原谅了她，但不一定愿意面对王来齐。

李小漫在周守法下班时去了畜牧公司。

周守法说："你昨天去鹤城几点回来的？"

"半夜了。"

周守法说："怎么回来这么晚？"

"去了好几个人，你办点事，她办点事……"

周守法说："工作适应了吧？"

"我想开作品研讨会。"

周守法说："我想结婚。"

"跟你说正经事呢。"

周守法说："我也没开玩笑。"

"你不想让我开作品研讨会？"

周守法说："开完作品研讨会立刻结婚。"

"不发生意外可以。"

周守法说："开作品研讨会是小事。你想什么时间开？"

"没那么简单。"

周守法说："不就是找几个人在一起说一说作品的好话嘛，这有什么麻烦的。"

"我想请红涯市的两个人来参加。"

周守法说："你不去那里了，在这地方，他们对你起不到任何帮助。"

"两码事。"

周守法说："你想请谁？"

"纪富强和王来齐来。"

周守法脸色变了，生气地说："李小漫，你什么意思？"

"他们帮助过我，借这个机会，让他们来北大荒走一走。"

周守法说："纪富强帮助你出版了诗集，他来我没意见，但是王来齐算怎么回事？"

"王来齐不帮助我，我不可能在这么短时间内发表这么多作品，也不可能认识纪富强，更不可能出版诗集。"

周守法说："你的意思是王来齐对你有恩呗？"

李小漫沉默着。

周守法说："女人让爱自己的男人心平气和地面对跟她发生过……这也太过分了吧？"

李小漫把头扭过去，不看周守法了。

周守法说："你给我戴绿帽子不说，还想让我当缩头乌龟……"

李小漫骑上摩托车走了。她来到十字路口的转盘道前停住，看着过往的行人，想着心事。她努力让自己情绪平静。

沈殿霞骑着自行车经过这里时看见了李小漫。她不知道此时李小漫的心情，开玩笑地说："你在这发什么呆？"

"我发呆了吗？"李小漫说。她尽可能做出高兴的表情。

沈殿霞说："谁让你不高兴了？"

"烦心事多。"

沈殿霞说："不会是你们馆长批评你了吧？"

"馆长还没批评过我呢。"

沈殿霞说："跟周守法吵架了？"

"正事都忙不完，哪有心情吵架。"

沈殿霞说："既然忙，还在这儿愁眉苦脸干什么，快去忙吧。"

"我开作品研讨会你看行不？"

沈殿霞说："当然行。你是咱们县的名人，你开作品研讨会县委书记、县长也能参加。"

"你别总咱们县、咱们县的，咱们全县才一万多人……把眼光看高点好不。"李小漫故意挑刺地说。

沈殿霞说："你是全国名人，世界名人，满意了？"

"把我抬那么高，想摔死我呀。"

沈殿霞说："说你是世界名人不行，说你是咱们县名人也不行，那你是什么？"

"我只是李小漫。"

沈殿霞说："你肯定不是琼瑶、不是陆小曼、不是倪亦舒。"

"琼瑶写的小说我不喜欢。我不知道陆小曼和倪亦舒是什么人物。"

沈殿霞说："你只知道你是李小漫。你只喜欢自己写的诗歌。你自我陶醉的情结非常严重，得改，必须改。"

"不跟你开玩笑了，说正经的，我请红涯市的人来咱们这里你觉得行不行？"

沈殿霞问："也是诗人？"

"跟写诗有关。"

沈殿霞说："他们来能提高你在咱们这儿的影响力，但是他们的路费、食宿费、饭钱，谁付呢？"

"请他们来肯定是我花钱了，如果让他们花钱从情理方面是说不过去的。"

沈殿霞皱了皱眉，缓慢地说："从红涯市到咱们这儿路远，客车、火车的，路费得花不少钱，还有食宿、吃饭钱，走时不能空手走吧？再带些礼品，这些得花挺多钱，你得想好了，花费这么多钱，请他们来值不值得。"

"我得向你借钱。"

沈殿霞说："我借给你钱是小事。但你得想好了，请他们来效果会是什么样？值得不值得。"

"你这口气像是富翁，很有钱。"

沈殿霞说："我没钱，为了你的事我可以去抢银行。不管用哪种办法，我尽可能帮你弄到开作品研讨会的钱。"

"如果你为我的事坐牢了，我就成为罪人了。"

沈殿霞说："说正经的，你需要多少钱？"

"这件事我还没想好呢。之前，我没有开作品研讨会的想法，昨天去鹤城，苏一枫老师提起让我开作品研讨会的事。"

沈殿霞说："他是干什么的？"

"鹤城市的画家，来咱们县讲过课。"

沈殿霞说："开作品研讨会是好事，但得花钱。如果公家能出钱就好了。"

"我们单位不太可能，其他单位就更不可能了。"

沈殿霞说："你可以让他帮忙。"

"我跟他只见过两次面，怎么好麻烦他。"

沈殿霞说："你脸皮厚点，脸皮薄做不成事。"

"那也不能为了达到目的不要脸呢。"

沈殿霞说："这算什么，不跟你说了，我回家了。"

"回家着什么急。"

沈殿霞说："我的工作不能跟你比……再见。"

李小漫看着沈殿霞骑自行车远去的背影，继续想着心事。其实，她挺羡慕沈殿霞这种只顾干好本职工作，没有好高骛远想法的生活状态。

9

纪富强爽快地答应去敖来县参加李小漫的作品研讨会了。李小漫没跟王来齐联系，让纪富强转达邀请王来齐。纪富强已经知道李小漫跟王来齐之间的感情超越了普通男女交往的界限事情了，但不清楚到了什么程度。他只是把李小漫的意思原原本本转告给了王来齐，没有一丝自己的观点和建议，完全由王来齐自己做决定。

王来齐有意忘掉从前跟李小漫交往的事，不想跟李小漫再有接触了，想让过去发生的事如同昨日的时光，在过去后不可能重现。他婉转地说："我不去了。"

"为什么？"纪富强问。

王来齐说："路太远，没时间。我媳妇快要生孩子了，我随时得做好孩子出生的准备。"

"孩子出生是大事。"

王来齐说："我也这么想。"

"北大荒人杰地灵，出了那么多文化名人，如果能借这个机会去感受一下那里的风土人情是挺好的。但是跟孩子出生比，你是不能去的。你只能错过这次行程机会了。"

王来齐说："机会是挺好……你去吧。"

"我怎么跟李小漫说呢？"

王来齐说："你不用说，她也能理解。"

"李小漫邀请你参加作品研讨会证明她在意你，这是好意。你给李小漫打电话，解释一下。"

王来齐说："电话就不打了，打了也是去不了……"

10

李小漫刚到办公室，同事说馆长找她。她去了姚崎锋的办公室。

姚崎锋说："你想开作品研讨会？"

"虽然有这个想法，但没这种能力。"

姚崎锋说："不会太麻烦吧？"

"如果单位支持或许能开，如果单位不支持，就开不成。"

姚崎锋说："你尽快准备吧，需要馆里做的事就打报告提出来。"

"我想请红涯市一位诗人来。"

姚崎锋说："一个人？"

"一个。"

姚崎锋说："单位只能负责两天的接待费用，招待规格还不能高了。其他花销你得自己解决。你知道咱们单位没有这方面支出预算，只有少量招待费用。"

"非常感谢领导。"

姚崎锋说："一周时间能准备吗？"

"时间短了。"

姚崎锋说："最长十天时间。再晚了，我可能就做不了主了。"

"馆长，你的工作有变动？"

姚崎锋说："可能我不在文化馆工作了。"

"调到什么单位了？"

姚崎锋不想把真实情况提前说出来。他说："还没定下来。"

"升职是好事。"

姚崎锋说："到了我这个年龄，正常情况没有升职的可能性。应该是调到其他单位后退居二线了。"

"退居二线有点早了。"

姚崎锋说："年龄大了，就应该让位给年轻人，不然，年轻人就没有发展机会了。"

"退二线也好，不用每天上班了。"

姚崎锋说："你年轻，有发展后劲，得把握住发展机会。"

"我会努力的。"

姚崎锋说："听说你在读函授大专？"

"没有学历不行。当时应聘时，如果不是县委书记、县长、李副县长，还有您打破了学历规定，我就被学历卡在招聘条件之外了。我得把学历这个短板补上。"李小漫回想着说。

姚崎锋说："学历虽然不能代表能力，但没有学历是短板，影响以后的发展。你还年轻，以后的路还长着呢，得把学历这个短板补上。不然，在提干、工资待遇方面会受到影响。假如你成绩特别突出了，市里、省里想调你去工作，没有学历可能就不行。我们这代人当时读大学的人少，有学历的人少，那时初中毕业就能进政府机关、事业单位工作，你们这代人读大学的人多，有学历的人多，没学历在工作竞争中就处在劣势，以后读大学就跟读高中、初中似的普遍。你函授专科毕业后，可以再考本科，或是读在职研究生。"

"我也是这么想的。研究生不一定读，但是本科必须读。"

姚崎锋说："你跟小周的婚事怎么样了？"

"下个月举办婚礼，到时候您一定得来。"

姚崎锋说："我一定参加。我跟小周的父亲认识二十多年了。你应聘文化辅导员工作岗位时，小周的父亲找我喝过酒，让我尽量帮忙。我说不喝酒也得帮。"

"没听周守法说过。"

姚崎锋说："没说过就对了，说过就不对了。周同喜特别善良，他帮助人从不张扬。二十多年前，我母亲生病时，我没钱给母亲治病，周同喜主动借给我二十多块钱。那时的二十多块钱是很多的，并且是主动借我的。"

"还有这事呢？你不说我还不知道呢。好像周守法也不知道。如果周守法知道，他能跟我说你跟他父亲的关系。"

姚崎锋说："周同喜这家人特别善良。你知道在帮助你调动工作时曹英力说了什么话吗？"

"她找了很多领导帮我说情。"李小漫说。

姚崎锋说："曹英力找我侧面了解你的为人、处事、品德。她说只要李小漫为人，处事可以，人品没问题，即使李小漫不嫁给我儿子，我也帮助她。她父母是工人，她有上进心，不能因为没有学历把这孩子耽误了。"

"她说过这话……"李小漫吃惊地说。她绝对没想到曹英力对她是这样的看法。她心里忽然涌起一股强烈的暖流，想哭。

姚崎锋坦然地说："刚开始我是没考虑你的，财政局局长、工商局局长都有大、中专毕业生亲友想到文化馆工作，他们找过我好多次，你没学历，处事也不成熟……在曹英力、周同喜找过我之后，我才改变了对你的看法。我去组织部、人事局、文化局找相关领导点名要你，除了你，任何人我也不接收，宁可文化辅导员的工作岗位继续空着。我说其他人胜任不了这个工作岗位，大、中专毕业有学历的也不行。"

"这些事我都不知道。"李小漫说。

姚崎锋做着放松的表情说："不说这些了……你准备吧，可以请你在红涯市的朋友来。虽然馆里经费紧张，但是一个人在敫来县城两天的接待费用是可以承担的。"

"非常感谢您。"李小漫说。她从馆长办公室出来接到了周守法的电话。周守法说在文化馆外面等她。她不知道周守法找她是什么事，也许……心里七上八下地走到周守法面前。

周守法说："你开作品研讨会的事跟馆长说了？"

"馆长只给我一周的准备时间。"

周守法说："这么短。"

"馆长要退居二线了。"

周守法说："一周的准备时间应该够了。"

李小漫叹息了一声，莫名地说："你爸、你妈。"

"我爸、我妈怎么了？"周守法以为李小漫对他父母有什么顾虑呢。

李小漫说："我想哭。"

"为什么？"

李小漫说："我心情好难受。"

"我爸我妈跟你说什么了？"周守法不明白发生了什么事。

李小漫说："老馆长如果不说，我还不知道。"

"我爸我妈找你们馆长说什么了？"周守法有点紧张地说。他没想到父母会找文化馆馆长，不知道父母跟文化馆馆长说了什么，父母对文化馆馆长说的话是否影响到了李小漫的工作和心情。

李小漫叹息了一声，抬头望了一眼天空说："放心，我一定孝敬咱爸咱妈。"

"你这么大的反转，我有点糊涂了。"

李小漫看着周守法莹然一笑，没说话，叹息了声，看向前方。她的目光在茫茫前方好像看见了工作、生活及理想美好的希望。

周守法说："满眼春色，阳光这么好，叹息什么呢？"

"无论多么好的景色也会随着时间逝去，咱们的青春也会在岁月中渐渐逝去。"

周守法说："你给王来齐打电话，我跟他说话。"

"什么意思？"李小漫一怔说。她没想到周守法能主动提到了王来齐，没明白周守法的想法，心一沉，脸色立刻变了，表情不稳定了。

周守法说："我邀请他来参加你的作品研讨会。"

李小漫眼眶里瞬间有了泪光，视觉朦胧地看着周守法好一会儿，然后转过脸去，不让泪水流出来。

周守法说："这是春天的季节，我们应该忘掉烦恼忧愁，感受春天的美好。"

"我怎么感谢你呢？"

周守法说："我陪你去跃龙岭公园走一走，看看公园里的春色，明天咱们去松花江边。然后，我陪你一起在岁月中慢慢变老。"

"春风真柔。"李小漫说。她张开双臂，像是在拥抱春光和美好。

他们沿着正阳街朝县城西边的方向缓缓走去，跃龙岭公园在那个方向。

后 记

我从事文学创作多年。

我创作的作品主要是通过在杂志、报纸上发表和出版社出版图书的途径跟广大读者见面。

从我出版第一部长篇小说《爱的旅程》，到长篇小说《追你到天涯》的出版，跨越了二十二年。在第一部长篇小说《爱的旅程》顺利出版后，因某些原因，直到二〇一七年才出版第二部长篇小说《情在何处》，其间十多年没有出版图书，甚至一度中断了文学创作，做着跟文学创作没有丝毫关联的事。

十多年的光阴，弹指一挥间，在人生岁月中消失。十多年，这个时间不算短。或许美好的年华在这十多年中已经悄然逝去了。

不是说一寸光阴一寸金吗？

不是说寸金难买寸光阴吗？

或许我知道青春年华在渐渐老去，所以，近年回归文学创作工作后，加速了文学创作进程。我在以每年创作两三部文学作品的速度发表作品、出版图书。

如今，图书出版因受到大环境影响，发生了很大变化，出版书的困难因素在增多，读者量明显在减少。我的主要作品是在图书出版环境困难增多时出版的。我有着不惧艰险、迎着困难而上的拼搏、奋斗精神。我不只是自己写书，还帮助全国各地作家朋友们制作图书。

或许，我这一生除了对音乐有兴致之外，就是与文学创作、出版图书、制作图书为伍了。

这部作品，曾以《春潮》为书名，在杂志上全文连载过，还以中、短篇小说体裁在多家杂志上发表过。但我一直认为作品有不足之处，内容缺少些东西，精神力量不够，篇幅也不理想，应该贴近如今的现实生活。我打算在出版之前进行较大修改，力争达到生活化、精神化为一体的效果。

回想这些年在出版图书中感动我的事，每件事都触动过我的心灵。我是性情中人，说话坦荡，做事真诚，交往算是豪爽。我不喜欢遮遮掩掩，过度绕弯子，讨厌隐藏动机不纯的人，不喜欢跟奸诈的人做事。我遇到真诚、坦诚的人，容易产生情感共鸣。我觉得九州出版社在这么短的时间内把《追你到天涯》作品列入正式出版流程中，再次激发了我创作的激情、美好……

冬天过去，春天来了，在春风亲吻万物的季节，大地生机勃勃，人们精神焕发，处处呈现着美好和希望。我的心情仿佛一团燃烧的火焰，燃烧着激情……

一天之计在于晨，一年之计在于春，相信在二〇二五年的春天里，我和全国各地出版界的友人们已经播种下了希望、幸福的种子，在未来的岁月里能有很好的收获。

不求硕果累累，只求在努力前行的路上心情舒畅，风景怡人。

我真挚地对各地出版界朋友们表达深深的谢意。我一定风雨兼程，继续努力学习，继续努力创作，力争交出更好的答卷。

吴新财

二〇二五年一月十八日于青岛